Ook Spierenbonken

Verdienen een Tweede Kans

JUDI FENNELL

Een ezel stoot zich geen twee keer...

Juliet Chambers wilde altijd maar één ding: mevrouw Tanner Wentworth worden. Ze zijn al verliefd sinds ze kinderen waren, en met aangrenzende ranches en hun ouders als zakenpartners was een huwelijk voor dit prachtige koppel onvermijdelijk. Maar Juliets bedrog, in combinatie met het verlies van een kind, verwoestte hun kans op geluk.

Twee keer een ezel?

Tanner Wentworth wil nog maar twee dingen: toegang krijgen tot zijn trustfonds en zijn vrouw voorgoed uit zijn leven bannen. Zijn zwoele danspassen op het podium van BeefCake, Inc. mogen de dames dan wel betoveren, maar Tanner is niet geïnteresseerd. Hij heeft grotere dromen. En in geen daarvan komt zijn verraderlijke aanstaande ex-vrouw voor.

Driemaal is scheepsrecht?

Maar wanneer Juliets geliefde grootmoeder een beroerte krijgt, stemt Tanner ermee in om nog één keer te doen alsof ze een gelukkig getrouwd stel zijn, totdat ze hersteld genoeg is om het nieuws te verwerken dat haar favoriete koppel er definitief mee stopt. Maar zeven jaar scheiding hebben veel veranderd. Is het genoeg voor de door schade en schande wijs geworden Tanner om zich te bedenken en een herstart te riskeren met de enige vrouw die nooit is opgehouden van hem te houden?

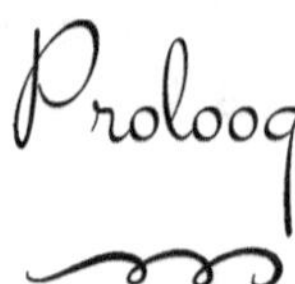

Proloog

'Hierbij verklaar ik u tot man en vrouw. U mag de bruid kussen.'

Tanner staarde naar de vrouw voor hem. *Zijn vrouw.*

Hoe in hemelsnaam was hij hierin geluisd?

'Tanner?' Juliet sprak zijn naam zo zachtjes uit, met een lichte verhoging aan het eind om er een vraag van te maken.

Hij wist niet wat hij haar moest antwoorden.

'Uh, u mag de bruid kussen.' De trouwambtenaar kuchte terwijl hij het zei.

Ja, ja, Tanner kende het klappen van de zweep wel. Hij wist alleen niet *waarom* hij hier stond om het te doen.

Maar hij boog zich toch naar voren, met de bedoeling het kort en krachtig te houden.

Juliet maakte het meer dan krachtig en absoluut niet kort.

Verdomme.

Ze wist precies hoe ze hem moest kussen. Wist precies hoe ze het vuur in zijn kruis moest aanwakkeren. Wist hoe ze haar goddelijke lichaam tegen het zijne aan moest drukken en al het bloed naar het zuiden kon laten stromen.

Verdomme.

Tanner klemde zijn handen in haar haar terwijl hij zijn tong in haar mond schoof. Wilde ze hem hartstikke opgewonden maken? Best. Dan kon ze maar beter bereid zijn om de gevolgen te dragen, want als zijn vrouw zou ze met een *hoop* gevolgen te maken krijgen.

Nee, dat zou ze niet.

Tanner rukte zijn mond los van de hare, zijn ademhaling was rauw, en hij keek in die blauwe ogen waarin hij zichzelf vroeger was kwijtgeraakt. In de tijd dat hij nog geloofde in liefde en lang en gelukkig.

God, wat was hij een ongelooflijke sukkel.

'Mag ik de eerste zijn om u te feliciteren?' Die verdomde ambtenaar hield maar niet op over dat getrouwd-uit-liefde gedoe. Natuurlijk was dat *Tanners* voorwaarde geweest. Het was al erg genoeg dat hij dit moest doen; hij wilde niet dat mensen wisten wat de werkelijke reden was.

Zolang Juliet het maar wist.

Hij haalde zijn vingers uit haar haar en griste de huwelijksakte uit de handen van de klerk. Zo. Klaar. Volgende.

Gelukkig dacht hij er ook aan om de hand van zijn *vrouw* te pakken voordat hij het kantoor van de rechtbank uitstormde met een korte — zeer korte — zwaai naar hun respectievelijke families.

Hij liet haar hand los zodra ze buiten stonden.

Dat moest hij wel, voor zijn eigen bestwil.

Want elke keer dat hij Juliet aanraakte, werd zijn hart uiteindelijk aan flarden gescheurd.

Juliet moest rennen om Tanner bij te houden. Niet dat dat iets nieuws was; ze probeerde hem altijd al bij te houden. Vanaf het eerste moment dat ze hem had gezien — oké, misschien toen niet, aangezien ze pas twee weken oud was, maar vanaf het moment dat ze oud genoeg was om hem op te merken — was ze achter hem aan gerend.

Het was begonnen met verstoppertje en was overgegaan in skateboarden, fietsen en zwemmen. Ze had hem haar hele jeugd moeten bijhouden omdat hij haar beste vriend was geweest. Hun ouders waren hartsvrienden, hun ranches grensden aan elkaar en Tanner was een indrukwekkende verschijning.

Natuurlijk was dat lichaam al groot genoeg van zichzelf. Tanner had de bouw van een linebacker, de buikspieren van een zwemmer en het gezicht van een Griekse god. Sinds de puberteit vond ze hem al prachtig en dat gevoel was met de jaren alleen maar gegroeid.

Ze waren het perfecte stel geweest. King en queen van het gala. Het knapste koppel. De meest kansrijken. De redactie van de jaarboekcommissie had zelfs zijn achternaam achter de hare gezet onder haar eindexamenfoto, want *natuurlijk* zouden ze gaan trouwen.

'Tanner, wacht.'

Hij hield niet eens in. 'We hebben een schema.'

Nee, *hij* had een schema. Hij was tegenwoordig altijd onderweg, altijd druk. Dat was om tijd alleen met haar te vermijden, dat wist ze. Hij dacht de laatste tijd zo weinig aan haar dat ze nooit de kans kregen om samen even op adem te komen.

Vanavond zou daar verandering in komen. De komende week zou daar verandering in komen. Ze had het enige gebruikt wat ze kon bedenken om wat tijd alleen met hem te krijgen en ze was er niet trots op. Maar verdomme, ze moesten alleen zijn. Tijd hebben om te praten en uit te zoeken wat er was gebeurd — de scène die ze in scène had gezet voor het moment dat haar vader binnen zou lopen...

Het had hen naar het gemeentehuis gebracht en in een vliegtuig naar Fiji, waar pappa een fortuin had neergeteld voor de huwelijkshut op het water. Als ze haar echtgenoot naar het einde van de wereld moest meenemen om wat tijd alleen met hem te krijgen, dan was dat maar zo.

'Tanner, alsjeblieft. Ik kan niet rennen op deze hakken.'

'Trek ze dan uit. Ze zien er sowieso niet uit alsof ze gemaakt zijn om op te lopen.'

Ze slikte haar boze weerwoord in. Ze wilde hun huwelijksreis niet beginnen met ruzie. Er waren al te veel harde woorden gevallen tussen hen.

Ze nam een paar extra seconden van hun 'schema' om haar schoenen uit te trekken en rende toen achter hem aan, wensend dat ze toch had getraind voor die halve marathon waar Tricia haar voor had proberen over te halen.

Ze bereikte de limo een paar seconden nadat hij de deur voor haar had geopend, nauwelijks genoeg tijd voor hem om een norse blik op te werpen.

'Het vliegtuig gaat niet wachten, Juliet.'

Eigenlijk wel. Haar vaders geld zou daar wel voor zorgen, maar ze ging niet met hem in discussie.

Hij trok de deur dicht en pakte zijn telefoon zodra de chauffeur van de stoep wegreed.

Hij zat op dat ding de hele verdomde weg naar het vliegveld, door de beveiliging en tot op het platform. Hij had hem zelfs nog aanstaan toen de stewardess hen de champagne overhandigde.

'Meneer Wentworth, we vertrekken zo dadelijk,' zei ze toen hij gebaarde dat ze het glas op de tafel tussen hen in moest zetten.

Tanner tikte nog een paar letters voor zijn sms of e-mail of, wie weet, misschien speelde hij wel gewoon een stom spelletje zodat hij niet met haar hoefde te praten, maar toen zette hij zijn telefoon uit.

Eindelijk. Juliet kon haar glimlach niet onderdrukken. Hun huwelijksreis kon eindelijk beginnen en het herstel kon inzetten.

Maar toen stond Tanner op.

'Tanner? Wat ga je doen?'

'Wacht even, Juliet.' Hij stak zijn telefoon in zijn broekzak en liep richting de cockpit.

Juliet staarde zijn brede rug na, die zo ontzettend mooi toeliep naar een smalle taille. Tanners uiterlijk en fysiek waren slechts de kers op de taart van de man op wie ze zo lang geleden verliefd was geworden —

Dezelfde man die nu het vliegtuig verliet.

Hoofdstuk een

Zeven jaar later

De man had een prachtig lichaam.

En Juliet Chambers-Wentworth herinnerde zich elke welving, elke lijn en elke spier. Vooral hoe dat lichaam om haar heen geslagen was — hoe *hij* om haar heen geslagen was — de nacht dat ze hem in de val had gelokt om hem tot een huwelijk te dwingen.

'*Dat* is hem? Maak je een *grapje?*' Haar vriendin Sandy nam een slok van haar drankje terwijl ze in de zwak verlichte zaal zaten waar Tanner optrad, BeefCake, Inc. 'Geen *wonder* dat je hem terug wilt.'

Haar echtgenoot had een waanzinnig lichaam en wist hoe hij het moest gebruiken, maar nee, dat was niet de reden dat ze hem terug wilde. Maar ze liet hem en de rest van de wereld in die waan. Omdat het goed uitkwam. Omdat het werkte.

Omdat de waarheid iets was dat te hartverscheurend was om bij stil te staan.

De dansers op het podium bewogen hun heupen en stelden zich op in een rechte lijn; de zwarte broeken met de zijden bies aan de zijkant smeekten erom uitgetrokken te worden. Juliet had genoeg stripshows gezien om te weten wat er ging komen, en ze had genoeg van Tanner gezien zonder kleren om te weten wat er ging komen, maar toch, toen het gebeurde, toen ze die klittenband-broeken van hun lijf rukten, sloeg haar hart over zoals de eerste keer dat zijn broek uitging.

'Genadige God.' Sandy zakte achterover in haar stoel, smeet het rietje van haar drankje op tafel en sloeg de rest in één keer achterover. 'Zeg me alsjeblieft dat hij weet wat hij daarmee moet doen.'

Ja, Tanner wist het. Juliets dijen tintelden bij de herinnering. Dat gold ook voor een ander deel van haar lichaam. En haar borsten deden pijn. Er was niemand meer geweest sinds Tanner. Zevenentachtig lange maanden van celi-baat, veroorzaakt door een totaal gebrek aan interesse in wie dan ook. Het was waarschijnlijk geen goed idee om hier zo te verschijnen. Niet nu ze moest doen wat ze moest doen.

De zes ingeoliede, gespierde kerels op het podium, de een nog lekkerder dan de ander, draaiden zich om, terwijl hun heupen en andere, tja, lichaams-delen ervoor zorgden dat niemand naar hun gezicht keek.

Maar Juliet deed dat wel. Ze volgde elke gezichtsuitdrukking van Tanner. Ze zag hoe hij naar het publiek keek zonder hen echt te zien. Natuurlijk speelde de podiumverlichting daar waarschijnlijk een grote rol in, maar als ze hem vergeleek met de rest van de dansers, die contact probeerden te maken met het publiek, die probeerden die klik te vinden en op elke vrouw afzonder-lijk inzoomden om de fantasie te creëren dat ze alleen voor haar dansten, dan had Tanner dat niet.

Tot hij haar zag.

Ze wist precies wanneer het gebeurde. Hij miste een pas. Tanner miste nooit een pas, niet met dansen, niet in het leven, niet op het gebied van roman-tiek — totdat *zij* dat wel deed, en het de grootste misstap van haar leven was geweest. Ze was hem kwijtgeraakt.

Maar nu had ze hem weer nodig.

'Eh, heeft hij je gezien?' Sandy boog zich naar haar toe en fluisterde in haar oor. 'Hij staart recht naar ons.'

Juliet slikte. Ze was hier niet klaar voor. Ze dacht van wel, maar dat was ze niet.

Tanners ogen vernauwden zich en hij herstelde snel zijn pas om weer in de pas te lopen met de andere mannen, maar hij bleef haar aanstaren met zijn mond in een strakke lijn — die prachtige, talentvolle lippen die tot de mooiste glimlach konden krullen vlak voordat ze de meest kwetsende opmerkingen van haar leven maakten.

Zijn brede borstkas en nog bredere schouders glansden in de schijnwerpers. Hij had zijn borst gewaxt. Niet dat ze dat erg vond, maar ze vond het heerlijk om haar vingers door de precies goede hoeveelheid haar te halen die hij normaal had, goudblond zoals de rest van hem.

Het litteken was nieuw. Ze kromp ineen toen ze het zag. Het leek op het litteken van een blindedarmoperatie. En niemand had haar iets verteld.

Tja, wat kon ze ook verwachten? Ze was alleen in naam zijn vrouw. Hoewel, als dat een spoedoperatie was geweest, had ze zijn weduwe kunnen zijn zonder dat ze het ooit had geweten.

Ze rilde. Ze kon zich geen leven zonder Tanner voorstellen. Zelfs niet als hij duizenden kilometers verderop woonde.

Hij had zijn haar laten groeien. Zou zijn vader daar niet wat van vinden als hij hem zo zag... Maar goed, zijn vader had altijd al veel over Tanner te zeggen gehad.

Die van haar trouwens ook.

Juliet drukte die gedachten weg. Haar vader was de belangrijkste reden dat ze hier was en ze wilde liever niet denken aan het waarom.

Een andere reden was de persoon die haar aanstaarde van achter een dozijn schijnwerpers.

De solodansen begonnen. Tanner stond op de achtergrond, heupen draaiend, buikspieren aangespannen, terwijl een spiertje in die hoekige kaak van hem de maat van de muziek vasthield. Hij was afgeleid. Dat kon ze bij Tanner altijd merken. Ze kende al zijn stemmingen; dat deed ze al de volle negenentwintig jaar dat ze hem kende. Er was voor haar nooit enige twijfel geweest met wie ze haar leven zou delen. De Chambers en de Wentworths. Ze hoorden bij elkaar als pindakaas en jam, hoewel haar vader een hartverzakking zou krijgen als ze zo'n banale vergelijking zou gebruiken. Maar de Chambers en de Wentworths waren al drie generaties lang vrienden in de sociale kringen en partners in zaken. Zij en Tanner waren de eerste twee die de families echt verenigden.

Totdat ze de noodlottige beslissing nam die hen hier had gebracht.

'Kom op, Juliet. Vertel eens. Je kunt me niet wijsmaken dat waar jullie ook ruzie over hebben gehad, niet opgelost kan worden met een goed gesprek. Ik bedoel, kijk daar nou eens naar.'

Ze kéék ernaar. Naar hem. Dat was juist het probleem. Ze had moeten onthouden hoe ze in pap veranderde als Tanner in de buurt was. Al die wensen en behoeften van hun families konden de boom in; en die van haar dan? Ze had haar hele puberteit, studententijd en volwassen leven over Tanner gefantaseerd, en toen ze hem eindelijk voor het altaar — eh, de vrederechter — had gekregen, was het een droom die uitkwam.

Voor ongeveer een uurtje, totdat hij uit dat vliegtuig stapte.

'Oh *schatje*!'

Sandy gilde naast haar toen Tanner zijn duimen haakte waar een gesp had moeten zitten en een paar passen deed waardoor het water bij elke vrouw in de mond liep. Daarna draaide hij langzaam rond, terwijl de loeistrakke spandex short n-i-e-t-s verborg voor de aanwezigen. Jezus, in dat ding kon je zijn hele doopceel wel lichten.

En toen schudde hij met zijn kont, en jemig, ging de zaal uit zijn dak. Sandy sloeg Juliet zo hard op haar schouder dat ze haar stoel moest verschuiven, anders zou ze er een blauwe plek aan overhouden.

'Zeg me alsjeblieft dat hij een broer heeft. Een neef? Verdomme, ik neem genoegen met zijn zwembadhulpje.'

Tanner had geen zwembadhulpje. Niet meer. Hij had niets meer. Niet sinds zijn vader alles had vergokt — en die van haar de scherven had opgeruimd.

Weer een spijker in de doodskist van hun huwelijk.

Tanner zwaaide met zijn heupen en schudde zo hard met zijn kont dat hij zich zorgen zou hebben gemaakt om zijn rug als hij niet nog een zonde bij Juliet Chambers voor de deur had willen leggen. Wat deed ze hier in vredesnaam?

De kleine Juliet Chambers, het verwende schoonheidsprinsesje. Hij had haar een tweede kans gegeven toen ze hem erom gesmeekt had, in de veronderstelling dat ze veranderd was.

Hij had het mis.

Alweer.

Hij gaf een klap op zijn eigen kont, wetende dat vrouwen dat sexy vonden. Hij poseerde en spande zijn spieren net genoeg aan om hun aandacht — en hun gegil — vast te houden. Daarna draaide hij langzaam rond, zodat ze allemaal een goede blik konden werpen op de buikspieren waar hij twee uur per dag voor trainde, en de borstspieren die hij kon laten dansen zoals zijn grootvader hem had geleerd. Hij moest er altijd om lachen, maar de vrouwen? Die gilden het uit.

Hij hield weer een pose vast en maakte oogcontact — of dat dachten ze tenminste — door het rokerige podiumlicht, terwijl hij een paar keer knipoogde. Naar elke willekeurige vrouw, behalve naar Juliet.

Ze keek echter naar hem; hij voelde het. Hij voelde haar ogen altijd op zich rusten. Vanaf het moment dat ze hadden besloten elkaars eerste kus te zijn, wist hij altijd wanneer Juliet naar hem keek.

Hij had net zo vaak naar haar gekeken. De vrouw was prachtig en helaas wist ze maar al te goed welk effect ze op hem had.

Maar nu niet meer. Hij kon de rest van de nacht naar haar staren zonder dat het de ontgoocheling zou uitwissen die zij hem had bezorgd.

Juliet was een speciaal geval. Hij had het nooit eerder ingezien, nooit beseft hoe egoïstisch en oppervlakkig ze was tot het moment dat hij erachter kwam—

Shit, hij miste een beweging. Tanner herpakte zich en kwam weer synchroon met de muziek. Hij was niet van plan Juliet Chambers-Wentworth — en hij huiverde telkens wanneer hij zijn naam aan de hare verbond — nog een deel van zijn leven te laten verpesten. Vijfenveertig dagen en dan was ze voorgoed uit zijn leven.

Het laatste couplet van het nummer begon en Tanner trok de cowboyhoed schuin over één oog, een vast onderdeel van de act. Het werkte altijd.

Werkte het bij Juliet?

Waarom kon het hem verdomme schelen?

Hij draaide zich weer om, met zijn achterwerk vol in het zicht. Dat was waar hij echt zijn geld mee verdiende en normaal gesproken zette hij het ook zo in. Vanavond schudde hij ermee om de verkeerde redenen.

Laat haar maar lekker jaloers worden. Als ze haar geheim voor zich had gehouden, had hij het nooit geweten en had ze hem voor de rest van zijn leven om haar vinger kunnen winden.

Hij zakte door zijn knieën en maakte pompende bewegingen met zijn bekken alsof hij aan het paaldansen was, terwijl hij met de elastieken band van zijn short speelde. Hij droeg er een string onder; de verleiding was groot om dat ding gewoon naar beneden te trekken en haar precies te laten zien wat ze moest missen.

Ze had kapotgemaakt wat ze hadden kunnen hebben. Eerst met haar leugen, en daarna door de waarheid op te biechten. Terwijl hij nog steeds aan het bijkomen was van de ergste schok van zijn jonge leven.

Hij zou het haar nooit kunnen vergeven dat ze hem niet door één verlies, zelfs niet door twee, maar door zoveel verliezen had gesleurd dat hij door de jaren heen de tel was kwijtgeraakt.

Het gejoel hield aan, dus Tanner bleef de denkbeeldige paal bewerken terwijl hij zijn kenmerkende zwoele blik over zijn schouder wierp. Hij kende de kracht van die blik; hij wist hoeveel fooi het zou opleveren. Dus toen hij zich omkeerde en op zijn knieën naar voren gleed over het podium, met zijn hoed in zijn hand, was hij niet verbaasd dat die volgegooid werd met bankbiljetten.

Kijk je ogen maar uit, Juliet.

Hoofdstuk twee

Hé, Tan, er staat hier een lekker wijf voor je.’
'Ik heb het druk.'
'Gast, ze is *heet*. Echt een spetter.'
'Nog steeds druk.'

Adam schudde zijn hoofd en mompelde binnensmonds terwijl hij wegliep. Tanner haalde zijn schouders op. De jongens zouden er inmiddels wel aan gewend moeten zijn. Hij pikte nooit gasten op — dat was de belangrijkste regel van Gage en Bryan tijdens het werk. Zodra ze echter in hun gewone kleren in de club van iemand anders waren, kon er van alles gebeuren. En dat gebeurde ook vaak. Maar niet bij hem. Juliet had haar stempel op hem gedrukt, net zo stevig als de trouwring die hij nog geen vijf minuten nadat ze hem had omgeschoven alweer van zijn vinger had gewurmd. Maar hij was nog steeds getrouwd en het ding met Tanner was: hij hield zich aan zijn woord. Geen zijpaden, geen uitvluchten, geen plannetjes achterom.

Nee, hij legde zijn kaarten op tafel. En over vijfenveertig dagen zou hij daar een flinke cheque bovenop gooien en haar — en haar vader — voorgoed uit zijn leven bannen.

Gage stak zijn hoofd de kleedkamer in. 'Hé, Tan—'
'Geen interesse.'

'Mooi zo. Je kent de regel.'

Gage had makkelijk praten. Hij was op een avond tijdens een vrijgezellenfeest in één rechte lijn op Lara afgestapt en dat was het einde van zijn vrijgezellenbestaan geweest. Maar de partners hoefden zich op dat gebied geen zorgen te maken wat hem betrof.

'Ze zegt echter dat ze je kent en ze gaat niet weg voordat je naar buiten komt. We hebben geen zin in een scène.'

Tanner zuchtte en raakte de tel kwijt van de briefjes van tien die hij uit de Stetson aan het vouwen was. Een van zijn betere opbrengsten, dus natuurlijk moest Juliet de boel verstoren. 'Vooruit dan. Ik kom eraan. Laat me me even aankleden.'

Gage stelde gelukkig geen vragen en knikte voordat hij de deur van de kleedkamer dichttrok.

Tanner haalde diep adem, stond op en maakte de handdoek om zijn middel los. Tenminste had Gage hem een waarschuwing gegeven, zodat hij Juliet na zeven jaar niet voor het eerst onder ogen kwam met bijna niets aan.

Hoewel ze vanuit het publiek zeker genoeg had gezien.

Hij vroeg zich af wat ze ervan had gevonden, hem te zien dansen voor andere vrouwen zoals hij ooit voor haar had gedanst.

Hij had ooit een hoop dingen voor haar gedaan, en met haar, en bij haar... En het was allemaal gebaseerd op een leugen.

Tanner schudde de nare herinneringen van zich af. Hij had het achter zich gelaten en was verdergegaan met zijn leven; Juliet hoorde bij het verleden en over zeseneenhalve week zou dat ook zo blijven. Hij liet de papieren al opstellen.

'Hé, Tan. Die blonde. Als jij geen interesse hebt, mag ik dan haar nummer?' Markus liep hun gezamenlijke kleedkamer binnen en trok de spierwitte handdoek van zijn donkere lichaam, veel te ver van zijn kleren vandaan naar Tanners smaak. Markus was er altijd op gebrand om het stereotype te bevestigen. Nou ja, bij iedereen behalve bij hem.

Tanner grinnikte. Markus baalde er oprecht van dat hij niet de grootste van de club was en zeurde constant tegen hem dat hij zijn kansen liet liggen.

'Je wilt haar nummer niet, Markus. Geloof me. Ik heb het en het is niet zo mooi als het lijkt.'

'Ik zei niet dat ik met haar wilde trouwen, ik wil gewoon, je weet wel.'

Tanner keek weg voordat Markus suggestieve bewegingen kon maken. Hij had het vaker gezien dan hem lief was.

Hij trok het T-shirt over zijn hoofd en gaf Markus een vriendschappelijke stomp tegen zijn biceps terwijl hij naar de deur liep. 'Je zult me er op een dag dankbaar voor zijn, kerel.'

'Ik zou je er *vandaag* al dankbaar voor zijn als je me gewoon haar nummer geeft.'

'Gaat niet gebeuren,' zei hij, terwijl hij de deur achter zich dichttrok. Markus was een vriend en hij zou Juliet nog niet op zijn ergste vijand afsturen.

'Hallo, Tanner.'

Ze stond onderaan de trap die naar het podium leidde.

Verdomme, wat was ze mooi in dit licht, zonder de rokerige, donkere verlichting van de club die schaduwen op haar gezicht wierp.

Juliet was altijd al prachtig geweest. Grote glimlach, grote blauwe ogen, weelderig blond haar, flinke borsten, een wespentaille. Ze was de ultieme Texaanse schoonheidskoningin. En dat was ze ook geweest. Ze waren het perfecte stel.

Totdat ze het verpestte.

'Ik had je pas over anderhalve maand verwacht.'

'Over anderhalve maand? Waarom? Ik had op elk moment kunnen komen opdagen.'

'Maar dat heb je niet gedaan.' Hij zette zijn cowboyhoed op zijn hoofd terwijl hij haar passeerde, een handeling die zowel symbolisch als praktisch was. Hij hoefde haar niet aan te kijken, en het liet haar weten dat hij dat ook niet wilde. Hij nam de treden van het podium twee tegelijk. Het was makkelijker om via de club te vertrekken dan de vragen van de jongens achterin te moeten beantwoorden.

'Tanner, we moeten praten.'

Hij bleef doorlopen over het podium. '*Wij* hoeven helemaal niets, maar als jij de behoefte voelt, kan ik je niet tegenhouden. Het is een vrij land.'

Hij sprong van het podium en draaide zich toen om om te zien of zij er ook af kon komen.

Verdomd, die aangeboren hoffelijkheid van hem.

En verdomme, het aanraken van haar joeg nog steeds vloeibare lava door zijn aderen.

Hij hielp haar van het podium en liet haar armen toen los, waarna hij opzij stapte om haar door te laten.

Ze draaide zich om en blokkeerde zijn pad tussen de tafels. 'Kunnen we ergens heen gaan om te praten?'

'Nee.' Hij liep om een tafel heen en koos een andere route naar de voordeur.

'Tanner, alsjeblieft.'

Hij stopte. Verdomme. Als haar stem zo zacht werd, alsof ze bijna moest huilen...

God, hij was nog steeds een softie als het op Juliet aankwam. 'Juliet, laat het rusten. We hebben nog anderhalve maand en dan is het voorbij. Ik gebruik mijn trustfonds om de hypotheek van mijn vader bij jouw vader af te lossen en dan kunnen we alles afronden.'

'Ik heb geen anderhalve maand meer.'

Hij draaide zich om en keek haar aan. Keek haar *echt* aan. Ze had geen anderhalve maand? Waarom? 'Wat is er met je aan de hand? Wat mankeer je? Is het te genezen?'

Die prachtige, hartvormige mond trok scheef en haar natuurlijk perfect gevormde wenkbrauwen fronsten zich boven haar neus, een blik die andere vrouwen er — nou ja, als het al niet lelijk was — zeker niet op hun voordeligst uit zou laten zien, maar bij Juliet was het gewoon weer een uitdrukking op haar mooie gezicht. Een die hij jaren geleden had leren lezen omdat hij urenlang naar haar had zitten staren. Dagenlang. Wekenlang. Maandenlang. Hij was nooit uitgekeken geraakt op Juliet.

'Waar heb je het over, Tanner?'

'Over jou. Je zei dat je geen maand meer hebt. Wat is er mis met je?'

Haar uitdrukking veranderde zomaar in een glimlach. Alsof ze het geoefend had—

Verdomme nog aan toe. Hij was er weer in getrapt.

'Je bent helemaal niet ziek, hè? Je wilde alleen maar dat ik zou stoppen om naar je te luisteren. Nou, vergeet het maar, Juliet. Ik trap niet meer in je kunstjes. Een ezel stoot zich in het algemeen niet twee keer aan dezelfde steen, maar een derde keer? Schiet me dan maar meteen neer.'

'Tanner, wacht even. Ik heb niet gezegd dat ik ziek was. Dat was jouw eigen conclusie.'

'Natuurlijk. Geef mij maar weer de schuld. Waarom zou vandaag ook anders zijn?' Hij nam zijn cowboyhoed af en haalde zijn vingers door zijn haar. Hij had een knallende koppijn en hij was nog geen tien minuten bij haar in de buurt.

'Tan, alsjeblieft, geef me de kans om het uit te leggen—'

'Je bent ongeveer tien jaar te laat voor uitleg, Juliet. Luister, mijn advocaat neemt aan het eind van volgende maand contact op met die van jou.' Op zijn verjaardag. Gelukkig was hij 's ochtends om negen uur geboren, dus haar advocaat kon er geen punt van maken dat hij pas halverwege de nacht officieel dertig was. Dit zou allemaal netjes en simpel geregeld zijn voor de lunch en hij zou die avond het beste verjaardagsfeest van zijn leven vieren. Juliet Chambers-Wentworth en haar vader zouden voorgoed uit de levens van hem en zijn ouders verdwijnen. Hij zou geen cent meer over hebben van zijn trustfonds, geld dat eigenlijk bedoeld was om de masteropleiding te betalen waar hij zich nu moeizaam doorheen worstelde terwijl hij het geld bij elkaar danste, maar het zou het waard zijn om vrij te zijn.

'*Ik* heb nog anderhalve maand de tijd, Tanner, maar mijn grootmoeder misschien niet.'

O nee. Tanner klemde zijn kaken op elkaar en hield op met lopen. Juliets grootmoeder was in deze hele puinhoop een even onwetende pion geweest als hijzelf. 'Wat is er met Nana?' De naam ontsnapte hem te gemakkelijk, maar ze was als een grootmoeder voor *hem* geweest, aangezien hij zelf sinds de basisschool geen grootouders meer had.

'Ze heeft een beroerte gehad.'

'Wanneer?'

'Twee weken geleden. Het gaat niet goed met haar.'

Tanner kneep in de brug van zijn neus. Hij vond het verschrikkelijk dat Nana dit moest doormaken, maar serieus, waarom kon dit niet over twee maanden zijn gebeurd, als zijn nachtmerrie eindelijk voorbij was?

Jeetje, dat was gemeen van hem. Hij wenste haar dit op geen enkel moment toe. Zijn woede op Juliet mocht zijn menselijkheid niet overschaduwen.

Hij draaide zich om. 'Dat spijt me heel erg voor je.'

'Dank je. Ze geeft nog steeds om je, weet je.'

Tanner gaf geen antwoord. Ondanks wat Juliet had gedaan, was haar grootmoeder altijd aardig tegen hem geweest, en als toekomstig familielid destijds had hij beseft dat hij het een stuk slechter had kunnen treffen dan met 'de matriarch', zoals ze zichzelf noemde, in zijn familie. 'Dus wat wil je van me, Juliet? Waarom ben je hier?'

Juliet keek om zich heen. De jongens waren er niet, maar ze luisterden wel. Hij kende ze. Hij kende ook zijn eigen reputatie. Het feit dat er hier een vrouw naar hem vroeg... En het feit dat ze op het punt stond de vuile was buiten te hangen over wat hun relatie werkelijk was—

'Kom mee.' Hij greep haar hand en negeerde de vonk van verlangen die van zijn handpalm rechtstreeks door zijn arm omhoog schoot, over zijn schouder en naar beneden in zijn onderbuik, waar die effect begon te hebben op een paar zeer verharde zenuwuiteinden. Hij wilde niet dat de jongens opvingen wat Juliet hem ook te vertellen had. Want de jongens hadden hem nog nooit met een vrouw gezien — en wat zouden ze verbaasd zijn als ze erachter kwamen dat de vrouw met wie ze hem eindelijk zagen, zijn echtgenote was.

Hoofdstuk drie

Er stond een limousine voor de deur geparkeerd.

Natuurlijk.

'Weet je vader dat je me bent komen opzoeken?' Tanner knikte in de richting van de limousine, waarvan de koplampen fel door de stromende regen schenen.

'Eigenlijk niet. Nee. Hij weet het niet. Het zou niet in goede aarde vallen.'

Het understatement van het jaar.

Hij wilde dit absoluut niet doen, maar wederom leek het erop dat hij geen keuze had. 'Klaar voor een sprintje?' Hij keek er niet bepaald naar uit om met haar in zo'n besloten ruimte te zitten, maar als ze privacy wilden, was dit wel het meest intieme dat ze konden krijgen zonder iemands hotelkamer op te zoeken. En aangezien hij er geen had en hij geen voet in de hare zou zetten, was de limousine hun enige optie.

Hij trok het portier voor haar open. 'En hoe heb je zijn auto en chauffeur mogen lenen?'

'Eigenlijk,' ze gleed het zwak verlichte interieur in, 'is dit niet die van papa. Ik ben hierheen gevlogen en heb dit gehuurd.'

Tanner nam plaats op de achterbank en trok het portier achter zich dicht. 'Je weet wel, er bestaan ook dingen die taxi's heten. Veel goedkoper. Je vader zal deze rekening geweldig vinden.'

Ze tikte tegen het tussenschot dat hen scheidde van de chauffeur en de auto reed het parkeerterrein af. 'Ik betaal mijn eigen rekeningen.'

Uh-huh. Met het geld van haar vader. En het geld dat hij haar stuurde. Ze was misschien niet de vrouw die hij wilde, maar ze *was* zijn vrouw en niemand kon zeggen dat hij haar niet onderhield — tot de dag dat hij dertig zou worden en haar en haar vader definitief uit zijn leven zou schoppen.

'Ik wilde met je kunnen praten in plaats van me op het rijden te moeten concentreren.'

'Praat dan maar. Ik heb niet de hele nacht.' Eigenlijk wel. Triest gesteld met zijn leven, de afgelopen paar jaar. Alleen maar werken en studeren maakte van Tanner een heel saaie jongen. Maar het was nog altijd beter dan de zogenaamde spanning die hij had gekend toen Juliet nog deel uitmaakte van zijn leven.

Die specifieke vorm van spanning kon hij prima missen.

Juliet reikte naar de wijnfles in de ingebouwde ijsemmer in het interieur van de auto, en naar een wijnglas dat ondersteboven aan de houder tegen het dak hing. 'Wil je ook wat?'

Tanner ontkurkte de fles voor haar met de kurkentrekker die aan zijn kant lag. 'Nee.' Hij moest scherp blijven wanneer hij met Juliet te maken had. Een blonde stoot mocht ze dan zijn, er zat absoluut een stel hersens in die kop van haar. 'Kom op, Juliet. Dit had ook telefonisch gekund. En wel op het moment dat het gebeurde, niet twee weken later.'

Ze nam een slok van de wijn die net iets te lang duurde om nog een slokje genoemd te worden, waardoor hij zich begon af te vragen waar dit over ging. Juliet was nooit een zware drinker geweest.

'Ik weet het. Maar ik moet je om een gunst vragen, Tan.'

'Een gunst? Aan mij? Waarom denk je dat ik daarmee akkoord zou gaan, en wat heb je me in hemelsnaam te vragen dat je niet aan een van de honderden mensen kunt vragen die voor je vader werken?'

'Omdat jij de enige bent die het kan doen.' Juliet dronk de wijn leeg, wat Tanner zorgen baarde.

'Wat is er aan de hand, Jules?'

Ze zuchtte en zette het wijnglas neer. 'Het is...' Ze zuchtte nogmaals. Knipperde een paar keer met haar ogen. 'Nana is niet... ik weet het niet; het is alsof ze... alsof ze het heeft opgegeven. Ze zit maar in haar ziekenhuiskamer en staart uit het raam. Ze praat over mijn grootvader en mijn moeder alsof ze er nog steeds zijn, en het is gewoon...'

Tanners borstkas trok samen. Juliets moeder was er vandoor gegaan toen Juliet nog een baby was voor een kindvrij leven in Europa met een rijke playboy die ze God-mag-weten-hoe had ontmoet, dus Nana, de moeder van haar vader, had haar opgevoed. Haar moeder was altijd een gevoelig punt geweest in Juliets leven, iets waar ze zelden over sprak. Het feit dat ze de vrouw überhaupt noemde, zei genoeg.

'En mijn vader... Het maakt hem kapot. Ik zie het wanneer hij denkt dat ik niet kijk. Hij gaat bijna niet meer naar zijn werk en, nou ja, Tanner, ik denk gewoon dat als ik ze iets kan geven om op te hopen, Nana weer zou opknappen. Een reden om te vechten, begrijp je?'

'Ik volg je niet.' Omdat zijn hoofd nog steeds duizelde. Hij was zeven jaar geleden weggegaan en nooit meer teruggekomen; hij had niet moeten verwachten dat alles hetzelfde zou blijven, maar hij besefte nu dat hij dat wel had gedaan.

'Ik heb je hulp nodig. Aangezien we technisch gezien nog steeds getrouwd zijn, is het logisch. Ik kan dit niet met zomaar iemand klaarspelen en haar laten geloven dat het echt is.'

'Wat klaarspelen? Wat geloven?' De minuut dat de vraag zijn mond verliet, wist hij het antwoord al. 'Je wilt dat ik doe alsof we gelukkig getrouwd zijn?'

'Ja.'

'Niemand trapt daar in, Juliet. Ik ben de afgelopen zeven jaar niet in de buurt geweest; wie denk je dat er zal geloven dat we elkaar plotseling weer hebben gevonden en de rest van ons leven samen willen doorbrengen?' Zelfs terwijl hij de woorden uitsprak, vulde dat oude gevoel zijn borstkas. Als tiener had hij niets liever gewild dan samen met Juliet oud worden.

En toen was het gebeurd. In hun eindexamenjaar was ze zwanger geraakt en waren ze een bruiloft aan het regelen. Hij was doodsbang geweest om op hun leeftijd een kind te krijgen, maar de vreugde dat hij Juliet zijn vrouw mocht noemen, dat hij met haar kon samenwonen, met haar kon slapen en haar voor de rest van zijn leven aan de ontbijttafel zou zien, had het gewonnen van zijn angst en het verdriet dat hij zijn studiebeurs voor honkbal moest opgeven.

Verrassend genoeg was hij destijds echt gelukkig geweest. Maar elf jaar was een lange tijd en hij kon zich niet meer herinneren hoe geluk voelde, want in de tussenliggende jaren had hij geprobeerd alles aan haar te vergeten. Hoe ze eruitzag in de eerste trouwjurk die hij eigenlijk niet had mogen zien, maar die hij zag toen hij door de slaapkamerdeur gluurde terwijl ze hem showde aan haar vriendin, Tricia.

Ze had hem de adem benomen, net als dat kostbare buikje dat hij had gezien toen ze de mouwen van de jurk van haar armen stroopte en eruit stapte.

Zijn baby.

Hij was zo gelukkig geweest. *Zij* waren zo gelukkig geweest. Het leven zou over rozen zijn gegaan...

Als ze de baby maar niet verloren was.

Tot op de dag van vandaag had de gedachte aan dat moment — toen ze wisten dat ze Keegan verloren hadden en Tanner doodsbang was dat hij haar ook zou verliezen — de kracht om hem op de knieën te krijgen. Hij had zo zielsveel van hen beiden gehouden, en toen zijn zoon te vroeg en zonder ademhaling geboren werd, wist Tanner niet meer wat hij moest doen.

Daar lag Juliet, die er zelf ook als een lijk uitzag, aangesloten op slangen, monitoren en infusen in dat lelijke stoffen ziekenhuishemd, waar een trouwjurk had moeten zijn... Hij liep rond in een roes en trok alles in twijfel wat hij over het leven dacht te weten. Over hoe ze ogenschijnlijk alles hadden kunnen hebben, om het in een tijdsbestek van een paar uur allemaal te verliezen.

Hij had haar hand vastgehouden terwijl ze in dat ziekenhuisbed lag, en hij telde elke ademteug die ze nam terwijl mensen hem vroegen naar de uitvaartdienst en kisten en namen en grafstenen. Het enige wat hij wilde was dat zijn Juliet wakker zou worden en hem zou vertellen dat dit allemaal een boze droom was.

Alleen... het was een nachtmerrie toen ze *wel* wakker werd en zo ontroostbaar was dat ze eruit flapte dat ze met opzet zwanger was geraakt, waardoor ze zijn leven ontspoorde om haar eigen egoïstische redenen en hem direct na de middelbare school in een huwelijk had geluisd.

En toen, ongelooflijk genoeg, was hij vier jaar later opnieuw in haar leugens getrapt.

Hij schudde zijn hoofd, meer om de herinneringen te verdrijven waar hij nooit meer aan wilde denken dan om haar *nee* te verkopen. Maar *nee* zeggen zou hij. Nog vijfenveertig dagen en dan hoefde hij nooit meer aan de pijnlijkste zaak uit zijn leven te denken.

'Wat doet je denken dat je grootmoeder het überhaupt zal geloven? Je vader trapt er in elk geval zeker niet in.'

'Dat doen ze wel, omdat ze het graag willen. Het was het enige waar Nana het over had; mij gelukkig getrouwd zien met een eigen gezin. Natuurlijk ga ik je niet vragen om zover te gaan, maar kom gewoon een tijdje langs. Geef haar wat hoop. Laat haar beter worden. Als het dan zover is, kunnen we haar vertellen dat het niet werkt en kunnen we verdergaan. Maar als ik haar nu vertel dat we gaan scheiden, dan wordt dat haar dood.'

'Wat als ik de scheiding in plaats daarvan uitstel?' Die gedachte raakte hem diep. Hij had zich er helemaal op ingesteld om hun huwelijk te beëindigen zodra hij de schuld van zijn vader had afbetaald; hij wilde het niet verlengen. Maar als dat Nana zou helpen...

'Dat is de situatie waarin we nu zitten en dat helpt haar niet. Ik heb geprobeerd iets anders te bedenken, Tanner, maar het lukt me niet. Zou het echt zo erg zijn om dit te doen?'

Op zoveel niveaus wel. 'Het spijt me, Juliet, maar ik kan niet voor je liegen. Ik *wil* niet voor je liegen."

'Het is geen leugen, Tanner—'

'O jawel, dat is het wel. We zijn niet gelukkig getrouwd. We zijn *nauwelijks* getrouwd, een feit waar ik over zes weken verandering in ga brengen.'

Juliet zweeg, haar blauwe ogen vulden zich met tranen.

Tanner verhardde zijn besluit. Hij liet zich niet vangen door tranen. Ze zou hem nooit meer op die manier manipuleren. Hij was in de jaren sinds hij haar voor het laatst had gezien immuun geworden voor de tranen van een vrouw.

De limousine stopte bij een stoeprand. 'Waar zijn we?' Tanner keek door de geblindeerde ramen, maar kon in dit weer niets zien. Hij zou haar er best voor kunnen aanzien dat ze bij het chicste hotel van de stad stonden — en dat haar vader op precies het juiste, of liever gezegd *verkeerde* moment zou komen opdagen.

Alweer.

Dat was immers de manier waarop ze hem de tweede keer had laten trouwen, toen ze het wel echt hadden doorgezet. Haar vader was zo boos geweest over het schandaal rond Juliets eerste zwangerschap, daarna de doodgeboorte twee dagen voor de bruiloft, het afzeggen van dat huwelijk en Tanners vertrek uit de stad de dag na de begrafenis van Keegan, dat toen meneer Chambers vier jaar later binnenkwam en hem en Juliet in bed aantrof —

Tanner vond dat hij nog geluk had gehad dat die man geen jachtgeweer tevoorschijn had gehaald.

Hij had echter wel een huwelijkscontract tevoorschijn gehaald en de naam van de advocaat die hij zou inschakelen om de hypotheek op het landgoed van Tanners vader op te eisen als Tanner dit keer niet het juiste deed.

Dus Tanner had wel akkoord moeten gaan. Hij had de papieren getekend die ze wilden, had zijn poot stijf gehouden over een grote bruiloft en had geprobeerd er het beste van te maken in een situatie die niet bepaald slecht, maar ook verre van optimaal was.

Tot hij Juliet hoorde opbiechten aan Tricia dat ze het allemaal in scène had gezet om het te laten gebeuren.

Eén keer gefopt, schande voor haar. Twee keer gefopt, schande voor hem.

Een derde keer ging *niet* gebeuren.

Hij reikte naar de deurklink. Hij trotseerde liever het barstende weer dan een van Juliets plannetjes. 'Het spijt me van je grootmoeder, Juliet, maar liegen zal haar niet beter maken.'

'Tanner, alsjeblieft.' Ze legde haar hand op zijn arm net toen hij wilde uitstappen. 'Doe dit alsjeblieft voor haar. Niet voor mij. Voor haar. Alsjeblieft, Tanner. Ze houdt van je. Dat heeft ze altijd gedaan. Ze beschouwde je als de kleinzoon die ze nooit heeft gehad, en al die tijd dat we gescheiden zijn geweest, beschouwt ze je nog steeds als familie. Ze heeft alleen maar iets nodig om op te hopen. Dat is alles. Maar voor even, dat beloof ik. Het zal haar helpen, ik weet het zeker. Alsjeblieft, Tanner. Voor mijn grootmoeder? Voor Nana?'

Hij wilde zo graag nee zeggen. Wilde dit niet doen.

Maar hoe kon hij weigeren? Het was niet alsof hij deze leugen de rest van zijn leven hoefde vol te houden en als het Nana zou helpen...

Hij opende zijn mond om ja te zeggen toen Juliet haar hand op zijn arm legde.

'Ik doe de hypotheek van je vader erbij als dat helpt bij je beslissing.'

Hij verstijfde. 'De hypotheek? Je scheldt alles kwijt?'

Ze knikte. 'Wat er ook voor nodig is. Jij doet iets voor mijn familie; ik doe iets voor de jouwe.'

Hij zou zijn erfdeel terugkrijgen. Hij zou zijn studie kunnen afbetalen, wat betekende dat hij kon stoppen met dansen, en hij zou geld hebben om Bryan en Gage te kunnen aanbieden om een derde partner te worden. Ze hadden het erover gehad dat ze BeefCake, Inc. wilden uitbreiden, maar de cashflow was krap en aangezien ze allebei onlangs getrouwd waren, stonden ze niet te springen om een flinke schuld aan te gaan. Met zijn geld zou dat voor hen alle-maal mogelijk zijn.

Nana, hijzelf, Gage, Bryan, zelfs Juliet... Het was een overwinning voor iedereen. Er was maar één beslissing die hij kon nemen.

'Goed. Ik doe het.' Het zou immers niet voor lang zijn. Hij zou daarheen gaan, zijn rol spelen, Nana zou opknappen, en dan kon hij vertrekken met de hypotheek van zijn vader afbetaald en zijn geld veiliggesteld. Wat kon er misgaan?

Hoofdstuk vier

Werkelijk alles ging mis.

Het verhaal lag op straat en hij was in Texas; twee dingen waar hij de afgelopen zeven jaar hard voor had gewerkt om ze te vermijden. En toch, dankzij Juliet — al *weer* — was zijn leven niet langer in zijn eigen beheer.

Shit.

Hij had het Bryan en Gage moeten vertellen, zodat zij zijn diensten konden overnemen. Ze hadden één en één bij elkaar opgeteld en waren tot een conclusie gekomen die de waarheid zo dicht benaderde dat Tanner het niet had ontkend. En toen hij hen vertelde dat hij een partnerschap met hen aan wilde gaan... waren zij er even grote voorstanders van als Juliet dat hij naar Texas zou gaan.

En dan was er nog zijn hospita. Ze wist dat er iets aan de hand was omdat ze hem had overhoord (afgeluisterd) toen hij de postbode vroeg om zijn post door te sturen, dus natuurlijk werd hij overspoeld met vragen van haar kant.

Er zouden er nog veel meer volgen zodra hij in zijn geboorteplaats aankwam.

Hij keek uit het raampje terwijl het vliegtuig naar de terminal taxiede en hem terugbracht naar de plaats van het misdrijf. En ja, het was een misdrijf — de zwangerschap had hem de kans ontnomen om tijdens zijn studententijd op niveau te honkballen.

Toen hij de waarheid had ontdekt, had de bitterheid hem bijna genekt. Als zij dat niet had gedaan, hadden hun levens nooit deze wending genomen. En wie wist? Misschien waren ze nu wel heel gelukkig getrouwd geweest met een paar kinderen.

En als klap op de vuurpijl kende iedereen in het stadje elk minuscuul detail van de slechtste periode uit zijn leven. Hij en Juliet waren voor iedereen het perfecte koppel geweest. Zelfs in zijn eigen ogen, en daarom had hij de starende blikken en de roddels niet onder ogen willen komen — om nog maar te zwijgen over Juliet — en daarom was hij tijdens zijn studie niet naar huis teruggekomen, maar naar de school gegaan die pas zijn tweede keus was geweest. Natuurlijk had hij gehonkbald, maar niet waar hij had gewild, en het had hem geen stap dichter bij de profs gebracht.

Nog een zonde die hij de vrouw met wie hij gedwongen was te trouwen voor de voeten kon werpen.

De vrouw die op hem wachtte toen hij de luchthaven verliet. Verdomme. Hij had meer tijd willen hebben om zich voor te bereiden. De afgelopen week was hij te druk geweest met tentamens, werken en het regelen van zaken voor zijn lange afwezigheid, waardoor hij die kans niet had gehad. Haar weerzien was een tweesnijdend zwaard — ze was zo mooi dat hij van verlangen naar haar verkrampte als hij naar haar keek, en toch riep haar aanblik zulke pijnlijke herinneringen op dat hij haar nooit meer wilde zien.

'Ik had je ook op de ranch kunnen ontmoeten, hoor.' Hij gooide zijn handbagage op de achterbank toen ze met een Mercedes sedan bij de stoeprand stopte. Geen limousine dit keer. Verrassing, verrassing; ze had haar zin gekregen, dus het was niet nodig om het zware geschut in te zetten.

Hij schudde zijn hoofd. Alleen in de wereld van Juliet zou een Mercedes niet als zwaar geschut worden beschouwd.

Ze zette haar handtas op de vloer achter haar stoel terwijl hij op de passagiersstoel plaatsnam. 'Ik weet nog hoe jij bent met luchthavens. Ik neem geen enkel risico.'

Hij legde zijn cowboyhoed op het dashboard terwijl hij zijn gordel vastmaakte. 'Als je denkt dat je me daar een schuldgevoel over kunt aanpraten, dan heb je het mis.'

'Schuldgevoel? Waarom zou jij je schuldig moeten voelen? Je hebt je vrouw alleen op huwelijksreis gestuurd. Het minste wat je had kunnen doen, was regelen dat iemand anders me daar zou opvangen. Het was in mijn eentje niet bepaald een lachertje.'

'Nee, want we gingen op huwelijksreis om samen de grootste lol te hebben. Nadat je me tot een huwelijk had gedwongen. Denk je echt dat het ook maar iets beter zou zijn geweest als ik er wel was geweest?' Hij trok zijn hoed op zijn schoot.

'Het was fijn geweest om dat uit te vinden.'

'O nee, Juliet. Dat flik jij me niet. De enige reden dat we getrouwd waren, was vanwege jouw kleine "verrassing".'

'De enige reden?' Juliet hield haar hoofd schuin zodat haar haar over de ene schouder viel en de andere bloot liet. Zodat hij eraan kon knabbelen, zoals vroeger. Maar dit waren de nieuwe-en-verbeterde tijden en hij ging niet meer terug.

Hij gaf haar geen antwoord — de vraag behoefde geen antwoord. In plaats daarvan pakte hij zijn mobiele telefoon en opende zijn e-mail. Zijn bankier, zijn advocaat, de man die voor hem een paar locaties bekeek om Gage en Bry te helpen de zaak uit te breiden... Hij had genoeg werk om de hele rit naar huis bezig te blijven, zodat hij niet met haar hoefde te praten.

Maar als ze daar eenmaal waren, was dat een heel ander verhaal.

Hij negeerde haar. Juliet zou er nooit aan wennen. Tanner had haar nooit genegeerd. Verdomme, hij was altijd de attentheid zelve geweest tot—

Ze haatte het om daaraan te denken. Ja, ze had fouten gemaakt. Enorme fouten. Maar niet uit kwaadaardigheid. Ze was gewoon zo bang geweest dat hij op de universiteit een ander meisje zou vinden en haar helemaal zou vergeten. Ze had de beslissing om opzettelijk zwanger te worden niet echt doordacht; ze had zeker nooit verwacht dat hij zijn sportbeurs zou moeten opgeven. Ze had gewoon gedacht dat ze met hem mee zou gaan naar school en in een klein appartementje zou wonen terwijl hij naar de les ging en honkbalde. Ze had niets geweten over een moraalclausule in zijn contract, en ze had zeker niet verwacht dat haar vader zo vastberaden zou zijn dat er getrouwd moest worden vóór de geboorte van de baby. Allemachtig, iedereen wist dat Juliet Chambers en Tanner Wentworth voor altijd samen zouden blijven. Het was net zo onvermijdelijk als ademhalen. Ze zouden later wel trouwen. Wanneer hij klaar was met school en ze een fatsoenlijke bruiloft en een fatsoenlijk huis en een fatsoenlijk gezin konden hebben.

Maar toen was ze Keegan verloren en had ze zelf wat complicaties gehad. Dat was de reden waarom zij, in haar verzwakte staat met op hol geslagen hormonen en emoties, die kleine bom over het opzettelijk zwanger worden had laten vallen.

Tanner had het gezien als het ultieme verraad. Zij dacht dat het het ultieme teken van haar liefde voor hem was.

Toegegeven, nu ze er meer dan tien jaar later op terugkeek, begreep ze dat het een ongelooflijk egoïstische en onbezonnen actie was geweest voor hen allemaal, inclusief de baby. Maar toen ze haar excuses probeerde aan te bieden, wilde Tanner niet naar haar luisteren. En hij wilde haar absoluut niet vergeven, hoewel ze er niet zo zeker van was of dat door de zwangerschap kwam of door de miskraam.

Tanner had die baby gewild.

Ze voegde in in het verkeer. 'We moeten ons verhaal doornemen.'

'Jezus, Juliet, lieg jij tegen iedereen of ben ik gewoon de gelukkige?'

Ze telde tot tien voordat ze antwoordde. Ze had Tanner een reden gegeven om dit voor haar te doen, maar hij kon er elk moment mee stoppen vanwege zijn trustfonds. Zij was degene die hem nodig had, niet andersom.

De geschiedenis herhaalde zich.

'Luister Tanner, Nana is niet achterlijk. We moeten zorgen dat dit werkt. Onze verhalen moeten perfect op elkaar aansluiten, anders bezorgen we haar alleen maar meer hartenpijn.'

'Correctie: *jij* gaat haar meer hartenpijn bezorgen. Ik ben niet degene die met dit idee is gekomen, en eerlijk gezegd weet ik niet zeker of ik hiermee eens moet blijven. Wat voor jou misschien een vriendelijkheid lijkt, kan veel erger uitpakken als de waarheid aan het licht komt.'

'Daarom moeten we ervoor zorgen dat dat niet gebeurt. We moeten precies weten wat we gaan zeggen en geloofwaardig overkomen.'

'O, geloof me, Juliet, jouw acteerkunsten zijn ongeëvenaard. Zorg er maar voor dat je niet in een huilbui uitbarst, dan blijft je geheim wel veilig. Ik? Tja, ik ben geen acteur, maar voor Nana doe ik mijn best. Ik wil haar net zo min kwetsen als jij.'

Het hart van Juliet zonk haar in de schoenen. Ze had zo graag gewild dat hij nog een sprankje gevoel voor haar over had. Ze had het gehoopt. Dat dit, door dit voor haar grootmoeder te doen, misschien goed zou kunnen uitpakken voor hen. Het zou hem kunnen doen inzien dat hij nog steeds van haar hield en zij zou de kans krijgen om hem te laten zien dat ze veranderd was.

En dat was ze. Hem uit dat vliegtuig zien stappen, nadat hij haar alleen naar een van de meest romantische plekken op aarde had laten gaan, had haar de waarheid onder ogen doen zien.

Net als het medelijden van de conciërge, de huishoudster en het bedienend personeel. De eerste twee dagen had ze in de hangmat met uitzicht op de oceaan doorgebracht in een benevelde roes van de mai-tai's. De volgende twee dagen waren vol zelfverwijt geweest, en de laatste drie dagen waren een tijd van bezinning geweest. Van uitzoeken wat ze met haar leven wilde doen — een leven waar Tanner geen deel van uit zou maken.

O, ze was van plan hem terug te krijgen, maar als de vrouw met wie hij samen wilde zijn, niet als het onzekere meisje dat hem niet één, maar twee keer had misleid. Als ze bij Tanner wilde eindigen, moest ze hem waardig zijn.

Dus was ze gaan studeren. Nana had haar gesteund, maar haar vader was sceptisch geweest; Juliet was nooit zo van de boeken geweest. Maar ze had doorgezet en de afgelopen zeven jaar niet alleen haar bachelordiploma, maar ook een MBA gehaald.

Het had op geen beter moment kunnen komen. Ze was net ingewerkt toen Nana haar beroerte kreeg, en nu wilde haar vader er voor zijn moeder kunnen zijn — en dat kon nu ook. Dus runde *zij* nu de familiebedrijven. Olie, vee, transport... Ze had zich zo in elk aspect verdiept dat haar vrienden verbaasd waren te horen dat ze nog steeds in de stad was, want ze was een kluizenaar geworden — nog meer dan toen Tanner was vertrokken — en boog zich voortdurend over contracten, spreadsheets en balansen.

Ze had de hypotheek van Tanners vader gevonden die haar vader van de bank had gekocht — een paar dagen voordat haar vader hen samen in bed had aangetroffen. Ze was ineengetrokken; het had hem het perfecte onderhandelingsmiddel gegeven. En jawel, het had gewerkt; Tanner was met haar getrouwd.

En toen verliet hij haar.

Ze nam het hem niet kwalijk. Nee, dit was allemaal haar eigen schuld. En daarom was het aan haar om het allemaal recht te zetten.

Maar rechtzetten betekende niet dat ze Tanner uit haar leven wilde verliezen. Ze hoorden bij elkaar en als ze toen alleen maar vertrouwen had gehad in wat hij voor haar voelde, zouden ze dat nu ook zijn.

Nou, dat vertrouwen had ze nu; het vertrouwen dat wat hij ooit voelde er nog steeds was en dat het enige wat ervoor nodig was, was dat hij zag dat ze was veranderd.

'Dus wat is ons verhaal? Hoe ga je de afgelopen zeven jaar radiostilte tussen ons verklaren?'

Juliet voegde in op de snelweg en gaf de Mercedes wat meer gas. 'Thuis werd er niet veel over je gesproken.'

'Ja, ik weet zeker dat het feit dat ik je op het vliegveld in de steek heb gelaten me erg geliefd heeft gemaakt bij je vader en je grootmoeder.'

'Dat weten ze niet.'

Hij draaide zich in zijn stoel en trok een wenkbrauw op. 'Heb je het hen niet verteld?'

'Het was niet bepaald mijn gloriemoment in een carrière van schitterende momenten wat onze relatie betreft, weet je?'

'O, ik weet het niet, Jules. Een tijdlang was het goed.'

Voordat ze het verpestte. Dat zei hij niet. Maar dat hoefde ook niet; het hing tussen hen in als een derde passagier.

Maar het feit dat hij zich herinnerde dat er goede tijden waren geweest, was hoopgevend. Het gaf haar hoop — terwijl hoop zo ongeveer het enige was waar ze op kon bouwen.

'Dus wat heb je ze verteld toen ik niet met je mee naar huis kwam?' Hij friemelde aan de rand van zijn zwarte hoed.

Hij zag er verdomd goed uit met een cowboyhoed op. Op de middelbare school had hij een favoriet exemplaar gehad — zo vaak gedragen dat hij door de zon bijna gebleekt was tot hij bij zijn haar paste. Hij had hem toen willen weggooien, zei dat hij er te vrouwelijk mee uitzag, maar zij had hem verteld dat het op goud leek — een kroon voor haar prins. Hij had hem aan haar gegeven.

Ze had hem nog steeds.

'Ik heb ze verteld dat we wat ruimte nodig hadden. Dat de pijn van wat we hadden meegemaakt en de jaren dat jij op de universiteit zat, moeilijk voor ons waren om te verwerken. Dat we tijd nodig hadden.'

'Zeven jaar? Wat zeiden ze toen ik niet kwam opdagen met de feestdagen? Toen ik nooit belde?'

Juliet trok een gezicht. 'Eh... je hebt eigenlijk wel gebeld. En ik heb je bezocht tijdens de feestdagen. In welk land je op dat moment ook maar werkte.'

Hij draaide zich om in zijn stoel. 'Je hebt gelogen. Alweer.'

'Ik beschermde hen.'

Hij wees met de cowboyhoed naar haar. 'Je beschermde jezelf.'

Ja, dat ook. Maar niet haar reputatie; die was al door het slijk gehaald toen ze zwanger was geworden. Nee, ze beschermde haar hart, want als ze iedereen liet denken dat zij en Tanner hun problemen aan het oplossen waren, dan zou het misschien ook echt lukken.

'Jij bent geen spat veranderd.'

'Jawel, dat ben ik wel.'

Hij ademde diep uit en trommelde met zijn vingers op de bovenkant van zijn hoed terwijl hij uit het raam keek. 'Nee, dat ben je niet. Jij manipuleert nog steeds mensen en situaties zoals het jou het beste uitkomt. Dit is daar het bewijs van.' Hij doorboorde haar met die prachtige blauwe ogen waar ze altijd over droomde. 'Als dit niet voor je grootmoeder was...'

'Ik weet het. Ik begrijp het. En ik waardeer het, Tanner. Dat meen ik. Maar ik ben wel veranderd.'

Hij keek weer uit het raam en mompelde binnensmonds: 'Ja, dat geloof ik pas als ik het zie.'

Hij zou het ook zien; ze zou het hem laten zien.

'Dus wat is het plan? Waarom hebben we onze hereniging voor iedereen geheim gehouden?'

Ze had goed over dit verhaal nagedacht, en één ding wist ze bij het verzinnen van een leugen: je kon het beste zo dicht mogelijk bij de waarheid blijven. 'We moesten dingen uitpraten. Onszelf terugvinden buiten wat er tussen ons is gebeurd. Daarom ben je weggegaan; te veel mensen hier weten alles van ons af.'

'En je ging niet met me mee omdat...?'

'Omdat ik ben gaan studeren.'

'Wat?' Zijn hoofd draaide in haar richting. 'Jij bent gaan studeren? Hoe ga jij dat verkopen, Jules? Er zijn, weet je wel, collegegeldrekeningen die niet zomaar verdwijnen. Diploma's die niet kunnen worden vervalst als iemand ze van dichtbij bekijkt.'

'Ik ben gaan studeren. Heb zelfs een diploma gehaald. Twee.'

'Twee. Jij.' Hij trok zijn wenkbrauwen op. 'Jij bent naar de universiteit gegaan.'

'Hé, dat ik wat stomme beslissingen heb genomen, betekent niet dat ik dom ben. Ik ben academisch eigenlijk best goed als ik mijn best doe. Ik ben geen leeghoofd.' Het had haar niet weinig voldoening gegeven om dat te bewijzen. En niet alleen aan haarzelf.

'Dat heb ik nooit gezegd.' Hij staarde haar aan. 'Heb jij echt een diploma gehaald?'

Ze knikte, blij dat dit geen leugen was. 'Een bachelor in economie en een MBA in financiën.'

'*Jij* hebt een MBA.'

'Ja, ik. En dat is maar goed ook, want nu kan ik het bedrijf runnen terwijl mijn vader voor Nana zorgt. Hij is min of meer met pensioen.'

Tanner staarde haar nog een paar seconden aan voordat hij zijn hoofd schudde. 'Ik had je nooit aangezien voor iemand die het imperium zou runnen.'

Ze glimlachte om de bijnaam die ze voor de zaak van haar vader hadden verzonnen. Hun families hadden al generaties lang een partnerschap in de veefokkerij, maar haar vader wilde meer, dus was hij gaan uitbreiden. Zij en Tanner hadden er elke keer grappen over gemaakt als haar vader weer met een nieuwe zakelijke onderneming thuiskwam.

Ze hadden ook genoten van een paar van de voordelen van die ondernemingen — met name de cabines van heel wat vrachtwagens als er nergens anders een plek was om alleen te kunnen zijn.

De herinneringen riepen dezelfde hitte op die de gedachten aan Tanner altijd hadden aangewakkerd. Zelfs toen hij haar had verlaten, was een enkele herinnering aan zijn glimlach genoeg om hem weer te willen. Dat was nooit weggegaan.

Hij was geen spat veranderd. Nog steeds even knap, nog steeds even groot, nog steeds even sterk en charismatisch als toen ze al die jaren geleden verliefd op hem werd.

'Papa was niet bepaald enthousiast om mij de leiding te geven, maar zijn financieel directeur had een noodgeval in de familie, dus er was niemand anders die hij genoeg vertrouwde.' Het was zijn bedoeling geweest dat Tanner die persoon zou worden, maar dankzij haar was dat niet gebeurd. Ze *moest* wel inspringen om te helpen. 'En op deze manier kan hij over mijn schouder meekijken op een manier die bij een andere werknemer niet zou kunnen, terwijl hij die persoon wel het bedrijf echt laat runnen.'

'Ik dacht dat je niet van de zaak hield.'

Ze haalde haar schouders op. 'Ik wist niet wat ik met mijn leven wilde doen, behalve jouw vrouw zijn. Ik heb keuzes moeten maken.'

Hoewel ze nog steeds zijn vrouw wilde zijn. In elk opzicht.

Juliet wierp vanuit haar ooghoek een blik op hem. God, ze kon zich nog als de dag van gisteren herinneren hoe het voelde om in zijn armen te worden gesloten. Dat hij zijn kin op haar hoofd liet rusten en haar tegen zich aan drukte. Hoe hij rook, hoe hij aanvoelde. Hoe hij proefde...

Oké, daar ging ze niet aan denken. Het was zeven jaar geleden dat dat tussen hen was gebeurd — en vier jaar daarvóór. Gelukkig had ze een heel goed geheugen.

Waren zijn herinneringen maar wat vager.

Tanner verzette zich in zijn stoel en liet zijn hoed op zijn knie rusten. Ze wilde het haar uit zijn nek strijken — er met haar vingers doorheen gaan. Het was langer dan toen hij hier woonde en ze vond het mooi.

Aan de andere kant was er niet veel dat ze niet leuk vond aan Tanner. Zelfs zijn koppigheid om het slechtste van haar te denken. Tanner had een zeer sterke moraal en dat waardeerde ze. Ze had de waarde ervan leren inzien om er zelf ook een te hebben.

Dus zodra deze schertsvertoning voor haar grootmoeder voorbij was, zou ze nooit meer een leugen vertellen.

Maar dan zou ze Tanner ook nooit meer terugkrijgen.

Tenzij ze hem kon bewijzen dat ze was veranderd.

Hoofdstuk vijf

'Je hebt me nog niet gevraagd waarom ik in een stripclub werk.' Hij had het afgelopen halfuur niets gezegd — hij wist niet wat hij moest zeggen, maar het drong ineens tot hem door dat ze hem niet de les had gelezen over zijn beroepskeuze.

Dat was ironisch, aangezien *zij* degene was met een MBA op zak. Nou ja, hij was er ook mee bezig, vandaar dat hij stripte om zijn collegegeld en levensonderhoud te betalen, omdat hij niet op zijn trustfonds had kunnen rekenen. De uren pasten in zijn schema en het verdiende goed. Wat betreft de werkomstandigheden en de jongens... hij zou liegen als hij zei dat het niet leuk was. Gage en Bry runden een chique tent, dus er hing geen stigma aan het werk daar. En als hij vrouwen had gewild, hadden ze in de rij gestaan bij de deur van zijn kleedkamer — nou ja, misschien niet daar, want de club had een regel tegen verbroedering, maar er was meer dan één telefoonnummer samen met de dollarbiljetten in zijn g-string beland.

Jammer dat hij die g-string niet aanhad toen ze kwam opdagen — hoewel hij eigenlijk wel blij was dat ze hem niet zo had gezien. Hij schaamde zich niet voor wat hij deed, maar het voelde ongemakkelijk dat iemand met wie hij zo intiem was geweest, hem in het openbaar zag doen wat hij vroeger privé had gedaan.

Maar Juliet haalde bij zijn vraag alleen maar haar schouders op — ongebruikelijk voor haar. Ondanks het feit dat ze op de middelbare school onafscheidelijk waren geweest, was Juliet altijd jaloers geweest. Destijds vond hij dat wel wat hebben. Totdat hij besefte dat het betekende dat ze onzeker was over hun relatie. Dat ze zo onzeker was dat ze iets stoms zou doen, zoals expres zwanger worden om te zorgen dat hij bij haar bleef.

Als ze het hem gewoon had gevraagd, zou hij haar hebben verteld dat hij van haar hield. Verdomme, hij *had* haar verteld dat hij van haar hield. Hij vertelde het aan iedereen die het maar wilde *horen*. Hij hoorde voortdurend wat mensen over hem zeiden: dat hij prachtig was, de ideale All-American boy, een droomprins, de fantasie van elk meisje; hij had elk meisje kunnen krijgen dat hij wilde. Hij snapte heus wel dat zijn uiterlijk werkte bij de andere sekse, maar het punt was dat hij alleen Juliet wilde. En hij was net zozeer onder de indruk van het feit dat Juliet voor hem had gekozen, als zij ervan was dat hij voor haar had gekozen. Het verschil was dat híj haar geloofde toen ze zei dat ze voor altijd van hem zou houden.

Hij liet zijn vinger langs de rand van zijn hoed glijden. Als ze maar hetzelfde vertrouwen in hem had gehad, dan waren de afgelopen elf jaar heel anders verlopen.

'Ik heb het recht niet om me te bemoeien met wat jij voor de kost doet. Dat besef ik heel goed.' Ze stuurde naar de linkerbaan om de auto voor hen in te halen en gaf daarbij flink gas.

Tanner was verrast; Juliet was altijd bang geweest om op de snelweg te rijden. Ze zei dat de snelheid haar angst aanjoeg, dus ze stond er altijd op dat hij reed.

Maar goed, dat was toen ze nog op de middelbare school zaten, en daarna in die twee weken dat ze hem probeerde te overtuigen om haar na de universiteit weer mee naar bed te nemen, en de drie maanden dat ze samen waren geweest voordat de rest gebeurde.

Niet dat hij veel overtuigingskracht nodig had gehad. Het verlies van de baby had hen verbonden en hij had haar willen vergeven voor die zwangerschap, want uiteindelijk, na vier jaar zonder haar, was het verlies van hen beiden te zwaar geweest. Juliet was zijn leven, zijn toekomst. Keegan een extraatje. Dus hij had het willen laten werken met haar. Hij vond het zelfs niet erg dat haar vader hen die avond betrapte en er zo op hamerde dat ze moesten trouwen — tot op het moment dat hij haar tegen Tricia hoorde vertellen wat ze had gedaan.

Hij had zich een gebruiksvoorwerp gevoeld. Een stuk vlees. Het had elke tedere emotie die hij voor haar voelde om zeep geholpen.

Dacht hij.

Hij keek opzij naar haar. Naar dat perfecte profiel. Naar de manier waarop haar lippen opkrulden in een natuurlijke glimlach. De hoge jukbeenderen, de lange wimpers die de Natuur haar had geschonken en die zoveel andere vrouwen erop plakten. De precies goede slag in haar lange, blonde haar, waarvan hij zich herinnerde hoe het over zijn dijen gleed wanneer ze hem oraal bevredigde —

Shit. Daar moest hij niet aan denken. Hij had geprobeerd dat uit te bannen en dat was hem gelukt. Dacht hij. Een halfuur in haar aanwezigheid was al genoeg om zich haar weer naakt voor te stellen.

'Wat ben je precies van plan te zeggen over mijn plotselinge verschijning? En waar moet ik eigenlijk slapen? Ik ga niet bij jou op de ranch logeren.'

'Nee, dat klopt. Ik woon daar niet meer.'

'Ik ga sowieso niet bij jou logeren, Juliet. Punt uit.'

'Tanner, dat moet wel als we willen dat dit echt lijkt.'

Hij wilde niet dat het echt leek. Hij wenste bij God dat hij hier nooit mee ingestemd had. 'Hoe gaat het met Nana sinds vorige week?'

Juliet keek hem even aan en de glimlach die ze hem gaf, ontnam hem de adem. De tijd had haar gezicht wat voller gemaakt, waardoor de overgang van meisje naar vrouw verpletterend was.

'Toen ik haar vertelde dat je zou komen, knapte ze helemaal op. Ze stond erop dat we haar naar huis zouden brengen. Er komt thuiszorg langs, maar ze weigerde vierentwintiguurszorg. "Daar heb ik je vader voor," zegt ze dan. Maar ze vindt het zo spannend om je weer te zien. Ik wist dat dit een goed idee was.'

'Heb je het haar al verteld? Wat als ik op het laatste moment niet in het vliegtuig was gestapt?' Zoals hij serieus had overwogen.

'Dat zou je niet doen. Ik wist dat je zou komen.'

Het zou makkelijker zijn om boos te worden als ze er triomfantelijk bij keek, maar dat deed ze niet. Omdat ze dat niet hoefde — hij *was* gekomen; er was geen andere optie geweest omdat hij zijn woord had gegeven.

'Ik dacht dat we je eerst naar mijn huis zouden brengen zodat je je kunt installeren, en dan gaan we vanmiddag op bezoek. Ze is snel moe en de beste tijd is rond drie uur, vlak na haar dutje. De ochtenden zijn hectisch met de verpleging, het wassen en het proberen er wat eten in te krijgen, en daarna vindt pap het fijn om een wandeling met haar te maken door de tuinen achter het huis. Hij heeft een hovenier ingeschakeld om meer van haar favoriete rozen te planten en een betonnen pad laten aanleggen zodat hij haar rolstoel makkelijker kan duwen. Weet je nog hoeveel ze van haar tuin hield?'

Er schoot weer een herinnering naar de oppervlakte. Ze hadden een paar keer de liefde bedreven in de tuinschuur. Toen Nana bij hen was ingetrokken, had ze het huis vanbinnen en vanbuiten heringericht. De tuinen waren haar trots. Ze stond erop dat de hoveniers niet aan haar bloemen mochten komen, dus als ze het huis verliet om boodschappen te doen, was de tuinschuur de enige plek waarvan hij en Juliet wisten dat ze niet betrapt zouden worden. Hun favoriete picknickkleed had in die schuur heel wat actie gezien, en tot op de dag van vandaag kon Tanner geen rozen ruiken zonder aan die schuur te denken.

Het had hem de afgelopen zeven jaar meer dan eens gekweld.

'Vinden ze het niet vreemd dat ik nu pas terugkom? Waarom zou ik niet meteen gekomen zijn toen het gebeurde? Dat werpt niet echt een gunstig licht op mij.'

'Ik heb ze verteld dat ik het je niet heb laten weten. Dat ik wilde dat je bij me terugkwam voor míj, niet vanwege Nana.'

'Precies het tegenovergestelde van de waarheid, Juliet. Dat noemen ze geloof ik een leugen.'

Haar vingers verkrampten om het stuur en er trilde een spiertje in haar kaak. Het duurde een paar seconden voordat ze antwoordde. 'Het is een leugen met een reden, Tan. Kijk, ik doe dit voor Nana. Je hebt me verteld wat je op je verjaardag gaat doen — ik had ook gewoon nog anderhalve maand kunnen wachten om het geld voor de hypotheek en de scheidingspapieren te krijgen en het dan allemaal te laten rusten. Denk je dat ik het leuk vind om je te zien, wetend wat je van me denkt? Nadat we alles voor elkaar betekenden en ik het verpest heb, denk je echt dat ik mezelf in deze positie zou brengen als het niet belangrijk was? Nana heeft zoveel voor me gedaan; dit is iets wat ik voor haar kan doen om haar zorgen weg te nemen. Als ik een andere echtgenoot uit de hoge hoed had kunnen toveren, geloof me, dan had ik dat gedaan. Dat was een stuk makkelijker voor me geweest dan jou weer in mijn leven te slepen.'

· · ·

39

Ze loog dat ze zwart zag. Alweer. Maar deze leugen diende ter zelfbescherming. Ze kon net zomin doen alsof ze met een andere man was — laat staan echt *met* een andere man zijn — als ze Tanner kon vergeten. Hij was alles voor haar. Dat was hij altijd geweest en, zo besefte ze, dat zou hij altijd blijven. Wat ze hadden — voordat ze het verpestte — was het materiaal waar sprookjes van gemaakt werden.

Helaas heette ze geen Assepoester en de enige muizen die ze had gezien, werkten bepaald niet voor haar.

Ze wilde het gelukkige einde. Ze wilde de droomprins.

Ze wilde Tanner.

Eigenlijk zou ze zich waarschijnlijk schuldig moeten voelen omdat ze de gezondheid van Nana als excuus gebruikte, maar dat deed ze niet. Het was wat haar grootmoeder voor haar wilde. Terwijl haar vader Tanner haatte vanaf het moment dat hij van haar zwangerschap hoorde, wilde Nana alleen maar dat ze gelukkig was, en ze wist dat Tanner haar gelukkig maakte. En Tanner was goed, en aardig, en fatsoenlijk. Dat was de reden dat hij was weggegaan; hij voelde zich verraden. Er was tegen hem gelogen. Hij kon haar niet vertrouwen. Allemaal dingen die ze begreep.

Het ironische was dat, waar haar moeder haar vader had verraden door weg te gaan, Juliet Tanner hetzelfde had aangedaan door te proberen hem vast te houden. Ze hield er helemaal niet van om vergeleken te worden met de inhoudloze persoon die haar moeder was. Dat was, naast de noodzaak om iets van haar leven te maken, de reden dat ze zich voor de universiteit had aangemeld. Ze zou *niet* zoals haar moeder worden; Juliet moest haar eigen weg vinden en iemand worden die Tanner kon vertrouwen.

Daarom had ze hem niet verteld over Nana's beroerte toen het gebeurde. Ze wilde niet dat hij zou denken dat ze de gezondheid van haar grootmoeder voor haar eigen doeleinden gebruikte, maar toen Nana niet vooruitging, begon Juliet te denken dat ze het wel moest doen. Toen Nana zei dat ze wenste dat Tanner terugkwam om Juliet wat te ontlasten, gaf dat haar een legitieme reden.

'Waarom ben ik hier dan, als het niet is om je grootmoeder gelukkig te maken? Jezus.' Hij slaakte een zucht en streek met een hand door zijn haar. 'Dit zijn leugens op leugens en ik ga niet kunnen onthouden welke wat is om de boel recht te houden. Je krijgt hier misschien spijt van, Jules.'

Hij gleed zo natuurlijk over in zijn koosnaam voor haar. Ze stond nooit toe dat iemand haar naam zo afkortte — behalve hij. Meestal fluisterde hij het zachtjes in haar oor terwijl ze de liefde bedreven, of op een drukke plek wanneer hij wilde laten weten dat hij eraan dacht om de liefde met haar te bedrijven.

Jammer dat hij daar nu niet aan dacht. Zij zou daar absoluut voor in zijn.

'Ik heb gezegd dat we aan onze relatie werken. Dus handel gewoon in het belang van Nana, dan komt het wel goed, Tan. We willen dat ze denkt dat we weer samen zijn en gelukkig zijn, zodat ze beter kan worden. We zijn ons allemaal doodgeschrokken en we weten niet hoeveel tijd ze nog heeft.'

Zijn vingers klemden zich vast om zijn knie. 'Jezus, Jules. Het spijt me.'

'Dank je.' Ze hield het stuur iets steviger vast; zijn verontschuldiging vulde haar met een warmte die ze zou gaan missen als dit allemaal voorbij was. Ze moest zichzelf eraan herinneren dat dit maar schijn was. Tijdelijk. Een leugen.

Maar als het haar grootmoeder hoop gaf zodat ze beter werd, dan was het het waard.

En als het ervoor zorgde dat Tanner bleef, dan al helemaal.

* * *

'Zijn ze er al?' Penelope Chambers stopte haar kunstgebit in haar mond en schoof het met haar tong op zijn plek. Ze wilde klaar zijn voor Tanners bezoek. Het moest goed gaan. 'Burt? Wat zei Juliet?'

Haar zoon keek op van het bijzettafeltje dat hij voor haar klaarmaakte. Ze had eindelijk een reden om uit dat vervloekte ziekbed te komen. Het had Juliet lang genoeg gekost om de stille hint te begrijpen...

'Ze zei dat ze net bij het vliegveld aankwam. Geef ze even de tijd, moeder.'

'Ik heb misschien niet veel tijd meer.' Penelope keek weg van haar zoon. Schuldgevoel was geen prettige emotie, maar iemand moest iets doen voor deze familie en, God sta me bij — en Hij hielp haar, daar was ze heilig van overtuigd met deze kleine tia — zij zou diegene zijn.

Dat was haar argument geweest tegenover dokter Jackson, en hoewel hij er niet mee had ingestemd om te liegen, had hij beloofd zijn beroepsgeheim als arts strikt na te leven in het contact met haar familie. Het was de enige manier waarop ze haar deerniswekkende herstel-drama zo lang had kunnen rekken.

Alsof zo'n klein tikkie haar eronder zou krijgen. Ha. Ze had nog heel wat jaren te gaan. En ze was een *klein* beetje gepikeerd dat haar eigen familie dat niet van haar wist. Toch was het de perfecte gelegenheid geweest om de invalide te spelen, zodat Juliet eindelijk eens in actie zou komen om achter haar eigen echtgenoot aan te gaan. Die twee zouden het nooit uitpraten als ze niet op dezelfde plaats waren.

'Geef ze een uur of wat. Afhankelijk van het verkeer kan de rit een tijdje duren, en dan gaan ze eerst zijn spullen afzetten bij Juliets huis en daarna komen ze hierheen.'

'Ik zie niet in waarom ze niet hier konden logeren.'

'Luister, moeder. Ik weet dat je blij bent dat Juliet en Tanner het hebben bijgelegd, maar ik houd nog even een slag om de arm. Die jongen heeft mijn dochter vaker dan eens teleurgesteld en ik vertrouw hem niet dat hij het niet weer zal doen. Die afstand kunnen we wel gebruiken.'

'Je bent te hard voor hem.' Hoewel Penelope heel goed begreep waarom. Maar Tanner was Elaine niet, godzijdank voor kleine meevallers. Haar ex-schoondochter was een klasse apart.

'Blijkbaar was ik niet hard genoeg. Anders was hij hier de afgelopen zeven jaar wel geweest in plaats van hun beide levens te vergooien.'

Penelope schikte haar rok weer over haar knieën. Ze was van mening dat de afgelopen zeven jaar alleen een verspilling waren in de zin dat Juliet en Tanner niet meer kinderen hadden gekregen, god-hebben-kleine-Keegans-ziel. Maar dertig was tegenwoordig niet te oud, en de volwassenheid die Juliet in de tussentijd had bereikt, was elk greintje eenzaamheid waard geweest. Of in ieder geval een groot deel ervan. Penelope wenste haar kleindochter niets kwaads toe, maar Juliet had moeten leren om iets anders te doen dan achter Tanner aan te huppelen alsof hij een god was. Vrouwen moesten op eigen benen staan en niet meeliften op het succes van een ander. Of zich erin verschuilen, zoals dat mormel van een moeder die Juliet had.

Penelope nam geen blad voor de mond. Althans, in haar gedachten dan. Als ze ze uitsprak... dat was een heel andere zaak, want het had geen zin om Burts gevoelens nog meer te kwetsen dan Elaine al had gedaan. Penelope had vanaf het moment dat ze die kleine goudzoekster ontmoette geweten dat ze er vandoor zou gaan zodra er iemand met meer geld langskwam. Godzijdank — alweer — had dat mens Juliet achtergelaten. Het had Penelope de dochter gegeven die ze nooit had gehad.

En ze was trots op de vrouw die Juliet was geworden. En op haar zoon omdat hij dat had toegestaan — nog iets dat haar tia had versneld, aangezien hij zo geobsedeerd was door het feit dat Elaine hen in de steek had gelaten dat hij Juliet beschermde tegen elke harde realiteit van het leven die hij maar kon bedenken. Hij had geen van beiden een plezier gedaan, dus had Penelope het maar moeten doen toen deze kans zich voordeed. Dat Tanner hierin werd meegezogen was een bonus — een die hij zelf ook wel zou inzien als hij de Juliet ging waarderen die hij nu zou leren kennen, in plaats van het kind dat hij had achtergelaten.

Penelope kon het weten; ze had haar William ook flink op de proef gesteld voordat ze zich eindelijk aan hem bond. En kijk eens wat een rit ze hadden gehad. Misschien niet zo lang als ze had gewild, maar in elk ander opzicht was haar huwelijk perfect geweest. Soms maakte uitgestelde bevrediging het eindresultaat de moeite waard.

Kon ze nu maar uit deze verdomde rolstoel komen. De afgelopen week was ze al ongedurig geworden, maar ze zou het doorstaan om Juliet en Tanner de tijd te geven om erachter te komen dat ze voor elkaar bestemd waren.

Nou ja, wat er ook voor nodig was, ze zou het doen. Want *deze* keer kwam er geen vluggertje bij de rechtbank — ze wilde dansen op hun bruiloft.

Hoofdstuk zes

'Is dit jouw huis?' Tanner keek naar de kleine stenen Cape Cod-woning waar Juliet de oprit op was gereden. Juliet was het type voor een grandioze balzaal, niet voor iets wat in haar kinderkamer van vroeger zou passen. 'Het is niet veel groter dan het tuinhuisje van je oma.'

Dat had hij niet moeten zeggen.

De sfeer in de auto sloeg direct om. Ze herinnerden zich allebei dat tuinhuisje—en ze wisten allebei dat de ander aan hetzelfde dacht.

Tanner rukte aan de hendel. 'Hij zit op slot.'

'Hè? Oh.' Juliet zocht haastig naar de ontgrendeling. 'Alsjeblieft.'

Hij pakte zijn hoed en zijn tas en stapte uit in de drukkende hitte. Er kwam een storm aan; dat rook hij. Hij voelde het in de lucht—heet en zwoel, dingen waar hij niet op zou moeten letten terwijl de beelden van het tuinhuisje en een dansende Juliet boven op hem door zijn hoofd spookten.

En nu zou hij dat kleine huis voor hem binnengaan met de vrouw naast hem en moeten doen alsof hij niets voor haar voelde—terwijl hij ondertussen moest doen alsof hij juist *wel* iets voor haar voelde, zodat haar grootmoeder niet zou vermoeden dat ze logen.

Shit. Hij kreeg er hoofdpijn van.

Juliet opende de voordeur en stapte naar binnen.

Tanner haalde diep adem in de hete lucht en volgde haar.

Binnen daalde de temperatuur zeker tien graden, wat hem kippenvel bezorgde—kippenvel dat niets te maken had met het feit dat Juliets arm de zijne raakte toen ze de deur achter hem sloot.

'Je kunt de logeerkamer krijgen. Uiteraard.' Ze wierp hem een snelle blik toe en streek toen haar haar achter haar oren.

De herinnering dat ze dat altijd deed als ze zich opgelaten voelde, overspoelde hem alsof hij het haar gisteren nog had zien doen. Verdomme, hij was vergeten hoe goed hij haar kende. En hoeveel hij zich nog herinnerde. Zoals die moedervlek aan de binnenkant van haar rechterdij die eruitzag als een lippenafdruk. Haar oma had gezegd dat een engel haar had gekust toen ze werd geboren; hij en Juliet zeiden dat de natuur daar een kruisje had gezet voor de plek die hij moest vinden.

Shit. Waarom moest hij daar nu aan denken?

Hij liet zijn tas voor zich hangen, in de hoop dat het zijn lul genoeg zou verschuiven om de herinnering los te laten en rustig te worden.

Geen schijn van kans.

'Het is, eh, daar.' Ze wees naar de kamer aan de linkerkant van de gecombineerde woon- en eetkamer waar ze stonden. Aan de achterkant scheidde een half muurtje deze ruimte van de piepkleine keuken die net groot genoeg was voor de standaardapparatuur en ongeveer zestig centimeter aan aanrechtruimte.

'Ik neem aan dat je hier niet veel gasten hebt.' De woorden flapten eruit voordat hij ze kon tegenhouden. Hij bedoelde gasten in de zin van feestjes, maar als zij het anders opvatte, ja, dan wilde hij dat eigenlijk ook wel weten. Juliet *was* nog steeds zijn vrouw en hij had hun huwelijksgeloften de hele tijd dat ze uit elkaar waren in ere gehouden.

Hij wist niet precies waarom hij dat had gedaan, want hij was niet van plan geweest met haar getrouwd te blijven en had haar geen beloftes gedaan toen hij vertrok, maar hij *had* die beloftes wel afgelegd voor God en de rechter, en hij was bovenal een man van zijn woord.

Maar dat betekende dat hij al heel lang gefrustreerd was, en nu was hij hier in het huis van zijn vrouw en vroeg hij zich af of ze hier iemand anders had *ontvangen*.

'Ik heb echt geen tijd om feestjes te geven. Ik studeerde op elk moment dat ik geen les had, zodat ik zo snel mogelijk kon afstuderen met beide diploma's. Daarna moest ik het bedrijf leren kennen, en nu, met wat er met

Nana aan de hand is en de drukte op kantoor, heb ik er echt geen tijd voor.'

Dat gaf geen antwoord op zijn vraag over daten, maar wat zou dat antwoord hem opleveren? Als ze *wel* met iemand was uitgegaan, was die man hier niet, dus hij betekende blijkbaar niet genoeg voor haar om die rol in te vullen. En het feit dat Tanner hier was...

Wacht even. Hij *wilde* niet meer zoveel voor haar betekenen. Ze waren uit elkaar gegroeid. Hun relatie. Hun huwelijk. Ze moesten allebei verder, en zodra de scheiding rond was, *kon* Tanner verder en was hij vrij om te gaan voor wat—en wie—hij maar wilde zonder zich zorgen te maken over het breken van zijn gelofte.

Maar is een scheiding niet ook een breuk?

Dat zou het zijn als hij uit eigen vrije wil aan het huwelijk was begonnen, maar hij was er bij wijze van spreken met een pistool op zijn borst toe gedwongen. Als het voorbij was, was hij ook klaar met Juliet.

De gedachte brandde in zijn borst. 'Waar is mijn badkamer?'

Ze wees naar een deur aan de rechterkant. '*Onze* badkamer is daar.'

'Heb je er maar één?'

'Tot nu toe woonde ik hier in mijn eentje. Ik kan eventueel een chemisch toilet voor je huren voor je verblijf als je wilt, maar dan moet je de tuinslang aan de achterkant gebruiken om te douchen—en ik heb daar geen warm water.'

Dat zou niet uitmaken; hij zou de hele tijd dat hij hier was toch wel koude douches nemen.

Een badkamer met haar delen? God sta hem bij. Hij herinnerde zich al haar lotions en zepen en shampoos nog. Ze roken allemaal naar blauwe lupines —een geur waar voor hen beiden belangrijke herinneringen aan vastzaten en aan een bepaald veld...

Hier blijven werd met de minuut een slechter idee.

'Ik heb schone lakens op het bed gelegd en een set handdoeken op je dressoir gelegd.' Ze sloeg haar handen tegen haar zij. 'Dus als je je wilt opfrissen of ontspannen of een dutje wilt doen of wat dan ook tot drie uur, dan kan dat.'

'Wat ga jij doen?'

'Ik?' Ze piepte de vraag bijna uit.

Hmmm, ondanks haar uiterlijke kalmte durfde hij te wedden dat Juliet zich net zo min op haar gemak voelde bij het delen van haar huis als hij.

'Ik moet nog wat contracten doornemen.'

'Ga je naar kantoor?'

'Oh nee. Het huis ziet er misschien niet zo bijzonder uit, maar ik heb supersnel internet. Ik doe veel werk vanuit huis.'

Geweldig. Hij zou niet veel rust van haar krijgen als ze het huis niet uitging.

Dan zou *hij* dat wel doen.

'Ik had op het vliegveld een auto moeten huren en hierheen moeten rijden. Waar zit de dichtstbijzijnde verhuur?'

'Je kunt de mijne lenen. Ik vertrouw erop dat je er voorzichtig mee bent.'

Zat er een verborgen betekenis achter die uitspraak? Tanner wist het niet zeker. Maar de Juliet met wie hij was opgegroeid had het woord *subtiel* niet in haar woordenboek staan als het op hen tweeën aankwam. Ze was er vol voor gegaan vanaf de eerste keer dat ze elkaar op die manier hadden aangekeken. Hij had nooit hoeven raden wat ze dacht of voelde. Hij had vooral nooit getwijfeld aan wat ze voor hem voelde, dus hij kon er maar niet bij waarom zij aan hem had getwijfeld.

Hij schudde zijn hoofd. Het deed er nu niet meer toe. Die Juliet bestond niet meer. Deze Juliet, de vrouw die volwassen was geworden, naar de universiteit was gegaan—nog voor hem een MBA had gehaald—die kende hij niet. Ondanks dat hij had gezegd dat ze niet veranderd was, was dat op sommige vlakken wel zo. Juliet de *promqueen* was niet het type dat hard zou gaan werken om het bedrijf van haar vader te leiden; zij zou trouwen met iemand die dat deed en het geld uitgeven door te gaan lunchen en winkelen met haar vriendinnen.

En hij was bereid geweest daarvoor te tekenen.

Tanner schudde zijn hoofd. God, wat was hij naïef geweest destijds. Hij liep met zijn hoofd in de wolken.

Nu stond hij weer stevig met beide benen op de grond. 'Maar wat als jij hem nodig hebt?'

'Tanner, waar moet je heen? Ben je van plan al onze vrienden op te zoeken en urenlang rond te hangen zoals we vroeger deden?'

Die gedachte was niet eens in hem opgekomen. Hij haatte het dat mensen wisten wat er tussen hem en Juliet was gebeurd. Hij haatte het dat ze wisten dat hij op het punt had gestaan om door te breken in het American football en dat dat vervolgens niet was gebeurd. Dat hij een zoon had gehad... en daarna niet meer. 'Ik hou er niet van om vast te zitten. Als ik weg wil, wil ik weg kunnen.'

'Oké, oké. We stoppen straks op de terugweg van de ranch wel even in het dorp. Voor nu kun je mijn auto gebruiken als je ergens heen wilt.' Ze wierp hem de sleutels toe. 'Ik moet rapporten doornemen.'

En zo liet ze hem daar staan terwijl ze naar wat hij aannam haar werkkamer of slaapkamer ging, of beide. Wat het ook was, het was om de hoek en ze was uit zijn zicht verdwenen.

Hij voelde het gemis onmiddellijk.

En hij haatte zichzelf erom. Hij had er hard aan gewerkt om Juliet uit zijn hoofd te krijgen. Inmiddels gingen er weleens een dag of twee voorbij zonder dat hij aan haar dacht. Nou ja, de laatste tijd niet, omdat hij de dagelijkse aftelling had die garandeerde dat hij aan haar dacht, maar de afgelopen jaren wel. Hij was erin geslaagd om niet veel aan haar te denken.

Maar als hij *wel* aan haar dacht...

Tanner zette zijn hoed op zijn hoofd en trok zijn tas omhoog, waarbij hij zichzelf *met opzet* tegen zijn kruis raakte. Dat zou zijn lul leren om zo vrolijk te worden bij de gedachte aan Juliet. Over haar fantaseren was één ding; bij haar in de buurt zijn en hopen dat er iets zou gebeuren was krankzinnig. Ze had zijn leven al genoeg overhoop gehaald. Over achtendertig dagen zou hij het terugkrijgen.

Hoofdstuk zeven

Ze gaf hem niet meer terug.

Juliet leunde tegen de deurpost van haar kantoor en telde tot tien. Langzaam. Ze moest haar hartslag onder controle krijgen, zodat het bloed niet langer naar haar hoofd steeg — en naar andere plekken. Haar lichaam moest verdomme eens even kalmeren.

Ze kon niet geloven dat hij in haar huis was. Hoe het voelde om hem *in* haar huis te hebben. Ze had altijd genoten van de gezelligheid van deze plek — ze had iets kleins en intiems gewild na de uitgestrekte ranch waar ze was opgegroeid. De plek waar ze van plan was geweest om met Tanner te gaan wonen. Dit huis verschilde dag en nacht van de ranch. Maar nu had ze hem hiernaartoe gebracht.

Met zijn lengte van ruim een meter tachtig vulde Tanner haar hele woonkamer. Alhoewel, eerlijk gezegd had Tanner een meter twintig kunnen zijn en dan nog zou zijn charisma de ruimte vullen. Hij was altijd de baas geweest over elke kamer die hij binnenliep. Dat was ze vergeten. Of liever gezegd, ze was het niet vergeten, ze had het zich gewoon niet meer zo herinnerd tot hij hier voor haar neus stond.

Hij hoorde hier. Bij haar. In deze ruimte. En *niet* in de slaapkamer aan de overkant van de gang, maar hier, in de kamer naast haar kantoor met haar kingsize bed — het bed dat haar grootmoeder voor hun huwelijk had gekocht en waar ze geen afstand van had kunnen doen.Naïef, eigenlijk, want Tanner had er nooit in geslapen.

Misschien was dat wel de reden dat zij het wel kon.

Juliet haalde nog een keer rillend adem. Lieve hemel, dit zou zwaar worden. Ze moest tegenover hem doen alsof zijn aanwezigheid haar niet gek maakte, maar ze moest het tegendeel bewijzen aan haar grootmoeder. En beiden kenden haar zo goed dat ze maar hoopte dat ze dit geloofwaardig kon overbrengen, zowel voor Nana's bestwil *als* voor haar eigen.

Nou ja, en voor dat van Tanner ook. Ze had hem ooit gelukkig gemaakt; dat kon ze weer. Maar er zou veel meer voor nodig zijn dan verleidelijke blikken onder haar wimpers door, sexy loopjes of schattige kleding die een tipje van de sluier oplichtte...

Maar waarom zou ze eigenlijk geen gebruikmaken van wat ze al wist dat zijn aandacht trok?

Tanner dacht misschien dat hij haar haatte — haatte haar misschien *echt*, moest ze toegeven — maar iedereen wist dat lichamelijke aantrekkingskracht niet altijd luisterde naar de bevelen van het hart en de geest. Lichamelijke aantrekkingskracht had een geheel eigen wil en als dat was wat nodig was om hem haar weer te laten zien, hem haar te laten opmerken, dan zou ze wel gek zijn om het niet te gebruiken.

Ze was zeven jaar geleden al opgehouden met gek zijn.

Ze duwde zich af van de muur. Ze had nog niet veel verder gedacht dan hun dekmantel en het feit dat ze hem hierheen had gekregen, maar nu begon de realiteit van zijn aanwezigheid in haar huis, dag in dag uit, pas echt door te dringen. Als ze Tanner terug wilde — en er bestond geen twijfel over dat ze dat wilde — dan was dit haar allerlaatste kans. Ze mocht het niet verpesten.

Tanner slaakte een zucht terwijl hij zijn hoed op de commode gooide, zijn tas op het bed liet vallen en op de rand van de matras ging zitten.

Alles aan deze plek *ademde* Juliet.

Niet zoiets opzichtigs als overal foto's van haarzelf ophangen — dat zou Juliet nooit doen; ze was niet vol van zichzelf. Nee, de kamer had die Juliet-sfeer, omdat ze hem had ingericht alsof ze had geweten dat hij hier zou komen.

Zijn favoriete kleur blauw was altijd het leiblauw van haar ogen geweest. Ja, hij had die afgezaagde woorden echt tegen haar gezegd, maar ze waren waar.

Het dekbed had exact die kleur. De hardhouten vloeren hadden de kleur van de vloeren in zijn slaapkamer van vroeger — waar ze haar vaker mee naar binnen hadden gesmokkeld dan ze eigenlijk hadden durven riskeren. De stoel in de hoek leek op die in de werkkamer van zijn ouders, en de foto's aan de muren waren van de Guadalupe Mountains, waar hij verliefd op was geworden tijdens een kampeertrip in zijn eerste jaar. De kamer was mannelijk zonder dat het er dik bovenop lag, maar voelde toch alsof hij in het huis van een vrouw thuishoorde. Het huis van Juliet.

Hij had in een hotel moeten blijven. Had er op moeten staan dat ze daar allebei zouden verblijven als ze wilde dat iedereen dacht dat ze samen waren. Hij zou een suite hebben gehuurd met een tussendeur — een deur die op slot zou zijn gebleven. Hij had deze verleiding niet nodig. Maar ja, Juliet was voor hem de personificatie van verleiding.

Hij liet zich achterover op het bed vallen en keek naar het plafond. Ze had het beplakt met behang met structuur en het lichtgrijs geverfd — net zoals zijn moeder in de logeerkamer had gedaan.

Of Juliet was al heel lang van plan geweest hem hierheen te halen, of ze hield echt van deze inrichting.

Hij hoopte op het laatste, want het eerste zou betekenen dat ze weer bezig was met haar oude streken van tegen hem liegen.

Hij wreef met zijn duim en wijsvinger in zijn ogen en trok een gezicht. Hij kon nog steeds niet geloven hoe ze tegen hem had gelogen. Hoe ze had geworsteld om hem vast te houden, terwijl alles wat ze had hoeven doen om hem te behouden was van hem houden en eerlijk tegen hem zijn.

Hij ging rechtop zitten. Daar ging hij niet aan denken. Het was klaar. Voorbij. Hij had gehoopt het huwelijk te kunnen beëindigen zonder haar ooit nog te hoeven zien, maar hij had een zwak voor haar grootmoeder, dus nu zat hij hier. Hij zou er maar mee moeten dealen.

Tanner sloeg op zijn dijen en stond op. Hij was niet van plan een dutje te doen met Juliet aan de overkant van de gang. Hij had geen idee hoe hij hier vannacht moest slapen. Dat beloofde nog wat.

Niet dus.

Hij zette zijn tas op de commode — hij was niet van plan zijn kleren in de lades te leggen, aangezien hij nog steeds een soort ijdele hoop koesterde op een wonder waardoor hij hier niet hoefde te blijven.

Verman je, Wentworth. Je zit hier voorlopig aan vast.

Verdomme — zijn hart maakte echt een sprongetje, of fladderde, of wat voor gevoel het ook was bij de gedachte dat hij opgescheept zat met Juliet. Er was een tijd geweest dat hij niets liever wilde.

Verdomme. De geschiedenis mocht zich niet herhalen; Juliet stond voor vragen om moeilijkheden en hij moest haar gewoon laten gaan.

Haar laten gaan.

De woorden klonken hard. Pijnlijk.

Hol.

Hij schudde zijn hoofd. Moest zijn zinnen verzetten. Hij zou wat koud water in zijn gezicht gaan gooien. Op zijn polsen. In zijn nek. *Op zijn lul.* Dat zou hem wel wakker schudden. Hem uit deze roes halen. Het moest door al het reizen komen. Hij was vanochtend idioot vroeg opgestaan om hier op een schappelijk tijdstip te zijn.

Hij liet zijn hand over het muurtje bij de keuken glijden en liep naar de gootsteen. Dichterbij dan de badkamer, en dus minder dicht bij Juliet.

'Hé, Tanner.' Juliet kwam de hoek om van haar kamer, net op het moment dat hij water in zijn gezicht gooide, waardoor hij miste en het meeste op zijn hoofd kreeg, waarna het over zijn rug naar beneden droop. Ach ja, er ging niets boven koud water om de hitte te verdrijven die zij de kamer in bracht.

Nou ja, in theorie dan.

Maar Juliets benen in die shorts brachten de hitte in alle hevigheid terug.

Ze bestond uit louter been. Een goudbruine huid, goedgevormde kuiten en dijen... Ze was die cheerleader-look nooit kwijtgeraakt.

'Je *zou* ook gewoon de douche kunnen gebruiken, hoor.' Ze glimlachte naar hem en het kuiltje in haar rechterwang verscheen.

Hoe vaak had hij dat kuiltje niet gekust? Het met zijn tong nagetrokken—

'Ik, eh, wilde je niet storen. Met het geluid van het water, bedoel ik.'

'O, dat geeft niet. Het zou me niet gestoord hebben.'

Ze hielden een banaal gesprekje over water. Iemand moest iets zeggen om het gesprek op gang te helpen, anders zouden ze dadelijk nog de puntjes in haar spuitwerkplafond gaan tellen.

'Wilde je me iets vertellen?'

'O. Eh. Ja.' Ze sloeg haar armen over elkaar en zette haar heup opzij, een beweging die Tanner zich nog maar al te goed herinnerde.

Zij dacht dat het een serieuze blik was voor als ze hem iets belangrijks te vertellen had, maar eigenlijk was het bloedheet zoals haar heup opzij boog en haar gekruiste armen haar smalle taille — en de borsten daarboven — accentueerden.

Hij was zo verstandig geweest haar nooit te vertellen wat die beweging met hem deed. 'En... wat is het?'

'Oh. Juist.' Ze gaf hem een gemaakte glimlach. Het was haar 'ik houd me op de vlakte'-lachje, voor wanneer ze over een antwoord moest nadenken.

'Kom op, Juliet. Wat is er? Je hoeft er niet omheen te draaien. Ik ben het maar, weet je nog? Ik ken al je trucjes.'

'Dit is geen trucje, Tan. Ik kwam je alleen even zoeken omdat mijn vader belde. Nana wil weten wanneer we langskomen. We moeten gaan.'

'O. Oké. Geen probleem. Laat me even, eh, een ander shirt aantrekken.' Hij greep over zijn hoofd en trok aan de kraag in zijn nek. 'Nat.'

Ze likte haar lippen af. Verdomme. Waarom moest alles zo beladen zijn met seksuele toespelingen? Er waren tijden geweest dat ze samen waren en echt plezier hadden zonder dat elke lettergreep seksueel geladen was.

Natuurlijk waren er net zoveel momenten geweest, zo niet meer, die dat wel waren. Of, meestal, puur lust. Juliet was nooit verlegen geweest als ze de liefde bedreven.

Godverdomme. Hij zou hier nooit doorheen komen als hij alles op seks betrok.

'Tanner?'

Hij knipperde met zijn ogen en dwong zichzelf te focussen.

Dezelfde Juliet. Ze zag er veel te prachtig uit in haar korte broek en T-shirt met ronde hals. Die vrouw zou er zelfs in een jutezak nog goed uitzien. 'Ja?'

'Je shirt?' Ze wiebelde met haar vingers naar hem. 'Je zou je gaan omkleden? We hebben niet veel tijd voordat Nana weer wegzakt. Ik wil er graag zijn terwijl ze nog met je kan praten.'

'O. Juist.' Hij schraapte zijn keel en liep om het aanrecht heen naar zijn kamer.

Hij deed de deur achter zich dicht en zorgde dat hij ook dicht bleef. Hij hoefde zich niet uit te kleden zonder de buffer van een deur tussen hen in. Toegegeven, het was een holle binnendeur met een dun laagje fineer, maar het beeld was al barrière genoeg.

Hoopte hij.

· · ·

Jammer dat er geen barrière tussen hen in de auto zat. Als hij niet te veel tekst en uitleg — smoesjes — had hoeven geven, was hij achterin gaan zitten. Hij wilde niet dat Juliet wist dat ze nog steeds effect op hem had. Dat was het laatste wat hij kon gebruiken; dat Juliet dacht dat ze de draad weer konden oppakken waar ze die hadden laten liggen.

Nogal vol van onszelf, hè, Wentworth? Misschien wil zij *jou wel helemaal niet meer.*

Dat was een ontnuchterende gedachte.

Hij keek opzij naar haar. Vreemd om haar achter het stuur te zien zitten; hij reed altijd. Natuurlijk was dat meestal omdat zij haar handen op zijn dij had en naar andere plekken wilde. Tanner had al die jaren geleden heel snel geleerd om hard te rijden.

Maar nu hielden haar handen het stuur stevig vast — waar ze hoorden — en manoeuvreerde ze de Benz als een coureur. 'Sinds wanneer rij je zo?'

'Hoezo zo?' Ze draaide haar hoofd om hem aan te kijken en keek toen weer naar de weg, terwijl haar haar langs haar schouders zwiepte.

Juliets haar was ongelooflijk zijdezacht. De gouden lokken kwamen altijd onder haar klem te zitten terwijl hij haar nam—

Verdomme. Hij moest echt ophouden met aan seks met haar te denken.

'Alsof je te laat bent voor een dok—eh, alsof de duivel je op de hielen zit.' Hij had het woord nog net op tijd ingeslikt, maar het onheil was al geschied. Alsof ze nog een pijnlijke herinnering nodig hadden aan de dag dat ze *inderdaad* als bezetenen naar de dokter waren geracet omdat ze de baby aan het verliezen was.

Juliet schraapte haar keel en gaf flink gas terwijl ze naar de volgende rijstrook sneed. 'Ik heb tegenwoordig veel aan mijn hoofd en te weinig tijd om alles te doen. Ik zou eigenlijk dichter bij kantoor moeten gaan wonen, maar ik wil mijn huis niet opgeven.'

'Het is een mooi huis. Alleen niet wat ik bij jou gezocht zou hebben.'

'Tja, zoals ik al zei, ik ben veel veranderd sinds we voor het laatst samen waren. Ik heb mezelf bij vlagen zelfs verbaasd.'

Net zoals ze hem ook begon te verbazen.

Hoofdstuk acht

'Hoi, Nana. Kijk eens wie ik heb meegebracht.' Juliet zette haar miss-verkiezing-glimlach op en liep de woonkamer in. Ze zou zich nog liever dood-schamen dan dat de vermelding van die vreselijke doktersafspraak haar dag zou verpesten, of zelfs maar als een sprankje in de gedachten van haar grootmoeder zou opduiken.

Maar verdomme die Tanner. Nog geen uur binnen en hij had haar al moeten herinneren aan een van de verdrietigste dagen van haar leven en aan het feit dat ze de situatie in de eerste plaats zelf had gecreëerd door een gaatje in de condooms te prikken.

God, wat zou ze er niet voor over hebben om dat moment over te kunnen doen. Zeventien en stom, dat was ze geweest. Een fout waar ze de afgelopen elf jaar voor had moeten boeten.

'Tanner!' Nana duwde tegen de wielen van haar rolstoel en reed op Tanner af.

'Nana, wees voorzichtig. We willen niet dat je jezelf overbelast.' Nana was zo zwak geweest en Juliet was bang dat Tanners verschijning een te grote schok zou zijn. Daarom had ze haar van tevoren verteld dat hij zou komen, maar ze had niet verwacht dat Nana zou proberen haar rolstoel zelf in beweging te krij-gen. Sinds de beroerte had ze geen kracht meer gehad. Gelukkig waren haar geest en haar coördinatie niet aangetast, maar toch... Nana was ook de jongste niet meer. Ze moest voorzichtig zijn.

Daarom was het, wat voor pijn Tanners bezoek Juliet ook zou bezorgen — of liever gezegd, hoeveel pijn zijn vertrek haar ook zou doen — het waard om die vonk in Nana te zien.

Dat was het moeilijkste aan dit alles geweest — Nana had pit, iets wat Juliet altijd in haar had bewonderd. Dus om haar in haar ziekenhuisbed te zien en nu, hier thuis, niet herstellend zoals ze hadden gehoopt... Ze kon Nana niet ook nog eens verliezen. Nu nog niet.

Dat was de reden dat ze naar Tanner was gegaan. Er was de gezondheid van Nana voor nodig geweest om haar eindelijk de moed te geven hem onder ogen te komen.

Ze had het eerder niet gekund omdat hij de dingen tussen hen dan zou beëindigen. Elk contact zou de doorslag geven die hij nodig had, dus had ze gewacht tot vlak voor zijn verjaardag. Ze wist van zijn trustfonds en ze wist dat de hypotheek op het huis van zijn ouders hem tot het huwelijk had bewogen. Het was niet moeilijk om één en één op te tellen.

En hoewel Nana's gezondheid haar excuus was, was de realiteit dat ze hem wilde zien en op zoek was geweest naar een aanleiding. Eén laatste keer. Dat was alles wat ze wilde.

Nou ja, niet helemaal alles. *Je zou graag getrouwd blijven met die man — en er een echt huwelijk van maken. Niet deze onzin die alleen op papier bestaat.*

Daarvoor waren ze samen te goed geweest.

'Hallo, mevrouw Chambers.' Tanner stapte de kamer binnen, op die typisch grote en aantrekkelijke Texas-manier. Hij was de ultieme droomman, en vulde het stereotype net zo goed in als hij zijn spijkerbroek vulde.

Ze zou *niet* naar zijn broek moeten kijken. Vooral niet na die gedachte.

Verdomme, ze zou die gedachte niet eens moeten *hebben.*

'Mevrouw Chambers?'

Nana duwde zichzelf omhoog tot ze stond en Juliet viel bijna om van verbazing. Het moest een stoot adrenaline zijn door haar verontwaardiging of zoiets. Nana had al hulp nodig om alleen maar rechtop te gaan zitten als Juliet in de buurt was.

'Zeg, Tanner Wentworth. In de vijfde klas ben je opgehouden me mevrouw Chambers te noemen en ik sta niet toe dat je daar naar terugkeert.

Mevrouw Chambers is mijn schoonmoeder, God hebbe haar ziel, en dat weet je best.'

Tanners glimlach was precies zo verwoestend als Juliet zich herinnerde. 'Het spijt me, Nana.'

'Dat is beter. Geef me nu maar een knuffel alsof je het meent.'

Woorden die Juliet hem zelf ook had willen zeggen.

'Ik ben zo blij om te horen over jou en Juliet.' Nana klopte op Tanners biceps toen hij haar losliet uit de voorzichtige omhelzing.

Tanner had altijd zijn eigen kracht gekend. Wanneer Juliet hem nodig had gehad om stoer en sterk te zijn, was hij dat geweest. Wanneer ze hem nodig had gehad om teder te zijn, had hij dat ook gedaan. En ze had het niet over seks. Nou ja, niet alleen.

Oh, hemel. Dit zou een stuk lastiger worden dan ze dacht om vol te houden. En dan bedoelde ze niet het doen alsof tegenover haar grootmoeder — nee, daar was geen sprake van toneelstukjes. Ze wilde Tanner terug. Tegenover Tanner doen alsof ze dat niet wilde, *dat* zou de echte beproeving worden.

'Je ziet er goed uit. Ik zie dat het leven in het noorden je goed doet.' Haar grootmoeder nam zijn wangen in haar handen en Juliet moest wegkijken. Nana hield zielsveel van hem — al sinds de eerste keer dat Juliet haar had verteld dat ze met hem wilde trouwen toen ze negen waren. En daarna nog eens op haar twaalfde. En dertiende. En eigenlijk elk jaar daarna.

'De winters waren even wennen, maar ik mis de hitte niet.'

'Maar je hebt Juliet gemist, dus je zult gewoon weer aan de hitte moeten wennen.' Nana reikte achter zich naar de stoel.

Tanner hielp haar erin.

Juliet probeerde niet te zuchten bij de tederheid die hij voor haar grootmoeder toonde. Hij was zo'n goede man en ze had nooit aan hem mogen twijfelen.

'Wil je wat van die cheesecake waar je zo dol op bent? Ermalinda heeft hem gemaakt toen ze hoorde dat je kwam.'

'Dat zou heerlijk zijn. Bedankt.' Tanner was altijd dol geweest op de cheesecake van Ermalinda. Tot op de dag van vandaag wilde hun huishoudster het recept niet prijsgeven, maar ze maakte het voor speciale gelegenheden, en de terugkeer van Tanner beschouwde ze zeker als zodanig. Ze hield net zoveel van hem als de rest van hen.

Weer iemand wiens hoop de bodem zou worden ingeslagen wanneer hij uiteindelijk weer zou vertrekken.

'Tanner.' Haar vader liep de kamer binnen en stak zijn hand uit. 'Bedankt voor je komst.'

Complimenten aan haar vader dat hij dat zei. Hij was ook geen van beide keren blij geweest dat Tanner was weggegaan en gedroeg zich alleen beleefd omwille van zijn moeder. En omwille van Juliet. Maar als hij wist dat Tanner weer zou vertrekken, zou hij waarschijnlijk niet zo hoffelijk zijn.

Juliet zou dat wel regelen als het zover was. Op dit moment had ze het nodig dat de reacties van iedereen zo echt en normaal mogelijk waren in het scenario dat ze had gecreëerd.

Nu alleen nog hopen dat ze die van haarzelf onder controle kon krijgen.

'Juliet, lieverd, wil je Ermalinda vragen of ze de cheesecake brengt?'

'Niet nodig, *señora*. Ik hoorde de auto aankomen.' Ermalinda kwam binnen met de schaal ter grootte van een pizza waarin ze de cheesecake bakte. Niemand wist hoe ze hem zo gelijkmatig gaar kreeg in die grote vorm, maar het resultaat was altijd hetzelfde: geweldig. 'Miss Juliet, zou u de bordjes en de limonade willen pakken, *por favor*?'

Nana was altijd *señora* geweest, terwijl Juliet altijd *miss Juliet* was geweest sinds Ermalinda voor hen was komen werken nadat... nou ja, nadat Nana bij hen was komen wonen. En zelfs nadat Juliet getrouwd was, was ze voor Ermalinda nog steeds *Miss* gebleven.

Helaas voelde ze zich ook zo, ongeacht het feit dat op haar rijbewijs nog steeds *Wentworth* stond.

'Natuurlijk.' Ze schudde haar sombere bui van zich af en ging naar de keuken, terwijl ze een oor gericht hield op het gesprek. Tanner was er nu en dat was wat telde.

Nou ja, dat en hem zover krijgen dat hij bleef.

'Zeven jaar is een lange tijd,' zei Nana tegen hem, die nooit om de hete brij heen draaide. 'Heb je je ouders al gezien?'

'Nog niet.'

Tanners stem klonk gespannen. Hij lag overhoop met zijn ouders sinds hij achter het gokken van zijn vader was gekomen. Godzijdank had Tanners grootvader dat trustfonds opgericht waar niemand aan kon komen, want meneer Wentworth was iedereen geld schuldig, waardoor het gezamenlijke zakelijke project van haar vader en hem gevaar liep. Haar vader had hem uit de brand moeten helpen en had de hypotheek op de ranch van de familie Wentworth als onderpand genomen.

Maar hij had het gedaan om zijn vriend te helpen, niet om hem in zijn greep te houden. Toegegeven, het had geholpen om een einde te maken aan de toegang van meneer Wentworth tot de zakelijke rekeningen, maar toen Tanner erachter kwam – en toen haar vader het als pressiemiddel had gebruikt om hem met haar te laten trouwen – waren de verhoudingen niet alleen tussen haar vader en Tanner gespannen geraakt, maar ook tussen Tanner en zijn vader. Hij had meer dan eens gezegd dat hij voor de zonden van zijn vader betaalde via zijn gevoelens voor haar.

En zij had het mogelijk gemaakt.

'Ik ben blij dat jij en Juliet jullie geschillen hebben bijgelegd. Een kind verliezen is nooit gemakkelijk en ik weet dat de situatie niet optimaal is geweest' — daar ging Nana weer met haar gave voor understatement — 'maar er is zoveel liefde tussen jullie twee en dat is er altijd geweest, dat ik wist dat jullie er wel uit zouden komen. Ik ben alleen maar blij dat ik dit nog heb mogen meemaken.'

Juliet klemde het dienblad met limonade, bordjes en glazen steviger vast terwijl ze terugliep naar de woonkamer. Dat was de reden dat ze dit had moeten doen; ze was zo bang geweest dat Nana zou sterven. Nog een verlies kon ze niet aan.

Tanner schraapte zijn keel. 'Het spijt me erg om te horen over je beroerte. Juliet heeft het me pas vorige week verteld.'

'Ik weet het. Ik wilde niet dat ze het deed. Jullie moesten je relatie zelf uitzoeken, niet vanwege mij. Jullie doen het toch niet om mij, hè, Tanner?'

'Mevrouw Chambers – ik bedoel, Nana.' Hij nam Nana's hand in beide zijne. 'Ik doe dit vanwege Juliet. Vergis je niet. Dit gaat allemaal over Juliet en mij.'

Verdomme, die man was goed; hij zei precies wat haar grootmoeder wilde horen, maar bedoelde voor haar iets totaal anders.

Haar vader keek Tanner echter met samengeknepen ogen aan. Toegegeven, zo keek hij hem al aan sinds ze van jeugdvrienden waren veranderd in minnaars, maar haar vader was scherpzinnig. Hij mocht dan aangeslagen zijn door de beroerte van zijn moeder, als het op andere zaken aankwam, was hij nog steeds zo scherp als een mes.

Geweldig, nu zou ze haar misleidingsspel moeten opvoeren om ook hem ervan te overtuigen dat zij en Tanner weer hartstikke verliefd waren.

Dus zette ze het dienblad neer en liep naar Tanner om haar hand op zijn schouder te leggen. Ze had naar een excuus gezocht om hem weer aan te raken. Ze had Tanner altijd willen aanraken. Zijn hand vasthouden, over zijn rug wrijven, tegen hem aan leunen... Vroeger had ze nooit een reden nodig gehad en raakte ze hem voortdurend aan. Het was net zo natuurlijk geweest als de liefde die ze voor hem voelde — en het had haar elke keer weer opgewonden.

Deze keer was het niet anders.

Tanner probeerde niet terug te deinzen toen Juliets hand op zijn schouder belandde. Het was al moeilijk genoeg om de gelukkige echtgenoot te spelen die terug was voor de derde ronde, terwijl hij de kamer uit wilde lopen om geen van hen ooit nog te zien.

Nana maakte het er niet makkelijker op, en de woede straalde in golven van Juliets vader af. Niet dat Tanner het hem kwalijk kon nemen, maar die man moest de situatie eens heroverwegen en inzien dat het zijn dochter was die deze had gecreëerd, niet alleen met de eerste opzet maar ook met de tweede.

Ja, Tanner had waarschijnlijk niet moeten toegeven en haar mee naar bed moeten nemen na de universiteit, maar hij had geprobeerd zijn hart te lijmen en Juliet wist precies hoe ze hem moest binnenhalen. Dat had ze altijd al geweten, vanaf die eerste kus in de schuur toen hij zo hard had geprobeerd bij haar uit de buurt te blijven, maar zij daar niets van wilde weten. Dan waren er die keren dat ze hem de cabines van vrachtwagens in trok en mee naar het achterkamertje in het magazijn nam wanneer er nergens anders een plekje was.

Zijn lichaam werd warm bij het beeld van haar, schrijlings bovenop hem in die bureaustoel, waarbij de gedachte dat ze ontdekt konden worden even spannend was als de daad die ze verrichtten.

God, hij had ooit van haar gehouden.

Haar vingers knepen in zijn schouder alsof ze zijn gedachten kon lezen.

Ze kneep nog eens. Nog twee keer.

Oh, juist. Hun signaal.

Shit. Hij wilde dat niet onthouden. Wilde dit niet doen, maar haar grootmoeder zou het merken — haar vader ook — als hij het niet deed, en hij was hier gekomen om een rol te spelen voor een zieke vrouw, dus dan kon hij die rol maar beter goed spelen.

Hij reikte omhoog en pakte Juliets vingers in de zijne, tikte ze drie keer tegen zijn schouder zoals ze jarenlang hadden gedaan. Iedereen wist dat het hun signaal was, hun 'ik hou van jou'-tikjes. Ze waren ermee begonnen op de middelbare school en het was weer zo'n onderdeel van hun schattige-stelletjes-arsenaal geweest dat hen op het podium van de Homecoming-verkiezing had geholpen en hen de kronen van het eindexamenbal had opgeleverd, evenals de titel 'Schattigste Stelletje' in het jaarboek.

Hij had zijn jaarboek weggegooid toen hij verhuisde.

Gelukkig deelde Ermalinda op dat moment de cheesecake uit zodat hij Juliets vingers kon loslaten. Hij nam het bord aan en hoefde zijn dankbaarheid niet te veinzen. Om vele redenen. Ermalinda's taart was werkelijk geweldig. Ze had hem verteld dat ze het recept aan hem had nagelaten in haar testament. Hij had *haar* verteld dat hij het recept nooit wilde hebben, dus ze zou gewoon in de buurt moeten blijven zodat ze het voor altijd voor hem kon maken.

Hij had haar gemist. Hij had ze eigenlijk allemaal gemist. Maar als hij was teruggekomen, zou hij Juliet hebben gezien. Het was al moeilijk genoeg geweest om aan de andere kant van het land van haar weg te blijven; laat staan aan de andere kant van de stad.

En hoe zit het met de andere kant van haar huis?

Ja, dat zou niet makkelijk worden.

'Dus waar heb je je de laatste tijd mee beziggehouden, Tanner?' vroeg Juliets vader.

Juliet verslikte zich in de limonade.

Hij zou die man de waarheid moeten vertellen. Iedereen laten weten dat hij voor de kost aan het strippen was. Hij schaamde zich er niet voor, maar zij zouden dat wel doen en het was niet eerlijk om zijn woede op Juliet op Nana af te reageren. Hoewel, eigenlijk was Nana altijd iemand geweest die de dingen bij de naam noemde; zij zou waarschijnlijk wel kunnen lachen om wat hij deed.

Meneer Chambers zou echter geschokt zijn.

Dat was bijna genoeg reden om het hen te vertellen.

Maar Juliet was degene van wie hij wilde dat ze wist wat hij voor werk deed. Hij wilde weten wat ze er echt van vond. In de auto was ze heel koel gebleven door te zeggen dat ze niet het recht had om er wat van te vinden, maar hij kende haar. Verdomme, het was de helft van de reden waarom hij er in eerste instantie mee begonnen was. Had ze haar streek uitgehaald omdat ze overstuur was dat andere vrouwen hem wilden? Hij had haar daar destijds geen reden voor gegeven, maar nu was het een heel ander verhaal.

Waarschijnlijk kinderachtig, maar het werk betaalde heel goed en stelde hem in staat zijn eigen leven te leiden. En hij had de extra bijkomstigheid dat hij wist dat het haar zou irriteren — hoewel hij daar weinig aan had gehad zolang ze het niet eens wist tot ze in de club verscheen.

Ze had naar hem gekeken; hij had haar ogen op zich gevoeld. Hij wist altijd wanneer Juliet naar hem keek. Had het haar opgewonden?

Bij nader inzien wilde hij misschien helemaal niet weten wat Juliet dacht.

'Ik zit in de grondverwerving.' Nou ja, nu hij met Gage en Bryan in zee ging wel.

'Dat is nieuw.' Meneer Chambers keek even naar Juliet voordat hij hem aankeek.

Tanner hield zijn gezicht in de plooi. Hij en Juliet hadden dat aspect van hun verhaal moeten doornemen, maar het was nu te laat.

Het was de bedoeling geweest dat hij met haar vader in zaken zou gaan. De samenvoeging van twee ranches. Meneer Chambers was proactief als het ging om de groei van het bedrijf, en hij had gewild dat de persoon die het na zijn pensioen zou overnemen een gevestigd belang had bij het succes van de ranch en andere bedrijfstakken.

Eerlijk gezegd had Tanner ernaar uitgekeken om met meneer Chambers samen te werken. Om het bedrijf te laten groeien voor zijn eigen kinderen en kleinkinderen. Kinderen die in de wacht waren gezet sinds Juliets 'kleine list'.

Tanners adem stokte in zijn keel en hij moest hem eruit hoesten. Hij kon nooit aan zijn zoon denken zonder die overslaande hartslag. Alsof er een deel van hem was ontnomen.

'Welke projecten heeft u lopen?'

Hij concentreerde zich op de vraag en verdrong de nare herinneringen naar de achtergrond. Dat was de beste manier om ermee om te gaan. 'Een paar commerciële panden. Die bevinden zich momenteel in de beginfase.' Zeer beginnend.

'Ik zou daar graag meer over horen.' Meneer Chambers verloorowaar de norse toon die hij had aangenomen sinds hij hem al die jaren geleden voor het eerst had geconfronteerd met Juliets zwangerschap.

'Ik weet zeker dat we daar wel een moment voor kunnen vinden.' Tanner knikte naar hem, met de implicatie dat hij in de buurt zou blijven om over de projecten te praten.

'Je was altijd al zo'n doorzetter, Tanner.' Nana klopte op zijn knie, waardoor een schuldgevoel door zijn hart schoot. 'Je hebt deze familie trots gemaakt.'

In een ander leven zouden die woorden iets voor hem hebben betekend. Maar nu... Ze waren gebaseerd op zoveel van Juliets leugens dat Tanner niet het gevoel had dat hij rechtmatig deel uitmaakte van dit alles.

Dus glimlachte hij maar en nam een hap van Ermalinda's taart, waarbij hij haar groette met zijn tweede vorkje. '*Maravillosa como siempre, Ermalinda.*'

Ze straalde naar hem en drukte een kus op zijn kruin terwijl ze Nana's bord meenam, waarvan een flink stuk op was. Van wat Juliet had gezegd, had hij gedacht dat Nana lag te verpieteren in bed, dus om haar met een behoorlijke eetlust in de woonkamer te zien, was een goed teken.

Het deed hem ook afvragen of Juliet de ernst van Nana's ziekte niet wat had overdreven.

Hij kromp ineen. Een beroerte op welke leeftijd dan ook was niets om lichtvaardig over te denken. Hij moest dankbaar zijn dat Nana hier kon zitten — en dat was hij ook. Maar hij haatte het dat hij überhaupt moest twijfelen.

'Juliet doet het wat dat betreft ook niet slecht,' zei meneer Chambers, terwijl hij op de stoel naast haar ging zitten en haar hand klopte. 'Ze heeft het bedrijf geweldig geleid terwijl, nou ja, terwijl ik voor mijn moeder heb gezorgd.'

'Het spijt me alleen dat dit nodig was om jou wat rustiger aan te laten doen, Burt.' Nana's stem klonk vinnig. 'Ik zeg je al jaren dat Juliet meer dan capabel was om de boel te runnen.'

'Ja, Moeder, dat heb je gedaan.'

De stem van meneer Chambers klonk zacht op een manier die Tanner nog nooit had gehoord. Maar misschien kwam dat omdat hij altijd het mikpunt was geweest van een scherpe, wantrouwige toon van de man.

'Dus, Tanner.' En daar was hij: die toon. 'Je bent wel van plan om te blijven dit keer, toch? Dat is toch waarom je bent teruggekomen?'

'Ik ben gekomen omdat het tijd is dat Juliet en ik iets aan ons huwelijk doen.' En als dat meneer Chambers hoop gaf, was dat omdat de man hoop *wilde* vinden in die uitspraak. Maar Tanner was van plan zijn uiterste best te doen om niet tegen hen te liegen. Dat betekende niet dat hij de hele waarheid op tafel moest leggen, maar hij zou niet ronduit liegen als hij het kon voorkomen.

'Een huwelijk is niet makkelijk, zoon. Je moet toegewijd zijn om het te laten slagen.' Meneer Chambers kruiste zijn armen en leunde achterover. Van wat Juliet Tanner door de jaren heen had verteld, was haar vader kapot geweest van het vertrek van zijn vrouw. Hij was er hard door geworden, dus toen hij erop had aangedrongen dat Tanner met Juliet zou trouwen — beide keren — was dat geen willekeurige beslissing geweest. Hij had verwacht dat Tanner met haar zou trouwen en zou blijven.

Tanner had er alles voor over gehad — totdat hij erachter kwam wat Juliet had gedaan.

'Papa.' Juliet nam plaats op de leuning van Tanners stoel. 'Dat hoef je niet te zeggen.'

Want ze wilde Tanners antwoord niet riskeren.

Ze had de dubbelzinnigheden in zijn antwoorden aan haar vader wel opgemerkt; ze wist niet hoeveel van de opmerkingen van haar vader Tanner nog kon verdragen voordat hij de waarheid zou onthullen, en dat was iets wat ze niet kon gebruiken. Nana had zo'n glimlach op haar gezicht en was alerter dan Juliet haar in de afgelopen drie weken had gezien. En zelfs van voor de beroerte.

'Misschien moet ik dat wel, Juliet. Ik heb te lang mijn mond gehouden. Misschien als ik eerder wat had gezegd, hadden we dan niet tot *nu* hoeven wachten tot jullie twee alles weer in orde zouden maken zoals het hoort.'

Tanner verstarde naast haar. Ja, zijn geduld raakte op. En ze kon het hem niet kwalijk nemen, niet echt. Hij deed dit omdat hij van haar grootmoeder hield, *niet* omdat hij van haar hield. Daar maakte ze zich geen enkele illusie over.

Ooit was dat wel zo geweest... Hij had genoeg van haar gehouden om alles voor haar te doen. Nou ja, behalve zich officieel verloven. Hij zei dat ze te jong waren. Hij moest eerst de universiteit afmaken en hoopte op een profcarrière, en hij wilde wachten tot hij het op de juiste manier kon doen.

Wat haar betreft was de juiste manier geweest om een ring om haar vinger te schuiven — het had haar niet kunnen schelen als die uit een zak snoep was gekomen — maar hij zag dat anders. Wat zij zag, was dat hij haar niet volledig voor zichzelf wilde opeisen. Ze had ook gezien hoe de andere meisjes naar hem keken. Ze had gezien hoe ze hem even aanraakten als ze langs hem liepen. Tanner was een god onder de goden van Texas en elk meisje wilde hem, vooral zij.

Ze had de verkeerde manier gekozen om hem bij zich te houden en daar had ze al jaren spijt van.

En toch doe je nu weer zoiets vergelijkbaars.

Nee, dit was geen vergelijkbare situatie. Ze had niet gelogen over Nana's toestand. Dit ging echt, in de eerste plaats, om het terugbrengen van Tanner om haar grootmoeder tot troost te zijn. En als ze tegen Nana had moeten liegen, nou ja, dan had ze dat met de beste bedoelingen gedaan. Nana zou het wel begrijpen als de waarheid uiteindelijk aan het licht zou komen, maar Juliet rekende erop dat Nana weer haar oude, pittige zelf zou zijn voordat dat gebeurde.

Haar vader daarentegen...

Met haar vader zou ze later wel afrekenen. Maar *zij* zou met hem afrekenen, niet Tanner. Tanners verantwoordelijkheid tegenover haar was geëindigd op de dag dat hij haar voor de eerste keer ten huwelijk had gevraagd. Hij had van haar gehouden en had het juiste willen doen voor haar. Maar toen had hij haar gesprek met haar vader afgeluisterd en was alles in duigen gevallen — en dat lag volledig aan haar.

'Pap, Tanner en ik zijn nu volwassen. Je hoeft mijn strijd niet meer te voeren.'

'Liefde zou geen strijd moeten zijn.' Nana en haar wijze woorden. Ze stak naar elk van hen een hand uit, een hand die minder beefde dan in dagen. Dat Tanner hier was, *was* een goede zaak. 'Zorg goed voor elkaar, jullie twee. Wees lief. Kijk naar het grotere geheel. Dat van voor Keegan er was. Waar jullie naartoe gingen, wat jullie deden, wie jullie aan het worden waren voordat de omstandigheden jullie dwongen om harde beslissingen te nemen die niemand zou hoeven nemen, laat staan kinderen van jullie leeftijd.'

Juliet sloeg een arm om Tanners schouders. Het was voor haar de meest natuurlijke beweging ter wereld.

Voor hem blijkbaar niet. Hij spande zijn spieren aan, maar verplaatste toen een hand naar haar knie, kneep er zachtjes in, en het was bijna alsof... alsof hij het zelf ook wilde.

'Maak je geen zorgen, Nana. Juliet en ik zullen de dingen maken zoals ze horen te zijn.'

De woorden zouden Juliet hebben doen glimlachen als ze niet had gehoord wat hij fluisterde terwijl hij opstond om haar grootmoeder terug naar haar kamer te helpen: 'Hiervoor sta je bij me in het krijt.'

Hoofdstuk negen

'En, hoe ben je in de strip—eh, in de danswereld terechtgekomen?' Juliet probeerde de eerste woorden die ze in de tweeëntwintig minuten sinds hun vertrek bij haar familie op de ranch hadden gewisseld, luchtig te houden, want de stilte begon haar te benauwen. En omdat ze het antwoord wilde weten. Toen ze ontdekte dat hij een stripper was, had ze de neiging gehad om iets kapot te slaan. Hij was nog steeds haar echtgenoot en al die goddelijkheid was van haar — ook al was het nog maar voor even.

Het was zo ironisch dat ze erom wilde huilen. Het enige waar ze altijd bang voor was geweest - dat andere vrouwen hem wilden - was nu zijn beroep. Karma was een rotwijf.

'Ik moest snel geld verdienen. Het betaalde het best, en de werktijden kwamen eigenlijk goed uit. Zo kon ik overdag naar school. Ik hoef nog maar één semester en mijn scriptie voor mijn afstuderen, en ik heb geen cent studieschuld. Dat was belangrijk voor me.' Tanner hield er niet van om bij mensen in het krijt te staan - dat had hij meer dan eens gezegd toen hij achter de waarheid over zijn vader kwam.

'En nu ga je je diploma gebruiken om de club te runnen?' Als dat het enige was wat hij daar zou doen, kon ze iets rustiger ademhalen, maar als hij nog steeds danste...

Ze had de neiging gehad om dat podium op te klimmen en een deken over hem heen te gooien. Daarna had ze hem mee willen sleuren naar een hotelkamer om hem te laten zien wat al die bewegingen in die strakke, minuscule kledij met haar deden.

Juliet verstelde het luchtrooster op het dashboard en zette de airco een standje hoger. De krappe ruimte van haar auto hielp niet echt mee met dit soort gedachten terwijl hij naast haar zat.

'Ik help mee met de leiding. Als we gaan uitbreiden, moeten we personeel opleiden.'

'Trainen? Ga je mannen leren hoe ze moeten dansen?'

'Hé, het is meer dan alleen daar gaan staan en met je heupen wiegelen. We hebben acts, we creëren personages, we werken aan de uitstraling naar het publiek. Dit is geen louche kroeg met blauwe lampen en blauwe rook. Je hebt BeefCake, Inc. gezien. Het is een chique tent. We zijn van plan de menukaart uit te breiden, dus we hebben topkoks nodig. Het kost geld en moeite om een stijlvolle zaak te runnen. Ik ben niet van plan mijn investering te verliezen, en Gage en Bryan ook niet. Zij hebben gezinnen om voor te zorgen.'

Ze wenste dat zij dat ook had. Wat zou ze er niet voor geven om een gezin met Tanner te hebben.

Daar kon ze nu niet bij stilstaan. 'Waarom stuurde je me dan steeds geld, Tanner? Je had het voor je studie kunnen gebruiken en dan was je allang klaar geweest.'

'Je bent mijn vrouw.'

Alsof dat de afgelopen zeven jaar enig verschil had gemaakt... Maar ze beet op haar tong. Ze voerden eindelijk een normaal gesprek; dat hoefde ze niet te verpesten. 'Ik heb er niet aangezeten, hoor. Aan dat geld. Ik, ehm, had het niet nodig en het voelde niet goed om het van je aan te nemen.'

'Het is van jou. Ik zorg voor wat van mij is.'

Ze wenste zó erg dat ze de zijne was op elke manier die ertoe deed. 'Ik zou het graag willen doneren, als je het niet terug wilt hebben.'

Tanner haalde zijn schouders op en keek uit het raam. 'Het is van jou. Doe ermee wat je wilt.'

'Ik dacht erover om het aan het kinderziekenhuis te geven.' De woorden kwamen er zachter uit dan ze had bedoeld.

Tanner draaide zich om om haar aan te kijken. 'Op zijn naam?'

'Natuurlijk.'

Hij knipperde met zijn ogen en keek toen weg. Juliet moest ook wegkijken om niet van de weg te raken. En omdat ze de pijn in zijn ogen niet wilde zien.

'Ik vind dat een goed idee.' Tanners stem was net zo zacht als de hare.

Juliet concentreerde zich op het rijden; de stilte was nu nog zwaarder dan voorheen. Ongemakkelijker.

Een blok verder hield ze het niet meer uit. Hij dacht aan Keegan; zij dacht aan Keegan. Die gedachten waren altijd pijnlijk, en als zij en Tanner verder wilden met hun leven, moesten ze de blik op de toekomst richten. Keegan zou altijd in haar hart blijven, maar ze kon het verlies haar toekomst niet laten over-schaduwen — of haar langer in deze onzekerheid laten zitten.

Ze rechtte haar rug en schraapte haar keel. 'Dus, ehm, een stripclub leiden is wel even iets anders dan in zaken gaan met mijn vader.'

Hij ademde diep uit en trommelde met zijn vingertoppen op de rand van de deur bij het raam. 'Het is lucratief, het is leuk werk en de mensen bevallen me. Beter dan veertig uur plus per week in een kantoor zitten.'

Ze wierp een blik op hem. 'Het geeft je tijd om andere dingen te doen.'

'Wat wil je me vragen, Juliet?'

De ene brandende vraag waar ze het antwoord op wilde maar die ze niet durfde te stellen. 'Is er... heb je... ik bedoel—'

'Wat? Zeg het gewoon. Ik ben het maar, weet je nog?'

Alsof ze dat ooit zou kunnen vergeten. 'Is er iemand... speciaals?'

Het duurde twee blokken voordat hij reageerde. 'Wil je weten of ik een vriendin heb?' Hij schudde zijn hoofd. 'Kom op, Jules. We zijn getrouwd. Dat zou ik nooit doen.'

Het was het antwoord dat ze wilde horen, maar de beschuldigende toon in zijn stem deed pijn. 'Het is een eerlijke vraag. Ik bedoel, we zijn niet samen geweest. Het zou begrijpelijk zijn als je, weet je, met iemand was uitgegaan.'

Hij had immers gedatet tijdens hun studietijd; dat was de belangrijkste reden geweest waarom ze de situatie zo had opgezet dat haar vader hen zou betrappen. Haar hart was gebroken toen ze ontdekte dat hij andere relaties had gehad, en ze had ervoor moeten zorgen dat dat nooit meer zou gebeuren.

God, kon ze de fouten die ze had gemaakt maar ongedaan maken. Tanner had vast niet veel overtuiging nodig gehad om weer bij haar in bed te stappen; het had waarschijnlijk maar een paar maanden geduurd — hooguit — voordat hij had besloten er definitief voor te gaan. Had ze maar gewacht, maar ja, geduld was nooit haar sterkste kant geweest.

'Ik heb een belofte gedaan, Juliet. Ik neem mijn trouwgeloften serieus. Mijn woord is mijn eer.' De implicatie was, en terecht, dat haar woord lang niet zoveel waard was als het zijne. 'Waarom? Jij wel?'

'Absoluut niet.' Ze had het niet eens gekund. Het had een hele tijd geduurd voordat ze überhaupt weer verder wilde kijken nadat hij haar in dat vliegtuig had achtergelaten, en ze had een muur om zich heen opgetrokken om alle vragen af te wimpelen. En omdat hij haar direct na de huwelijksreis had verlaten — het feit dat ze daar alleen was geweest had ze als een klein *geheim* voor zichzelf gehouden — zou hij als de gebeten hond uit de bus komen als ze het mensen zou vertellen. Hoe boos ze ook op hem was geweest, ze wilde niet dat mensen zo over hem dachten, dus had ze zich in bochten gewrongen om zijn afwezigheid aan haar vrienden uit te leggen, van wie de meesten wel doorhadden dat ze niet het hele verhaal vertelde. Maar dat was niemands zaak behalve die van haar en Tanner, en dat wilde ze graag zo houden. Bovendien, als ze het tóch nog zouden kunnen uitpraten, wilde ze niet dat iedereen een hekel aan hem had.

Nee, ze had geen enkele behoefte gehad om te daten, zeker niet vlak nadat Tanner was weggegaan. Daarna was ze druk met haar studie en het leren van het vak... en haar hart had er gewoon niet naar gestaan. Haar hart zou altijd bij Tanner horen en ze wist niet hoe ze ooit iemand anders zou moeten vinden nadat hij van haar gescheiden was.

Haar maag trok samen. Daar wilde ze niet aan denken.

Een bord bij de ingang van het winkelcentrum aan haar linkerhand trok haar aandacht en gaf haar het perfecte excuus om van onderwerp te veranderen.

'Vind je het erg als ik hier even stop?' vroeg ze terwijl ze de parkeerplaats opdraaide.

'Ik heb toch geen haast.' Hij draaide zich iets om, liet zijn rechterarm op de bovenkant van de deur rusten en zijn linker op de bovenkant van de stoel, met zijn hand vlak bij de hare. Ze hield van haar sportieve Benz, maar ze had hem gekocht toen hij niet in haar leven was. En nu hij terug was, voelde de auto veel te klein met hem erbij.

Ze schoot in een van de parkeervakken vlak bij de dierenwinkel. 'Ik ben waarschijnlijk wel even bezig. Wil je dat ik je ergens tref of zal ik je bellen als ik klaar ben?'

Hij keek naar de winkel. 'Je hebt helemaal geen huisdier.'

'Nog niet.' Ze stapte de auto uit.

Tanner stapte ook uit en kneep zijn ogen samen tegen het bord. 'Je gaat een kitten halen? Zomaar ineens?'

Ze begreep niet waarom hij zo verbaasd klonk. Ze hield van dieren. Ze hadden het er vroeger over gehad om samen een hond te nemen. Dat was het plan geweest voordat ze aan kinderen zouden beginnen.

Sinds zijn vertrek had ze het niet over haar hart kunnen verkrijgen om een hond te nemen. Maar een kitten kon wel. Vooral een uit het asiel. En door een beestje in huis te hebben, zouden ze allebei iets hebben om zich op te richten, behalve op elkaar en het verleden.

'Ik dacht er al een tijdje over na, en toen zag ik dat bord. Het voelt als voorbestemd.'

Tanner schudde zijn hoofd terwijl hij haar inhaalde bij de deur. 'Je bent echt niet veranderd, hè? Altijd even impulsief.'

Even deed die opmerking pijn. Maar daarna maakte het haar kwaad. 'Ik kan me herinneren dat je het juist fijn vond als ik impulsief was. Meer dan eens.'

Ze smeet de deur open en beende naar binnen, zonder erom te geven of hij haar volgde of niet — terwijl ze probeerde te ontsnappen aan de herinneringen aan de tijd dat ze *wel* impulsief was geweest.

Grappig eigenlijk, maar een van die keren was *niet* geweest toen ze die gaatjes in de condooms prikte. Dat moment was juist heel goed doordacht en gepland. Tot aan het steriliseren van de speld toe, zodat ze niets onder de leden zouden krijgen. Tenminste, niets behalve een baby.

God, wat was ze naïef geweest. Zo egoïstisch.

Zo jong.

Nou, ze was nu ouder en als ze een kitten wilde, dan nam ze een kitten en hij kon haar niet tegenhouden.

Ja hoor, klinkt heel volwassen.

Die innerlijke stem negerend, liep ze op de vrouw af bij de balie voor de verblijven. 'Hallo. Ik zou heel graag een van deze schattige kleintjes mee naar huis nemen.'

'En wij zouden het geweldig vinden als u dat doet.' De vrouw overhandigde haar een formulier. 'We hebben echter wel eerst referenties van een dierenarts nodig.'

'Referenties van een dierenarts? Maar ik heb geen dierenarts omdat ik geen huisdieren heb.'

'Dan moeten we een huisbezoek plannen.'

'U bedoelt dat u bij mij thuis komt kijken of het veilig is voor een kitten?'

'Ja, en om te zien of u niet al een huis vol katten hebt. Of het een gezonde omgeving is. Dat soort dingen.'

'Ik neem aan dat u ook wel eens dubieuze types over de vloer krijgt?'

'Wanneer we dieren gratis aanbieden, willen we er zeker van zijn dat ze in een veilig en liefdevol thuis terechtkomen.'

Juliet zuchtte. 'Dus dat betekent dat ik er nu geen eentje mee kan nemen.'

'Het spijt me, vandaag niet. Dat hoort bij de procedure. Als u serieus bent over het adopteren van een van onze beestjes, dan zult u dat begrijpen.'

'Oh, dat begrijp ik ook wel. Het is alleen... ik had er graag nu al een meegenomen.'

'U kunt mijn dierenarts gebruiken.' Tanner kwam achter haar staan en haalde zijn telefoon tevoorschijn. 'Hij zit in een andere staat, maar ik verhuis terug naar deze stad. Hij kan voor me instaan.'

In een beweging die Juliet overviel, legde Tanner een hand op haar middel. Ze hoopte maar dat haar mond niet openviel van verbazing. Dat hij haar zou helpen, was het laatste wat ze van hem had verwacht.

'Dat is heel vriendelijk van u,' zei de vrouw, 'maar we hebben een referentie nodig voor de plek waar het kitten daadwerkelijk gaat wonen.'

'Ah, misschien was ik niet helemaal duidelijk. Ik ga weer bij mijn *vrouw* wonen.' Hij benadrukte het woord door haar steviger tegen zich aan te trekken.

Maar goed ook, want ze had even wat steun nodig om op haar benen te blijven staan.

'O, nou, dat verandert de zaak. Als u dan dit gedeelte van het adoptieformulier wilt invullen.' De vrouw wees naar de rechterkant waar *Mede-eigenaar* boven stond.

De ironie van het feit dat hij meetekende voor een huisdier terwijl hun huwelijk nog maar anderhalve maand zou duren, ontging Juliet niet. Ze had kunnen huilen als dat niet te veel vragen had opgeroepen — zowel bij de vrouw voor haar als bij Tanner.

'Zeker. Geen probleem.' Hij kneep in haar schouders. 'Juliet? Vind je het goed?'

'Eh, tuurlijk. Dat is een geweldig idee.' Er klonk waarschijnlijk iets te veel enthousiasme door in haar stem, maar de vrouw zou verwachten dat ze het hartstikke fijn vond nu hij net had gezegd dat hij terugkwam. Ze moest niet achterdochtig worden, want op dit moment wilde Juliet dit kitten met elke vezel in haar lichaam. En ze had er nog niet eens een uitgekozen.

Tanner vulde zijn deel in en gaf haar de pen. 'Alsjeblieft, schat. Vul jij dit in, dan kan zij dokter Bingham bellen terwijl wij gaan kijken welke er met ons mee naar huis wil.'

Juliet nam de pen met trillende vingers aan; de 'ons' en 'wij' die hij zo makkelijk uitsprak, lieten haar zenuwen alle kanten op vliegen. Ooit had ze die woorden verdiend en had ze niet echt beseft hoe waardevol ze waren.

Dat wist ze nu wel.

Ze vulde het formulier in, terwijl ze in zichzelf lachte om haar bibberige handschrift, en zette haar handtekening onderaan naast die van Tanner. *Juliet Wentworth*. Ze had zij haar meisjesnaam met koppelteken allang weggelaten — een eis waar Tanner op had gestaan toen ze de huwelijksakte invulden. Waarschijnlijk om haar te laten weten dat ze niet echt het team waren dat ze hadden kunnen zijn toen ze achttien was en haar notitieblok vol had geklad met zwierige *Juliet Wentworth* handtekeningen in alle kleuren van de regenboog. Maar nadat hij was weggegaan, had ze een connectie met hem willen houden, dus had ze *Chambers* laten vallen en was ze graag een Wentworth gebleven. Sommige mensen zouden het masochistisch noemen, maar ze had een deel van Tanner bij zich willen houden, en zijn naam was de enige optie die ze had.

'Helemaal goed,' zei de vrouw toen Juliet haar het formulier gaf. 'Ik ga even bellen en dan gaan we het regelen.'

'Klaar voor, schat?' Tanners arm gleed weer naar haar middel en hij stuurde haar langs de balie naar de verblijven met kittens.

'Jazeker.' Ach, ze was allang blij dat er geluid uit haar keel kwam.

Maar zodra ze bij de kooitjes kwam, kon ze een 'Oooooh' niet onderdrukken.

'Ik wil ze allemaal wel mee naar huis nemen.' Ze streek een lok haar achter haar oor terwijl ze vooroverboog om een grijs pluizig bolletje op te pakken. 'Kijk nou hoe schattig.'

Ze aaide met haar wang langs het kopje van het kitten terwijl ze naar Tanner keek – en haar adem stokte door de manier waarop hij naar haar keek...

Oh hemel.

Juliet wendde haar blik niet af. Ze kende die blik. Koesterde die blik. *Wilde* die blik.

En dat was natuurlijk precies de reden waarom *Tanner* plotseling wegkeek.

Ze liet het kitten bijna vallen. Blijkbaar was Tanner niet zo immuun voor haar als hij haar wilde doen geloven — wat wel eens heel interessante gevolgen zou kunnen hebben.

Hoofdstuk tien

Wat was er in godsnaam *mis* met hem? Hij kon Juliet niet weer willen. Alleen maar omdat ze zo ontzettend sexy was met die glimlach op haar gezicht terwijl ze het kitten tegen haar wang hield, wat hem deed denken aan de nacht dat hij een deken van imitatiebont op zijn bed had gegooid nadat zijn ouders waren uitgegaan, met de volle intentie om Juliet een eerste keer te bezorgen die ze nooit zou vergeten. Het bont had dezelfde kleur gehad als dit kitten en Juliet had ertegenaan gespind nadat ze de liefde hadden bedreven, voordat hij haar in zijn armen had genomen en haar had vastgehouden totdat hun ademhaling weer normaal was geworden – nou ja, zo normaal als de zijne ooit was in haar buurt. Ja, het was een eerste keer geweest die *geen van beiden* ooit zou vergeten.

Hoewel hij dat maar al te graag zou willen.

Hij had dit soort gedachten niet nodig om zijn plannen te ondermijnen. Hij wilde van dit huwelijk af, zodat hij zich nooit meer hoefde af te vragen of ze een spelletje met hem speelde of waar ze nu weer mee op de proppen zou komen. Of wanneer ze hem weer in de steek zou laten.

Hij hoefde dan zeker niet meer gemarteld te worden door in haar buurt te zijn, haar te willen en haar niet te kunnen krijgen.

Misschien kun je haar wel krijgen—

'Ik denk dat dit het is.'

Haar stem klonk schor en hij wist dat ze het grijze kitten had gekozen om dezelfde reden waarom hij wenste dat ze dat niet had gedaan.

Hij schraapte zijn keel en deed een stap achteruit. Hij wilde alleen maar maken dat hij de winkel uitkwam, maar hij was niet van plan om de kans van dit kitten op een goed tehuis te verpesten, enkel en alleen omdat hij de gedachte aan een naakte Juliet op zijn bed niet uit zijn hoofd kon krijgen.

Ze had er toen zo mooi uitgezien, met die zachte, voldane glimlach die ze na die nacht altijd had nadat ze de liefde hadden bedreven.

Ze was maagd geweest – ze waren allebei maagd geweest. Die eerste keer... Het was onhandig geweest, maar zo vol liefde en lust dat ze het logistiek allemaal voor elkaar hadden gekregen.

Hij kon een glimlach niet onderdrukken en moest op zijn lip bijten om te voorkomen dat die over zijn hele gezicht zou verschijnen. Oh, jazeker. Ze hadden het logistiek zeker voor elkaar gekregen.

'Ik neem aan dat die glimlach betekent dat je het ermee eens bent?'

Tot zover die gedachte.

Hij schudde zichzelf mentaal wakker en bracht zijn gedachten terug naar het heden. Het ophalen van herinneringen aan de eerste keer dat hij de liefde had bedreven met deze vrouw was contraproductief voor zijn plan. Hij had zich na de universiteit al eens door zijn hormonen laten leiden toen hij terugkeerde, en kijk eens hoe goed dat voor hem had uitgepakt. 'Het is jouw kat. Als je deze leuk vindt, moet je hem nemen.'

Er flitste iets over haar gezicht. Hij kende die blik: gekwetstheid. Verdomme, hij kende elke gezichtsuitdrukking van Juliet. Vanaf de dag dat ze de honkbal had gevangen die hij tijdens een vriendschappelijk potje in het park had geslagen, had hij op haar gelet. Op dat moment was ze van een vriendin veranderd in een vrouw, een moment dat in zijn geheugen gegrift stond omdat het zo diepgaand was geweest. Diepgaand genoeg om de volgende twintig jaar van zijn leven vorm te geven.

Juliet knikte en nestelde het kitten in haar nek onder haar vallende haar, terwijl ze terugliep naar de vrouw bij de toonbank. Hij had altijd van Juliets haar gehouden. Zacht en zijdeachtig, lang genoeg om onder haar vast te komen zitten als hij bovenop haar lag... Hij hield ervan om daarna met zijn vingers door haar haar te strijken terwijl haar hoofd op zijn borst rustte en haar kleine zuchtjes adem over zijn tepels dartelden, waardoor de sensaties van hun vrijpartij nog even voortduurden.

God, wat had hij ervan genoten om de liefde met haar te bedrijven. Ze had zich nooit ingehouden. Had hem alles gegeven. Waarom had ze in godsnaam niet vertrouwd op wat hij voor haar voelde en de natuur haar gang laten gaan? Ze zou precies hebben gekregen wat ze wilde als ze niets anders had gedaan dan van hem houden.

En hij zou precies hebben gehad wat hij wilde.

Hij sloeg haar gade bij de vrouw. Juliet zat nooit stil; een deel van haar was altijd in beweging. Haar hand terwijl ze praatte, haar tikkende voet, haar heupen die bewogen alsof ze danste op muziek die alleen zij kon horen. Hij hield er vroeger van om naar haar te kijken.

Hij streek met een hand over zijn gezicht. Sommige dingen waren niet veranderd.

Ze keek hem aan met een onbevangen glimlach en het benam hem letterlijk de adem. Juliet was altijd zo open geweest, zo eerlijk, elke emotie was van haar gezicht af te lezen. Ze kon haar gevoelens niet voor hem verbergen – of dat dacht hij tenminste.

Daarom had haar verraad ook zoveel pijn gedaan. Hij had haar nooit in staat geacht tot iets zo achterbaks als het veinzen van een zwangerschap of het in scène zetten van een situatie waarbij haar vader hen samen in bed zou aantreffen. Blijkbaar kende hij de vrouw met wie hij getrouwd was niet zo goed als hij dacht.

Maar je wilt haar wel kennen.

Dat verdomde stemmetje. Het dook altijd op wanneer hij het niet wilde. Wanneer hij in zijn appartement het ontbijt klaarmaakte en zich afvroeg of Juliet die pannenkoeken met lachende gezichtjes bakte die ze vroeger altijd voor hem maakte na de voetbaltraining. Of wanneer hij zijn bed opmaakte en zich herinnerde hoe zij over het bed in zijn kamer boog. Of de manier waarop haar gezicht oplichtte als ze hem zag. Elke keer als hij in de spiegel keek, zag hij een seconde lang Juliets gezicht terugstaren, maar het was lang genoeg om haar niet te kunnen vergeten.

Als hij nu naar haar keek, hoe haar rechterheup omhoog stond en haar tikkende voet haar billen deed schudden, wist hij dat hij haar nooit zou vergeten.

Jezus. Hij wilde het wel.

Toen draaide ze zich weer om met een glimlach zo groot als de staat waar ze in waren. 'De Juliet-glimlach' had hij die gedoopt. Iedereen noemde dat zo op de middelbare school. Juliet stond bekend om die glimlach – en iedereen wist dat hij de reden was dat ze zo glimlachte.

Het deed pijn. Het deed fysiek pijn om die glimlach weer op haar gezicht te zien, terwijl wat ze hadden voor haar voorheen niet genoeg was geweest.

Toch kwam ze met die glimlach praktisch naar hem toe huppelen, haar blonde haar zwiepte achter haar aan alsof ze weer zestien waren.

'Ze is van mij! Je dierenarts heeft een geweldige aanbeveling gegeven en de mevrouw zei dat we haar nu mee naar huis mogen nemen.' Ze greep zijn arm vast zoals ze vroeger deed, en even voelde het alsof ze weer op de middelbare school zaten. Terug naar de tijd vóór Keegan, toen de wereld nog vol mogelijkheden voor hen was.

Toen miauwde het kitten, waardoor ze weer hard in de realiteit landden, en Juliet trok haar hand zo snel weg alsof ze zich had gebrand.

Nee, dat was hìj.

'Gefeliciteerd.' Hij probeerde wat warmte in zijn woorden te leggen, want hij was blij voor haar. Hoezeer ze hem ook gekwetst had, hij zou Juliet nooit kunnen haten. Hij kon haar alleen nooit meer vertrouwen. 'Heb je al een naam?'

Juliet hield het kitten omhoog, neus aan neus. 'Nog niet. Ik probeer te bedenken waar ze op lijkt.'

'Een kat.'

'Grappig.' Dit keer gaf ze hem een speels tikje tegen zijn arm en dat zorgde ervoor dat alles weer even goed was.

'Dus ik neem aan dat je wat spullen nodig hebt.'

'Oh hemel, ja. Daar had ik nog niet echt bij stilgestaan. Kattengrit, voer, wat speeltjes.'

'Een mandje. Bakjes. Een krabpaal.'

Ze hield haar hoofd schuin. 'Je klinkt alsof je verstand hebt van katten. Heb je daarom een dierenarts?'

'Had. Ik had een kat. Buddy. Hij adopteerde mij op een dag. Hij bleef maar voor mijn deur verschijnen. Hij hield zijn kop niet voordat ik de deur opendeed, waarna hij naar binnen schoot en met geen mogelijkheid meer naar buiten te krijgen was. Ik denk dat Buddy genoeg had van de winter en de regen en het achternagezeten worden door andere katten, en hij was niet van plan zijn veilige en warme nieuwe thuis voor niets op te geven. Gelukkig deed Dr.

Bingham aan huisbezoeken, en zo weet ze dat ik een veilige omgeving voor katten heb.'

'En wie past er nu op Buddy?'

Tanner wees omhoog. 'Hij is ongeveer zes maanden geleden doodgegaan.'

'Heb je er geen nieuwe genomen?'

Tanner haalde zijn schouders op, hij wilde deze kant niet echt op gaan. Dingen verliezen waar hij om gaf was zwaar, dus waarom zou hij zichzelf bewust weer in die situatie brengen? 'Niet het juiste moment. Ik had Buddy alleen omdat hij mij had gevonden. Met mijn levensstijl zijn huisdieren niet echt een goed idee. Maar hij was gelukkig genoeg.'

Hij keek om zich heen en zag een enorme zak kattengrit staan. Hij wilde het echt niet hebben over het verlies van Buddy. Het zou niet zoveel pijn moeten doen om een dier te verliezen dat hij pas drie jaar had, maar dat deed het wel. En het bracht pijnlijke herinneringen boven. Soms wordt het geluk dat je om iemand geeft tenietgedaan door de pijn van het verlies – een pijn die hij uit de eerste hand kende. 'Hier, ik neem het grit wel mee. Ik neem aan dat die vrouw aanbevelingen heeft gedaan voor welk voer je moet kopen.'

'Ja. Daar ga ik even naar op zoek.'

'Oké, ik pak de krabpaal en de mand, jij pakt het voer, de bakjes en de speeltjes, en dan zien we elkaar over tien minuten bij de kassa.'

'Wie het eerst is.'

Ze kreeg die verdomde ondeugende glimlach en ging er vandoor voordat hij kon antwoorden. Niet dat dat nodig was; ze wist dat hij een uitdaging niet kon weerstaan.

Beelden van hoe hij zijn overwinning opeiste – of van haar verloor omdat de prijs hetzelfde was – flitsten door zijn hoofd. Juliet onder hem in het voetbalstadion op die ene avond. Een andere keer in de weide op de uiterste hoek van hun ranches. Ze wisten die keer niet op wiens terrein ze waren, dus hadden ze zich die middag een paar keer verplaatst om er zeker van te zijn dat ze beide stukken grond inwijdden. Het land dat ze door hun huwelijk zouden verenigen.

Technisch gezien was het nu verenigd. Hij had er sinds hij uit dat vliegtuig was gestapt niet echt meer over nagedacht. Nee, hij was op de landingsbaan geland en had niet meer achterom gekeken – zoals hij de afgelopen zeven jaar had gedaan.

Ze had nooit contact met hem gezocht. Niet dat ze dat had gekund, veronderstelde hij. Zijn ouders wisten hoe ze hem konden bereiken – nou ja, ze hadden zijn huisadres. Hij had ze niet verteld wat hij voor de kost deed. Hij wilde ze niet choqueren.

Het was ironisch dat hij was gaan dansen. Het was Juliet geweest die hem had leren dansen. Om naar het ritme van zijn lichaam te luisteren en daarop te bewegen. Het ritme dat zij erin had gebracht.

Dus ja, hij projecteerde haar wanneer hij in het begin danste, voordat hij zijn eigen act had uitgewerkt. Voordat hij zich op zijn gemak voelde. Hij projecteerde hun tijd samen, hoe het voelde om tegen haar aan te schuren. Hij haatte het om eraan terug te denken, maar zijn moves maakten de gasten van de club gek – hij haalde de hoogste fooien binnen. Een paar van de jongens zeiden dat het door zijn zaakje kwam, maar Bry zei dat hij het publiek als een pro bespeelde. Alsof het hem was aangeboren.

Van Juliet houden was het meest natuurlijke in zijn leven geweest.

Jezus. Hij moest hiermee ophouden. Hij was hier met één reden en slechts één reden. Daarna kon hij de eigendomspapieren van de ranch van zijn vader krijgen, Juliet de scheidingspapieren geven en was hij weg. Dit keer voorgoed. Er was hier niets meer voor hem over, omdat alles besmet was door de herinneringen aan Juliet.

'Tanner Wentworth, a.u.b. melden bij de kassa. Tanner Wentworth, a.u.b. melden bij de kassa.'

Juliets ondeugende giechel volgde aan het eind. Hoe streng ze ook probeerde te klinken, die giechel verraadde haar.

Ze had gewonnen, verdomme. Terwijl hij hier had gestaan, verlamd door herinneringen aan het verleden, ging Juliet met volle kracht vooruit naar haar toekomst met haar kitten... en zonder hem.

Om de een of andere reden deed dat idee, ook al was dat wat hij wilde, pijn.

Hoofdstuk elf

'Wat vind je van Buttercup?' Juliet zette de waterbak op de mat in haar wasruimte.

Tanner gaf haar de etensbak. 'Ze is niet geel.'

'Duchess?' Ze stond op en veegde haar handen af.

Hij hield zijn hoofd scheef—omdat het kitten aan zijn hals wilde likken. 'Die kat was wit in die Disneyfilm.'

Ze streek over de rug van het kitten. 'Wat dacht je van Beauty?'

'Probeer dan maar Beast.' Tanner trok de klauwtjes van het duiveltje uit zijn nek terwijl hij haar aan Juliet teruggaf.

'Ze wil alleen maar wat liefde, verder niks.' Juliet nam het pluizenbolletje van hem aan.

'Misschien had ze meer succes als ze haar klauwen introk.' Waar voor zoveel aspecten van het leven...

Juliet hurkte om het kitten op de mat bij het voer te zetten. 'Denk je dat we de bak bij haar kattenbak vandaan moeten zetten? Wat als katten, je weet wel, dat niet graag doen vlak bij waar ze eten?'

Tanner tilde de container met kattengrit op de onderste plank in de kast zodat Juliet ermee uit de voeten kon als hij weg was. 'Daar kan ik je niet mee helpen. Buddy was niet zo kieskeurig. Zolang hij eten had, maakte het hem niet uit waar ik het neerzette. Waarschijnlijk was hij gewoon dankbaar dat hij niet voor zichzelf hoefde te zorgen.'

Iets waar Tanner zich sinds hij was vertrokken maar al te goed in kon vinden.

Jezus. Hij hoefde dat pad niet in te slaan. Hij moest ook zo snel mogelijk uit deze wasruimte. Die was verdomd veel te klein en Juliets parfum veel te sterk.

Probeerde ze hem soms te vermoorden?

'Dus wat wordt het oordeel? Beast?'

Juliet rolde met haar ogen. 'Ik moet er nog even over nadenken. Even aankijken wat bij haar past.' Ze streek door de vacht van het kitten. 'Hoe wil jij heten, liefje?'

Ooit had ze hem geaaid en hem 'liefje' genoemd.

Hij moest echt zo snel mogelijk weg uit deze wasruimte.

Juliet liet de adem ontsnappen die ze had vastgehouden toen Tanner de wasruimte verliet. Ze had het nooit als een bijzonder kleine ruimte gezien, maar met hem hierbinnen... Ja. Dat was zo. En dan bedoelde ze niet alleen fysiek. Tanners aanwezigheid vulde de ruimte. Ze rook nog steeds de zeep die hij gebruikte—aftershave of eau de cologne deed hij niet. Had hij ook niet nodig.

Zij had ook nooit iets met parfum gehad; ze gaf de voorkeur aan de lotion die hij voor haar had gekocht nadat ze de liefde hadden bedreven in een veld met blauwe lupines. Ze waren er toevallig op gestuit in het winkelcentrum en hij had zijn pizzabezorggeld gebruikt om het voor haar te kopen. De oorspronkelijke tube was al lang op, maar ze bleef het kopen. Geur was een krachtige geheugensteun en ze had die middag in het veld, of hoe haar leven was toen Tanner van haar hield, nooit willen vergeten. Nu zou die geur hem misschien helpen herinneren. Dus had ze zichzelf vanmorgen een paar extra laagjes gegeven en het beste gehoopt. Helaas had ze tot nu toe geen enkel teken gezien dat hij de geur zelfs maar had geroken, laat staan dat hij zich er iets door herinnerde.

Maar ze gaf niet op. Hij was hier, hij was in haar huis, en als ze hem ooit nog kon terugwinnen, dan was dit het moment.

* * *

Twee uur later betwijfelde ze of het ooit nog zou lukken hem terug te winnen. Daarvoor zou hij immers daadwerkelijk in haar buurt moeten zijn. Maar terwijl zij en het kitten in de woonkamer zaten te spelen met een eindeloze hoeveelheid speelgoed—ze had een vergelijkbare koopwoede gehad toen ze Keegans babykamer had ingericht, wat een regelrechte hartbreker was geweest om leeg te halen—was Tanner geen moment uit de logeerkamer gekomen.

Ze gooide het plastic balletje met een belletje erin voor het kitten om achterna te gaan en het kleintje stoof ervandoor, het balletje volgend terwijl het rolde—o nee. Aan het uiteinde van de boekenkast zat een opening die ze niet had gezien als groot genoeg, niet alleen voor het speeltje, maar ook voor een kitten. En natuurlijk glipte het kitten erdoorheen.

'Oh nee! Kom hier terug!' Juliet krabbelde overeind van haar achterwerk en kroop naar de boekenkast, waarbij ze het verenstokje onderweg meegriste. Misschien kon ze het kitten ermee naar buiten lokken.

Een paar tikjes met de veer bij de opening leverden een pootje op en een blauw oog dat in het donker knipperde, maar de opening was slechts groot genoeg voor Juliet om haar vingers erdoor te steken. Geen schijn van kans om naar binnen te reiken en het kitten eruit te trekken.

Eten. Dat werkte altijd. En niet dat droge spul dat ze had gekocht; nood breekt wet.

Juliet opende een blik tonijn. Geen kat kon tonijn weerstaan.

Behalve deze blijkbaar. Op het moment dat de tonijn verscheen, trok het pootje zich terug en verdween ook het blauwe oog.

'Kom op, liefje.' Juliet nam wat tonijn op haar vinger en stak die in de opening. Geen likje zelfs.

'Oké, laten we iets anders proberen.' Ze liep terug naar de keuken en pakte een stukje kaas.

Dit keer kreeg ze een snuffel.

Een likje boter leverde een lik op, en een stukje ham bezorgde haar een hap in haar vinger.

Maar het kitten kwam nergens in de buurt van de opening. Niet dat Juliet haar eruit zou kunnen krijgen, zelfs al deed ze dat. De kleine Houdini zou uit zichzelf naar buiten moeten komen.

Juliet liet zich weer op haar kont vallen nadat ze wat van het droge voer in een spoor van de opening weg had gestrooid. Het enige wat dat opleverde, was dat het pootje naar buiten kwam om de dichtstbijzijnde brokjes naar binnen te harken.

Ze sloeg haar benen over elkaar en zette haar kin in haar handpalm. 'Waarom was het zo makkelijk om naar binnen te gaan maar te moeilijk om eruit te komen?'

'Praat je tegen de muur?'

Natuurlijk betrapte Tanner haar niet op haar best: op het moment dat ze door een kitten was afgetroefd. 'Ik praat tegen het kitten, maar ik kan niet zien of ze luistert.'

'Je weet dat ze geen woord begrijpt van wat je zegt, toch?' Hij hurkte naast haar neer. 'Ah. Ze heeft een gaatje gevonden.'

'Is dat wat het is? Ik dacht dat het een speldenprik was, maar op de een of andere manier heeft ze zich erdoorheen gewurmd.'

'Katten zijn nou eenmaal zo.' Hij gluurde erin. 'Het komt nergens op uit, toch?'

'Op iets uit—? O nee!' Juliet schoot overeind. 'Dat is de buitenhoek van het huis. Als daar een opening zit—' Ze rende de voordeur uit.

Geweldig. Hartstikke mooi. Als dit katje ontsnapte, was het weer iets dat Juliet liefhad maar niet vast wist te houden.

Ze rende naar de hoek, liet haar handpalm gaan over de plek waar de gevelbekleding op de fundering aansloot, wurmde haar vingers eronder, op zoek naar een opening.

Vooralsnog ging het goed. In elk geval had ze geen kelder om zich zorgen over te maken.

Ze probeerde de andere kant, liet haar vingers onder de rand van de gevelbekleding glijden, trok het vinyl zo ver mogelijk naar voren, maar ze voelde geen opening. Alles leek intact.

Ze ging rechtop staan en streek haar haar uit haar gezicht, en probeerde op adem te komen. Ze moest kalmeren. Ze overdreef. Het was maar een kitten dat klemzat in een hoek. Ze zou wel iets bedenken.

Ze ging weer naar binnen—en trof Tanner op zijn buik aan, een schroevendraaier in zijn rechterhand, zijn linker bij de opening.

'Kom maar, lieverd. Het is goed. Je hoeft niet bang te zijn. Ik heb je,' suste hij het katje toe.

En meteen werd Juliet teruggeslingerd naar elf jaar geleden, toen hij haar had vastgehouden nadat ze Keegan op de wereld had gezet en hun wereld om hen heen was ingestort. Ze had gehuild—god, wat had ze gehuild— en Tanner was daar geweest, had met haar gehuild, haar vastgehouden, haar gerustgesteld. Had haar beloofd dat er meer baby's zouden komen. Dat ze er samen doorheen zouden komen.

Ze had zich zo krampachtig aan hem vastgeklampt—haar anker in het zinkende schip dat haar leven toen was. Maar hij had toen nog niet geweten wat zij had gedaan. Had niet geweten dat niet alleen haar verdriet, maar ook haar schuldgevoel haar verteerde. Ze had schoon schip moeten maken. Hem moeten vertellen om zich te verlossen van de schuld dat Keegan er kwam voordat ze er klaar voor waren.

En toen was alles nog dieper de hel in gezakt dan ze ooit voor mogelijk had gehouden.

'Kom maar bij papa, kleintje.'

Die woorden—ze sloegen haar in de maag. Scheurden haar in stukken. *baby. papa.* Het waren zulke bijzondere woorden en zij had er een aanfluiting van gemaakt.

Ze greep naar de rugleuning van de stoel en liet zich erin zakken, terwijl ze probeerde niet te huilen.

Ja, dat lukte dus niet. Ze kon níét niet huilen. Om alles wat ze verloren had. Wat zíj samen verloren hadden. Wat ze Tanner had gekost.

Het was waanzin te denken dat hij hun überhaupt nog een kans wilde geven. Ze begreep al niet waarom hij hier was. Als híj háár om hulp had gevraagd, nadat zij had gedaan wat ze had gedaan, had ze hem misschien wel gezegd dat hij op kon rotten, ongeacht de pijn waar hij doorheen ging.

Tanner was een beter mens dan zij—wat maar weer bleek uit het katje dat uit het gat tevoorschijn kroop en zich in zijn handpalm oprolde.

'Zo is het, kleintje. Ik heb je.'

Zijn hand leek zo groot naast het piepkleine katje. Zo groot en toch zo teder.

Juliet herinnerde zich maar al te goed hoe die handen op haar aanvoelden. En dan bedoelde ze niet alleen troostend, al waren ze dat ook. Nee, ze dacht aan hoe die handen overal over haar heen waren gegleden. Hoe hij haar gezicht zo teder had aangeraakt, haar borsten had omvat, haar heupen had vastgepakt, tussen haar dijen was gegleden—

Ze moest haar dijen nu sluiten. Ze samenklemmen tegen de hunkering die altijd begon zodra ze zich herinnerde hoe ze de liefde had bedreven met Tanner. Zelfs toen ze hem in die club had zien dansen, was ze opgewonden geraakt, al wist ze dat hij niet voor haar danste. Alles wat Tanner deed, maakte haar opgewonden. Tot en met het sussen van een katje aan toe.

'Je kunt misschien een plank of een boek of zoiets voor dit gat zetten,' zei hij, zonder zich om te draaien terwijl hij het katje bleef aaien. 'Nu ze weet waar het zit, wil ze er telkens weer terug naartoe.'

Als dat katje slim was, zou ze precies blijven liggen waar ze nu lag.

'Goed idee.' Juliet stond op en liep naar haar garage. Ze had daar wat houtresten liggen, en het gaf haar tijd om haarzelf weer bij elkaar te rapen. Ze had niet verwacht dat ze elke seconde dat ze bij hem was door herinneringen overvallen zou worden. Ze had gehoopt dat ze zich op de toekomst konden richten, maar hun verleden overspoelde haar telkens weer.

Zes minuten later was ze terug met een paar reststukken, wat schroeven, de accuboormachine en wat beits.

Tanner zat op de bank toen ze binnenkwam. 'Hier, neem jij het katje, dan maak ik dat gat wel dicht,' zei hij.

'Ik kan het wel. Jij speelt maar met haar.' Ze wilde zich op iets anders dan hem concentreren, en als hij voor haar neus zat, zou ze zeker niet op het katje letten.

Ze legde de reststukken naast elkaar, koos de beste maat en boorde vervolgens een paar geleidegaten in de onderkant van de boekenkast om de schroeven te starten.

Al met al deed ze er zo'n tien minuten over om het gat te dichten en de eerste laag beits aan te brengen—en die beits vervolgens te beschermen tegen nieuwsgierige kattenpootjes met een hekje van boeken eromheen.

'Ik wist niet eens dat je wist wat een boormachine was, laat staan hoe je ermee om moest gaan.'

'Er is veel dat je niet van me weet, Tanner. Ik zei het je al; ik ben niet meer hetzelfde meisje met wie je trouwde.' *En weggegaan*, maar dat ging ze er niet bij zeggen. Hoeveel pijn het haar ook deed, ze kon hem het weggaan eigenlijk niet kwalijk nemen. Vooral omdat ze zichzelf de schuld gaf.

Ze veegde pluisjes van het tapijt van haar dijen en pakte haar gereedschap op. 'Ik ben zo terug, dan begin ik aan het eten. Ik zat te denken aan ribeye van de grill?'

'Mijn favoriet.'

Ze wist dat. Maar dat was niet waarom ze het had gekozen. Het laatste wat ze wilde, was met hem in de keuken staan en iets huiselijks doen. Het terras was een veiligere plek. 'Er staat bier in de koelkast als je er eentje wilt pakken. Je kunt het kitten in de wasruimte zetten. Doe de deur wel dicht zodat ze er niet uit kan.'

'Ik denk niet dat ze ergens naartoe gaat.' Hij hield zijn hand op. Het pluizenbolletje lag daar opgerold, haar staart over haar neus, al spinnend.

Gelukkig beestje.

'Oké, blijf dan hier hangen en ik haal een biertje voor je. Het lijkt erop dat jij op de kat past.' Dat zou hem uit haar directe buurt houden terwijl zij het eten maakte.

Ze gaf hem het bier dat ze speciaal voor hem had ingeslagen, duwde hem de afstandsbediening in de hand en stak vervolgens de gasbarbecue aan. Ze bestreek de ribeyes met boter, knoflook en zeezout, pakte wat asperges en citroen en sneed uien in reepjes met een paar aardappeltjes, die ze in een pan met olie op de zijbrander van haar grill zette. Ze had nooit ingewikkelde maaltijden hoeven leren koken met Ermalinda en Nana in de buurt, maar sinds ze uit huis was, waren zij en de grill dikke vrienden geworden. Weer iets dat aan haar veranderd was.

Twintig minuten waarin ze met zichzelf vocht om niet met Tanner naar binnen te gaan later, droeg ze de serveerschaal van het terras naar binnen. 'Het eten is klaar.'

'Dan leg ik haar wel in haar mand in de wasruimte. Ze is helemaal van de wereld.'

'Oké, ik dek de tafel.'

Het klonk allemaal veel te huiselijk. Wat had moeten zijn.

Wat zou moeten zijn.

Juliet zette hun borden tegenover elkaar, terwijl ze de verleiding negeerde om ze schuin tegenover elkaar neer te zetten zodat hun benen per ongeluk onder de tafel tegen elkaar zouden kunnen komen, zoals ze zou hebben gedaan als ze om de juiste reden samen in dit huis waren.

Verdorie, als dat zo was, had ze niet buiten de barbecue staan opstoken terwijl ze binnen hun slaapkamer had kunnen opstoken.

Jouw *slaapkamer, Juliet. Laten we niet op de zaken vooruitlopen.*

Te laat.

Hij liep de keuken in, zijn kaki short laag op zijn heupen hangend.

Ze vervloekte zichzelf dat ze het opmerkte.

'Er ruikt iets lekker,' zei hij.

Even dacht ze dat hij het over haar had, en ze huppelde bijna met een glimlach naar hem toe—maar toen besefte ze dat hij het over het eten had.

'Je hebt kattenhaar op je, eh, neus.' Ze veegde het weg en hield die glimlach op haar gezicht geplakt zodat hij niet zou weten wat ze had gedacht of de waarheid die ze had ingezien. Goddank voor al die missverkiezingen waar ze aan had meegedaan; die ervaring kwam goed van pas om haar houding te bewaren in ongemakkelijke situaties, en ze had net een flinke weten te ontwijken.

'Daar kun je maar beter aan wennen. Je gaat het overal hebben. Dat is het enige dat ik niet mis aan Buddy.'

'Word je niet eenzaam? Ik haat het om thuis te komen in een leeg huis.' De woorden glipten eruit voor ze ze kon tegenhouden. Ze hield er niet van hoeveel ze daarmee over haar leven prijsgaf. Maar het was waar. Ze haatte het om thuis te komen en niemand was hier. Ze haatte het om hier alleen te zijn.

'Ik ben zelden thuis. Met de uren die ik werk ben ik er eigenlijk alleen om te slapen. Buddy erbij was fijn, maar ik had ook een schuldgevoel dat ik hem steeds achterliet. Dat heb ik niet nodig in mijn leven.'

Het schuldgevoel of het weggaan-gedeelte? Juliet vroeg het niet; ze wilde niet horen dat hij 'allebei' zou zeggen.

Ze strooide zout en peper over de gebakken aardappeltjes en gaf hem toen de schaal. 'Alsjeblieft. Ermalinda heeft me geleerd ze precies te maken zoals jij ze lekker vindt.'

'Man, ik heb deze al jaren niet gehad.' Hij pakte de schaal en schepte een flinke portie op zijn bord.

'Waarom niet? Je bent dol op gebakken aardappeltjes.'

'Maar mijn taille niet.' Dat weerhield hem er niet van een vork vol op te prikken en ze langs zijn lippen te schuiven.

Lippen die de hare hadden gekust. Die over haar lichaam waren gegleden —'Er is niets mis met jouw taille.'

Verdomme. Haar hoofd was zo afgeleid dat het niet in de gaten hield wat haar mond zei.

Maar het was waar. Dat had ze gemerkt toen zij en Sandy in de club waren geweest. Slechts één detail van vele.

'Dat is omdat ik deze niet heb gegeten.' Hij hief zijn tweede vork, en ging, gelukkig, niet in op wat zij dan precies wél had opgemerkt.

Wat nogal wat was. Tanner was altijd in goede vorm geweest—oké, geweldige vorm—maar niets zoals hij op dat podium had gestaan.

Zoals hij nu was, tegenover haar.

Zijn T-shirt zat net iets strakker dan vroeger. Zijn kuiten waren net iets gespierder. Zijn kont—lieve hemel, zijn kont—was iets steviger en ronder, en zijn gezicht... De afgelopen zeven jaar hadden volwassenheid en levenservaring geëtst op gebeeldhouwde jukbeenderen en een kaak die wel van graniet leek. Tanner was zó goed en zó sexy volwassen geworden dat ze amper op haar eigen kant van de tafel kon blijven. Maar blijven zou ze. Ze moest het recht verdienen om hem weer aan te raken zoals vroeger.

God, wat was ze een ongelofelijke sukkel geweest dat ze niet in hem geloofde. Dat ze hem niet vertrouwde. Maar ze had naar de meiden op school geluisterd die over hem zwijmelden. Ze had ze horen praten toen ze niet doorhadden—of misschien juist wel—dat ze luisterde, over hoe hij naar de universiteit zou gaan en haar zou vergeten. Hoe de cheerleaders en andere studentes zich zouden verdringen voor de hunk op het footballveld. Juliet had geen reden gehad daaraan te twijfelen, want op de middelbare school wierpen meisjes zich al op hem—terwijl ze wisten dat zij en Tanner een stel waren. Hoe zou het dan zijn als een hele campus vol vrouwen *niet* wist dat Tanner van haar was? En als zij er niet zou zijn om het te laten weten.

Ze had hem van haar moeten maken. Op een manier die niemand kon ontkennen.

Tanner sneed in de steak. 'Wauw, Juliet, dit is geweldig.'

'Dank je.' Ze sneed in die van zichzelf, maar ze had geen honger. Niet naar eten. Niet zolang hij in dezelfde kamer was.

Dit was een slecht idee geweest. Ze had een congres moeten verzinnen waar hij naartoe moest, of een zakenreis naar Europa, of een deadline die hij niet kon missen, in plaats van hem over te halen hierheen te komen. Ze hield van haar grootmoeder, maar de hartzeer die zou volgen zodra hij wegging, ging veel langer duren dan de vorige keer, want hem weerzien was niet alsof je een pleister eraf rukte—dit keer trok het de littekens mee.

'Heb je nog contact met iemand van de oude club?' vroeg hij.

Ze wist dat hij dat niet had, want zij vroegen haar altijd naar hem als ze haar zagen. Wat niet vaak was. Ze gaf niet graag antwoord op die vragen. Er waren maar zoveel congressen en klantafspraken waar hij kon zijn voordat ze argwaan kregen.

'Ik zie ze weleens. Sterker nog, toen ze hoorden dat jij kwam, vroegen ze of we konden afspreken.'

Tanner zweeg tijdens drie happen van zijn steak. En nog een portie gebakken aardappeltjes. 'Er zullen veel vragen komen over waarom ik hier ben. We willen niet dat de waarheid bij jouw familie terechtkomt.'

'Eigenlijk...' Ze prikte wat krachtiger dan nodig in haar steak.

'Eigenlijk wat?'

'Nou, ik kon pap en Nana niet één ding vertellen en iedereen iets anders.'

Hij zette zijn ellebogen op tafel en vouwde zijn handen op elkaar, terwijl de vork naar beneden bungelde. 'Je hebt tegen onze vrienden gelogen.'

Tenminste, hij gebruikte het collectieve *onze*. 'Niet precies.'

'Is dit zoals de zwangerschap die *niet precies* een ongeluk was?'

Au. 'Ik heb niet tegen ze gelogen, Tanner. Ik heb me gewoon... schaars gemaakt. Als ik ze zie, zeg ik dat je voor je werk uit de stad bent. Wat technisch gezien geen leugen is.'

'Niet technisch, nee. Maar de suggestie... ja. En nu weten ze dat ik in de stad ben.' Hij legde zijn vork op het bord en vlocht zijn vingers in elkaar. 'Waarom, Juliet? Wat hoop je te winnen door dit keer te liegen?'

'Ik zei je al, Tanner, dit gaat niet om hen. Het gaat om Nana.'

'Dus iedereen denkt dat ik al *zeven* jaar niet lang genoeg in de buurt ben geweest om af te spreken? Ze zijn niet dom, Juliet. Degene die je voor de gek houdt, ben jijzelf.'

En ze hield zichzelf niet eens voor de gek. Dat kon ze niet, niet toen ze een ingewikkeld verhaal had moeten opzetten om de schijn op te houden. Er waren de tripjes buiten de stad die ze had gemaakt, alsof ze hem ging ontmoeten. Al dat studeren, wat het perfecte excuus was geweest om niet bij hem in de buurt te zijn. Daarna was ze gaan werken en was iets anders dan weekendbezoekjes niet mogelijk. Ze had zichzelf ingedekt, maar dat was omdat ze wist dat er een einde in zicht zou zijn met zijn verjaardag. Een einde dat ze eigenlijk helemaal niet wilde.

'Het is nog maar even. Gewoon tot Nana opknapt.' De woorden piepten eruit tussen de tranen die haar keel dichtknepen. Dan zou hij vertrekken, en de droom die ze de afgelopen zeven jaar in haar hart had meegedragen, zou met hem meegaan.

Maar als Keegans dood haar één ding had geleerd, dan was het wel dat pure wilskracht niet alles kon repareren. Dat het soms gewoon niet aan haar was, hoe hard ze het ook wenste of wat ze ook deed om dingen haar kant op te laten vallen. Tanner was zijn eigen man. Had zijn eigen verstand. Zijn eigen hart.

'En ze *knapt* echt op, Tanner. Ik heb haar niet meer in een stoel gezien sinds vóór ze naar het ziekenhuis ging, laat staan staand. En haar kamer uitkomen om bij ons te zijn? Ze moet zó enthousiast zijn geweest, want meestal bezoek ik haar op haar kamer. En dat stuk taart dat ze nam? Ik denk dat dat het meeste is wat ze in één keer heeft gegeten sinds ze thuis is. Ik zei je dat dit goed voor haar zou zijn. Ik kan er geen spijt van hebben. Echt niet.'

'Fijn om te horen dat jij verbetering ziet.' Tanner prikte nog een stuk ribeye aan zijn vork en kauwde langzaam, terwijl hij haar aankeek alsof hij iets op zijn hart had.

Ze wilde dat zij dat 'iets' was.

'Ik wil ze zien.'

Ze liet haar vork vallen. Dat had ze niet zien aankomen. 'Wie? Onze vrienden? Maar dan moeten we de schijn ophouden.'

Tanner haalde zijn schouders op. 'Ik kan niet ongedaan maken wat jij al gedaan hebt en ik wil iedereen graag zien. Ik ben nu terug, voor hoe lang dan ook, en ik heb iets nodig om te doen naast naar deze muren staren en die kat uit gaten redden.'

Ze kon wel een paar dingen bedenken die ze konden doen...

'En als jij aan het werk bent, word ik misschien gillend gek. Ik wil de draad weer oppakken. Misschien zoek ik een baan.'

'Strippen?'

Hij hief een wenkbrauw op, een beweging die ze zich maar al te goed herinnerde. Vooral omdat het hem zo verdomd sexy maakte.

Niet waar ze aan zou moeten denken.

'Nee, niet *dansen*. Hoewel... eigenlijk, misschien kan ik een paar locaties verkennen voor Gage en Bryan om te kijken of het zin heeft hier een vestiging te openen. Misschien kunnen we gaan franchisen.'

Als ze jongens inhuren zoals die met wie ze hem die avond in de club had zien dansen, ja, dan waren franchises een goed idee. En er zou hier zeker interesse zijn—vooral als hij zelf ook wat zou gaan dansen.

Daar wilde ze liever niet aan denken.

'Dus ik heb een auto nodig. We zijn vergeten er een te regelen.'

'Ik laat een van de poolauto's langsbrengen. We gebruiken ze toch niet zo vaak.'

De stilte stortte weer over hen heen.

Ze hadden een paar keer een poolauto gebruikt. En niet om mee te rijden.

Tanner slikte het stuk steak door en spoelde na met zijn bier. Toen legde hij zijn mes en vork op zijn bord, met nog een paar gebakken aardappeltjes over. 'Dank je, Juliet. Dit was lekker. Maar ik ben op. Ik ga even douchen en dan mijn bed in.'

Hij stond op en het was alsof hij alle lucht uit de kamer met zich meenam. Ze had er altijd van gehouden hoe groot hij was vergeleken met hoe klein zij was. Dat had haar veilig en beschermd doen voelen.

Maar nu, terwijl hij naar de keuken liep om zijn bord af te wassen en het op het afdruiprek te zetten, haar een klein knikje gaf en toen richting zijn kamer ging, zorgde het verschil in hun lengte er alleen maar voor dat zij zich nietig voelde.

* * *

Penelope verhuisde van de vreselijke rolstoel naar de schommelstoel voor haar erker nadat Juliet en Tanner waren vertrokken, giechelend dat ze hen eruit had gezet omdat ze 'moe' was.

Zo moe was ze allerminst; ze zou nog liever een marathon lopen als het betekende dat ze niet meer in die stoel hoefde te zitten, maar zulke zaken moet je met beleid aanpakken. Ze kon niet te snel herstellen, anders zou men argwaan krijgen.

Ze grinnikte. Zelfs Burt had niet het flauwste vermoeden dat ze negentig procent van haar broosheid veinsde.

Die andere tien procent negeerde ze het liefst. Die vermaledijde TIA had haar alleen een excuus gegeven om de zwakkeling te spelen en haar familie naar huis te lokken. Maar eerlijk gezegd, ze had er genoeg van. Tanner en Juliet moesten inzien dat ze bij elkaar hoorden, zodat zij de rest van haar leven kon gaan leven terwijl ze wachtte op die achterkleinkinderen.

'*Silencio, Señora.*' Ermalinda sloot de deur van de zitkamer achter zich. 'Als Mr. Burt het hoort, gaat hij zich afvragen waarom u lacht.'

'En dan vertellen we hem dat het is omdat ik zo gelukkig ben.'

'Dat zal hij graag horen. Hij maakt zich zorgen om u.' Ermalinda pakte de televisiedistancebediening van naast de relaxfauteuil en gaf die aan haar. 'Welke film wilt u vandaag kijken?'

Penelope schoof haar schuldgevoel opzij. Burt zou haar motieven niet waarderen, maar hij was dan ook bevooroordeeld tegen Tanner. Als haar zoon niet zo verblind was door wat zijn ex-vrouw had gedaan, zou hij zien dat Juliet niet *helemaal* zo perfect was als hij dacht.

Daar had je een vrouw voor nodig om dat te zien. Een die heel veel van Juliet hield. Daarom hield ze deze schijn op. Juliet had al genoeg geleden. Ze verdiende het om gelukkig te zijn, en Tanner maakte haar gelukkig.

Juliet maakte Tanner ook gelukkig, en als hij zich dat nou eens herinnerde, zou hij haar wanhopige daden kunnen vergeven.

'Geen film. Ik ben films beu. Ik wil in plaats daarvan een gat in de lucht springen en een rondje joggen door de rozentuin.'

Ermalinda schudde haar hoofd. 'En dan moet u aan iedereen uitleggen waarom u ineens volledig hersteld bent.'

'We kunnen gewoon zeggen dat de Heer op wonderlijke wijze werkt.'

'Zó wonderlijk nu ook weer niet.' Ermalinda klopte haar op de schouder en overhandigde haar de liefdesroman die de schoonmoeder van Ermalinda had aangeraden.

Op het moment dat Penelope had gelezen over de bemoeizuchtige grootmoeder die een plan had gesmeed om haar kleindochter een huis te laten delen met de man op wie ze als tiener verliefd was geweest, zodat ze het verkoopklaar konden maken en daardoor tijd en gelegenheid hadden om verliefd te worden en nog lang en gelukkig te leven, wist Penelope op slag wat de perfecte manier was om Juliet aan haar man te helpen.

Niet dat ze haar kleine beroerte in scène had gezet, maar het gebeurde terwijl ze probeerde een geloofwaardige kwaal te bedenken waarvan ze kon genezen en die net genoeg ongerustheid zou veroorzaken om iedereen naar huis te doen snellen.

De Heer werkt inderdaad op wonderlijke wijze.

De pijn en de schrik waren het bijna waard geweest—en zouden dat zeker zijn als ze hier achterkleinkinderen aan overhield.

'*mijn schoonmoeder was* zo blij dat u het boek hebt gelezen en haar advies hebt opgevolgd. Maar ik hoop dat geen van u beiden ooit een grap met mij uithaalt. Jullie zijn er veel te goed in. Dames van uw leeftijd horen te zitten breien, niet kattenkwaad uit te halen.'

'Ik zou met alle liefde een hele stapel babytruitjes breien als die twee het zelf hadden kunnen uitvogelen, maar ze zijn allebei te koppig. Of bang. Ik weet nog niet welke van de twee Tanner is, maar ik weet dat Juliet zich zorgen maakte om de eerste stap te zetten omdat ze dacht dat Tanner dan een punt achter hun huwelijk zou zetten. Ze torst al die tijd haar schuldgevoel met zich mee. Maar dat kan maar zo lang doorgaan. Ze wilde hem niet kwetsen; dat arme meisje is haar hele leven al verliefd op hem. Het wordt tijd dat ze over zichzelf heen stapt en aan haar toekomst gaat werken.'

Ermalinda ging op de poef zitten en klemde een kussen tegen haar buik. 'U neemt wel een risico met Tanner. Hij is zwaar gekwetst.'

'Dat weet ik. En hij is zo'n goede jongen—eh, man. Ik vergeet steeds dat ze allemaal volwassen zijn.' Ze legde het boek op haar knie. 'Maar dat ze volwassen zijn, betekent nog niet dat ik ze niet een handje mag helpen.'

'Ik weet het niet, *Señora*. U gedraagt zich niet erg volwassen met uw toneelspel.'

Penelope zakte achterover en vouwde haar handen ineen, waarbij ze met haar wijsvingers tegen elkaar tikte. 'Soms, Ermalinda, heiligt het doel de middelen.'

'Ik weet niet of ik die uitdrukking wil begrijpen. Ik weet alleen dat *mi suegra* in mijn stadje koppelaarster is, dus zij zal wel weten wat ze doet.'

'Nou, het heeft Tanner hierheen gekregen, en hij en Juliet raken elkaar aan. Ik ben misschien een oude dame, maar ik weet nog precies hoe vonken voelen, en als dat geen vonken waren die tussen mijn kleindochter en haar man oversloegen, dan... nou, dan blijf ik nog een maand in die godvergeten rolstoel zitten na hun volgende bruiloft.'

Ermalinda sloeg een kruis. 'Stil, *Señora*. Tart het noodlot niet.'

'Tarten?' Penelope waaierde zichzelf koelte toe met het boek. 'Ik tart het niet, Ermalinda. Ik help het een handje.'

Hoofdstuk twaalf

Pfoe. Hij heeft het gered.

Tanner sloot de logeerkamerdeur achter zich, terwijl hij de neiging onderdrukte om hem dicht te smijten. Hij had niet snel genoeg uit de keuken kunnen komen; de beelden van hem en Juliet op de achterbank van een van haar vaders Lincoln Towne Cars achtervolgden hem de hele weg.

Hij trok een sportshort en een T-shirt uit zijn tas en griste de blauwe handdoeken mee die Juliet op de ladekast had gelegd. Hij wenste God dat hij zijn eigen badkamer had, maar wensen maakten niets werkelijkheid, dus moest hij zich door de met herinneringen beladen eetkamer wagen om bij de badkamer en een koude douche te komen. Tussen de herinneringen, de geur van Juliets bodylotion en simpelweg in haar nabijheid zijn—om nog maar te zwijgen van zijn zeven jaar zelfopgelegd celibaat—stak de verleiding niet alleen verleidelijk haar kop op, maar bulderde ze door dit kleine huis en vrat ze alles op wat ze tegenkwam.

Hij haalde diep adem voordat hij de deur opendeed, liep toen de woonkamer over, dankbaar dat ze met haar rug naar hem toe zat. Al draaide ze zich *natuurlijk* om precies toen hij langs de tafel liep.

'Je moet even aan de douchekop wiebelen als de waterdruk te laag is. Ik moet iemand laten komen om ernaar te kijken.'

'Waarschijnlijk alleen een verstopte douchekop. Ik kan er morgen even naar kijken.'

'Oh, dat zou geweldig zijn. Dank je.'

Hij glimlachte—zuinigjes—want hij wilde niet met haar praten. Hij had gedacht dat dit makkelijker zou zijn; dat zijn woede op haar wel voldoende buffer zou zijn. Dat de tijd uit elkaar wel voldoende buffer zou zijn. Maar kennelijk zijn herinneringen sterker dan afstand.

Hij duwde de badkamerdeur open—en verstijfde.

Goede God. De ruimte kon niet méér Juliet zijn als ze hier zelf had gestaan.

Hij draaide zich om om zeker te weten dat ze niet achter hem stond, ving een glimp van haar haar op toen ze van tafel opstond en, dit keer, smeet hij de deur wél dicht.

Behalve het paars dat een wezenlijk onderdeel van haar garderobe was en waar hij aan dacht als hij aan haar dacht, rook de ruimte naar haar. Dat had hij kunnen bedenken, aangezien er een paar tubes van die lotion die ze lekker vond in een mandje op de stortbak stonden.

Hij trok het bloemmotief douchegordijn opzij. In het rekje dat aan de douchekop hing, stond een fles bluebonnet-douchegel. En hij zou erop wedden dat die luffaspons er ook naar rook. De luffa die ze over haar lichaam haalde.

Verdorie. Shit. Hel. Hij kon niet genoeg woorden vinden om de beelden te blokkeren die zijn brein belaagden. Ze hadden het een paar keer bont gemaakt onder de douche, vroeger, toen ze tieners waren en nog van die capriolen konden maken. God, het was geweldig geweest.

Hij maakte de knoop van zijn jeans los en trok de rits omlaag, trok zijn kleren zo snel mogelijk uit en draaide de kraan helemaal naar rechts voor het koudste water dat hij kon krijgen. Dat was de enige manier om een paar minuten uit te houden in een hok dat naar haar rook.

Althans, dat was de theorie. Maar van haar lotion tot de zeep, tot die verdomde luffa die precies op neushoogte hing: hij kon niet aan Juliet ontsnappen. En toen deed zijn brein ook nog mee aan het feestje, stelde haar hier voor, naakt, nat, schuimend, terwijl ze die luffa over haar hele lichaam liet glijden—

Shit. Verdomme. Hel. Hij was zo hard als een kei en hij had het gevoel dat, zelfs al zouden er ijsblokjes uit de douchekop vallen, hij nog steeds de eetkamer binnen zou willen stormen, haar over zijn schouder zou willen gooien en haar terug naar zijn kamer zou willen dragen om urenlang de liefde met haar te bedrijven.

Tanner liet zijn voorhoofd tegen de koele tegels rusten, hopend—nee, *biddend*, en hij was niet bepaald een gelovige kerel—dat deze vlammende hunkering weg zou trekken. Dat zijn lichaam zou kalmeren, naar het bevel van zijn brein zou luisteren en ophield met die ik-wil-Juliet-kick.

Zich inzepen hielp niet. Zijn haar wassen evenmin, want hij wilde háár vingers erdoorheen voelen glijden. Uiteindelijk haalde hij de douchekop uit de houder en richtte een gestage straal ijskoud water op een bepaald deel van zijn lichaam, zodat hij in elk geval de paar stappen kon zetten die nodig waren om uit de douche te komen.

Hij gebruikte de blauwe handdoek die ze hem had gegeven, tussen haar zee aan paarse exemplaren, en wreef misschien net iets te hard, maar hij moest een einde maken aan die krankzinnige prikkelbaarheid die vlak onder zijn huid lag te borrelen. Alsof er iets levends onder zat dat naar buiten probeerde te klauwen.

Hoe had hij deze waanzinnige reactie op haar kunnen vergeten? Dit intense verlangen om haar tegen zich aan te trekken en de wereld te vergeten?

Hij had gedacht dat ze dat met haar leugens had omgebracht, maar blijkbaar had afwezigheid de hormonen alleen maar hitsiger gemaakt, want dit hart had er zeker niets mee te maken.

Gast, je bent nog steeds met haar getrouwd... Waarom maak je daar geen gebruik van?

Geweldig. Precies wat hij níét nodig had—toestemming van zijn libido om zijn echtelijke rechten te laten gelden. Hij was alleen in naam haar man en hij deed er goed aan dat te onthouden.

Hij schoot zijn kleren aan en dwong zichzelf de litanie in te lepelen dat zij alleen op papier zijn vrouw was. Dat alleen omdat een trouwambtenaar zeven jaar geleden wat abracadabra had uitgesproken boven hun verstrengelde handen, dat nog niet betekende dat ze een gelukkig huwelijk hadden of dat hij op welke manier dan ook recht had op die echtelijke rechten.

En hoe zit het met die verwrongen standjes onder de douche?

Hij draaide de kraan van de wasbak open, schepte water in zijn handen en sloeg nog meer koud water in zijn gezicht.

Nee hoor, hij wilde haar nog steeds.

Hij trok de handdoek over zijn gezicht en depte het water weg. Verdorie, misschien was dit die spreekwoordelijke zevenjaarsjeuk. Omdat hij de afgelopen driekwart decennium niet had gekrabd, speelde het op. En eiste het ontlading.

Ontlading zou fijn zijn...

Shit. Verdorie. Verdomme.

Hij wreef de handdoek door zijn haar, trok er iets harder aan dan nodig was, in de hoop zich te concentreren op de pijn aan *dit* hoofd in plaats van op dat andere, dat stond te juichen bij het pleidooi van zijn libido. Hij had echt geen feestje in zijn broek nodig de volgende keer dat hij Juliet onder ogen kwam.

En dat zou over ongeveer twee minuten zijn—zodra hij zijn zaakje onder controle had en kalm de deur uit liep.

Zij zat in de woonkamer, het katje opgerold op haar schoot, haar laptop open op een bijzettafeltje voor haar, een boek in haar hand en het nieuws dat op de achtergrond mompelde.

'Sinds wanneer draag je een bril?' Verdorie. Hij had zijn mond moeten houden en naar zijn kamer moeten gaan, waar hij de rest van de avond financiële overzichten had kunnen lezen. Niets is zo dodelijk voor een stijve als spreadsheets. Hij wist het; het was de laatste maanden zijn voornaamste leesvoer geweest terwijl hij probeerde zijn toekomst uit te vogelen, en ook al had hij geen vriendin naar wie hij smachtte—want hij had een vrouw, iemand die hij uit zijn gedachten had proberen te bannen—soms eiste zijn lichaam aandacht.

In elk geval had hij niet toegegeven en bluebonnet-handlotion gekocht om dat probleem te verhelpen. Vooral omdat het een groter probleem had veroorzaakt. Letterlijk én figuurlijk.

Net zoals het probleem dat zich weer begon af te tekenen in zijn shorts.

Verdomme.

'Oh, ik heb, eh...' Ze schoof de bril in haar haar, waardoor de gouden waterval van haar gezicht viel.

Verdorie, Juliet was mooi. Op een natuurlijke manier ook. Zoals de meeste vrouwen droeg ze make-up, maar in tegenstelling tot de meesten had zij het niet nodig. Zonder was ze net zo beeldschoon. Zeker, haar lippen en wangen waren wat valer, maar dat liet haar blauwe ogen juist meer spreken. Hij had er altijd van gehouden in haar ogen te verdwijnen.

Hij rukte zijn blik los en keek naar buiten.

Grote fout. Het was donker. Een cocon van zwart die hen hier, samen in dit huis, omsloot.

Hij slikte. Hard.

'Vermoeide ogen door al het papier- en computeren. Ik merk dat ze helpen als ik moe ben. Dan voelen mijn ogen minder prikkerig.'

'Ah. Mooi. Logisch.' Tenminste íets was logisch. 'Over moe gesproken...' Hij wees naar de deur van zijn kamer. 'Welterusten.'

Hij was er vrij zeker van dat hij een 'Welterusten' hoorde toen hij zijn kamer bereikte, maar zijn hart bonsde te hard en het bloed suisde te luid door zijn aderen om het zeker te weten. En dat was maar goed ook. Want hoe hij het ook bekeek, in hetzelfde huis zijn—zeker als ze aan tegenovergestelde kanten ervan waren—gold in zijn boek *niet* als een goede nacht.

Juliet sloot het boek. Ze had de woorden toch niet gelezen. Ze had het geprobeerd, maar de waarheid was dat ze naar hem in haar badkamer had liggen luisteren. Had de ringen over de douchestang horen schuren. Het piepen van de kraan toen hij het water opendraaide. Gehoord hoe hij het douchegordijn weer dichttrok, en het verschil in de val van het water toen hij onder de straal stapte.

En toen sloeg haar verbeelding op hol. En ze had het laten gebeuren.

Hoewel ze zich maar al te goed herinnerde hoe Tanner er naakt uitzag, had dat showtje van anderhalve week geleden die herinneringen alleen maar aange-scherpt. Fijn-afgesteld. Geveild. Tot het perfecte projectiel om haar hart te doorboren.

Het katje rekte zich tegen haar dijen, haar eigen kleine projectieltjes die in Juliets huid priemden, en deed uitstekend werk om haar uit haar door hormonen veroorzaakte roes te trekken.

'Wat wil je, kleintje?' Ze tilde het katje op en wreef haar neusje tegen de hare, en nestelde haar toen in de holte van haar nek. Ze wist wat dat katje wilde; hetzelfde als zij: iemand om zich vannacht tegenaan te krullen. Bij wie ze zich veilig voelde. Geliefd.

Zuchtend duwde ze het bijzettafeltje opzij en klikte de tv uit. Meestal had ze de televisie aan voor wat achtergrondruis, maar het nieuws was te deprime-rend. God wist dat ze geen extra somberheid in haar leven kon gebruiken. Keegans dood, Nana's ziekte en het einde van haar huwelijk waren haar drie-slag. Drie slag en ze was uit. Vanaf hier kon het alleen maar beter worden.

Maar toen ging de deurbel.

Hoofdstuk dertien

'Hé, Juliet! Geweldig om je te zien!' Delia, een voormalig lid van het cheerleading-team, tweede runner-up voor de homecomingkoningin, en het meisje dat Tanner de volle twaalf jaar dat ze samen op school hadden gezeten een Juliet-wannabe had genoemd, zwaaide naar haar vanaf de stoep. Daarna liep ze naar haar toe en gaf haar een knuffel alsof ze elkaar een paar dagen geleden voor het laatst hadden gezien in plaats van meer dan tien jaar geleden.

Waarom dacht Juliet dat dit onverwachte bezoekje, vlak nadat Tanner weer in de stad was, geen toeval was?

'Hallo, Delia. Wat kan ik voor je doen?'

'Nou, je weet wel.' Delia bracht die typische vering in haar houding terwijl ze haar armen over elkaar sloeg en haar heup opzij stak. 'Een aantal van ons waren vanavond uit eten, we praatten over school, en iemand merkte op dat ze hadden gehoord dat Tanner weer in de buurt was. En ik dacht, aangezien ik op weg naar huis toch door jouw buurt kwam, dat ik even moest stoppen om te kijken hoe het met jullie gaat. Voor mensen die op de middelbare school zo prominent aanwezig waren, zijn jullie na ons examen veranderd in ware kluizenaars. Je bent na al die tijd toch zeker wel bereid om hem weer met de wereld te delen?' Ze glimlachte en knipoogte, terwijl ze deed alsof ze hartsvriendinnen waren en ze het recht had om deze dingen te zeggen. Maar zelfs al zou dat allemaal waar zijn, dan nog was Delia de laatste persoon aan wie Juliet de details over haar huwelijk zou vertellen.

'Ik leid nu het bedrijf van mijn vader, dus dat slokt het grootste deel van mijn tijd op. En Tanner heeft het ook druk. Hij reist nog steeds veel.'

'Nou, dat moet een domper voor je zijn. Hoeven jullie eindelijk niet meer stiekem te doen, zit hij nu aan de andere kant van het land. Het leven is hard, hè?'

Delia was pas hard. Die vrouw was aan het vissen met een enorm sleepnet, op zoek naar een schandaal. Juliet was niet van plan haar iets te geven. Ze had hard gewerkt om het verhaal over hun gelukkige relatie in stand te houden bij de mensen die haar het beste kenden, dus ze ging het zeker niet verpesten bij iemand die over haar wilde roddelen. Eén vleugje van de waarheid in Delia's neus en het zou in een oogwenk voorbij zijn.

'Het is een heel gepuzzel, maar we hebben een manier gevonden om het te laten werken.' Als je het zo kon noemen.

'Nou, waar is die grote, gespierde bink van een echtgenoot van je? Jeetje, ik heb hem niet meer gezien sinds de dag dat jullie in het huwelijksbootje stapten.'

Delia had altijd al veel meer op Tanner willen leggen dan alleen haar ogen. Zij was de grootste baracuda in de zee van velen waar Juliet zich zorgen over had moeten maken.

Of waar ze zich *geen* zorgen over had hoeven maken als ze Tanner destijds had geloofd. Maar hij wist niet hoe meisjes als Delia waren. En haar handlangers: Savannah, Jamison en Kiley. Die vier waren als Medusa — minus het enge haar. Maar ze hadden overal hun tentakels — glibberige, slijmerige voelsprieten vol roddels die nooit meer zouden verdwijnen.

Maar nu zou dat weleens van pas kunnen komen... 'Tanner ligt in bed. Hij slaapt.'

'Och, weet je zeker dat je hem niet wakker wilt maken?' Delia legde een extra nadruk op *wakker maken* alsof ze het over iemands verovering hadden en niet over de echtgenoot van Juliet.

Echtgenoot.

Het voelde zo vreemd om dat woord in relatie tot hem te denken nu hij hier was. In haar huis. In haar leven.

Maar dat was hij wel. Haar echtgenoot.

Eentje waar Delia haar geldwolfachtige, statusbeluste klauwen van af moest houden.

'Niet nu, Delia. Hij is vanmorgen pas ingevlogen en is behoorlijk moe.'

De glimlach op Delia's gezicht verslapte heel even, maar Juliet zag het. Nog iets wat die missverkiezingen haar hadden geleerd: achter elke prachtige glimlach schuilen de ogen van een adder die wacht op een moment van zwakte om toe te slaan. Juliet was niet van plan zich te laten bijten.

Tenminste, niet door Delia. Tanner daarentegen...

'Schat?'

Als je het over de duivel hebt.

'Wie is daar?'

Juliets hoofd draaide zo snel om dat het maar goed was dat Delia niet meer zo dichtbij stond als eerst, anders had haar haar striemen over Delia's gezicht getrokken. 'Tanner?'

'Hij zal wel op je hebben gewacht, Juliet,' mompelde Delia, terwijl ze zoveel insinuaties in haar zin legde als wettelijk was toegestaan zonder voor liederlijk te worden uitgemaakt.

Was het maar waar wat Delia dacht...

'Het is, eh, Delia. Magellan. Van de middelbare school. Herinner je je haar nog?' Juliet wilde hem een teken geven om hem aan hun dekmantel te herinneren, maar ze voelde de ogen van Delia op zich gericht als die van een havik.

Ja, Delia was op jacht naar informatie.

Tanner geeuwde terwijl hij naar haar toe liep. Zijn T-shirt spande om een stel zeer fraaie schouders... en borstspieren... en buikspieren, en zijn korte broek hing erg laag op zijn heupen.

Hij leunde tegen de deurpost en liet zijn hand op de andere kant rusten, waardoor hij haar letterlijk en figuurlijk rugdekking gaf.

'Hallo, Delia. Leuk je weer te zien.'

'Nou, het is zeker goed om jou ook weer te zien, Tanner.'

Juliet had de neiging om over haar nek te gaan van het oestrogeen dat in golven van Delia afdroop. Dit was precies waar ze al die jaren geleden bang voor was geweest en over twee maanden zou hij weer op de markt zijn voor vrouwen als Delia. En misschien *zelfs* voor Delia.

Ze kreeg er een vieze smaak van in haar mond.

'Wat brengt je hier op dit uur van de nacht?'

'*Dit* uur? Nou, Tanner Wentworth, ik kan me nog herinneren dat tien uur 's avonds pas je begintijd was. Direct uit de startblokken als een racepaard bij de Kentucky Derby.'

Juliet moest even in haar oren peuteren. Wat was er met dat dikke zuidelijke accent? Sinds wanneer klonk Delia als Scarlett O'Hara?

'Dat was vroeger, toen ik nog geen verantwoordelijkheden had. Nu hebben Juliet en ik het zo druk met de zaken dat we vroeg naar bed moeten. Wat slaap inhalen, weet je wel?'

Zijn arm gleed om haar middel en hij kaatste de insinuatie direct terug naar Delia, want *slapen* was niet waar hij het over had.

Verdomme, de vlinders in Juliets buik gingen er helemaal van fladderen. Ze wenste dat ze echt gingen doen wat hij net suggereerde; ze zou Delia zo snel de stoep af knikkeren dat de meid blij zou zijn dat ze bij cheerleading had geleerd hoe ze moest vallen.

Delia keek hen aan alsof ze er niets van geloofde. Dus sloeg Juliet ook haar arm om zijn middel.

Ze moest zich echter bedwingen om niet flauw te vallen. Serieus, haar knieën knikten bijna toen ze hem aanraakte. Al die harde, pezige spieren onder haar handpalm en tegen haar voorarm. En ze stond tegen de zijkant van haar borst gedrukt. God, Tanner voelde nog net zo geweldig aan als altijd en het vrat aan haar dat ze hem weer los zou moeten laten zodra Delia weg was.

'Oh, nou ja, dan denk ik dat ik maar eens ga. Ik zou niet willen dat jullie tortelduifjes al die, eh, slaap mislopen. Maar ik wilde jullie vertellen dat een deel van het voetbalteam en de cheerleaders morgen om drie uur bij elkaar komen voor een barbecue en we nemen geen nee als antwoord. Jullie moeten komen. Niemand heeft jullie in jaren gezien en we willen bijpraten.'

Ze wilden wel wat, ja...

Juliet hield haar mond dicht. Eigenlijk zou ze het niet erg vinden om met Tanner te gaan. Om daar als stel te verschijnen. De schijn ophouden. Maar dat kwam omdat ze wilde dat het de realiteit was. Tanner, die dat niet wilde, had misschien andere ideeën.

'We zullen zien, Delia. Juliets grootmoeder is ziek, dus we maken tegenwoordig geen vaste afspraken. We bekijken het eigenlijk per dag.'

Delia, verdomme, keek naar Tanners broek. Nou ja, zijn korte broek. Die liet zijn dijen goed uitkomen, en als hij zijn oude gewoontes nog trouw was, droeg hij er niets onder.

Bij die gedachte dreigden Juliets benen het nog meer te begeven dan door zijn arm om haar schouders.

'Nou, laat me je mijn kaartje geven, zodat je weet waar je ons kunt vinden. We komen bij mij thuis samen. Het terras achter is heerlijk. Mijn ex-man zat in de tuinarchitectuur.'

Welke ex-man, wilde Juliet vragen. Het was algemeen bekend dat Delia de gewoonte had om rijk te trouwen. Ze was naar de universiteit gegaan voor een MRS-diploma en was geëindigd met twee echtgenoten.

Tanner zou niet nummer drie worden. Al was het het laatste wat Juliet deed, daar zou ze wel voor zorgen.

Tanner nam Delia's kaartje aan met de hand die niet tegen haar middel geplakt zat. Zonder naar het adres te kijken, gaf hij het aan haar.

Juliet weerstond de neiging om het kaartje tot een propje te knijpen. Per slot van rekening wilde ze naar dat feestje, want als alleen al het zien van Delia ervoor kon zorgen dat hij zijn arm om haar heen sloeg, stel je dan eens voor wat een groep oude vrienden die tegen hen praatten teweeg zou brengen.

Tanners hand liet haar middel los zodra hij de deur achter Delia dichtdeed. 'Wat zeg je ervan om naar dat feestje te gaan?'

Graag, en kunnen we nu vertrekken? 'Ik dacht dat jij iedereen wilde zien.'

'Dat wil ik ook. Ik heb in jaren niet aan Sean of J.D. of Tank gedacht. Maar ik vroeg hoe jij erover dacht om te gaan.'

'Oh. Nou ja, natuurlijk zou ik dat leuk vinden.' Met enige schroom. 'Maar wat gaan we zeggen, Tanner? Over ons?'

'Precies wat je al die tijd al zegt. Maar we moeten zo dicht mogelijk bij de waarheid blijven. Dat het verlies van Keegan zwaar was, en dat we wat dingen moesten uitzoeken. Ik kan me niet voorstellen dat ze daarna nog veel meer indringende vragen gaan stellen.'

Waarschijnlijk niet, omdat hij bij haar zou zijn. Hiervoor? Iedereen had willen weten waar hij was en wat hij uitvoerde. Waarom hij niet meer langskwam.

'Wat heb je hun verteld dat ik moet weten?'

Juliet zocht in haar geheugen naar de smoesjes. 'Je had veel zakenreizen naar Napa en Vegas.'

'Hebben ze niet gevraagd waarom ik niet voor je vader werkte?'

'Dat deden ze en ik heb ze verteld dat je op eigen kracht aan je cv wilde bouwen en dat er andere mogelijkheden voorbijkwamen, dus dat ik ben bijgesprongen om mijn vader te helpen.'

'Aannemelijk, denk ik. En wat heb je ze verteld dat ik deed?'

'Import en export. Dat was het enige wat ik kon bedenken waardoor je zoveel zou reizen en waarvan niet verwacht zou worden dat ik de details wist. En aangezien ik op school zat en leerde hoe ik het bedrijf van mijn vader moest runnen, leek het hen gerust te stellen. Ik bedoel, hoeveel kon er van mij verwacht worden dat ik wist over twee bedrijven, toch?' Het was handig geweest dat iedereen dacht dat ze een dom blondje was. Dat was ze niet — eigenlijk was ze dat *nu* niet — maar vroeger was haar grootste ambitie om de vrouw van Tanner te zijn, en dat wisten ze allemaal. Ze had hen al genoeg verrast met het idee dat ze niet alleen ging studeren maar ook nog een master ging doen, waardoor ze stopten met het stellen van te veel vragen over Tanner.

'En nu doe ik vastgoeddeals.' Tanner wreef over zijn kaak. 'Ja, daar kan ik wel wat mee. Zeggen dat ik een kans zag en die kant op ben gegaan.' Hij kwam overeind van de muur en strekte zijn armen recht boven zijn hoofd, waardoor de onderkant van zijn T-shirt een paar centimeter omhoog kwam en zijn wasbordbuik onthulde. 'Nou, hopelijk krijgen we niet nóg meer verrassingsbezoekjes. Ik heb nu echt wat rust nodig.' Hij liet zijn armen zakken. 'Weltrusten, Juliet.'

Ze moest haar lippen bevochtigen voordat ze kon antwoorden, want dat hele uitrek-gebeuren... Wauw. Gewoon... wauw. 'Weltrusten, Tanner.'

Ja, ze keek hem na terwijl hij terugliep naar zijn kamer. En ja, ze wenste dat ze met hem mee kon gaan.

Terwijl ze uitademde, controleerde ze of de voordeur op slot zat, deed de buitenlamp uit en tilde het kitten van de stoel. Toen besefte ze dat ze de kattenbak naar haar kamer moest verplaatsen, zodat de kleine Houdini niet door het hele huis hoefde te zwerven terwijl ze sliep. Het laatste waar ze zin in had, was dat ze naar het kitten moest zoeken en Tanner midden in de nacht tegen het lijf zou lopen in de korte broek en het T-shirt die haar pyjama vormden.

Wat natuurlijk precies was wat er gebeurde.

Oké, het was nog niet midden in de nacht en ze had haar pyjama nog niet aan, maar toen ze de bijkeuken uitkwam met de kattenbak onder haar ene arm en het kitten onder de andere, kwam Tanner net de hoek om van de keuken met een glas water in zijn hand en, tja...

De kattenbak raakte de grond, waardoor er overal kleine harde korrels kattenbakvulling vlogen die gelukkig nog niet gebruikt waren. Vlak daarna volgde het glas water, dat in scherven uiteenviel, en het kitten slaagde erin uit haar armen te springen en de woonkamer in te sjeezen zonder in de rotzooi te landen, waardoor er tenminste één ramp werd voorkomen.

'Verdomme!' Juliet wilde met haar voet stampen maar deed het niet, want ze was op blote voeten en God wist waar de glasscherven lagen. Het enige wat ze wilde was naar haar kamer gaan en weg bij Tanner, maar ze was letterlijk tegen hem opgelopen.

'Niet bewegen.' Tanner hield zijn handen omhoog. 'Laat me even iets pakken om dit op te ruimen.'

'Pas op waar je loopt.'

'Ik heb slippers aan. Het komt wel goed. Waar staat de bezem?'

'In de voorraadkast links van de koelkast. De stoffer en blik hangen aan de binnenkant van de deur.' Ze leunde naar voren om de lichtschakelaar op de hoek van de muur om te zetten. 'Pas op voor je ogen.'

Ze had zelf beter op haar ogen moeten passen. Hij had zijn T-shirt uitgetrokken.

Ze had het allemaal al eens gezien — het meest recent nog een week geleden — maar niets kon haar voorbereiden op een halfnaakte Tanner in haar huis, 's nachts, die op een meter afstand van haar stond, met zijn haar helemaal overhoop alsof hij er een paar keer te veel met zijn vingers doorheen was gegaan.

Of iemand anders dat had gedaan.

Nee. Hij had gezegd dat hij trouw was gebleven aan zijn geloften, en als er één ding was dat ze had overgehouden aan de puinhoop uit hun verleden, dan was het dat ze Tanner kon vertrouwen.

'Gaat het?' Tanner kwam de hoek weer om met de bezem en stoffer en blik, en hij zag er veel te goed uit om voor iemands huishoudelijke hulp door te gaan. 'Geen scherven in je voeten?'

'Ik voel niks.' Ze dacht er ook niet echt aan. Niet terwijl hij de troep aan het opvegen was en de spieren in zijn armen en schouders zich zo mooi aanspanden.

'Oké, niet bewegen. Ik ga even met de bezem over je voeten.'

'Zou niet durven.' Ze steunde met haar handpalm tegen de muur en giechelde een beetje toen de haren van de bezem haar huid raakten.

'Nog steeds kietelig, hè?' Hij hield zijn hoofd schuin om haar aan te kijken. Die grijns van hem deed vreemde dingen met haar binnenste.

'Ik denk niet dat je daar ooit overheen groeit.'

Hij staarde haar een seconde of twee aan en knipperde een paar keer voordat hij wegkeek. Ze wist dat hij aan hetzelfde dacht als zij. Op een avond, nadat zijn ouders waren uitgegaan, had hij haar bij hem thuis uitgenodigd. Ze hadden er een punt van gemaakt om precies uit te zoeken waar ieders kietelige plekken zaten — en hadden onderweg heel wat erotische zones ontdekt.

Godzijdank waren zijn ouders uren weggeweest en had haar vader gedacht dat ze bij Tricia sliep. Tricia was bij zo ontzettend veel gelegenheden haar alibi geweest.

Ze had bijna net zo hard gehuild toen Tricia en haar man naar North Dakota verhuisden — van alle plaatsen op de wereld — als toen Tanner haar in dat vliegtuig had achtergelaten, want het was weer een persoon van wie ze hield die haar verliet.

Ze schraapte haar keel en toverde een glimlach op haar gezicht. Ze ging niet denken aan het verliezen van mensen. Tanner was er nu en ze wilde geen emotioneel wrak zijn in zijn buurt, anders zou hij maar wat blij zijn om haar uit zijn leven te bannen. Nee, ze moest de zonnige, sprankelende, leuke en vrolijke Juliet zijn die hij kende van vroeger, voordat ze slechte beslissingen begon te nemen. Weliswaar met de beste bedoelingen, maar zeker ondoordacht. Op *die* Juliet zou hij weer verliefd kunnen worden.

Hij schraapte ook zijn keel en hurkte toen neer om de troep op de stoffer te vegen. 'Laat me dit even legen en dan veeg ik nog één keer voordat je beweegt. Heb je een paar slippers die ik voor je kan halen?'

'In de kast in mijn slaapkamer. Aan de rechterkant. Ze zijn paars.'

Hij glimlachte naar haar. 'Natuurlijk zijn ze dat.'

Ze glimlachte terug; de interne grap bracht hen weer op één lijn.

Hij liep haar keuken in om de stoffer in de prullenbak te legen en kwam toen terug om de vloer nog even snel na te vegen. Hij zette de stoffer en blik op het aanrecht. 'Niet bewegen. Ik ben zo terug.'

'Zou niet durven.' Vooral omdat ze nu een mooi uitzicht op zijn achterkant had terwijl hij wegliep.

Die korte broek deed heel goede dingen voor zijn achterwerk. Of misschien was het zijn achterwerk dat heel goede dingen deed voor die broek. Hoe het ook zat, ze zou het niet erg vinden om die broek uit te trekken en haar handen op zijn billen te leggen.

Haar handpalmen begonnen er zelfs van te tintelen, en Juliet schudde haar hoofd. Zeven jaar celibaat en de man van haar dromen liep halfnaakt door haar huis en —

'Gevonden.' Hij hield haar maffe slippers omhoog — die met de tiara's op de neuzen die Nana haar had laten kopen toen ze de reclame op televisie had gezien. Omdat Nana er blij van werd, had Juliet ze gekocht.

En nu Tanner aan haar voeten zat en er eentje aan haar voet schoof als een echte droomprins, maakten ze haar ook blij.

'We hebben geen zin in een bloederige bende om ook nog op te ruimen.' Hij tikte tegen haar enkel en zette haar voet op de vloer. 'Zo, nu kun je op zoek naar je kitten. Ik zal de kattenbak wel weer vullen. Ik neem aan dat je deze naar je kamer wilde brengen?'

'Ja. Ik wilde niet dat ze 's nachts rond zou rennen en jou tot last zou zijn.'

'Ja, dit was een veel betere manier om tot last te zijn.' Zijn glimlach haalde de scherpe randjes van zijn woorden af terwijl hij zich met zijn handen op zijn dijen overeind duwde om voor haar te gaan staan.

Vlak voor haar.

De tijd stond stil. Haar ademhaling ook.

Maar haar hart denderde in haar oren.

Hij was zo dichtbij. Te dichtbij — nee, niet dichtbij genoeg. Niet dichtbij genoeg om haar armen om hem heen te kunnen slaan, hem tegen zich aan te trekken en hem te kussen tot hun knieën het begaven.

Wat die van haar op het punt stonden te doen.

'Juliet...' Zijn hand kwam omhoog en voor een seconde — een korte, hoopvolle seconde — dacht ze dat hij haar hoofd zou vastpakken en haar naar zich toe zou trekken voor die kus.

In plaats daarvan viel zijn hand weer naar zijn zij. Zijn biceps spanden zich aan alsof hij zijn vuisten balde en hij deed een stap achteruit.

En nog een.

'Ga naar bed, Juliet. Nu.'

Ga naar bed. Niet *kom* naar bed. Dat ene woordje maakte het hele verschil.

Ze schraapte haar keel — alweer. 'Weltrusten, Tanner.' Ze stapte zijwaarts om hem heen, voorzichtig om zelfs geen haartje op zijn voorarm aan te raken, en bedacht toen dat ze de kattenbak nodig had. 'De kattenbak —'

Hij mompelde iets binnensmonds. Ze hield het op 'shit' of 'verdomme'.

'Ik breng hem wel. Ga maar. Zoek dat kitten.'

Ze rende haar kamer in en deed het licht aan, terwijl ze om zich heen keek naar — wat? Wat moest ze ook alweer vinden? Oh, het kitten. Juist.

'Kom hier, kleintje.' Ze deed de deur bijna helemaal dicht achter zich, zodat het kitten niet kon ontsnappen. Het was al erg genoeg dat ze Tanner nog een keer onder ogen moest komen voor de kattenbak; ze hoefde het niet ook nog te doen terwijl ze achter het kitten aan joeg. Met haar geluk zou het beestje zijn weg naar *zijn* kamer vinden, en dat zou weer een nieuwe ronde fantasieën aanwakkeren die ze niet wilde hebben.

'Pst, poesje.' Juliet ging op haar handen en knieën zitten om onder het bed te kijken.

Nee. Niet daar. Geweldig, weer een verdwijntruc. Het kitten had haar eigen naam gekozen: Houdini.

Juliet opende de kast en verschoof haar schoenen. Het kitten was klein genoeg om in een van de schoenen gekropen te zijn.

Toen hoorde ze geritsel achter zich en ze draaide zich om. Daar was de kleine ontsnappingskunstenares; ze liep over het hoofdeinde van het bed en verschoof met haar pootjes de boeken en tijdschriften.

Juliet krabbelde overeind en plofte op haar bed, terwijl ze naar haar reikte. 'Kom hier, jij schatje.' Ze tilde haar op en wreef met haar wang tegen de hare terwijl ze omrolde —

Tanner stond in haar deuropening met een blik op zijn gezicht...

Ze klauterde gehaast van haar bed af — en strafte zichzelf daar direct voor af. Ze had moeten blijven liggen. Hem moeten verleiden.

'Hier is de kattenbak.' Hij hield de bak omhoog. Zijn stem klonk vlak. Monotoon. Strak. Helemaal niet zoals hij.

Misschien had ze hem *wel* verleid...

'Eh, bedankt. Zet hem maar neer. Ik zoek wel een plekje.'

Dat deed hij. Daarna bleef hij weer staan, naar haar starend. Als Juliet niet had besloten de hoop niet in de weg van de realiteit te laten staan, zou ze zweren dat ze een vuur in zijn ogen zag.

Hoe goed herinnerde ze zich dat vuur nog. Ze had er de afgelopen zeven jaar elke dag aan gedacht.

'Weltrusten.'

Dat was de derde keer dat hij het tegen haar zei, maar dat betekende nog niet dat het een goede nacht zou worden.

Want Tanner ging terug naar zijn kamer en zij zou alleen zijn in de hare.

Hoofdstuk veertien

Tanners ogen vlogen open en hij klemde ze meteen weer dicht tegen het felle zonlicht.

Hij wreef erin tot de vlekken verdwenen en keek toen om zich heen.

Dank u Jezus, hij lag nog steeds in zijn bed.

Nou ja, zijn bed in het huis van Juliet.

Tanner liet zijn handen over de lakens glijden. Hij greep de rand van de matras vast.

Hij streek met zijn hand over zijn onderbuik.

Hij had zijn short nog aan.

Godzijdank. Die droom die hij had gehad, was precies dat geweest: een droom.

Zijn hand zakte lager en ontdekte...

Oké, het was een natte droom geweest, maar nog steeds een droom.

Maar verdomme, waarom moest hij nou dromen over de liefde bedrijven met Juliet?

Hij schudde zijn hoofd en keek de kamer rond. Hoe had hij *niet* over Juliet kunnen dromen? Hij logeerde in haar verdomde huis, in godsnaam, en de kamer was van haar doordrenkt. Verdomme, die ellendige lakens roken naar haar. En hij lag slechts enkele meters van haar slaapkamer vandaan.

Hij was gisteravond in haar kamer geweest en het had hem elk greintje zelfbeheersing gekost om weer naar buiten te lopen. Ze had languit op haar bed gelegen, haar haar in de war — precies zoals hij het lekker vond — haar benen — mijn god, haar benen — ver genoeg uit elkaar waardoor hij een onmiddellijke en perfecte flashback had gekregen naar die talloze keren dat hij haar zo had genomen...

Verdomme. Hij kreeg alweer een stijve. Hij had in geen jaren een natte droom gehad, en de eerste de beste nacht onder hetzelfde dak met haar was het raak. Dit zou een stuk lastiger worden dan hij had gedacht, want het was makkelijk om te vergeten dat hij boos op haar was als ze hem niet probeerde te bespelen.

En hoe zit het met jou bespelen?

Hij ging rechtop zitten. Hij moest nu zijn bed uit.

En hij had nog een verdomde douche nodig. Nadat hij de douchekop had gerepareerd.

Hij greep zijn T-shirt dat hij eigenlijk had moeten aanhouden toen hij naar bed ging, maar hij had niet verwacht dat zij in de gang vlak buiten zijn kamer zou staan op het moment dat hij een glas water ging halen. En tja, toen stond ze daar en had hij die opmerking over kietelig zijn gemaakt, en, nou ja... Hell. Er waren zo veel herinneringen verstrengeld met Juliet dat het onvermijdelijk was dat hij door een onschuldige opmerking over ten minste één ervan zou struikelen.

Hij pakte zijn handdoek, sloeg die over zijn onderarm en hield die voor zich voor het geval zijn kleine 'nachtelijke lozing' een verraderlijke vlek had achtergelaten.

Het bleek dat hij zich geen zorgen had hoeven maken. Juliet had een briefje voor hem achtergelaten op de eettafel.

Tanner ~

Ik moest even naar kantoor. De kitten zit in de bijkeuken bij de kattenbak. Pak gerust wat je wilt uit de keuken. De bakplaat staat in het kastje rechts van het fornuis. Ik weet nog hoe dol je op pannenkoeken was. Ik ben rond twee uur thuis als je nog mee wilt naar Delia.

~Juliet

· · ·

Hij hield inderdaad van pannenkoeken. Ermalinda had hen verschillende kooklessen gegeven als voorbereiding op hun huwelijk — het eerste huwelijk — en pannenkoeken waren zijn favoriet geweest. Die met banaan en chocolade waren het lekkerst. En Juliet had alle ingrediënten in huis.

Hij klopte op zijn buikspieren toen hij aan tafel ging zitten na zijn douche en het bereiden van zijn ontbijt met een portie spek en partjes perzik. Gelukkig hoefde hij voorlopig niet te dansen, want weer in vorm komen zou een helse klus worden.

Hij zou waarschijnlijk wat oefeningen moeten doen om fit te blijven.

Hij sloeg de krant open die Juliet op tafel had laten liggen en zocht naar een sportschool in de buurt. De eerste prioriteit was om een lidmaatschap te regelen.

Ben je aan het settelen, Wentworth?

Hij leunde achterover. Nee, hij was niet aan het settelen, maar hij moest toegeven dat dit hele scenario een beetje te perfect was. Zijn lievelingseten, de krant, het briefje van Juliet... Absoluut te huiselijk naar zijn smaak.

Of eigenlijk... ook weer niet. Destijds had hij dat huiselijke juist gewild. En om eerlijk te zijn, zou hij het nu ook niet erg vinden. Maar niet met haar. Hij kon haar niet vertrouwen en zonder vertrouwen hadden ze niets.

Zoals dit alles, bijvoorbeeld. Probeerde ze hem te bespelen? Had ze dit zo opgezet om hem te laten zien dat het tussen hen zou kunnen werken?

Hij liet de krant los. Hij haatte dit. Hij haatte het dat hij haar zelfs over de simpelste dingen niet kon vertrouwen. Dit was de vrouw met wie hij ooit had gedacht — gehoopt, naar uit had gekeken — zijn leven te delen, en nu kon hij haar niet eens vertrouwen wat betreft het ontbijt.

Het was deprimerend. Hij had ooit van haar gehouden. Zo ontzettend veel.

De gedachte kneep zijn hart samen, een gevoel waar hij maar al te goed mee bekend was en dat hij niet meer wilde voelen. Niet meer. Hij en Juliet waren voorbij. Verleden tijd.

Alleen moest hij vandaag op Delia's barbecue doen alsof dat niet zo was.

De greep op zijn hart verslapte iets. Wat hem meer angst aanjoeg dan hij wilde toegeven.

* * *

Juliet zette haar miss-glimlach zo overtuigend op dat Tanner zou hebben gedacht dat hij echt was als hij haar niet zo goed kende.

Hoewel... *kende* hij haar wel? De Juliet die hij had achtergelaten, had geen enkele intentie of wens gehad om te gaan studeren. Het enige wat ze wilde, was trouwen en baby's krijgen. Zijn eten koken, zijn bed verwarmen en zijn kinderen opvoeden. Om eerlijk te zijn, had hij dat ook gewild. Hij had haar nooit achter een bureau gezien, of in vergaderingen, of aan het roer van haar vaders bedrijf.

Maar toen ze om half twee binnenkwam, was hij overdonderd door de zakenvrouw in de nauwsluitende rok en de professionele, maar verdomd sexy lichtroze bloes.

Ze had haar hakken uitgeschopt terwijl ze haar kamer in liep, wat hem een flashback gaf naar de avond dat zij, als lid van de leerlingenraad, hem had meegesleept om locaties te bekijken voor het eindexamenfeest. Het was weer een avond dat zijn ouders de deur uit waren — om te gokken, weet hij nu, maar destijds kon het hem niet schelen zolang ze maar een tijdje wegbleven — en hij en Juliet waren bij hem thuis geëindigd, waar ze een heel spektakel had gemaakt van het feit dat ze zich voor hem uitkleedde terwijl ze naar zijn kamer liepen; ze wierp haar jurk over zijn schouder, drapeerde haar slipje over de rugleuning van de bank en haar beha over de deurknop van zijn slaapkamer. Haar hakken waren als eerste uitgegaan.

'Schatje, wil je nog een biertje?'

Hij schudde die herinnering van zich af en keek even rond in Delia's achtertuin voordat hij neerkeek op Juliet, die naast hem stond en er zoals altijd prachtig uitzag in haar blauw-wit gestreepte zomerjurk.

De kleur deed haar blauwe ogen spreken, waarin geen enkel spoor van achterbaksheid te bekennen was. Niemand zou vermoeden dat ze dat *schatje* niet méénde, net zomin als hij meende wat hij daarna zei.

'Graag, lieverd. Ik lust er nog wel een.'

Nou ja, oké, hij had eigenlijk ook wel zin in nog een biertje, maar dat *lieverd...*

Het beangstigende was hoe makkelijk het was om weer in hun oude gewoontes te vervallen, alsof de afgelopen elf jaar nooit hadden plaatsgevonden.

'Verdomme man, ik dacht dat het tussen jou en Juliet wel een beetje afgekoeld zou zijn, maar de vonken vliegen er nog steeds vanaf, hè?' Tank, zijn teamgenoot uit hun gloriedagen in het American football, gaf hem een vriendschappelijk duwtje met zijn schouder terwijl Juliet naar de stenen buitenkeuken bij Delia's poolhouse liep. 'Je bent een geluksvogel. Ik wou dat ik nog steeds zo over mijn vrouw dacht als jij over de jouwe.'

Tanner hield die verdomde glimlach op zijn gezicht terwijl hij de laatste rest van zijn bier opdronk. Hij had geen flauw idee hoe hij daarop moest reageren.

'Tja.' Tank kraakte zijn nek, de ene kant en dan de andere, en rolde met zijn schouders terwijl hij de kont van Candy Simpson nakeek toen ze voorbijliep. Sommige dingen veranderden nooit — vooral het feit niet dat Candy Simpson nog net zo erg met haar kont draaide als vroeger. Geen wonder dat de vrouw op jacht was naar echtgenoot nummer vier.

Tank schraapte zijn keel en keek Tanner weer aan. 'Ik heb dit jaar seizoenskaarten voor de Cowboys. Misschien kunnen we samen een paar wedstrijden meepikken. Wat zeg je ervan?'

Tanner was altijd dol op de Cowboys geweest, maar hij zou hier niet meer zijn tegen de tijd dat het voetbalseizoen begon. Dat hoefde de rest echter nog niet te weten. 'Ja, laten we dat doen.'

'Ben je van plan om vaker in de stad te zijn tegenwoordig? Sara en ik zouden het geweldig vinden als jij en Juliet een keer bij ons langskomen.'

Geef hem maar meteen een schop zodat hij zijn eigen graf kan graven. Hij begreep nu wat Juliet bedoelde met de schijn ophouden. Hij kon nu niet met de billen bloot en de waarheid vertellen. Hij wist niet wat Juliet van plan was te gaan doen als hij uiteindelijk toch zou vertrekken en ze de waarheid over wat ze hadden gedaan op tafel moest leggen.

Misschien zou ze gewoon zeggen dat ze gescheiden waren en het daarbij laten. Met het huidige echtscheidingspercentage in het land zou dat niet moeilijk te geloven zijn — ware het niet dat Tank vonken zag op een plek waar ze helemaal niet waren.

Of, nou ja... Laat maar. De vonken waren er nog steeds, alleen was de reden erachter niet meer logisch.

'Hoorde ik daar mijn naam?' Tanks vrouw, Sara, kwam naast haar man staan en sloeg haar arm om zijn middel, waarbij haar zwangere buik nog eerder aanwezig was dan zijzelf.

God, wat had hij ervan genoten toen Juliet zwanger was. Hij had het heerlijk gevonden om Keegan in haar te voelen trappen. Hij had genoten van wat de zwangerschap met haar borsten had gedaan —'

Shit. Dit was absoluut niet waar hij met zijn gedachten heen wilde.

'Hoi, ik ben Sara.' Tanks vrouw stak haar hand uit.

'Tanner Wentworth. Aangenaam.' Hij schudde haar hand, blij dat zijn stem niet trilde. Hij was er in de loop der jaren beter in geworden om zijn emoties te verbergen in de buurt van zwangere vrouwen.

Juliet leek dat echter niet te zijn. Ze liep op hen af nog voordat ze Sara's zwangerschap in de gaten had, en Tanner zag het moment dat het tot haar doordrong.

'Juliet, schatje.' Hij moest haar te hulp schieten. Niets was erger dan dat medelijden. 'Dit is Sara. De vrouw van Tank.'

'Ah, ja. Ik weet het weer. We hebben elkaar afgelopen zomer ontmoet, geloof ik.' Juliet overhandigde hem zijn bier en toverde haar miss-glimlach zo snel op haar gezicht dat de enige reden dat hij de pijn in haar ogen had gezien, was omdat hij haar zo goed kende.

'Bij de bridal shower van Maryellen?'

'Ik dacht bij het afstudeerfeestje van Tim Jackson. Voor zijn MBA?'

'Oh, juist. Dat was het. Ik ben het vergeten. Te veel feestjes, en nu met al die hormonen in mijn lijf...' Sara wreef over haar buik. 'Ik zal blij zijn als de kleine er straks is en dat hele placenta-brein-syndroom weer verdwijnt.'

'Placenta-brein?' Juliet hield haar hoofd schuin.

Tank zuchtte en legde zijn arm om de schouders van zijn vrouw. 'Sara is ervan overtuigd dat haar vergeetachtigheid komt doordat ze zwanger is. Ze zegt dat haar moeder haar heeft verteld dat zodra je eenmaal zwanger bent, je hersenen in pap veranderen.'

Tanner zou er alles voor over hebben om van onderwerp te veranderen, maar hij wist niet waarin. Of hoe. Sara en Tank waren overduidelijk dolgelukkig met de komende geboorte — en wie kon ze dat kwalijk nemen — maar het deed gewoon zo verdomd veel pijn. En hij voelde Juliet verstijven onder zijn handpalm toen hij een arm om haar schouders sloeg.

'Stil maar, Tank. Maak me niet belachelijk. Iedereen weet dat zwangere vrouwen een beetje vergeetachtig zijn. Dat gebeurt nu eenmaal als er een mensje in je groeit. Hebben jullie kinderen?' vroeg ze o zo onschuldig aan Juliet.

Hij voelde hoe Juliet ademhaalde. Voelde hoe haar schouders zich aanspanden.

En hij was ongelooflijk trots op de vastberadenheid in haar stem toen ze antwoordde.

'Nog niet, nee. Maar we kijken er wel naar uit.'

Het was de perfecte reactie. Als ze *nee* had gezegd, zoals hij vaak had gedaan, kreeg je opmerkingen als 'Oh, je weet niet wat je mist', en als hij eerlijk was geweest over het verlies van Keegan, nou ja, dan was dat voor iedereen ongemakkelijk. Zeggen dat ze er op een dag naar uitkeken, was een sociaal geaccepteerd antwoord waar niemand aanstoot aan nam.

Maar hij kon voelen hoeveel het Juliet kostte om zo nonchalant te doen. Haar rug was zo recht als hij zich vanmorgen had gevoeld.

Waarschijnlijk niet de beste vergelijking om te maken.

Natuurlijk kwam Delia precies op dat moment aanlopen. 'Hoi allemaal. Hebben jullie het naar je zin?'

'Enorm.' Tanner achterafte de helft van zijn biertje.

'Nou nou, Tanner Wentworth, hoor ik daar sarcasme? U was altijd al de koning van de gevatte opmerkingen, nietwaar?'

'Was ik dat?' Hij nam nog een slok. Ze hadden eigenlijk laat moeten komen. Wachten tot iedereen er al was — dat was eigenlijk ook het plan, maar Delia had hun 'per ongeluk' de verkeerde tijd doorgegeven omdat het feestje pas om halfvijf begon. Godzijdank waren Tank en J.D. er ook vroeg, zodat ze mensen hadden om mee te praten behalve roddeltante Delia.

'Weet u, ik was vergeten te vragen of jullie twee nog meer kinderen hebben gekregen sinds de middelbare school?'

Tanner zette zijn bierflesje op de stenen muur naast zich neer. Het was dat of de vrouw ermee op haar hoofd slaan.

Ze hadden niet moeten komen. Hij had zich door zijn verlangen om oude vrienden weer te ontmoeten laten vergeten wie en wat Delia werkelijk was.

'Oh, maar ik dacht dat jullie zeiden dat jullie geen kinderen hadden?' De arme Sara keek uiterst verward. En de arme Tank keek alsof hij wel een heel vat bier leeg kon drinken.

'Laten we wat gaan eten, Sara.' Tank gaf Tanner een klopje op zijn schouder. 'Sorry, man. Juliet.' Hij knikte naar haar en voerde zijn vrouw mee weg.

'Oh hemel, heb ik iets verkeerds gezegd?' Delia had ook aan schoonheidswedstrijden meegedaan, maar ze beheerste de glimlach lang niet zo goed als Juliet.

'Je weet donders goed wat je hebt gezegd—'

'Tanner.' Juliet legde haar hand op zijn arm en kneep erin.

Drie keer.

'Delia, aangezien u zelf geen kinderen heeft, wil ik geloven dat u niet begrijpt wat een pijnlijk onderwerp dit voor Tanner en mij is. Dus laten we er alsjeblieft niet verder op ingaan, en als u het niet meer ter sprake zou willen brengen, zouden Tanner en ik dat zeer op prijs stellen.'

Hij was nog nooit zo trots op Juliet geweest als op dit moment. Er was geen reden om Delia een uitweg te bieden; de vrouw wist precies wat ze deed. Ze had Juliet in de loop der jaren op zo veel vlakken willen verslaan en was altijd als tweede geëindigd, dat ze haar kans schoon zag om Juliet te kwetsen en die direct greep.

Maar Juliet, die alle recht zou hebben om tegen haar uit te vallen, deed dat niet. Ze gaf Delia niet nog meer munitie en ze bewaarde haar kalmte terwijl ze de vrouw een uiterst subtiele — maar zeer krachtige — terechtwijzing gaf. Dat was veel nobeler dan wat hij had willen zeggen.

Delia wierp hem een blik toe en het eerste teken van berouw verscheen op haar met botox behandelde gezicht. 'Ik... het spijt me. U hebt gelijk; ik dacht niet na.'

Oh, ze had wel nagedacht; ze had alleen niet nagedacht over welke reactie ze precies zou krijgen. Welke emoties ze los zou maken.

Als het niet zo pijnlijk was om eraan te denken dat Keegan niet meer in zijn leven was, zou hij haar opmerking misschien laten gaan. Want voor het moment, door dit gesprek, waren hij en Juliet samen op de manier zoals ze hadden gedaan alsof. Maar hij kon Delia er niet ongestraft mee weg laten komen; dat zou alleen maar de deur openzetten voor meer beledigingen en venijnigheid.

'Ik denk dat we maar eens moeten gaan.' Hij liet zijn hand naar de onderrug van Juliet glijden; de stof van haar zomerjurk was dun genoeg om de warmte van haar huid te voelen. 'Schatje? Als je wilt—'

'Nee.' Juliets rug werd nog rechtener, hoewel Tanner niet wist hoe dat mogelijk was. 'Ik ga me niet door één onbezonnen opmerking laten wegjagen. Je wilde je vrienden zien, dus dat gaan we doen.' Ze pakte zijn bierflesje op en gaf het hem aan. 'Als u ons excuseert, Delia, ik zie dat de Markinsons er zijn.'

Tanner slikte de woorden in die hij had willen zeggen en volgde Juliets voorbeeld. Maar als Delia — of wie dan ook — Juliet probeerde te kwetsen door Keegan nogmaals te noemen, dan kregen ze met hem te maken.

Juliet slaakte de zucht die ze had ingehouden zodra ze aan de andere kant van het zwembadterras stond. Delia was een rasechte kreng. Ze had na Juliets zwangerschap talloze sarcastische opmerkingen gemaakt onder het mom van oprechte bezorgdheid, maar destijds had het Juliet niets kunnen schelen omdat de baby van Tanner was. Niets had haar toen kunnen raken. Haar leven verliep precies zoals ze dat wilde.

En nu niet meer, dus natuurlijk sloeg Delia haar slag als het aaseterige type dat ze was. Godzijdank had ze haar ware gezicht aan Tanner getoond. Dat was in ieder geval één vrouw die Juliet van de lijst met mogelijke toekomstige echtgenotes van Tanner kon schrappen—

Oh, God. Wat als hij hier echt weer ging wonen en met iemand anders trouwde? Hij had gezegd dat hij een locatie voor BeefCake, Inc. in de stad zou zoeken; zou hij blijven om de zaak te leiden?

Die gedachte raakte haar in haar maag en ze wankelde even.

Zijn arm schoot om haar heen. 'Gaat het?'

De bezorgdheid op zijn gezicht was oprecht en gaf haar een klein beetje hoop dat hij misschien nog steeds om haar gaf.

'Het gaat wel. Nu weer.' Ze deed een stap achteruit. Slechts één. Maar voor het gevoel had het een kilometer kunnen zijn, door de kloof die het tussen hen sloeg.

'Delia is een kreng.'

'Je hebt gelijk.'

'We hadden niet moeten komen.' Hij haalde een hand door zijn haar en wreef toen in zijn nek. Dat deed hij altijd als hij kwaad was.

Vroeger had ze zijn hand vaak weggehaald om hem zelf te masseren. Maar dat was de goede oude tijd. 'Onzin, Tan. We hebben haar vroeger nooit ons leven laten bepalen; dat gaan we nu ook niet doen.'

'Hebben *wij* dat niet gedaan?' Hij stopte met wrijven en keek haar aan. 'Zo herinner ik het me niet.'

'Waar heb je het over?'

'Je gaat me toch niet vertellen dat je het je echt niet meer herinnert?'

'Me wat herinneren?' Ze herinnerde zich heel veel dingen.

'Hoe je me altijd ondervroeg over haar. Of ze bij de voetbaltraining was geweest, of dat ze na die late wedstrijden ook bij het pannenkoekenhuis was opgedoken.'

'Ik...' Ze hield wijselijk haar mond. Ze had die dingen inderdaad tegen hem gezegd. Hij had haar echter altijd uitgelachen. Zei dat ze zich dingen verbeeldde.

Dat was niet zo. Delia wilde hem toen al en ze wilde hem nu nog steeds.

Maar het verschil was... Tanner wilde Delia niet. En hij had haar destijds ook niet gewild. Met de afstand van elf jaar zag Juliet dat nu in. Delia was de slang geweest, en Tanner haar onwillige prooi.

'Ik ben je excuses verschuldigd, Tanner. Nou ja, wel meer dan één. Maar het spijt me dat ik ooit naar haar heb geluisterd. *En* dat ik niet naar jou heb geluisterd wat haar betreft.'

'Ik zei je toch dat ze niet deugde. Dat ze jou wilde *zijn*. Dat wil ze nog steeds.'

Dat deed Juliet grinniken, maar niet op een vrolijke manier. 'Jammer dat ze de waarheid niet kent.'

'De waarheid?'

'Dat mijn leven bij lange na niet is wat ze denkt, en dat jij hier alleen voor Nana bent. Maar goed, ze kan haar pijlen op je richten zodra... nou ja, zodra ons toneelstukje niet meer nodig is.'

'Als je denkt dat ik ook maar de geringste interesse in haar zou hebben, dan ben je echt helemaal niets veranderd.' Hij dronk de rest van de fles leeg. 'Ik heb nog een biertje nodig.'

Hij vroeg haar niet of zij er ook een wilde toen hij wegliep.

Verdomme. Waarom kon ze in Tanners buurt nooit de juiste dingen zeggen of doen? Waarom moest ze het verleden erbij halen?

Een lachsalvo bij de grote ingebouwde barbecue zorgde ervoor dat ze om zich heen keek naar al hun vrienden van de middelbare school. De helft van het voetbalteam was hier, languit liggend op de ligstoelen, jeu de boules spelend op het gazon dat erbij lag als een golfbaan, of hangend aan de peperdure, ingerichte tiki-bar bij het poolhouse. Allemachtig, door hier met hen te zijn, zaten zij en Tanner tot over hun oren *vast* in het verleden.

Tot zover het vooruitkijken.

'Hé, Juliet.' Tamra, de vrouw van J.D., liep naar haar toe en gaf haar een knuffel. Tamra had al een tijdje door dat de zaken niet waren zoals ze leken, maar ze had beloofd om niets te zeggen—zelfs niet tegen J.D.

Juliet wist niet zeker wat ze ervan vond dat een getrouwd stel geheimen voor elkaar had, maar wat wist zij er nou van? Tamra's huwelijk hield na tien jaar nog steeds stand en dat van Juliet was nooit van de grond gekomen.

Die verdomde vliegreis-voor-één. Ze zou nooit de vernedering vergeten van in haar eentje op huwelijksreis te zijn. Dat ze hun koffers van de bagageband moest tillen en naar hun villa moest sjouwen. De medelijdende blikken van het personeel—en dat ze de koffers van Tanner elke dag moest zien van de zeven dagen dat ze daar was. *En* ze weer mee terug naar huis moest slepen. Alleen.

Dus als niets tegen J.D. zeggen volgens Tamra een goed plan was, kon Juliet daar niet tegenin gaan. Misschien moest ze een voorbeeld aan Tamra nemen.

'Ik zie dat hij de hele avond al heel attent is. Betekent dit dat jullie het weer gaan proberen samen?'

Sandy was de enige die de volledige waarheid kende, maar Sandy was vrijgezel en was er niet bij geweest toen het hele verhaal zich al die jaren geleden ontvouwde. Tamra wel, dus was het makkelijk geweest om haar in vertrouwen te nemen, maar het was ook weer een extra laag vernedering bovenop de rest. Juliet had geen behoefte aan weer een ronde.

Maar als het onvermijdelijke uiteindelijk gebeurde, als het gerucht rondging dat zij en Tanner uit elkaar waren, zouden er toch waarheden naar boven komen. Het was niet alsof ze aan de roddels zou kunnen ontsnappen. Ze kon dan maar beter nu van de positiviteit en het geluk genieten voordat het allemaal weer verdween. 'We zijn in gesprek.'

'En hij is ermee akkoord gegaan om hier met je naartoe te komen.'

'Eigenlijk wilde hij nog liever komen dan ik.' Ze friemelde aan het bovenste knoopje van haar jurk. 'Ik kon geen nee zeggen.'

'Natuurlijk niet. Dat zou vijf stappen terug zijn. En als hij de banden met zijn oude vrienden wil herstellen, zou het kunnen dat hij aan de lange termijn denkt.'

Maar de lange termijn betekende niet per se de lange termijn met haar.

'We zullen zien. We bekijken het dag voor dag.' Juliet griste een in spek gewikkelde sint-jakobsschelp van een ober die voorbijliep. 'Maar hoe is het met jou? Wat doen de kinderen allemaal?'

Kinderen waren altijd een pijnlijk onderwerp voor haar, vooral als de persoon met wie ze sprak van Keegan afwist, maar om de kinderen van anderen te negeren maakte het probleem alleen maar groter. En ze wilde niet doen alsof Keegan nooit had bestaan, want hij was er wel geweest.

Een golf van pijn greep haar naar de keel; dat gebeurde altijd. En het rotte was dat, wat mensen haar ook beloofden, de pijn nooit minder werd. Niet dat ze dat echt wilde. Want de pijn—met diezelfde intensiteit—hield Keegan voor haar in leven. Het hield hem bij haar, alsof het gisteren was. Die paar kostbare momenten dat ze hem had vastgehouden en hij zo mooi was geweest en ze kon doen alsof hij sliep.

Ze pakte een glas champagne van de volgende ober die langskwam. Ze was niet van plan om dronken te worden, maar een beetje alcohol kon helpen tegen de pijn.

Hmmm, misschien moest ze maar een paar dozen inslaan voor de komende weken thuis. God wist dat ze het hard nodig zou hebben.

'Jeetje, goed om je te zien.' Rick Stangler legde een hand op Tanners schouder en schudde zijn hand. 'Jij bent wel de laatste van wie we dachten dat hij na het eindexamen halsoverkop de stad uit zou gaan. Leuk dat je je gezicht weer eens laat zien.'

'Hé, druk geweest, hè. Veel te doen.' Pijnlijke herinneringen om voor weg te vluchten.

Misschien had hij moeten blijven. Terwijl hij naar de rest van het voetbal-team keek, besefte hij dat hij zichzelf had geïsoleerd. Misschien was het beter geweest om hier tussen vrienden te blijven. Zijn verdriet te verdrinken met zijn maten, de jongens die hem begrepen, in plaats van weg te vluchten en te proberen zijn verleden te vergeten. Te doen alsof het niet bestond.

Maar dit hier was het bewijs dat het wel bestond. Allemachtig, Keegan en Juliet waren het bewijs. Hij kon niet meer weglopen voor zijn verleden, net zo min als hij weg kon lopen voor de pijn. Hij had het wel uit het zicht geplaatst, zeker, maar het was er altijd, sluimerend vlak onder de oppervlakte.

'Niet te geloven dat je een baan hebt waarbij je zoveel moet reizen. Ik bedoel, verdomme, Tan, je hebt Juliet. Eindelijk. Helemaal de jouwe, officieel en wel. We dachten dat we je nooit zagen omdat jullie druk waren met, nou ja...' Hij gaf hem een vriendschappelijk duwtje met zijn elleboog.

'Hé, Rick. Genoeg zo. Ze is mijn vrouw.' De woorden vlogen uit zijn mond alsof het de normaalste zaak van de wereld was om te zeggen.

Helaas was dat ook zo.

Over pijn gesproken.

'Natuurlijk, Tan.' Rick hief zijn bierflesje naar hem. 'Daarom kan ik ook niet geloven dat je zoveel op reis bent geweest dat je niet eens de moeite kon nemen om één keer af te spreken de afgelopen, wat is het? Zeven jaar? Ik bedoel, het is niet alsof jullie naar een andere staat zijn verhuisd of zo.'

Dat was het wel— 'Ik, eh, had wat... zaken af te handelen. Dingen te regelen. Je weet wel.' Hij nam weer een slok van zijn bier.

Rick keek alsof iemand hem in zijn kruis had getrapt. 'Oh, jemig, Tan, het spijt me. Dat was nogal ongevoelig van me. Molly zegt altijd dat ik eerst praat en dan pas nadenk. Ik dacht niet na. Sorry, man.'

Tanner bleef van zijn bier drinken. 'Ja, bedankt.'

'Hé, Tan.' Alcon James sloeg hem op zijn schouder en pakte een biertje uit de koelbox op de rand naast hem. 'Heb je het gehoord van Mickelson? Werd in de tiende ronde gekozen, maar crashte de auto die hij had gekocht van zijn tekengeld. Lag eruit voordat hij één wedstrijd had gespeeld. Vette pech, hè?'

Tanner wist alles van vette pech. Toch was dat geen reden om zijn ellende op anderen af te reageren. 'Wat doet hij nu?'

Het gesprek ging verder over hen en hun vrienden. Wie wat deed, wie met wie getrouwd was—wie er ging scheiden—maar Tanner voelde zich er niet bij horen. Alsof hij hier niet meer thuishoorde.

Voor Juliet was het hier ook geen pretje. Hij had haar minstens drie glazen champagne zien drinken. Ze was nooit een grote drinker geweest en het was hem opgevallen dat er bij haar thuis geen wijn was toen hij gisteravond een glas zocht voor het water. Dat was in ieder geval niet aan haar veranderd.

Dus dat ze nu dronk was waarschijnlijk geen goed idee. Zeker niet als ze de geheimen wilde bewaren die ze geheim wilde houden.

Hij had niet moeten komen. Hij had het moeten laten rusten, bij Juliet moeten blijven hangen of naar de sportschool moeten gaan, en gewoon zijn plicht jegens haar grootmoeder moeten vervullen. Gewoon de tijd uitzitten tot dit voorbij was en hij naar huis kon.

'Excuus, jongens.' Hij zette zijn lege flesje op een van de dienbladen die overal op het terras stonden voor gebruikt servies en liep naar zijn vrouw toe.

Zijn vrouw.

De woorden klonken hem vreemd in de oren. Vroeger oefende hij ze voor de spiegel—als de jongens daarachter waren gekomen, hadden ze hem de stad uit gelachen. Juliet had overal op haar mappen en schriften *Juliet Wentworth* geschreven in meisjesachtig, zwierig handschrift; als hij dat had gedaan, hadden zijn teamgenoten zijn mannelijkheid afgepakt, maar hij was net zo gek op haar geweest. Dus ja, hij had geoefend om haar zijn vrouw te noemen in de privacy van zijn kamer, terwijl hij zich voorstelde hoe het zou zijn als ze eindelijk getrouwd waren.

Zelfs in zijn stoutste dromen had hij dit scenario niet voor ogen gehad.

'Hé, lieverd.' Hij boog voorover en gaf haar een kus in haar nek om haar af te leiden, terwijl hij het glas uit haar hand pakte zodat ze niet kon tegenstribbelen.

De blos op haar wangen toen hij weer rechtop ging staan, verraadde dat er van tegenstribbelen geen sprake zou zijn.

Of het konden de effecten van de champagne zijn.

Maar wat was *zijn* excuus?

'Ook leuk om jou te zien, Tanner.' Tamra grijnsde hem toe. 'Nogal een begroeting voor de vrouw met wie je al zeven jaar getrouwd bent.'

Hij keek haar aan. Wist ze iets? 'Tamra.' Hij sloeg Juliets arm om zijn middel. 'Vind je het goed als ik Juliet even van je steel?'

'Ga je gang.' Ze trok haar wenkbrauwen op terwijl hij Juliet naar een klein terrastafeltje leidde bij een stel palmen in potten die Delia waarschijnlijk speciaal voor de gelegenheid had gehuurd.

Ja, Tamra wist iets.

'Tanner, dat was niet aardig.' Juliets woorden klonken een beetje bezopen.

'Dronken worden op het feestje van Delia is ook niet aardig.' Hij legde zijn hand op haar onderrug om haar in evenwicht te houden. Dat was tenminste zijn verhaal.

'Ik ben niet dronken.'

'Laten we dat dan zo houden.'

'Laat me los.' Ze gaf hem een duwtje, maar hij hield zijn arm stevig om haar heen.

'Juliet, maak geen scène.'

'Waarom niet?' Ze veegde wat haar uit haar gezicht met haar handpalm, niet de delicate, gracieuze Juliet die hij altijd had gekend. 'Delia zou ervan smullen. En dan is niemand verrast als je weggaat. Ik zou eigenlijk een hele show moeten opvoeren. En misschien kun je nu zelfs wel meteen vertrekken. Ik kan Nana wel vertellen dat je voor zaken bent weggeroepen. Ze zou me geloven. Ze gelooft me altijd.'

'Dat ga ik niet doen en dat weet je. Anders had je me in de eerste plaats niet gevraagd om mee te komen. Je houdt van je grootmoeder; je zou haar nooit kwetsen. En ik ook niet.'

Juliets grote blauwe ogen vulden zich met tranen en die volle onderlip waar hij zo graag op mocht zuigen, trok pruilend naar voren. 'Ik wil nooit iemand pijn doen. Nooit ofte nimmer.'

Oei. Die drie glazen champagne waren haar direct naar het hoofd gestegen. Ze was altijd al een lichtgewicht geweest; hij wist niet waarom hij had gedacht dat de tijd daar verandering in zou hebben gebracht.

Omdat de tijd andere dingen aan Juliet had veranderd.

Daar wilde hij niet over nadenken. 'Kom op, Jules. Ik denk dat we moeten gaan.'

'Ik wil niet.' Ze sprong op een van de krukken.

Haar jurk kroop omhoog langs haar benen en onthulde meer van haar zongebruinde, gespierde dijen—

'Jules.'

Ze legde haar blote armen op zijn schouders. 'Ik vind het fijn als je me zo noemt, Tanner. Niemand anders doet dat.'

Dat kwam omdat ze een hekel had aan die naam. Hij was haar pas zo gaan noemen toen hij in de brugklas niet wist hoe hij haar moest vertellen dat hij haar leuk vond. Dus was hij haar gaan plagen.

Dom natuurlijk, maar puberjongens staan niet bekend om hun logica en analytisch denkvermogen. Het had ervoor gezorgd dat ze aandacht aan hem besteedde, dus was hij ermee doorgegaan.

Later was het een koosnaampje geworden dat ze fijn vond. Iets van hen samen. Net als de drie klopjes.

Zo had ze hem eerder aangeraakt. Hij had niet gereageerd. Omdat die drie klopjes met een *dreun* in zijn maag waren binnengekomen. Niet zozeer haar aanraking—want het was een vederlichte aanraking—maar wat die klopjes betekenden.

God, kon hij nog maar op dat gevoel vertrouwen.

'Laten we naar huis gaan, Jules. Ik heb er genoeg van.'

'Jij? Er genoeg van? Tanner, jij drinkt nooit te veel.'

'Ik bedoelde niet de alcohol.'

Ze keek hem recht aan, haar perfecte lippen trokken scheef terwijl ze probeerde te begrijpen wat hij bedoelde.

'Ohhhhh...' Ze tikte hem op zijn lippen. 'Ik snap het. Oké dan, we kunnen gaan. We moeten Delia wel even gedag zeggen.' Ze sprong naar beneden en zou ervandoor zijn gegaan als hij haar niet bij haar middel had gegrepen.

'Meen je dat? Wil je haar echt de kans geven om een opmerking te maken over de hoeveelheid champagne die je op hebt?'

Juliet zette haar vuist in haar zij. 'Ik heb helemaal niet veel champagne op.'

'Voor anderen niet, nee. Maar jouw grens ligt bij één en je hebt het drievoudige op.'

'Heb je meegeteld?'

'Ik hield je in de gaten. Alcohol maakt de tongen los en we willen ons verhaal niet verpesten.'

Ze likte haar lippen af. 'Gaat het *jouw* tong ook losmaken, Tanner?'

Hij zei niets. Hij kon niets zeggen.

Het duurde een paar seconden voordat ze besefte wat ze had gezegd.

Haar hand vloog naar haar lippen en die prachtige blauwe ogen werden groot. 'Oeps. Dat bedoelde ik niet—'

'Het is al goed, Jules. Laten we hier maar gewoon weggaan.'

Een tel, de kortst mogelijke tel, hoorde hij die woorden en stelde hij zich een heel andere betekenis voor.

Eentje die hem de hele rit terug naar haar huis bijbleef.

Hoofdstuk vijftien

'Ik zou het niet erg vinden, hoor. Als het bier je tong wat losser zou maken.'
Juliet gleed met haar hand over de motorkap van haar Mercedes terwijl ze naar
haar voordeur liep. 'Ik bedoel, we _zijn_ nog steeds getrouwd.'

Geen veilig onderwerp. Het was beter om niets te zeggen. Bij Juliet was het
de champagne die sprak, maar als hij iets zou zeggen, zou dat recht uit zijn hart
komen. En met wat hij allemaal zou willen zeggen...

Man, als ze maar gewoon seks konden hebben. Gewoon het bed in duiken
om die drang te stillen.

'Tanner? Hoor je me?' Ze plantte beide handen op de motorkap van de
auto achter zich en leunde achterover, in een poging uitdagend te zijn,
afgaande op haar woorden...

Ze slaagde erin, verdomme. Maar dat was geen verrassing. Juliet was sexy,
wat ze ook deed. Ze kon onder de modder zitten en dan nog zou ze prachtig
zijn.

Verdomme. Dit kon hij niet gebruiken. Het was al erg genoeg dat hij zich
nog steeds tot haar aangetrokken voelde, maar dat ze hem nu ook nog eens
alles aanbood wat hij wilde—

En alles wat hij niet wilde. Hij kon haar niet vertrouwen. Vertrouwen was
essentieel. Het belangrijkste onderdeel van een relatie na aantrekkingskracht en
respect.

Je voelt je dus tot haar aangetrokken en je hebt respect voor wie ze is geworden. Vertrouwen kan weer worden opgebouwd.

Daar ging zijn verdomde libido weer. Als hij daarnaar zou luisteren, zou hij nooit meer uit bed komen.

En waarom zou dat erg zijn?

Omdat hij geen misbruik maakte van mensen, en nu iets met Juliet doen zou neerkomen op misbruik maken van haar toestand.

Hoor je jezelf nu? Gast, zij heeft misbruik gemaakt van jóú. Van je gevoelens, je vertrouwen, je toekomst. Gelijke monniken, gelijke kappen.

Hij smoorde de stem. Smoorde de beelden. Smoorde de verleiding.

'Tanner?'

Hij snoerde Juliet de mond—door een van haar armen te pakken en haar achter zich aan haar huis in te trekken. Hij negeerde het bovenste knoopje dat was losgegaan en dat dreigde hem meer te laten zien dan alleen een glimp van wat er onder het lijfje zat. 'Koffie, Juliet. Nu.'

Ze strompelde achter hem aan. 'Ik heb geen koffie.'

'Thee dan. Ik weet dat je thee hebt.'

'Ik wil geen thee. Het is buiten al veel te warm.'

Binnen was het ook te warm, maar dat leek niet tot haar door te dringen.

Of misschien ook wel...

'Je hebt te veel champagne op.'

'Bestaat dat echt, te veel champagne?' Ze giechelde daarna en liet haar vingertoppen over de leuning van de veranda glijden.

'Ja. Dat bestaat. En jij bent er het levende bewijs van.' Hij stak zijn hand uit. 'Naar binnen.'

Ze maakte er een heel spektakel van om uit te ademen terwijl ze probeerde hem voorbij te lopen met haar beste zuidelijke-schonewandeling. Hij vond het altijd heerlijk om haar dat te zien doen, want ze was zo verdomde schattig als ze dat deed.

Op dat vlak was er niets veranderd.

'Je bent behoorlijk bazig. En het is niet eens jouw huis.' Ze leunde tegen de rugleuning van de stoel die haar woonkamer van de hal scheidde en sloeg haar armen over elkaar.

Die beweging was door de duivel ontworpen om mannen meer te verleiden dan welke appel dan ook. En hij was geen heilige.

'Juliet, alsjeblieft. Je hebt een beetje te veel gedronken. Laten we wat thee voor je maken, dan voel je je beter.'

'Ik voel me prima, dank je wel.' Ze sloeg haar armen op een andere manier over elkaar, waardoor het lijfje gevaarlijk ver week. 'En ik hoef geen thee.'

'Jawel, dat moet je wel.'

'Waarom? Wat ga je eraan doen als ik het niet drink? Ga je me straffen, Tanner?'

De opmerking riep beelden op van haar op haar buik, met die heerlijke kont in de lucht en—

Nee, hij zou Juliet nooit pijn kunnen doen. Zelfs niet als ze hem erom smeekte.

Jezus, man, je hebt het zwaar te pakken. De vraag is: wat ga je eraan doen? Die vrouw daagt je gewoon uit. Ga je haar afwijzen?

Hoeveel pijn het hem ook deed—en dat meende hij letterlijk—ja, hij zou haar afwijzen. Het zou één ding zijn als ze volledig bij haar positieven was, maar nu ze onder invloed was?

Geen sprake van.

Tanner Wentworth maakte geen misbruik van vrouwen die gedronken hadden.

Dat had hij nooit gehoeven en daar ging hij nu ook niet mee beginnen. Al helemaal niet bij zijn vrouw.

Juliet hoorde zichzelf de woorden uitspreken en vroeg zich af waar ze het lef vandaan haalde.

Eh, van de bodem van drie glazen champagne?

Eigenlijk waren het er misschien wel vier geweest.

Waarschijnlijk was het niet het beste idee om zoveel te drinken, maar na de opmerkingen van Delia en het feit dat ze de schijn op moest houden bij hun vrienden... man, wat voelde het nu goed.

Tanner voelde op dit moment goed.

Ze ging rechtop staan en liet haar armen zakken. Tanner hield van haar borsten. En ze vond het fijn als hij ervan hield. En als hij zich daarop zou kunnen concentreren in plaats van op het verleden, als hij nu in het moment zou kunnen zijn, dan zouden ze misschien, heel misschien, over de fouten die ze had gemaakt heen kunnen stappen en verder kunnen gaan. Samen.

Het was een kans die ze dolgraag wilde grijpen, en als de champagne haar de moed gaf om te zeggen wat ze wilde zeggen, wat had ze dan te verliezen?

'Dus wat ga je doen, Tan? Wat is er? Kun je niets bedenken? Dat is niets voor jou.' Ze liep naar hem toe en gleed met haar vinger langs zijn riem. 'Het zou niet verkeerd zijn, hoor.'

Hij kneep zijn ogen dicht en ze zorgde ervoor dat haar haar langs zijn bicep streek. Hij had het altijd heerlijk gevonden als ze met haar haar over zijn huid streek. Meestal op andere, eh, gevoeliger plekken, maar Tanner hield van haar haar. Hij hield ervan om het in zijn vuist te pakken om haar op haar plek te houden...

'Juliet.' Zijn stem klonk gespannen. 'Stop.'

'Wat jij wilt.' Ze stopte inderdaad. Vlak naast hem. Met haar gezicht naar hem toe. Zodat haar borsten zich aan weerszijden van zijn arm bevonden.

Een spiertje in zijn kaak vertrok. 'Waar is de thee?'

'In de keuken. Maar ik wil echt niet.'

'Maar *ik* wil echt dat je wat drinkt.'

Dat zei hij wel, maar hij deed geen stap achteruit.

Ze hield haar hoofd schuin en haar haar gleed over haar schouder, waarbij de punten zijn arm weer raakten.

Ze zag hem even rillen. 'Waarom?'

'Waarom?'

'Ja, waarom? Waarom wil je dat ik thee drink?'

'Om je te laten ontnuchteren.'

'Nou, misschien wil ik wel helemaal niet ontnuchteren. Nu nog niet tenminste.'

Hij keek op haar neer, zijn wenkbrauwen trokken op en, als ze zich niet vergiste, zag ze interesse in zijn ogen.

Ze wilde zich niet vergissen. Ze wilde zich ook niets verbeelden. Het was één ding als hij geïnteresseerd was; het was iets heel anders als hij haar alleen maar een beetje tegemoetkwam.

Hij slikte. Moeizaam.

Hij kwam haar niet zomaar tegemoet.

Hij ontweek haar ook niet.

Ze wilde de eerste stap zetten. Maar ondanks al die champagne kon ze het niet. Het moest van hem komen. Anders zou hij haar de schuld geven dat ze hem had verleid.

'Juliet...'

'Ik beloof dat ik niets zal vertellen als jij dat ook niet doet.' Ze voegde er een glimlach aan toe om het hem makkelijk te maken. Zodat hij niet zou zien dat al haar hoop en dromen in dit gesprek besloten lagen.

Eén kus. Dat was alles wat ze wilde. Alles wat ze nodig had. Alles wat ze samen nodig hadden. Hij hoefde haar maar één keer te kussen en hij zou zien—

'Nee.' Hij schudde zijn hoofd en schraapte zijn keel, en dit keer deed hij wel een stap achteruit. 'Nee.'

'Echt niet?' Niets werkte zo ontnuchterend als een afwijzing. En ze kon het niet geloven. Had hij zich echt van haar afgewend? Wilde hij haar echt niet kussen? Nou, godzijdank dat ze die vier glazen champagne op had. Ze zou er bijna nog een paar gaan zoeken om de rest van haar verdriet te verdrinken, aangezien het effect van die drie glazen plotseling—en drastisch—was verminderd door zijn gebrek aan interesse.

Tanner slikte weer moeizaam. Balde zijn vuisten. Draaide met zijn hoofd zoals hij vroeger deed om zijn spieren los te maken voor een wedstrijd, om de spanning te verdrijven.

Misschien was hij toch niet zo ongeïnteresseerd als hij probeerde voor te komen.

'Oké, Tanner, ik kan je blijkbaar niet dwingen om me te willen kussen.' Ze gooide haar haar naar achteren en liet het bandje van haar jurk over haar schouder glijden, terwijl ze haar woorden zo onverschillig mogelijk liet klinken. Laat hem maar denken dat het haar niets kon schelen. Daar zou hij over gaan peinzen. En dan zou hij—

Haar kussen.

Terwijl hij haar met een hand in haar nek naar zich toe trok, zijn lippen op de hare perste en zijn keiharde borstkas tegen haar smachtende borsten drukte, gleed hij met zijn hand over haar rug, greep haar billen vast en trok haar tegen zich aan waar ze voelde—

O ja. Hij wilde haar.

Juliet zuchtte in zijn mond en gaf zijn tong de toegang waar ze allebei naar verlangden. Ze gleed met haar vingers door zijn haar en genoot van de manier waarop het om haar vingers krulde, wat langer dan voorheen. Ze streek met haar duim langs zijn kaak en voelde hoe hij zijn mond opende om de hare te verslinden, zijn tong verkende de hare en dwong haar tot een vurige dans.

God, ze had het altijd heerlijk gevonden om Tanner te kussen. Die ene keer dat ze flesje had gedraaid en J.D. en Rick had moeten kussen, was niets vergeleken met die eerste kus met Tanner. De vonken vlogen eraf, kleuren explodeerden achter haar oogleden en ze kreeg overal kippenvel.

Net als nu.

Ze trok aan zijn haar en probeerde dichterbij te komen. Ze greep zijn billen vast, trok hem tegen zich aan en—verdomme—ze wilde veel meer met Tanner doen dan dit.

Hij duwde haar achteruit tegen de stoel en boog haar er bijna overheen door de kracht van zijn kus.

Ze wilde zijn handen op haar borsten. Wilde dat hij haar shirt over haar hoofd trok en aan haar likte, haar plaagde, haar kuste en aan haar zoog tot haar benen het begaven. Ze wilde naakt zijn en omstrengeld met Tanner liggen, en ze wilde hem zoveel genot schenken dat hij er nooit meer over zou peinzen om weg te gaan.

Hij probeerde zijn lippen van de hare los te maken. 'We moeten stoppen.'

Ze liet hem niet gaan en zoog zijn onderlip in haar mond terwijl ze haar hoofd schudde. 'Dat is het enige wat we juist niet moeten doen.'

Hij greep haar armen vast en Juliet had het gevoel dat ze hem, wat ze ook zei, niet op andere gedachten zou kunnen brengen.

Doe dan iets...

Ze drukte haar borsten tegen zijn borstkas. Sloeg een been om zijn kuit. kreunde ze terwijl ze haar mond onder de zijne opende, bereid om hierom te smeken. Eén nacht. Dat was alles. Slechts nog één nacht.

Tanner legde zijn hand weer op haar rug terwijl hij de kus verdiepte.

Maar slechts voor een paar seconden.

Toen trok hij zich terug, ging rechtop staan en streek met een hand over zijn mond.

Om de smaak van haar weg te wissen?

Nou, fijn dan. Juliet liet haar voet weer op de grond zakken.

'Dat was een heel slecht idee.'

'Ik vond van niet.' Ze was niet van plan om te doen alsof die vlam tussen hen niet bestond. Zijn verstand mocht het dan aan het eind hebben overgenomen en hun kus hebben gestopt, maar zijn lichaam had herkend wat het wilde en was hard op weg geweest om het te krijgen. En ze had het hem laten doen.

Ze legde haar handpalm tegen zijn wang. 'Ik wind je nog steeds op, Tanner. En we zijn allebei volwassen. Er zijn geen misverstanden over wat dit is. Je gaat over een paar weken van me scheiden; dit hoeft niets meer te zijn dan alleen vanavond.'

Hij opende zijn mond om iets te zeggen, maar sloot hem weer.

Hij deed het nog een keer.

'Ik...' De derde keer was scheepsrecht toen hij eindelijk een volledige zin uit wist te brengen. 'Ik weet niet eens wat ik daarop moet antwoorden.'

'Misschien hoef je dat ook niet. Misschien hoef je me alleen maar weer te kussen en komt het antwoord vanzelf.'

'We kunnen niet weer iets beginnen, Juliet.'

'O, Tanner, houd jezelf niet voor de gek. We hebben al wat met elkaar. Dat is al zo sinds we kinderen waren en zelfs als je van me scheidt, zal dat altijd zo blijven. We maken een enorm deel uit van elkaars leven; dat gaat nooit meer weg.'

'Dan moeten we het niet nog ingewikkelder maken.'

'Wat is er ingewikkeld aan? Ik wil jou; jij wilt mij. Totaal niet ingewikkeld.'

'De emoties—'

'Laat die emoties er dan buiten.' Stoere woorden, terwijl dit voor haar *alleen maar* om emotie ging. En als ze hen tweeën maar samen in bed kon krijgen, dan zou dat vanzelf wel komen.

O god. Wat was ze aan het doen? Probeerde ze zijn gevoelens weer te manipuleren? Hun vrijpartij gebruiken om hem bij zich te houden? Dat had de vorige keer niet gewerkt; het zou nu zeker niet werken.

'Tanner, het... het spijt me.' Dit keer was *zij* degene die een stap terug deed. Zij was degene die haar vuisten balde en haar schouders rechtte. Degene die hem lang en diep in de ogen keek en de strijd zag die in hem woedde, en zij was degene die weliep.

Als Tanner haar wilde, moest dat uit eigen beweging zijn, niet omdat ze hem had onder druk gezet, gemanipuleerd of gedwongen om haar te willen.

'Juliet. Wacht.'

Hoofdstuk zestien

Ze verstijfde. Draaide zich niet om, haalde geen adem.

Durfde niet te hopen.

Ze hoorde hem zuchten. Hoorde hem op zijn achterhoofd krabben op die ruwe manier zoals hij dat deed als hij diep aan het nadenken was.

Hoorde hem achter haar komen staan.

'Ik wil je.'

Prijs de Heer, halleluja! Ze wilde het van de daken schreeuwen.

In plaats daarvan haalde ze zelf diep adem en draaide ze zich langzaam naar hem toe. 'En...?'

Hij trok een wenkbrauw op. 'En? Ik dacht dat die zin wel voor zich sprak.'

'Nou, Tanner, het is niet echt een geheim dat je me wilt. Sommige dingen heb je nooit voor me kunnen verbergen.' Ze verzette zich tegen de neiging om naar zijn broek te kijken, maar alleen omdat ze wilde zien wat er in zijn ogen te lezen stond. Ze wilde weten of er woede was of spot, of, God verhoede, afkeer, maar wat ze zag...

Het benam haar de adem.

'Zonder verplichtingen.' Hij deed een stap dichterbij en legde een hand tegen haar wang. 'Het zal niets veranderen tussen ons. We gaan nog steeds scheiden als dit allemaal voorbij is.'

Ze wilde er niet aan denken dat er iets voorbij zou zijn, maar de ziekte van Nana had haar met de neus op de feiten gedrukt: ze kon niets als vanzelfsprekend beschouwen. Er was misschien geen morgen, dus ze moest niet met spijt leven. En als dit de enige nacht was die ze met Tanner kon krijgen, dan zou ze die pakken ook.

Ze kon hem niet *niet* nemen. 'Ik begrijp het.'

'Haal je niets in je hoofd over een lang-en-gelukkig-leven. Ik heb ergens anders een leven waar ik naar terug wil.'

Behalve dan dat hij het erover had gehad om hier een franchise te openen.

Maar dat zou ze niet noemen. Nu niet.

'Ik begrijp het, Tanner.'

'Echt? Weet je het zeker? Of is dit de champagne die spreekt?'

Ze dacht daar even over na. Ging met haar tong langs haar tanden en de binnenkant van haar wangen. Er was geen spoor van champagne meer te bekennen en haar geest was zo helder als wat. Ergens gaandeweg had de roes van de alcohol plaatsgemaakt voor de roes van de verleiding, en die had ze elke dag van de week liever. 'Geen druppel champagne meer te bekennen. Mij volledig suf kussen heeft als bijkomend voordeel dat ik er nuchter van word, weet je nog?'

Het was alsof ze een toverwoord had uitgesproken, want Tanner stortte zich zo snel op haar dat ze geen adem kon halen.

Niet dat het uitmaakte; ze zou haar adem toch wel zijn kwijtgeraakt.

God, wat hield ze ervan om hem te kussen. Het heerlijke gevoel om door hem te worden vastgehouden, gevangen in die grote, sterke armen die haar vaker dan ze kon tellen van haar voeten hadden geveegd.

Ze voegde er nog eentje aan het lijstje toe, want hij tilde haar inderdaad zo op.

En toen kwam hij in beweging. Hij liep door de woonkamer, duwde de deur naar haar slaapkamer met zijn voet open, liep naar het bed en zette haar erop neer.

'Op je knieën, vrouw,' gromde hij terwijl zijn handen naar haar billen gleden.

Ze sloeg haar armen om zijn nek en liet zich op haar knieën zakken, zodat hun monden op de perfecte hoogte waren.

Tanner eiste haar lippen op alsof hij aan het verhongeren was. En zij kon het weten, want zij was dat ook.

Hij had geweldig gesmaakt in de woonkamer, maar dat was een vragende kus geweest. Eentje waarvan ze niet zeker wist of die herhaald zou worden. Maar deze... Hij was hier, in haar slaapkamer, en hij zou blijven zolang het nodig was om volledig van elkaar te genieten.

Voor Juliet zou dat een jaar of tachtig zijn.

'Raak me aan, Tanner.' Dat *zouden* de laatste restjes champagne kunnen zijn, maar Juliet betwijfelde het. Ze had geen valse moed nodig om naar Tanner te verlangen, en nu hij hier was en instemde met het plan, *zeker* niet. De chemie tussen hen zou de rest wel doen.

Zijn hand gleed over haar sleutelbeen, zijn vingers dansten er teder overheen, maar met genoeg vuur om haar in lichterlaaie te zetten. En met genoeg bedachtzaamheid om haar ongeduldig te maken.

'Lager.'

'Ik kom er wel, schatje. Heb niet zo'n haast.'

Zeven jaar en hij had *geen* haast? Ofwel deed ze hem niet wat hij haar deed, ofwel had de man plannen met haar.

Ze rilde en hoopte vurig op dat laatste.

Toen rilde ze opnieuw omdat zijn lippen naar haar keel gleden en daar kusjes gaven, het pad volgend dat zijn vingers hadden afgelegd.

De vingers die eindelijk lager gingen.

Haar borsten deden pijn en zwollen op in afwachting van zijn aanraking. Haar tepels werden hard nog voordat hij erbij was, terwijl het vuur door haar heen zinderde en naar haar diepste kern spiraalde. God, wat wilde ze hem.

'Jezus, Juliet, je ruikt nog steeds hetzelfde. Die verdomde lupines.'

Ze wist niet waarom ze verdomd waren; voorheen was hij er altijd dol op geweest. Hij hield van de herinnering aan dat veld waar ze de liefde hadden bedreven.

Ze rilde opnieuw toen hij het bandje van haar jurk van haar schouder liet glijden.

'Ik wil je naakt zien.'

Nou, zij ook.

Juliet liet zijn schouders los — met tegenzin, maar het was voor hun beider bestwil. Hoe sneller zij naakt was, hoe sneller hij dat ook zou zijn, en dan zouden ze allebei gelukkig zijn.

Ze maakte de knoopjes vanaf haar taille los en haar vingers ontmoetten zijn mond tussen haar borsten.

Hij knabbelde aan haar vingers en ze liet ze een paar seconden tussen zijn lippen in en uit glijden voordat de verleiding om naakt te zijn overwon. Ze trok haar vingers weg, zodat ze de mouwen van haar jurk van zich af kon schudden.

'Prachtig.' Zijn warme adem gleed over haar borsten, haar tepels spanden tegen de stof van haar bh.

Ze bracht haar handen omhoog om de voorsluiting los te maken, maar Tanner wuifde ze weg. 'Sta mij de eer toe.'

Oh, ze zou hem alles toestaan wat zijn hartje begeerde.

Met één draai van zijn vingers was haar bh open en toen, godzijdank, lagen zijn handen op haar borsten, haar strelend, vastpakkend, trekkend aan haar tepels.

Ze had altijd al gevoelige tepels gehad, maar het was zeven lange jaren geleden — als hij daar nog veel langer mee doorging, zou het voorbij zijn voordat ze er klaar voor was.

'Ik wil je aanraken.' Ze liet haar handen langs zijn zij naar beneden glijden, pakte de zoom van zijn poloshirt vast en schoof die omhoog, terwijl ze met haar handen over zijn buikspieren wreef. 'Je hebt geweldige buikspieren.'

'Blij dat je het goedkeurt.'

Er klonk een lachje in zijn stem — ze waren altijd speels geweest tijdens de seks, maar ze was niet in een lacherige bui. Ze was in een grommende bui. Een bijterige bui. Een ik-wil-je-kleren-van-je-lijf-scheuren-bui.

Ze scheurde zijn shirt niet echt kapot, maar ze trok het wel over zijn hoofd uit en smeet het ergens door haar kamer. Dat was een zorg voor later.

'Oh, God, Tan. Het is zo lang geleden.' Het was niet haar bedoeling geweest om de tijdspanne te noemen, want ze wilde niet dat hij erbij stilstond hoe lang het precies was geweest, maar ze kon het niet helpen. Ze had haar herinneringen gehad, maar niets — zelfs niet die show die hij had opgevoerd voor die paar dozijn vrouwen in de nachtclub — kon tippen aan de werkelijke ervaring van haar handpalmen over die gladde, gespannen spieren te laten gaan en dat laagje blond haar dat zo goed aanvoelde tegen haar borsten.

En haar lippen.

Tanner kreunde. Daarna snoof hij hoorbaar adem toen ze zijn tepel vond. 'Verdomme, vrouw.'

'Dit vind je lekker.' Het was geen vraag, want ze wist precies wat hij lekker vond.

Hij kreunde toen ze hem in haar hand nam.

Jammerde toen ze haar hand langs zijn lengte liet glijden.

Siste toen ze hem door zijn korte broek heen streelde.

'Laten we deze uitdoen.' Ze moest hem aanraken. Moest tegen hem aan gedrukt worden en voelen hoe erg hij haar wilde.

Moest hem in zich opnemen... en nooit meer loslaten.

Wie hield ze voor de gek? Ze had hem nooit losgelaten, zelfs niet toen ze dat wel had moeten doen, en dat zou ze waarschijnlijk ook nooit doen. De scheiding zou zwaar worden, maar ze zou deze herinnering hebben om haar erdoorheen te slepen.

Ze prutste aan de knoop van zijn tailleband en genoot van de manier waarop zijn buikspieren samentrokken toen haar knokkels tegen hem aan kwamen.

'Je maakt me gek, Jules.'

'Je gaat me hier *niet* dood, Tanner Wentworth. Denk er niet eens aan.'

Zijn ademhaling werd zwaar toen ze de rits naar beneden schoof, heel voorzichtig omdat ze wist dat hij vaak geen ondergoed droeg.

Vandaag was geen uitzondering.

'Oh, hemel,' fluisterde ze terwijl ze zijn zwaarte in haar handpalm ving.

Oh hemel inderdaad. Dit *was* van haar. *Hij* was van haar. En dat moest ze hem laten inzien. Ze waren te goed samen voor een scheiding. En dan bedoelde ze niet eens alleen fysiek. Maar dit was haar startpunt, dus daar ging ze voor.

'Shit.'

Of niet...

Juliet keek naar hem op. 'Wat?' *Vraag me alsjeblieft niet om te stoppen. Alsjeblieft, alsjeblieft, vraag dat niet. Alles behalve dat.*

'Condooms.'

Condooms. Verdomme. Ze wist dat ze ze had moeten kopen, maar ze wilde niet dat het leek alsof ze dit had voorbereid. Hem erin had gemanipuleerd. 'Ik heb er geen.'

'Ik wel.'

Haar ogen schoten naar de zijne. 'Heb je ze?' Durfde ze te hopen? Had *hij* dit gepland?

Hij knikte en trok zich terug uit haar greep.

Ze moest hem laten gaan.

'Beroepsrisico. Als ik voor iemand moet invallen en van kostuum moet wisselen, wil ik niet dat mijn zaakje in contact komt met stof waar het zaakje van iemand anders in heeft gezeten. Dus ik draag condooms.'

'Nou.' Ze ging op haar hielen zitten en schoof haar jurk naar haar knieën. 'De onbekende feiten over exotische dansers. De meeste mensen zouden denken dat het jullie alleen maar om wilde seks gaat en dat jullie alles maar laten hangen. Interessant om te weten dat je de boel, eh, inpakt, om het zo maar te zeggen.'

'Is dat wat je denkt, Juliet? Dat het mij alleen maar om vrije liefde met iedereen gaat?'

'Tanner, als ik dat dacht, zouden we hier nu niet zijn. Kun je alsjeblieft die condooms gaan halen?'

'Con*dooms*? Meervoud?'

Ze hield haar hoofd schuin, waardoor haar haar over één borst viel. 'Wanneer was één exemplaar ooit genoeg voor ons?'

'Goed punt.'

Dat vond zij ook. Ze dacht ook aan *meerdere* condooms, zodat ze de liefde met hem kon bedrijven tot hij niet meer recht uit zijn ogen kon kijken, zodat hij nooit meer weg zou kunnen lopen. Ze hoopte dat hij er genoeg had meegenomen.

Misschien moest ze de volgende keer dat ze weg was een paar doosjes kopen, voor het geval hij dat niet had gedaan.

Terwijl ze zich uit haar jurk wurmde, trilde haar hele lichaam bij de gedachte dat ze de liefde met hem zou bedrijven — niet alleen nu, maar morgen ook. En de dag daarna. Elke dag totdat hij besloot weg te gaan —

Of besloot dat hij *niet* weg wilde.

Ga daar niet heen, Juliet. Stel je hart niet weer open voor nog meer hartzeer. Het is al erg genoeg dat je hierom zult huilen als hij vertrekt, laten we daar geen onrealistische verwachtingen aan toevoegen. Je bent nu volwassen. Je weet hoe dit werkt. Geniet van het moment en laat de toekomst voor zichzelf zorgen. Als je dat jaren geleden had gedaan, had je nu niet in deze nesten gezeten.

Haar geweten dreigde serieus haar hele opwinding om zeep te helpen — de seksuele dan, niet die van de alcohol, want de champagne was allang uit haar systeem.

Gelukkig kwam Tanner op dat moment de kamer weer binnenlopen.

'Daar gaan we.' Hij hield een paar foliezakjes omhoog. 'Heb je een voorkeur voor een kleur?'

'Nee. Pak er gewoon een en kom hier.' Ze ging weer op haar knieën zitten en stak haar hand uit.

Tanner hapte naar adem toen hij de condooms in haar handpalm legde. 'God, Jules, je bent prachtig.'

'Jij geeft me het gevoel dat ik prachtig ben.' Het was waar. Ja, ze wist hoe ze eruitzag — ze keek immers in de spiegel, en na het doorlopen van het misscircuit kon ze *niet* onbewust zijn van haar uiterlijk — maar Tanner gaf haar een gevoel van schoonheid op een manier die geen enkele lofbetuiging of mooi woord kon evenaren. Hij gaf haar het gevoel dat ze gewenst was — en niet alleen om haar uiterlijk, hoewel ze het wel prettig vond dat hij graag naar haar keek, dat hij haar mooi genoeg vond om uren naar te staren. Wat hij vroeger ook altijd deed. Ze zou het de roze wolk van een eerste liefde kunnen noemen, maar dat gevoel was nooit weggegaan. Hoeveel mensen haar ook vertelden dat ze knap of mooi was, alleen Tanners mening telde. Ze wilde mooi zijn voor hem.

Ze legde op één na alle condooms op het nachtkastje en stak toen haar hand naar hem uit. 'Laat me je een prachtig gevoel geven.'

Hij duwde zijn short langs zijn benen naar beneden en greep naar het condoom.

'Laat mij maar.' Ze scheurde de folie open en rolde het condoom over zijn lengte naar beneden, genietend van de manier waarop hij onder haar handen schokte. Ze hield van de harde, kloppende kracht van hem in haar greep. God, wat wilde ze hem in zich voelen.

Hij gleed met zijn hand onder haar nek en trok haar dichterbij. 'Verdomme, vrouw, je maakt me gek.'

Ze besloot uit te gaan van een positieve vorm van *gek* in plaats van wat hij misschien werkelijk bedoelde, want ze was van plan hiervan te genieten. De realiteit zou snel genoeg weer aankloppen.

Ze sloeg haar armen om zijn rug terwijl hij haar kuste; zijn tong maakte de bewegingen die ze dat deel dat tegen haar ribbenkast drukte, binnen in haar wilde laten maken.

Ze greep zijn billen vast en trok hem dichterbij, in de hoop hem uit zijn evenwicht te brengen zodat hij op haar zou vallen, haar mee omlaag op het bed zou nemen en haar met zijn gewicht zou bedekken.

'Voorzichtig, schatje,' zei hij terwijl hij inderdaad over haar heen viel, zichzelf opvangend met zijn handpalmen op het matras. 'Ik wil je geen pijn doen.'

Ze klemde beide handen achter zijn nek en trok hem op zich, niet willende denken aan pijn krijgen. Dat was waarschijnlijk onvermijdelijk, maar niet nu. Nu draaide alles erom elkaar een heerlijk gevoel te geven.

'Ik wil je in me, Tanner.'

De woorden ontketenden een hartstocht die ze niet had verwacht. O, ze stelde het zeer op prijs, maar plotseling lag Tanner boven op haar, zijn lid zo dwingend tegen haar onderbuik gedrukt, en kuste hij haar alsof hij geen genoeg van haar kon krijgen.

Juliet kuste hem bijna wanhopig terug, maar misschien was ze dat ook wel. Dit *moest* goed gaan. Het moest deuren voor hen openen. In ieder geval naar de mogelijkheid van... wat? Getrouwd blijven? Samenwonen?

Juliet! Houd je bij dit *moment. Nu. Niet de toekomst. Op de toekomst kun je niet rekenen, dus geniet van wat je nu hebt.*

'Schuif wat naar achteren,' zei Tanner schor, terwijl hij een hand onder haar rug schoof en haar naar het hoofdeinde van het bed tilde.

Ze spartelde zo goed als ze kon om hem te helpen haar te verplaatsen, een actie die haar in contact bracht met bijna zijn hele lichaam. Elke plek waar hij haar aanraakte, lichtte op als een vuurwerkspektakel. God, ze wilde deze man. Deze. Geen ander. Er was nooit iemand anders voor haar geweest, zelfs niet tijdens die vier jaar dat hij op de universiteit zat. O, ze had wel een paar dates gehad, maar ze had nooit meer gedaan dan hen kussen — omdat hen kussen niet beter was geweest dan Tanner kussen, en geen van hun kussen haar zo het verstand had doen verliezen van verlangen als één kus van Tanner dat kon.

En hij deed nu heel wat meer dan haar alleen maar kussen.

Zijn hand streek langs haar arm naar beneden om haar vingers te omhelzen. Hij bracht hun verstrengelde handen tussen hen in omhoog en kuste elke vinger, en legde daarna haar handpalm plat tegen zijn borst. 'Raak me aan, Juliet.'

Ze had geen verdere aanmoediging nodig. Met haar handpalm plat tegen zijn borstspier cirkelde ze om zijn tepel en voelde die hard worden. Tanner vond het fijn als ze met zijn tepels speelde en ze was meer dan bereid hem die gunst te verlenen.

Ze wiebelde nog wat meer en spreidde haar benen zodat hij tussen haar in kon liggen, en bracht haar andere hand naar zijn andere borstspier.

'God, ja, Jules. Het voelt zo goed.'

Hij steunde op zijn handpalmen, zijn rug hol getrokken zodat zijn onderlichaam in direct contact stond met het hare.

Ze cirkelde weer om zijn tepels en gaf er een klein kneepje in toen hij kreunde.

'God, ja, schat, dat is het.'

Dat *was* het zeker; ze kon het groeiende bewijs tegen haar aan voelen.

Ze wilde hem zo graag in zich hebben. Ze had het zich jarenlang voorgesteld en nu... nu... zou het eindelijk gaan gebeuren.

Ze spreidde haar benen nog iets verder en zette één hiel op de achterkant van zijn kuit.

Het werkte. Hij drukte een harde kus op haar mond en stootte diep bij haar naar binnen.

Juliet verstijfde. De sensatie... het was bijna pijnlijk. Bijna te nauw. Maar de manier waarop hij haar vulde... misschien was het niet zozeer een fysieke vulling als wel een emotionele. Hij vulde haar. In elk opzicht. Haar lichaam, haar geest... haar hart.

Ze zou nooit ophouden van Tanner te houden. Nooit. En terwijl hij in haar stootte — terwijl hij de liefde met haar bedreef — probeerde ze hem dat op elke mogelijke manier te tonen zonder het uit te spreken. Want als ze het zou zeggen, zou hij het op een lopen zetten.

Ze sloeg haar benen om hem heen om hem op zijn plek te houden en volgde zijn ritme.

'Ah, Juliet.' Hij nuffelde tegen haar wang. 'Je bent zo prachtig.'

Ze glimlachte toen omdat ze *niet* kon glimlachen. 'Ik h—' De woorden lieten zich bijna te makkelijk uitspreken. 'Ik vind het fijn dat je dat denkt, Tanner.' Ze knipperde tegen de tranen die achter haar ogen prikten. Ze kon niet huilen waar hij bij was. Hij kende haar. Kende haar té goed. Hij had haar vroeger weleens geplaagd met het feit dat ze huilde als ze de liefde bedreven; hij zei dat het alle liefde was die ze vanbinnen had en die er dan uitstroomde.

Het was de zuivere waarheid.

Ze reikte omhoog om hem te kussen, met de behoefte om niet te praten omdat ze zichzelf er niet op vertrouwde de woorden niet uit te spreken die ze zo dolgraag wilde zeggen.

Hij kuste haar terug, zijn lichaam verzette de bewegingen tegen het hare sneller, zijn stoten werden dieper, zijn lichaam trilde.

Ze haakte haar enkels achter elkaar en bewoog met hem mee, terwijl ze de spanning in haar binnenste voelde toenemen.

Ze hield zo zielsveel van deze man. Ze wilde niets liever dan hier zijn, zo, met hem, voor de rest van hun leven.

'God, Juliet, ik kan niet...' Zijn adem was ruig in haar oor en bezorgde haar rillingen. 'Ik moet...'

'Ik weet het, Tanner, ik weet het.' Ze bewoog onder hem, haar hielen gebruikend voor extra houvast, willend — nee, eisend — dat hij doorging.

Hij stootte sneller in haar, zijn huid glad tegen de hare, de geur en het geluid van hoe hij de liefde met haar bedreef voerden haar hoger en hoger, en ze voelde het verlangen laag in haar buik in een spiraal omhoogschieten.

Ze boog haar rug naar hem toe.

'Dat is het, schatje. Kom voor me.' Hij hijgde de woorden als een litanie bij elke stoot en Juliet voelde het in haar opkomen.

Ze klemde zich vast aan zijn rug, kraste met haar nagels over zijn huid, haar ademhaling kort en snel. Ze wilde de woorden zeggen, maar deed het niet.

Maar ze kon ze wel denken.

Ik hou van je, Tanner. Ik hou van je, Tanner.

'God, ja, Juliet. Niet stoppen.'

Ze zou nooit ophouden van hem te houden. Nooit.

Ze klemde zich om hem heen vanbinnen, genietend van hoe hij daar voelde. Genietend van hoe hij haar overal liet voelen.

'O, Tanner...' Ze beet de woorden terug. Maar ze kon het gevoel in haar binnenste niet stoppen. Haar hart zwol aan door de emoties die ze voor deze man koesterde, en haar lichaam... lieve God, haar lichaam stond in brand, wilde hem meenemen naar de zevende hemel, wilde hem zoveel genot geven.

Hij kuste haar toen en dat was het. Ze kon haar orgasme evenmin tegenhouden als de liefde die ze voor hem voelde, en ze kwam klaar, terwijl ze elk beetje liefde in de kus legde die ze hem gaf terwijl ze dat deed.

Tanners wereld stond op zijn grondvesten te schudden.

Totaal en volledig op zijn kop gezet, binnenstebuiten, achterstevoren, voorstevoren, zijwaarts en op elke andere manier waar hij niet over na kon denken.

Lieve heer, Juliet.

Hij schokte tegen haar aan, de behoefte om in haar te bewegen dreef hem voort lang nadat hij was klaargekomen. Maar hij kon niet stoppen. Hij moest haar om zich heen voelen. Moest weten dat hij in haar was.

Waar je hoort.

Die verdomde stem. Het was dit keer niet zijn libido dat sprak; zijn libido lag ergens op de vloer te stuiptrekken, zachtjes neuriënd van tevredenheid.

Nee, dit was zijn geweten. Zijn besef van goed en kwaad. Zijn moraal. Zijn gevoel van eigenwaarde. En dat vertelde hem dat hij hier hoorde?

Was de wereld nou helemaal gek geworden?

Hij hoorde hier *niet* — maar hij was verdomd als hij zich weg kon bewegen.

Hij ademde uit en liet zijn gewicht op Juliet vallen. Ze zou het niet erg vinden. Dat wist hij uit ervaring uit het verleden.

Nog een argument in de artillerie van zijn geweten.

Je kent haar. Je houdt al eeuwig van haar. Ze is veranderd. Volwassen geworden. Heeft hetzelfde verlies doorgemaakt als jij. Verlos jullie allebei uit jullie gezamenlijke lijden en vertel haar dat je nog steeds van haar houdt.

Nee.

Dat was waar hij zijn metaforische poot stijf hield. Hij was niet verliefd op Juliet. Hij *kon* niet houden van iemand die had gedaan wat zij had gedaan. Nee. Er waren geen tegenargumenten die standhielden. Juliet had gelogen; hij zou haar nooit kunnen vertrouwen. Zo simpel was het.

En zo pijnlijk.

Prima. Moet je zelf weten. En verlies maar de beste zaak die je ooit is overkomen.

Als de leugens van Juliet de beste zaak waren die hem ooit was overkomen, zou Tanner er bijna aan denken om de handdoek in de ring te gooien en een zwerver te worden. Wat had het voor zin om vooruit te gaan als hij steeds achteruit bleef gaan?

'Ik kan de radartjes in je hoofd horen draaien.' Ze draaide haar warrige beddenhoofd naar hem toe, haar ogen voldaan en loom, haar glimlach tevreden.

Het was een blik die hij altijd bij haar had gewaardeerd en dat was nu niet anders. Sommige dingen zaten gewoon in zijn psyche ingebakken.

Wat de enige verklaring kon zijn voor het feit dat hij dit met haar had gedaan.

'Tanner? Zeg me alsjeblieft dat je hier geen spijt van hebt.'

Hij zou haar dolgraag willen vertellen dat hij dat wel had. Om haar dezelfde soort pijn te bezorgen die zij hem had gegeven, maar hij kon het niet. Dat was niet wie hij was. Hij was er trots op eerlijk te zijn. 'Nee, Juliet, dat heb ik niet. Ik vraag me echter wel af hoe we vanaf hier verdergaan. Wat er nu gaat gebeuren. Ik ga nog steeds weg, dat weet je. De scheiding gaat nog steeds door. Ik kan niet in hetzelfde vacuüm blijven leven waarin ik de afgelopen zeven jaar heb gezeten. Ik wil dat mijn leven begint. Ik wil vooruit. Een toekomst hebben. Er is te veel verleden tussen ons om dat te laten gebeuren.'

Ze knipperde met haar ogen. Een paar keer. Snel. Maar tot haar eer huilde ze niet.

Misschien werd Juliet dan toch eindelijk volwassen.

Dus wat betekent dat voor jou, jongen?

Niets. Helemaal niets. Te veel verdriet. Te veel pijn. Ze konden niet terug en ze konden niet vooruit. Niet samen. Ze moesten allebei hun eigen weg gaan.

'Analyseer het niet te veel, Tanner. Laten we het gewoon waarderen om wat het is. We hebben ons altijd tot elkaar aangetrokken gevoeld — dat is blijkbaar niet veranderd. Jij hebt jouw leven; ik heb het mijne. We zijn hier samen vanwege Nana. Laten we het daar gewoon bij houden. Waarom zou je het analyseren? Waarom zouden we onszelf meer druk opleggen? Waarom zouden we ons zorgen maken dat het iets is wat het niet is? Laten we er gewoon van genieten.' Ze tilde een arm boven haar hoofd en rekte zich uit. 'Ik heb dat in ieder geval wel gedaan.'

Hij keek naar haar. Bestudeerde haar ogen. Er was geen arglist te bespeuren. Geen berekening. Gewoon eerlijk en open en... haar pupillen waren verwijd. Juliets pupillen werden altijd groter als ze opgewonden was.

Hij voelde zichzelf roeren en moest glimlachen. Sommige dingen veranderden blijkbaar niet in zeven jaar.

'Je glimlacht.'

Inclusief het feit dat ze hem als een open boek kon lezen.

'Betekent dat dat je ervan genoten hebt?'

Hij greep haar hand en trok die naar zijn kruis. 'Wat denk je zelf?'

Hij huiverde toen haar vingers zich om hem heen sloten.

'Ik denk dat de jury nog wat meer overtuiging nodig heeft.'

God helpe hem, hij liet haar 'de jury overtuigen'. Liet haar hem in haar mond nemen, en toen, net op het moment dat hij klaarstond om haar hoofd weg te trekken en haar om te rollen, pakte ze nog een condoom van het nachtkastje, schoof het om hem heen en klom bovenop hem, en het duurde heel lang voordat hij weer ergens anders aan kon denken.

En als haar vader niet voor Juliets voordeur was verschenen, had het misschien nog wel veel langer geduurd.

Hoofdstuk zeventien

'Pap?'

Dat ene woord, op die toon, zorgde ervoor dat Tanner binnen twee seconden uit Juliets bed sprong en zijn kleren aantrok. Dat haar vader opdook was geen goed teken.

Godzijdank had Juliet snel een korte broek en een T-shirt aangetrokken in plaats van in haar badjas de deur open te doen, maar dat hielp Tanner niet om haar slaapkamer te verlaten zonder dat haar vader precies zou weten wat ze hadden uitgespookt.

Hoewel... dat zou misschien een goede zaak kunnen zijn. Het zou hun verhaal kracht bijzetten.

Geweldig. Nu was *hij* degene die aan het bedenken was hoe hij moest liegen.

'Wat is er aan de hand? Is het Nana?'

'Met je grootmoeder gaat het goed. Met mij niet. Ik ben hier om erachter te komen welk spelletje jij en Wentworth spelen.'

'Spelletje? Waar heb je het over?'

Tanner liep naar de slaapkamerdeur en legde zijn oor tegen de opening.

'Mag ik binnenkomen?' Burt Chambers was een man die zweerde bij fatsoen en regels. Dat maakte hem een goede zakenman, maar een blok aan het been als vader van je vriendin.

Tanner wist niet precies wat dat van hem maakte als schoonvader, aangezien hij dat deel nog niet echt had ervaren. Maar als dit late bezoek aan hun huis — oké, het huis van zijn dochter, maar de man dacht dat ze weer bij elkaar waren, dus het zou als *hun* huis beschouwd moeten worden, Tanner zou zich later wel zorgen maken over hoe hij zich daarbij voelde — een indicatie was, dan was Tanner geen fan. Vooral niet nu de man hem had onderbroken terwijl hij de liefde bedreef met zijn vrouw.

Vrouw.

Verdomme. Dat woord rolde hem veel te gemakkelijk over de tong.

'O. Ehm. Natuurlijk.' Juliet stapte achteruit en haalde een hand door haar toch al warrige kapsel. Tjonge, haar warrige bedhaar kon niet duidelijker *seks* schreeuwen.

'Zou je alsjeblieft zachtjes willen doen? Tanner slaapt.'

'Waar?'

Nou, dat was meteen ter zake.

Juliet keek weg en Tanner kon de blos op haar wang zien.

Dat was ook ter zake.

'Slaap je met hem, Juliet? Heb je je lesje nog niet geleerd?'

'Pap, Tanner is mijn echtgenoot.'

'Weet je dat wel zeker?'

Die vraag deed Tanners bloed koken. Hoe durfde haar vader *zijn* integriteit in twijfel te trekken. Hij stond op het punt de slaapkamerdeur open te gooien toen Juliet antwoordde.

'Ja, daar ben ik zeker van, pap. Tanner en ik zijn nog steeds getrouwd. En hij heeft zich aan zijn geloften gehouden, net als ik.' Ze deed de voordeur dicht. 'Ik weet dat hij niet je favoriete persoon is, maar onze relatie gaat je niets aan.'

Als ze dat zei als onderdeel van hun dekmantel, kon ze niet overtuigender zijn. Als ze het echt geloofde, was ze eindelijk zover dat ze hem op zijn woord geloofde.

Hij voelde een kleine trilling in zijn borst bij die gedachte.

'Je hebt het wel mijn zaak gemaakt door tegen je grootmoeder te liegen. Dat accepteer ik niet, Juliet. Ze heeft haar eigen leven opgegeven om mij te helpen jou op te voeden. Is dit hoe je haar terugbetaalt?'

'Het is genoeg, Burt.' Tanner kon niet langer in Juliets kamer blijven.

'Juliet zou haar grootmoeder nooit pijn doen en dat weet u. Ik begrijp dat u zich zorgen maakt, maar u moet het niet op uw dochter afreageren.'

'Moet ik het op jou afreageren?' Burt Chambers was geen kleine man, maar hij was niet van Tanners postuur. Niet dat Tanner hem ooit zou slaan, maar Juliets vader balde zijn vuisten en keek alsof hij hem het liefst een paar flinke klappen wilde geven toen ze elkaar in het midden van de woonkamer troffen.

'Juliet probeert haar grootmoeder gelukkig te maken. Ik ook.'

Haar vader wreef over de zijkant van zijn nek. 'Door tegen haar te liegen? Je gaat me toch niet vertellen dat jullie twee er plotseling achter zijn gekomen dat jullie niet zonder elkaar kunnen. Niet na al die jaren apart.'

'We... werken eraan.'

'En wat dan?' Hij boog een wenkbrauw. 'Mijn moeder wordt beter en jij vertrekt weer?'

'Papa—'

'Nee, Juliet. Ik wil horen wat hij te zeggen heeft. Hij heeft je al twee keer in de steek gelaten. Waarom stel je je voor een derde keer open? Vind je het fijn om gekwetst te worden? Vind je het fijn om de scherven te moeten opruimen? Waarom in godsnaam heb je je hierin mee laten slepen?'

'Ik ben nergens in mee gesleept. Als we een spelletje probeerden te spelen, zoals je zei, denk je dan niet dat ik hem had laten terugkomen toen ze in het ziekenhuis werd opgenomen?'

'Waarom heb je dat niet gedaan?'

'Omdat ik niet wilde dat Tanner *moest* terugkomen; ik wilde dat hij het *zelf* wilde.'

Tanner had Juliets acteertalent ernstig onderschat. Ze had hem bijna overtuigd.

Haar vaders vuisten belandden op zijn heupen. 'Verwacht je dat ik geloof dat dit toeval is? Ik ben niet op de positie gekomen waar ik nu ben door mijn kop in het zand te steken, Juliet. Ik herken een smoesje uit duizenden.'

Tanner wilde de waarheid vertellen; hij had Juliet gezegd dat ze dit niet vol zouden houden. Maar hij had Nana gezien. Ze was blij geweest hem te zien, maar onder haar glimlach school haar breekbaarheid. Als het een beetje langer volhouden van de schijn haar zou helpen om beter te worden, dan deed hij het. Wie A zegt, moet ook B zeggen...

'Natuurlijk kwam ik terug toen Juliet me vertelde wat er gebeurd was —

maar dat was omdat ik het wilde. Omdat het tijd was.' Zo. Dat was zo dicht bij de waarheid als hij kon komen zonder te liegen.

'En wat denk je dat er gebeurt, Juliet, als hij weggaat? Denk je dat je grootmoeder daar blij mee zal zijn?'

'Wie zegt dat ik wegga?' Tanner kon niet geloven dat hij die woorden uitsprak.

Juliets vader kon het blijkbaar ook niet geloven. Zijn ogen vernauwden zich en hij wees naar Tanner. 'Jij.' Hij rechtte zijn rug en kwam zo tot zijn volle lengte, die een goede vijftien centimeter onder die van Tanner lag, maar de man was nog net zo intimiderend als toen Tanner achttien was. 'Om een of andere duistere reden maak jij Juliet gelukkig en mijn moeder weet het. Ik sta niet toe dat ze weer gekwetst wordt. Ze heeft te veel gedaan voor deze familie om met haar emoties te laten spelen. Ik weet niet wat jij en Juliet hebben bekokstoofd, maar je zult mijn moeder geen pijn doen, is dat duidelijk? Ik heb die hypotheek nog steeds.'

'Pap—'

'Juliet.' Tanner stapte naar voren. Hoe graag hij die man ook de waarheid wilde zeggen, hij wilde het risico op wat hij en Juliet hadden opgebouwd niet in gevaar brengen.

Hij haalde diep adem en deed iets waarvan hij nooit had gedacht dat hij het zou kunnen.

Hij loog tegen Juliets vader.

'Juliet en ik hebben wat problemen gehad, maar we zijn het aan onszelf verplicht, aan wat we voor elkaar hebben betekend, om te proberen het op te lossen. Ja, ik ben hier omdat Juliet me over haar grootmoeder vertelde, maar dat is niet de enige reden waarom ik terugkwam. Ik ben hier om de juiste redenen. Ik heb niet de intentie om uw moeder of uw dochter pijn te doen, Burt.' Dat deel was tenminste waar. Ze hadden de regels al vastgelegd; als Juliet gekwetst zou worden, dan was dat omdat ze hier zelf meer van had gemaakt dan het was. Het zou niet zijn schuld zijn; hij was eerlijk tegen haar geweest.

'Dat ben je nooit van plan, hè? Je vertrekt gewoon, en wij mogen haar weer helpen de scherven op te rapen.'

'Papa, dat is niet eerlijk.'

'Heb je dat niet gehoord, Juliet? In liefde en oorlog is alles geoorloofd. Ik ben er alleen nog niet uit wat van de twee deze relatie tussen jullie is.'

Tanner wilde het niet proberen te labelen. 'Juliet en ik zijn volwassenen.

We hebben de situatie van alle kanten besproken. U hoeft zich geen zorgen te maken over uw dochter. Het gaat goed met haar.'

Goed? Juliet was daar niet zo zeker van. Ze wist eigenlijk helemaal niets meer zeker na het horen van wat Tanner zei...

Ze wilde dat het waar was. En als ze dat gesprek niet hadden gehad voordat ze met elkaar naar bed gingen, zou ze bijna denken dat het zo was, zo overtuigend bracht hij het.

En het voelde zo goed om hem daar in haar woonkamer tegen haar vader te zien praten, in zijn T-shirt en korte broek en op blote voeten. Alsof hij hier hoorde.

Haar buik maakte een sprongetje bij de gedachte. Hoe het zou zijn om elke avond met hem naar bed te gaan, elke ochtend met hem wakker te worden, ontbijt op bed voor hem te maken — of hij voor haar; dat vonden ze heerlijk om voor elkaar te doen in die paar korte maanden dat ze samenwoonden voordat ze Keegan verloren. Ze zag hem al zitten op het terras, de krant lezend. Dit huis had voorheen zo klein geleken en zou nu eigenlijk nog kleiner moeten aanvoelen met Tanner erbij, maar dat was niet zo. Het voelde...

Als thuis.

'Hij heeft gelijk, papa. Tanner en ik hebben dit uitgebreid besproken. U hoeft zich geen zorgen te maken.'

Hij wierp Tanner een boze blik toe. 'Ik wil mijn dochter even alleen spreken.'

'Pap, alles wat je te zeggen hebt, kun je zeggen waar Tanner bij is.'

'Nee, Juliet, het is al goed.' Tanner raakte haar schouder aan en het voelde... oprecht. 'Ik laat jullie even alleen.' Hij liep naar de logeerkamer.

Tot zover de oprechtheid. Als hij echt meende wat hij had gezegd — en wat ze net samen hadden gedaan — dan was hij naar haar kamer teruggegaan.

Ze moest haar hoofd erbij houden. Dit was niet wat ze hadden afgesproken voordat ze haar kamer in gingen. Ze mocht niet toelaten dat wat ze hadden gedaan een ander licht wierp op wat ze probeerden te bereiken: haar familie ervan overtuigen dat ze weer bij elkaar waren.

Haar vader ging zitten toen Tanner de deur van zijn kamer sloot. Juliet moest diep ademhalen voordat ze hem onder ogen kon komen. 'Pap, het komt echt goed.'

'O ja?' Hij wreef over zijn slapen. 'Luister, schat. Ik weet dat je denkt dat je iets goeds doet voor je grootmoeder, maar ze zal overstuur zijn als hij weer vertrekt. Je had haar moeten zien nadat je vandaag was weggegaan. Ik heb haar in tijden niet zo zien glimlachen, al van ver voor de beroerte niet meer. En ze heeft gegeten vanavond. Ik hoefde haar niet eens aan te sporen.'

'Zie je wel? Allemaal goede redenen om blij te zijn dat hij terug is.'

Haar vader leunde naar voren en liet zijn ellebogen op zijn knieën rusten, zijn handen hingen tussen zijn benen. 'Dit is precies waar ik me zorgen over maakte, Juliet. Je bent te kwetsbaar als het op Tanner Wentworth aankomt. Je krijgt altijd weer hoop en dan word je weer teleurgesteld. Hij is in zeven jaar tijd geen noemenswaardige periode bij je geweest, lieverd. Als hij had willen terugkomen, had hij dat allang kunnen doen. Ik had inmiddels al kleinkinderen kunnen hebben. Maar je verspilt je leven door te wachten op iets dat niet gaat gebeuren. Hij is niet de man voor jou. Of het nu komt door jullie verleden of door een andere reden waar je aan vasthoudt, de waarheid is dat je hem moet laten gaan. Je moet verder met je leven. Je kunt niet je leven lang blijven hunkeren naar een man die niet inziet hoe speciaal je bent.'

Juliet beet op haar lip. Ze hield van haar vader omdat hij dit zei. Hij had haar altijd verteld hoe geweldig en speciaal ze was — vooral in de eerste jaren nadat mama had besloten dat haar vriend belangrijker was dan haar dochter. Maar de woorden van haar vader konden het feit dat haar moeder haar in de steek had gelaten niet ongedaan maken.

De waarheid was dat ze zich nooit goed genoeg had gevoeld. Immers, als haar eigen moeder haar verliet, waarom zou iemand anders die niet genetisch met haar verbonden was dan wel blijven?

Rationeel gezien wist ze dat Tanner niet verantwoordelijk kon worden gehouden voor de daden van haar moeder, maar emotioneel en psychologisch was ze doodsbang geweest dat hij haar zou verlaten.

En dat had hij gedaan. En het wrange was dat het juist haar acties waren geweest om het te *voorkomen*, die hadden geleid tot datgene waar ze het meest bang voor was.

'Pap, je zult er gewoon op moeten vertrouwen dat ik weet wat ik doe.'

'Je ziet het niet helder, schat. Hij verliet je toen je hem het hardst nodig had. En niet één keer, maar twee keer. En nu heb je hem voor een derde keer teruggehaald? Ik had gehoopt dat je al die jaren geen hoop meer voor hem koesterde, maar ik zie dat ik me heb vergist.' Hij pakte haar kin vast. 'Je gaat weer gekwetst worden en er is niets wat ik kan doen om het te voorkomen.'

'Pap, ik ben een grote meid en ik heb het de afgelopen jaren prima gered zonder hem.' *Afgelopen jaren*, niet *zeven*, want de eerste twee jaar was ze er totaal kapot van geweest.

'Je hebt het overleefd, maar je bent niet verdergegaan.' Hij liet zijn hand in zijn schoot vallen. 'Je hebt niet gedatet en dat zou je wel moeten doen. Ga eropuit en ontmoet een andere man. Een man met wie je een leven kunt opbouwen. Een toekomst. Begin een gezin.'

'Ik ben nog steeds getrouwd, pap.'

Zijn wenkbrauwen gingen omhoog en hij liet haar hand los. 'Denk je dat hem dat wat kan schelen? Als dat zo was, was hij hier wel geweest. Hij zou kunnen daten zonder dat jij het weet.'

'Dat zou ik wel weten. Ik ken Tanner. Hij is een man van zijn woord. Hij heeft zijn geloften uitgesproken en hij meende ze.'

Daar was ze nu zeker van.

Maar ze wilde hem herinneren aan de belangrijkste: *Tot de dood ons scheidt.*

De woorden van haar vader brandden als vuur in zijn hart.

Tanner deed een stap weg van de deur; het oude gezegde dat luistervinken nooit iets goeds over zichzelf horen, bleek maar weer eens waar te zijn.

Burt Chambers moedigde haar nota bene aan om vreemd te gaan. Tanner schudde zijn hoofd. Hij kon het niet geloven. De mening die die man over hem had...

Toch had Juliet hem direct verdedigd. Of zei ze dat alleen voor haar vader?

Hij haatte het dat hij die gedachte überhaupt *had*.

'Laat het rusten, papa, oké? Laten we er gewoon voor Nana zijn. De rest komt wel op zijn pootjes terecht zodra ze weer beter is.'

Zodra.

Voor Tanner voelde het alsof hij zijn leven leidde met een grote portie *zodra*. *Zodra* hij dertig werd. *Zodra* hij zijn trustfonds kreeg. *Zodra* hij de hypotheek had afgesloten. *Zodra* zijn scheiding rond was. Nu moest hij wachten *zodra* Nana beter was.

Wanneer zou hij eindelijk eens in het nu kunnen leven? Zonder te hoeven wachten op een of andere belangrijke datum om zijn leven te definiëren?

Hij snoof. *Daarna*, dán pas.

'Ik wil niet dat hij er weer vandoor gaat, Juliet. Niet zolang dat je grootmoeder pijn kan doen. Vertrouw je hem genoeg om dat niet te doen?'

'Dat doe ik.'

Ze zei die twee woorden zekerder en krachtiger dan op de dag dat ze trouwden. En dit keer stroomden ze door zijn aderen en nestelden ze zich rond zijn hart op een manier die ze niet hadden gedaan toen hij dacht dat ze het alleen zei om hem te strikken. Maar nu klonk het alsof ze hem echt vertrouwde. Eindelijk.

Maar wanneer zul jij háár vertrouwen?

Dat was de hamvraag, nietwaar? Bijna letterlijk. Maar hij was hier niet om haar te vertrouwen. Hij was hier om hun afspraak na te komen en de hypotheek op de ranch te regelen. Daarna kon hij verder.

Weet je zeker dat dat is wat je wilt?

Natuurlijk was dat zo. Het was waar hij plannen voor had gemaakt voor *daarna*.

Maar hoe zit het met nu?

Nu?

Hij keek door een kier van de deur en zag haar daar zitten, haar knieën tegen elkaar, haar handen ineen verstrengeld in haar schoot, vastberadenheid op haar gezicht getekend.

De Juliet die hij had gekend was aanhankelijk geweest. Aanbiddend.

Deze Juliet was zelfverzekerd. Standvastig.

Anders.

En nog steeds zo mooi dat zijn hart er pijn van deed.

Waarom moest haar vader nu net komen opdagen? Waarom konden ze vanavond niet gewoon voor zichzelf hebben? Was dat te veel gevraagd?

Slechts één nacht. Met zijn vrouw.

Juliet sloot de voordeur nadat haar vader was vertrokken, leunde met haar voorhoofd ertegenaan en haalde diep adem. Dat was niet bepaald prettig geweest.

Papa had alles uitgesproken waar zij zich ook zorgen over maakte en ze had hem eerlijke antwoorden gegeven. Ze vertrouwde er inderdaad op dat Tanner niet weg zou lopen — althans niet voordat hij zijn deel van hun

afspraak was nagekomen. Daarna zou hij vertrekken en dat had ze zelf goed-
gekeurd.

Ze draaide haar rug naar de deur en drukte haar handpalmen ertegenaan,
waardoor ze recht op de slaapkamerdeur van Tanner keek. Hij moest het
gehoord hebben. Ze had half verwacht dat hij naar buiten zou komen om zichzelf te verdedigen. Maar dat had hij niet gedaan.

Waarom niet?

Ze wilde naar hem toe gaan. Wilde hem weer uitnodigen in haar kamer
zodat ze verder konden gaan waar ze gebleven waren. Maar ze had het gevoel
dat dat moment voorbij was.

Zuchtend deed ze het licht bij de bank uit en liep naar haar kant van het
huis.

'Juliet.'

Zijn stem gleed in de duisternis over haar heen, precies zoals zijn handen
hadden gedaan. En met hetzelfde effect.

Ze haalde diep adem. Ze wilde hem niet op deze manier welterusten
wensen.

Maar ze had ingestemd met zijn voorwaarden, dus draaide ze zich om.

Hij stond in de deuropening, imposanter dan ooit. Precies zoals hij altijd
was geweest. 'Dank je wel.'

'Waarvoor?' Dat was een reactie die ze niet had verwacht.

'Omdat je het voor me opnam.'

'Hij had die dingen niet mogen zeggen, maar hij is overstuur.'

Tanner pakte de deurpost boven zijn hoofd vast en leunde naar voren. 'Je
hoeft geen excuses te maken. Hij had het volste recht om dat te zeggen. Ik
bedoel, ik *ben* tenslotte destijds vertrokken.'

'Met een goede reden.'

Hij liet het houtwerk los en zette twee stappen uit zijn kamer.

Juliets hart begon sneller te kloppen.

'Luister.' Hij haalde een hand door zijn haar. 'Vanavond, voordat je vader
kwam opdagen... Het was goed. Toch?'

Ze knikte en hield haar adem in, bang om iets verkeerds te zeggen.

'Dus... Wat dacht je ervan om, nou ja, weer verder te gaan waar we waren
voordat hij kwam?'

Wat ze dacht? Ze wilde helemaal niets *denken*. Ze wilde het van de daken
schreeuwen.

Maar ze toonde enige zelfbeheersing.
'Dat zou ik heel fijn vinden, Tanner. Ik wil vannacht niet alleen slapen.'
'Doe dat dan ook niet.' Hij stak zijn hand naar haar uit.
Voor Juliet voelde het als een reddingslijn.

Hoofdstuk achttien

Tanner zette de doos eieren de volgende ochtend op het aanrecht in Juliets piepkleine kombuiskeukentje en plaatste de pan behoedzaam neer zodat het metaal geen geluid zou maken op de pit. Juliet had haar slaap nodig.

En dat was de enige reden dat hij hier ontbijt stond te maken en niet daarbinnen met haar de liefde aan het bedrijven was.

Liefde bedrijven... Daar moest een beter woord voor zijn.

Beelden van gisteravond flitsten door zijn hoofd. Wat ze samen hadden gedaan was zoveel meer dan *seks hebben*, maar het was geen liefde bedrijven. Natuurlijk gaf hij om haar. Dat zou hij altijd doen; dat recht had ze. Maar hij was niet verliefd op haar. Hij kon niet van iemand houden die niet eerlijk kon zijn.

Maar hij kon nog steeds om haar geven. Hij kon de herinneringen blijven koesteren.

Hij brak de eieren voor haar ontbijt. Roerei; zo at ze eieren het liefst. Niet hardgekookt, niet gepocheerd, niet als gebakken ei... Gewoon roerei. Ze hield niet eens van omeletten, al deed hij er zoveel kaas en ketchup en tijm doorheen dat het er één zou kunnen heten als zij er niet op stond dat de eieren helemaal fijngehakt waren.

Grappig dat hij dat na al die jaren nog wist.

Hij schoof een paar sneetjes brood in het mini-oventje, schonk twee glazen sinaasappelsap in en zocht in haar koelkast naar iets van ontbijtspek terwijl de eieren stolden.

Hij glimlachte. Hij kon haar ook ander vlees voorzetten...

Hoe grappig ook, het was ook treurig. Als dit echt was, als ze echt getrouwd waren en dit zomaar een normaal weekend was, zou hij het fornuis misschien uitzetten en precies dat gaan doen. Eieren kon hij altijd nog opnieuw maken.

Even was de verleiding groot. Wat maar bewees hoe *geen* goed idee het was. Hij bleef waar hij was.

Maar toen hoorde hij het poesje miauwen.

Hij deed de koelkastdeur dicht. Ontbijtvlees was toch niet zo gezond.

Hij draaide het vuur uit en liep naar de wasruimte, waar ze het kleintje hadden gezet toen ze gisteravond bij hen in bed had proberen te kruipen.

'Hé, kleintje. Wat is er aan de hand? Mis je je maatjes in de winkel?' Hij drukte het katje tegen zijn borst, waarna ze zich een weg naar zijn schouder klauwde en aan zijn oor likte.

Hij krabde over haar kopje en liep terug de keuken in. 'Ik heb een verrassing voor je, kleintje.'

Hij draaide de pit weer open, husselde de eieren om en sneed een minuscuul stukje af voor het katje. Hij legde het op zijn schouder, terwijl hij haar klauwtjes in zijn huid negeerde terwijl ze haar evenwicht zocht. Goed ook dat hij brede schouders had.

'Je gaat haar *geen* menseneten geven.'

Bij Juliets verontwaardigde stem draaide hij zich om. 'Eh... jawel?'

'Tanner, dat kun je niet maken. Ze moet haar kittenbrokjes eten.'

'Wil je zeggen dat jij vindt dat harde, knapperige, wat-het-ook-moge-zijn-brokjes beter voor haar zijn dan een natuurlijk eitje?'

'Kittens horen geen eieren te eten.'

'Denk eens na over die uitspraak, Jules.' Hij wierp de eieren nog één keer om en draaide het vuur uit voordat hij het brood in het mini-oventje omdraaide om de andere kant te laten bruinen. Hij trok de koelkastdeur open —voorzichtig, want het katje probeerde nog steeds lekker te liggen op zijn schouder en die klauwtjes waren scherp—en pakte de boter van het rekje in de deur.

'Als ze het niet wist, dan wist ze het niet.' Juliet pakte de glazen op en zette ze op tafel.

'Het is veel te vroeg voor taalraadsels.'

'Ik zeg alleen maar: je kunt iets niet missen dat je nooit hebt gehad. Nu je het haar gegeven hebt, gaat ze het missen als ze het straks niet meer krijgt.'

Hij deed de koelkast dicht maar draaide zich niet om, haalde diep adem. 'Is dat commentaar op gisteravond?'

'Wat—? Oh.'

Hij hoorde haar stoel over de tegels schrapen maar draaide zich niet om om te kijken of ze ging zitten. Dat kon hij niet. Hij wilde geen spijt op haar gezicht zien. Wilde het niet voelen als hij naar haar keek. Hij had geen spijt van gisteravond—tenzij zij dat had. Of, tenzij zij er meer van wilde maken dan het was.

Misschien *was* het meer dan hij dacht. Iets had hem tenslotte ertoe aangezet haar die uitnodiging te doen nadat haar vader vertrokken was.

Verdomme, hij had gisteravond naar zijn geweten moeten luisteren en gewoon weg moeten lopen.

Maar dan had hij het gemist om haar vast te houden. En dat was geweldig geweest.

Tot hij wakker was geworden met zijn gebruikelijke ochtenderectie. Vandaar dat hij de keuken in was gevlucht.

Hij schoof met zijn benen, hopend elk bewijs ervan te verbergen. 'Nog iets gehoord over je oma vanmorgen?' Als verandering van onderwerp was het waarschijnlijk niet de beste keuze, maar het was het eerste wat hem te binnen schoot om van gisteravond af te komen.

'Nee. Maar ik wil daarheen gaan. Jij hoeft niet als je niet wilt. Ze heeft je gezien, weet dat je hier bent, is wat opgeknapt. Dat zou goed genoeg moeten zijn.'

Hij schepte hun eieren en toast op en droeg ze naar de tafel. 'Dus één keer en klaar? Denk je echt dat ze daarmee genoegen neemt? Je grootmoeder is misschien zwak, maar ze is nog net zo scherp als altijd. Ik ben hier, maak dan ook maar gebruik van me.' Dat klonk niet zoals bedoeld. 'Ik bedoel: ik kan maar beter wat tijd met haar doorbrengen. Zodat het geloofwaardig is.'

'Dank je, Tanner. Ik waardeer het aanbod echt.'

'Graag gedaan.' Hij haalde zijn schouders op en greep toen het kitten vast voordat ze langs zijn rug naar beneden gleed en een paar huidlagen meenam.

Hij zette haar op de vloer met nog een stukje ei.

Juliet trok een wenkbrauw op toen hij zich weer naar haar omdraaide.

'Wat? Ik kan er niets aan doen. Ik heb een zwak voor kittens. Schiet me maar lek.' Hij dook in zijn eigen eieren. 'En over het kitten gesproken, hebben we al een naam of moet ik haar blijven noemen *baby*?'

'Ik dacht aan Houdini, maar zij is een meisje en hij niet.'

'Waar mevrouw Houdini vast met plezier achter kwam, daar ben ik zeker van.' Tanner slikte nog een hap ei door. 'Waarom haar niet zo noemen? Veel mensen gebruiken genderneutrale namen. Houdini was zijn achternaam, dus dat kan bij elk geslacht.'

Ze glimlachte en het was alsof de zon opging in haar keuken.

Tanner schudde zijn hoofd. In godsnaam, één nacht seks in zeven jaar en hij veranderde in een dichter.

Dat was zijn teken om hier weg te komen zolang het nog kon.

Hij werkte zijn eieren naar binnen. 'Wat dacht je ervan als jij gaat douchen terwijl ik opruim? Dan is het mijn beurt en gaan we daarna op pad.'

'Wat? Vind je dat ik zo niet bij Nana kan aankomen?' Ze klopte op haar haar.

Onmiddellijk werd hij teruggekatapulteerd naar gisteravond, toen zijn handen in dat haar hadden gezeten—

Hij boog zich voorover om Houdini te aaien, die aan zijn been krabde, waarschijnlijk op zoek naar meer ei. Juliet had gelijk gehad. Als hij gisteravond niet van haar had geproefd, zou hij vandaag niet naar meer verlangen.

Hij ging weer rechtop zitten en werkte de rest van zijn eieren naar binnen. Het leek erop dat het opnieuw een koude douche voor hem werd.

* * *

'Gin. Ik win weer.' Nana schoof de pokerfiche naar de stapel voor haar. 'U laat me toch niet winnen, hè, Tanner?'

'Nee, mevrouw.' Tanner duwde zijn hoed naar achteren en leunde achterover op zijn stoel, balancerend op de twee achterste poten. 'Ik weet wel beter dan u iets te laten doen.'

'Dat is juist. Het stelt niets voor als je het niet zelf doet.' Nana schudde de kaarten.

Juliet stond versteld van de verandering in haar. Een week geleden had Nana nauwelijks uit bed kunnen komen, en nu zat ze hier kaarten te spelen—

Juliet keek op haar mobiele telefoon—al meer dan een uur... Ze had de juiste keuze gemaakt door Tanner mee terug te nemen.

Het nadeel van Nana's grote vooruitgang was echter dat Tanner niet lang hoefde te blijven. Zodra Nana weer helemaal de oude was, konden ze open kaart spelen en kon hij vertrekken, met de hypotheek én haar hart onder zijn arm.

'Kop op, Juliet.' Nana deelde de nieuwe ronde. 'Mijn zegereeks kan niet eeuwig duren. Jij wint heus wel een potje.'

Juliet waaierde haar kaarten uit—geen enkel paartje te bekennen. Zucht. 'Misschien als we nog een uur doorspelen, maar jij hebt je rust nodig.'

'Onzin.' Nana verschoof de kaarten in haar hand. 'Ik heb in dat verdomde ziekenhuis zóveel gerust dat ik dacht dat ik nooit meer wakker zou worden. Het is zo fijn om thuis te zijn, tussen mijn vertrouwde spullen. Vindt u ook niet, Tanner?'

Tanner tikte met zijn hand op tafel. 'Ik denk dat het goed voor u is om thuis te zijn. Ik hoor dat mensen beter herstellen als ze uit het ziekenhuis zijn.'

'Ik bedoelde jou. Het moet prettig zijn om eindelijk thuis te kunnen landen en te ontspannen. Juliet heeft een lekker knus plekje voor jullie twee uitgezocht, nietwaar? Ik had jullie dolgraag hier op de ranch laten intrekken, maar zij zei dat ze haar eigen plek wilde. Iets voor jullie samen. Geef haar eens ongelijk. Ik weet nog dat William en ik net getrouwd waren... We hadden onze tijd samen zéker nodig.'

Juliet voelde haar gezicht gloeien bij de herinnering aan gisteravond.

Het werd nog heter toen Tanner naar haar keek. 'Maar Juliet en ik zijn niet *net* getrouwd.'

Nana wuifde het weg en pakte een kaart van de trekstapel. 'Dat is haarkloverij. Jullie hebben zóveel tijd apart doorgebracht dat het nu jullie weer samen zijn vast als een tweede huwelijksreis voelt.' Ze gooide een kaart op tafel.

Tanner pakte de aflegkaart op en schoof hem bij zijn hand. 'Zoiets.'

'O, lieve hemel. Daar ga ik weer met mijn grote mond. Sommige dingen zijn blijkbaar toch privé, maar ik ben zó dolblij dat jullie hier zijn en we een echte familie kunnen zijn, dat ik mezelf soms vergeet. Let maar niet op mij. Ik ben gewoon blij dat jullie thuis zijn.'

Juliet was aan de beurt, trok een drie die net als al die andere losse kaarten in haar hand nergens bij paste, en liet tevreden haar grootmoeder voor haar praten, omdat die precies zei wat Juliet zelf graag had willen zeggen.

'Nou, ik ben blij dat je gelukkig bent, Nana. Goed om je weer op de been te zien.'

'Het is fijn om weer op de been te zijn. Ik heb een heel nieuw lease-lijf. Dingen als beroertes en zo, die laten je je prioriteiten onder de loep nemen. Wat je uit het leven wilt.'

Juliet wist wat ze wilde, en hij zat recht tegenover haar.

Nana legde haar hand. 'Ik heb besloten om vrijwilligerswerk in het ziekenhuis te gaan doen zodra ik daar sterk genoeg voor ben. Weet je hoe eenzaam en deprimerend het kan zijn als je geen bezoek krijgt?' Ze legde de kaart af die ze van de stapel had getrokken. 'Ik had het geluk dat ik een hele stoet bezoekers had, maar sommige van die mensen hadden niemand. De helft van de bloemen die Burts cliënten me stuurden, ging naar die patiënten. De geur was in mijn kamer gewoon te overheersend en waar had ik ze allemaal voor nodig? Al heb ik het boeket dat u en Juliet stuurden wel gehouden.'

O jee. Dat was Juliet vergeten te vertellen.

'Ik heb altijd al van bluebonnets gehouden, beste jongen.' Nana klopte geruststellend op zijn hand. 'Speelt u uw hand nu maar. Ik heb het gevoel dat ik deze ronde ga winnen.'

Penelope wíst dat ze deze ronde ging winnen. En nog veel meer. Arme Tanner keek als door de bliksem getroffen bij de mention van de bloemen.

En Juliet dacht dat ze haar om de tuin kon leiden? Ha. Ze was niet van gisteren, en dat meisje had nog heel wat jaren nodig om daar ook maar bij in de buurt te komen, zeker als die twee dachten dat ze haar voor de gek hielden. Ze wist precies wat ze deden en waarom.

Ze dachten dat ze een enorme, nare beroerte had gehad en maakten zich zorgen. Ze liet hen dat denken, ook al had ze een minder ernstige TIA gehad, en ze speelde het uit tot het uiterste om ideeën in Juliets hoofd te planten. Of beter: om de ideeën die al in Juliets hoofd zaten naar boven te halen, zodat haar kleindochter ernaar kon handelen.

Penelope wist heus wel wat ze deed. Net als met die bluebonnets. Je kon Juliet op een kilometer afstand ruiken als die jongen in de buurt was. Ze had de bluebonnet-lotion over zich heen gegoten alsof het water was, en Penelope wist waarom.

Hoe dachten die kinderen eigenlijk dat die bloemen daar waren gekomen?

William had met een enorme truck een vracht vol laten aanrukken om haar in één klap een veld te geven. Ook zij had jarenlang naar bluebonnets geroken. Ze bewaarde nog steeds een gedroogd twijgje van de eerste die hij haar had gegeven in het boek naast haar bed. En ze deed er nog weleens een vleugje lotion van op.

Die kinderen dachten dat zij het monopolie op romantiek hadden. Ha. Wat ze níét wisten, vulde nog geen theekopje. En zolang ze Tanner in de buurt kon houden, maakten ze tegen háár geen schijn van kans.

'Gin.' *Geluk in het spel, pech in de liefde*, mijn hoela. Ze had een prachtig huwelijk gehad en haar koppelplannen zouden net zo goed uitpakken voor haar kleindochter.

'Weer?' Juliet zuchtte en gooide haar kaarten op tafel. 'Misschien moet ik jóú Houdini noemen in plaats van het kitten, want jij lijkt kaarten uit het niets te kunnen toveren.'

'Ah, maar iedereen heeft zo z'n eigen soort magie, Juliet.' Penelope pakte het winnende pokerfiche en zette het op haar stapel. 'Zullen we even pauzeren?'

'Waarom? Heb je er één nodig?' Juliet sprong uit haar stoel en stond in een flits naast Penelope.

Ze hield zóveel van haar kleindochter.

'Nee, met mij gaat het goed. Maar jullie twee kunnen weleens een adempauze nodig hebben na de afdroogbeurt die ik jullie geef. Bovendien is er nog iets anders dat ik wil doen nu ik jullie hier allebei heb.'

'Wat is het?' Tanner, zegen hem, verzamelde de kaarten en stapelde ze keurig in het midden van de tafel.

Die zou hij moeten verplaatsen voor wat zij in gedachten had.

'Zou u die doos daar even willen pakken.' Ze wees naar de doos die ze Burt voor haar had laten verzamelen. Hij had de hele tijd gemopperd, maar toen ze erop wees dat dit was om Juliets huwelijk te bestendigen, hield hij op met klagen.

Haar zoon hield van zijn dochter en wilde alleen maar dat ze gelukkig was. In Burts ogen zou geen enkele man ooit goed genoeg zijn voor Juliet, maar hij erkende wel dat er een tijd was geweest dat Tanner echt van haar had gehouden. Penelope had geprobeerd haar zoon ervan te overtuigen dat Tanner nog steeds van Juliet hield, dat hij was weggegaan omdat hij zo gekwetst was door wat ze had gedaan. Als iemand dat moest begrijpen, dan Burt wel. Maar dat wilde hij niet toegeven.

Daarom had haar TIA'tje een rol gespeeld. Ze schudde het knagende schuldgevoel van zich af dat ze haar zoon ongerust maakte en tegen iedereen loog. Dit diende een hoger doel. Ze moest die twee bij elkaar krijgen zodat ze nog lang en gelukkig konden leven en haar en Burt een paar baby's konden geven om van te genieten.

En daarom stond ze op het punt de volgende fase van haar plan in gang te zetten.

Misschien was liegen tegen haar grootmoeder toch niet zo'n geweldig idee geweest. Juliet kwam tot dit grootse besef terwijl Nana Tanner fotoalbums op tafel liet uitladen.

Ze wilde niet herbeleven wat ze hadden meegemaakt. Dat was niet de reden waarom ze hem hiernaartoe had gebracht; ze wilde aan de toekomst denken. Vooruitgaan. Hoe konden ze dat doen door in het verleden te blijven wentelen?

Tanner keek haar niet aan. Hij moest zich hier wel net zo ongemakkelijk bij voelen als zij, dus ze was dankbaar dat hij niet was opgestaan en vertrokken. Dat had ze niet aan Nana kunnen uitleggen. Immers, als ze weer bij elkaar waren, waarom zouden foto's uit hun verleden hem dan van streek maken?

Gelukkig bevatten de albums goede herinneringen — veel van haar en Tanner samen, aangezien hun families hecht waren geweest voordat zijn vader te diep in de gokschulden was geraakt.

'Wie is dit, Nana, bij papa?'

'Zij? Oh, dat is Nancy. Nancy Hillson. Ze was een charmante dame, maar je vader zag dat niet helemaal.'

'Papa? Bedoel je dat hij met haar uitging?'

'Slechts een of twee keer, geloof ik.'

Juliet bestudeerde de foto. De vrouw deed geen enkel belletje rinkelen. 'Is hij met andere vrouwen uitgegaan?' Want ook dat kwam haar niet bekend voor.

Nana nam de foto over en bekeek hem. 'Niet echt. Ik denk dat er nog een of twee anderen waren. Ik had goede hoop voor Nancy, maar...' Nana zuchtte en legde de foto neer. 'Hij zei dat hij er niet klaar voor was. Hij vond het geen goed idee om iemand nieuws in je leven te introduceren.'

Juliet had haar vader op een gegeven moment om een babyzusje gevraagd en de blik op zijn gezicht had die discussie toen onmiddellijk beëindigd. Nu ze wist wat ze wist over haar moeder, begreep ze waarom hij aarzelde om vrouwen in haar leven te brengen als ze niet van plan waren te blijven, maar het was jammer dat hij nu alleen was.

Juliet wilde niet alleen eindigen. Maar ze wilde ook niet zomaar iemand. Nee, ze wilde Tanner en ze had het gevoel dat niemand anders ooit aan hem zou kunnen tippen. Wat weinig goeds voorspelde voor haar toekomst.

'Was hij echt zo verliefd op... Elaine?' Ze had haar nooit als haar moeder kunnen aanduiden als ze over haar sprak; het maakte het vertrek van de vrouw te persoonlijk.

Nana's lippen vertrokken alsof ze op een van die zuurstokken had gezogen die ze vroeger elk jaar voor Juliet kocht op de jaarmarkt. 'Ik denk eerder dat hij zo gedesillusioneerd over haar was. Het was niet makkelijk toen ze hem verliet. Hij moest een bedrijf runnen, een kind opvoeden en haar helpen ermee om te gaan, en dan, als klap op de vuurpijl, nog de roddels waar hij mee te maken kreeg.'

Roddels waren slechts één reden waarom Juliet niet had gewild dat iemand wist dat Tanner haar verlaten had. De andere reden was de onbedwingbare hoop dat hij dat niet had gedaan. Niet voorgoed.

Ze keek hem aan, hopend dat hij zou begrijpen waarom ze had gedaan wat ze had gedaan. Waarom ze dit nog steeds konden laten werken.

Hij bladerde door een ander album.

'Wel alle drommels, moet je dit eens zien?' Nana hield een foto omhoog van een van de talloze bedrijfsbarbecues die haar vader hier op de ranch had gehouden. 'Ik heb dat afschuwelijke kapsel met die enorme kuif boven op mijn hoofd. Iemand had me moeten zeggen dat ik er belachelijk uitzag.'

De verandering van onderwerp was meer dan welkom. 'Ik vind dat je er prachtig uitziet, Nana.'

'Ja, nou ja, jij bent bevooroordeeld, lieverd.' Nana schoof de foto naar Tanner. 'Zeg eens, Tanner. Vind jij dit kapsel aantrekkelijk bij een vrouw?'

'Hangt van de vrouw af.' Hij knipoogte naar Nana en ze lachten allebei.

Het was zo goed om Tanner te horen lachen. Juliet was die diepe lach vanuit zijn buik niet vergeten, maar hij stond niet meer op de voorgrond in haar geheugen omdat ze hem de afgelopen tien jaar zo zelden had gehoord.

Al had hij gisteravond wel gelachen toen ze een van zijn kietelige erogene zones had ontdekt.

Het was een puur, eerlijk moment van geluk geweest dat de volgende seconde vurig was geworden. Ze had het natuurlijk niet erg gevonden, maar ze had zijn lach graag wat langer gehoord, wetende dat zij die had veroorzaakt.

'Kijk hier eens naar.' Nana hield een andere foto omhoog. 'Is dat niet die cheerleader die dacht dat ze je beste vriendin was? Wat *doet* zij hier?'

Tanner nam de foto aan. 'Ja, dat is Delia. Ik denk dat ze probeert uit te vogelen hoe ze in het zwembad kan duiken zonder haar haar nat te maken.'

'Dat meisje heeft nog geen twee hersencellen om tegen elkaar aan te wrijven. Al heb ik gehoord dat ze goed is in het vinden van rijke echtgenoten.'

'Waarbij meervoud het operatieve woord van die zin is.' Tanner wierp de foto op tafel.

'Ja, nou ja, niet iedereen kan de intelligentie van Juliet hebben. Mooi *en* slim. Tanner, je bent een bofkont.'

Gelukkig keek Nana omlaag naar de volgende foto, zodat ze niet zag hoe Tanner zijn wenkbrauwen optrok, maar Juliet zag het wel.

Ze rechtte haar rug een beetje. Oké, ze had in het verleden wat onbezonnen dingen gedaan, maar niet kwaadaardig. En ze was zoveel meer dan die twee slechte beslissingen en dat zou hij zich moeten herinneren, want hij had destijds om een reden van haar gehouden, en zij was in de kern nog steeds diezelfde persoon. Zeker na gisteravond.

Tanner mocht dan nu niet verliefd op haar zijn, hij had haar gisteravond absoluut begeerd.

Gelukkig bleef Nana niet-controversiële foto's tevoorschijn halen. De viering van de gemeenschapsdag van het dorp, voetbalwedstrijden, vakanties, barbecues, buurtfeesten... Stuk voor stuk goede herinneringen.

Tanner haalde een ander album uit de doos en legde het op tafel.

Zijn glimlach werd strak toen hij de omslag opensloeg.

'Oh, kijk eens hoe gelukkig jullie hier zijn.' Nana wees naar een van de foto's.

Juliet boog voorover. Het was een spontane foto die iemand had genomen terwijl ze stonden te wachten tot de fotograaf de belichting had ingesteld voor hun officiële verlovingsfoto — de eerste verloving — onder de magnoliaboom in de voortuin.

Tanner keek haar aan met onverbloemd geluk. Zijn glimlach was zo groot als ze die ooit had gezien en hij had een hand in haar nek gelegd, waardoor hij haar naar zich toe trok zodat hun voorhoofden elkaar raakten. Ze herinnerde zich wat hij op dat moment tegen haar had gefluisterd: 'Ik zal voor altijd van je houden, Jules. Ik zou niet gelukkiger kunnen zijn.'

En daarna was hij dat niet meer geweest.

'En deze.' Nana wees naar de volgende. Hun verlovingsfeest, toen hun vrienden de stoelen als tronen hadden versierd en voor ieder van hen een kroon van cadeau-strikken hadden gemaakt. God, wat een plezier hadden ze toen gehad.

En haar buik.

Keegan was erbij geweest. Hij had de hele middag in haar buik geschopt. Ze hadden gegrapt dat hij naar buiten wilde om mee te feesten — de appel valt niet ver van de boom. Maar ze konden het er niet over eens worden van welke boom, de hare of die van Tanner.

'Uh, ik herinner me net dat ik Burt iets wilde vragen.' Tanner schoof zijn stoel naar achteren en liep naar het kantoor van haar vader.

Ze kon het hem niet kwalijk nemen.

Die foto... Ze liet hem uit de plastic hoes van het album glijden. Het was zowel hartverscheurend als ongelooflijk gelukkig tegelijkertijd. Dit was hoe ze zouden moeten zijn.

Hoe ze zouden kunnen zijn.

'Er zullen meer baby's komen, Juliet.' Nana's hand bedekte de hare met verrassende kracht.

'Ik hoop het.' Maar het zouden niet die van Tanner zijn.

'Heb vertrouwen. Jij en Tanner, jullie hebben zoveel meegemaakt en zijn er sterker uitgekomen. Ik moet geloven dat jullie samen een lang en gelukkig leven zullen leiden.'

Dat klopte; Nana moest dat geloven. In ieder geval voor even.

Juliet beet op haar lip terwijl ze de foto terug in het album stak. Dit was het moeilijke gedeelte, doen alsof het allemaal waar was terwijl ze het zo vreselijk graag wilde, maar het niet zo was.

Ze had gisteravond niet met hem moeten slapen. Ze zou hem voor de derde keer uit haar leven moeten zien wandelen, en ze had het gevoel dat dit de ergste keer zou zijn. Want daarna zou er niets meer zijn om hem terug te brengen.

Tanner liep door de eerste open deur die hij vond, boog toen voorover met zijn handen op zijn knieën en probeerde op adem te komen. Die foto's... God, die foto's hadden alle lucht uit zijn longen gezogen. Zijn leven was precies geweest waar hij het wilde hebben en toen... was het weg.

'Als je mijn dochter zoekt, die is hier niet.'

Tanner schoot overeind. Shit. Dit *was* het kantoor van haar vader en haar pa zat met zijn voeten op dat enorme bureau dat Tanner altijd het gevoel had gegeven dat hij bij de rector moest komen.

Nu was het niet anders.

'Mijn, uh, rug. Hij speelde me een beetje parten.' Hij plaatste zijn handen tegen zijn onderrug en rekte zich voor de vorm uit.

'Ik kan me voorstellen dat je spieren behoorlijk stram worden van al dat gedans van je.'

'Dan—' Hij stopte met rekken. 'U weet het?'

Meneer Chambers — Burt — zette zijn voeten op de vloer en drukte zich op aan zijn bureau om op te staan. 'Tanner, er is niet veel over jou wat ik niet weet. Behalve misschien waarom je hier bent. Al heb ik daar ook wel een redelijk vermoeden van. Je mag Juliet dan misschien om de tuin leiden, maar ik word niet verblind door liefde voor jou.'

De man had hem op een gegeven moment gemogen. Precies tot het moment dat hij ontdekte dat Juliet zwanger was.

Het zou hem er waarschijnlijk niet geliefder op maken als hij hem erop wees dat er twee nodig waren geweest om haar in die toestand te krijgen, hoewel er eerlijk gezegd maar één nodig was geweest: Juliet. Met een condoom waar een gaatje in was geprikt.

Ja, niet iets wat een vader moest horen. 'Ik ben hier omdat uw dochter me gevraagd heeft te komen. Omdat ze van u en haar grootmoeder houdt, en wil dat iedereen gelukkig is.'

'En jij? Waarom ben jij gekomen? Wil jij ook dat iedereen gelukkig is? Is dat de reden dat je zeven jaar hebt gewacht om naar huis te komen? Voor een groot feest?' Hij klopte twee keer met zijn knokkels op het bureau. 'Afwezigheid doet het hart sneller kloppen?'

Tanner bedwong zijn woede over de spottende toon in zijn stem. De man was nog steeds de vader van Juliet en wilde het beste voor zijn dochter. Als zijn eigen vader zo'n gedachte had gehad, had hij niet met Juliet *hoeven* trouwen, omdat er dan geen hypotheek was geweest om hem mee te chanteren. 'Luister, Burt, ik wil geen ruzie met u. We geven allebei om Juliet—'

'Dan heb je een verdomd slechte manier om dat te laten zien.'

'He—' Tanner slikte de harde woorden die hij wilde zeggen in en wreef met zijn hand over zijn mond. 'Kijk, deze situatie is voor niemand van ons optimaal, maar we doen ons best. Het zou helpen als u—' hij wilde zeggen *u erbuiten zou houden*, maar dat zou hun relatie alleen maar gespanner maken — 'ons de privacy en de tijd zou geven om dit op te lossen. Juliet heeft het niet nodig dat u haar aanmoedigt om met andere mannen uit te gaan.'

Haar vader stak zijn handen in zijn broekzakken en trok een wenkbrauw op. 'Serieus? Is dat wat je zo kwaad maakt?' Hij liep om het bureau heen en leunde tegen de voorkant, met zijn enkels over elkaar en zijn armen over elkaar geslagen. 'Het is zeven jaar geleden, Tanner. Zeven. Verwacht je nu echt dat ik geloof dat je al die tijd celibatair bent gebleven? Je mag Juliet dan misschien voor de gek houden, maar een vent die doet wat jij voor de kost doet? Laat me niet lachen. Zo naïef ben ik niet.'

'Ik heb met niemand meer geslapen sinds Juliet.'

'Het kan me eerlijk gezegd niet schelen. Het maakt me niet uit of je als een monnik hebt geleefd. Het probleem is dat je die monnik niet *hier* bent geweest. Je bent hier helemaal niet geweest. Mijn dochter verdient beter. Ik weet dat je enorm de pest in hebt over dat hele gedoe met die bruiloft, maar als je je lesje uit de eerste ronde had geleerd en je broek dicht had gehouden, was het niet zo gelopen. Het enige wat je had hoeven doen, was mijn dochter respecteren door een verlovingsring om haar vinger te schuiven voordat je met haar naar bed ging. Maar dat kon je niet, hè? Je had zelfs de euvele moed om het in mijn eigen huis te doen. Was je van plan dat ik erachter zou komen?'

Oh god. De man wist het niet. Juliets vader wist niet dat ze hem — hen — erin had geluisd.

Het lag Tanner op het puntje van zijn tong om het hem te vertellen, maar... Wat zou dat bewijzen? Het was het verleden. Wilde hij echt de illusies van de man over zijn dochter vernietigen, alleen maar om zijn gelijk te halen? Over vijfenhalve week zou het er niet meer toe doen. En gezien de verbetering van Nana sinds zijn komst, zou het misschien zelfs niet eens de helft van die tijd duren. Tanner had er niets bij te winnen door haar vader de waarheid te vertellen, en ondanks alles waar Juliet hem doorheen had gesleept, wilde hij haar band met haar vader niet kapotmaken. Hij haatte haar niet.

Misschien zou hij dat wel moeten doen, maar hij had zo lang van haar gehouden dat hij het simpelweg niet kon.

'Weet je...' Burt haalde zijn armen en benen uit de knoop en liep naar de minibar in de hoek. 'Dit had zo anders kunnen zijn als je was gebleven.' Hij pakte een glas uit de kast met de glazen deurtjes en schonk een flinke laag in. Hij bood het Tanner aan.

Tanner wuifde het weg. Het laatste wat hij nodig had was een wazig hoofd in gesprek met haar vader.

'Ik zou je die hypotheek kwijtgescholden hebben, dat weet je toch? Ik kan het niet hebben dat de grootouders van mijn kleinkinderen bij mij in het krijt staan. Die schuld zou zijn verdwenen. Maar in plaats daarvan ben *jij* degene die verdwijnt. Ik weet alles van je trustfonds, Tanner. Je vader heeft me er jaren geleden al over verteld. Ik wil het hebben. Ik eis de hypotheek op op je dertigste verjaardag. Als je vader het geld niet bij elkaar kan krijgen — wat hem niet gaat lukken — dan doe jij het. En het gaat rechtstreeks een trustfonds in voor Juliet waar jij niet aan kunt komen. Want als je denkt dat je hierheen kunt komen en kunt doen alsof je met haar getrouwd wilt zijn zodat je de helft kunt opstrijken bij een echtscheiding, dan heb je het mooi mis.'

Tanner trilde van woede en had de neiging om die vent alles te vertellen over Juliets belofte, maar als hij dat deed, zou Burt wel een manier vinden om het te verhinderen.

Hij wilde de hypotheek van zijn ouders; dat was Juliet hem verschuldigd. En hij wilde zijn trustfonds zodat hij met Gage en Bryan een zaak kon beginnen. Hij moest zijn hoofd koel houden en Burt laten denken dat hij had gewonnen.

In plaats daarvan klemde hij zijn handen om de armleuningen en voor de tweede keer in zijn leven — en beide keren binnen vierentwintig uur — loog hij tegen haar vader. 'Ga uw gang maar, Burt, eis het maar op. Wat dacht u dat ik anders met dat trustfonds van plan was? Zodra ik het heb afbetaald, hebt u geen macht meer over me.'

'Mooi. Ik ben blij dat we het ergens over eens zijn. Eindelijk. U betaalt het af, en dan kunt u mijn kleine meid haar leven teruggeven. Laat haar verdergaan en iemand vinden die haar wel waardeert.' Hij sloeg de whisky achterover, smeet het glas op de bar en beende via de openslaande deuren de achtertuin in, Tanner achterlatend om te verwerken wat hij net had gezegd.

Juliet met een andere man.

Hij zou dat niet vreemd moeten vinden. Wat dacht hij dan dat ze zou doen als hij van haar scheidde? In een klooster gaan? Deden mensen dat nog?

Tanner schudde zijn hoofd. Serieus. Wat dacht hij nou? Dat Juliet de rest van haar leven alleen zou blijven?

Ze wilde kinderen. Dertig was een mooie leeftijd. Ze kon nog steeds het gezin stichten dat ze altijd had gewild.

Maar ze had het met hem gewild. En hij had er een met haar gewild.

Je zou het nog steeds kunnen hebben.

Hij wilde naar dat stemmetje luisteren. Wilde geloven dat het mogelijk was. Maar hoe kon hij haar ooit weer vertrouwen? Vertrouwen dat eenmaal beschaamd is, is zo moeilijk terug te winnen.

Vooral omdat ze daar buiten de boel zat voor te liegen tegen haar grootmoeder.

En jij zit hier hetzelfde te doen tegen haar vader... wat is het verschil?

Tanner stond op. Hij deed het omdat Juliet het hem had gevraagd. Omdat ze hem had omgekocht.

Dus je doet het voor je eigen gewin. En waarin verschil je dan van Juliet? De pot verwijt de ketel dat hij zwart ziet.

Tja... shit. Tanner leunde tegen de rand van het bureau van haar vader. Hij hield niet van de vergelijking. Maar hij ging hem niet uit de weg.

Zij had iets wat hij wilde hebben, dus deed hij wat nodig was om het te krijgen.

Juliet had hem gewild; zij had gedaan wat nodig was om hem te krijgen.

Het klonk vergelijkbaar, maar er was een verschil tussen een hypotheek en een leven.

Echt waar? Is dat je rechtvaardiging?

Hij schudde zijn hoofd, duwde zich af van de rand van het bureau en liep naar de deur. Het was geen fraaie waarheid waar hij mee geconfronteerd werd, maar het was wel de waarheid.

Hoe kon hij kwaad op haar zijn als hij precies hetzelfde deed?

* * *

'Juliet? Kan ik je even spreken?' Tanner stak zijn hoofd om de hoek van de kantoordeur van haar vader.

Ze wilde dat hij haar veel langer dan een minuut zou spreken, maar ze greep de kansen die ze kreeg.

'Ga maar, lieverd.' Nana klopte op haar hand. 'Ik ruim de foto's wel op. Goede therapie. Beter dan in een emmer rijst naar wasknijpers graven zoals de therapeut me liet doen. Ga maar kijken wat je man wil.'

Man.

Juliet drukte zich met trillende handen omhoog van de tafel bij die gedachte. Dit werd alleen maar moeilijker en moeilijker.

'Wat is er?' Ze volgde hem het kantoor van haar vader in en trok de deur achter zich dicht. 'Waar is mijn vader?'

'Hij is naar achteren gelopen.' Tanner liep naar het bureau van haar vader.

Ze volgde hem. 'Waarom? Wat heb je tegen hem gezegd?'

Hij draaide zich om. 'Eerder wat hij tegen míj zei.'

Dat klonk niet veelbelovend. 'Wat zei hij dan?'

Tanner haalde zijn vingers door zijn haar. 'Het is nu niet belangrijk. We hebben elkaars standpunten gewoon even verduidelijkt. De zaken op een rijtje gezet.'

'Je maakt me bang.'

'Nergens voor nodig. Je vader wilde er zeker van zijn dat ik wist hoe hij erover dacht. En dat weet ik. Het komt wel goed.'

Ze ging voor hem staan en zette haar handen in haar zij. 'Daar ga ik me echt niet beter door voelen.'

Hij zuchtte en wreef met zijn hand over zijn mond. 'Dat zal wel. Ik bedoel, kijk naar je grootmoeder. Ze is vandaag al beter dan toen ik hier aankwam. Ze gaat met sprongen vooruit. Ik denk dat ze sterk genoeg zal zijn om de waarheid aan te kunnen. Maar ik heb je vader niets over het plan verteld. Ik wilde hem niet nog meer redenen geven om overstuur te zijn.' Hij legde zijn handen op haar schouders. 'Ik zou zijn leven — of het jouwe — op dit moment niet zwaarder maken. Ik heb hem alleen verteld dat we tijd nodig hebben en dat hij dat moet respecteren.'

Tijd was het enige wat ze niet hadden, want Tanner had gelijk; Nana *werd* beter — en sneller dan Juliet had verwacht. Niet dat ze klaagde, natuurlijk, maar ze had gedacht dat ze meer tijd met hem zou hebben. 'Het lijkt er niet op dat hij veel respect toonde, aangezien hij bij je is weggelopen.'

'Dat is eigenlijk niet zo erg. Het is niet alsof we beste vrienden zijn.'

'Ik wou dat jullie dat wel waren.'

Hij zuchtte en haalde zijn handen weg. Juliet voelde het gemis onmiddellijk.

'Ik wou wel meer dingen, Jules, maar ik moet het doen met de kaarten die me zijn toebedeeld. Net als wij allemaal. Laten we ons daarop concentreren.'

Ze wilde alleen maar tegen hem aan leunen. Haar armen om hem heen slaan en hem vertellen dat ze van hem hield.

In plaats daarvan schraapte ze haar keel en vouwde haar handen voor zich ineen. 'Dus, waarom riep je me hier? Wat had je nodig?'

In een ideale wereld zou hij zeggen dat hij haar nodig had.

Maar haar wereld was verre van ideaal sinds ze de beslissing had genomen die alles had veranderd.

Haar. Hij had háár nodig.

Tanner deed een stap achteruit. Was hij wel goed bij zijn hoofd? Hij zou haar niet nodig moeten hebben.

Verdomme, gisteravond had niet mogen gebeuren; het haalde gekke gedachten in zijn hoofd. Zoals de dingen die hij bijna met haar vader had gedeeld. 'Ik wilde alleen even zeker weten of het wel met je ging. Je zag eruit alsof je wel een pauze kon gebruiken. Je weet wel, van die foto's.'

Hij had zowel geslagen blikken als gekwelde blikken gezien, en één flits van gelach in de tien minuten dat hij haar geobserveerd had nadat haar vader was weggelopen en hem alleen had gelaten met zijn gedachten.

Zijn gedachten waren op dit moment geen prettige plek om te vertoeven. Ze liepen uiteen van maken dat hij hier wegkwam tot Juliet hier bij zich willen hebben.

Dat hij voor het laatste koos had hem enorm moeten verbazen, maar dat deed het niet.

Net zoals gisteravond hem ook niet echt geschokt had. Met Juliet naar bed gaan had aangevoeld als het meest natuurlijke ter wereld, zelfs met die zeven jaar stilte tussen hen in.

Dat zou ervoor moeten zorgen dat hij het eerste het beste vliegtuig de stad uit nam, maar zijn integriteit stond hem niet toe om hun deal te verbreken.

'Ik...' Juliet stak wat haar achter haar linkeroor. Ze koos altijd links, nooit rechts. Weer zo'n willekeurig dingetje dat hij zich van haar herinnerde. 'Het gaat wel. De foto's van... Je weet wel—'

'Ik weet het. Dat is de reden waarom ik van tafel moest.'

'De andere foto's heeft ze niet tevoorschijn gehaald.'

De andere foto's. Tanner slikte moeizaam. Juliet kende hem zo goed, ze wist waar hij bang voor was geweest om te zien. Eerst de verlovingsfoto's, en dan...

'Ik kon het risico niet nemen.' Tot op de dag van vandaag had Tanner de foto's van Keegans geboorte niet gezien. Haar grootmoeder had ze gemaakt; ze had gezegd dat ze foto's van hun kind wilde hebben.

Tanner had Keegan nauwelijks kunnen aankijken; foto's van hem? Geen sprake van. Hij hoefde de pijn niet te herbeleven. Niet met foto's in ieder geval. Hij herbeleefde het elke keer als hij aan zijn zoon dacht.

'Dat zou ze niet hebben gedaan. Niet bij ons. Zij kijkt er misschien naar, maar ze weet hoe wij ons voelen.'

'Heb jij ooit...' Hij draaide zijn hoofd af en knipperde de tranen weg die hij weigerde te laten vloeien.

'Ja.'

Haar stem was zacht. Vol emotie.

Hij keek haar toen aan. 'Echt?'

'Ik moest wel. Ik moest hem zien. *Ons* zien. Hem en mij. Mijn herinneringen zijn zo vaag door de pijn en de medicijnen en de emoties... Het was later. Nadat...'

Nadat hij was vertrokken. Ze hoefde de woorden niet uit te spreken; hij begreep het. Maar hij begreep het bekijken van de foto's niet. 'Bracht het niet...' Hij slikte. 'Bracht het de pijn niet terug?'

'De pijn is altijd bij me, Tanner. Het wordt alleen een tijdje opzijgezet als ik met het dagelijks leven bezig ben. Maar het is er altijd, klaar om gevoeld te worden als ik daarvoor kies.'

'Waarom zou je daarvoor kiezen?'

'Om hem te herinneren. Om hem echt te maken. Als ik ervoor wegloop of doe alsof ik het niet voel, is het alsof ik doe alsof hij niet heeft bestaan. Dat kan ik niet. Hij was te belangrijk. Te echt voor mij.'

'Voor mij ook.'

'Dat weet ik.' Toen ze hem dit keer aanraakte, trok hij zich niet terug.

'En met wat er met Nana is gebeurd... Het maakt het leven alleen maar kostbaarder. Dus ik herinner hem. Herinneringen zijn alles wat ik heb.'

Tanner sloeg zijn armen om haar heen en trok haar dicht tegen zich aan. Het was de meest natuurlijke zaak van de wereld en hij kon niet anders.

Ze greep zijn rug vast en kneep erin.

Hij liet zijn kin op haar kruin rusten en voelde haar warme adem tegen zijn keel. 'Ik hield zoveel van hem, Juliet.'

Hij perste de woorden eruit met een brok in zijn keel, vechtend tegen zijn tranen. Hij had dat één keer gedaan en het was verdomd moeilijk geweest om daarvan te herstellen.

Net als dit. Haar vasthouden.

Hij moest hiermee stoppen. Hij moest zijn handen losmaken en bij haar weglopen. Ze was nog steeds de vrouw die hem niet één, maar twee keer tot een huwelijk had misleid. Een derde keer kon hij niet aan.

Hoezeer hij haar ook had gewild — en nog steeds wilde — als Tanner één ding was bijgebracht in de afgelopen elf jaar, dan was het wel dat je niet altijd krijgt wat je wilt.

Ooit had hij geloofd dat het leven eerlijk was. Dat als je een goed en eerlijk leven leidde en anderen behandelde zoals je zelf behandeld wilde worden, er goede dingen zouden gebeuren.

Dat was dus een misrekening.

'Het spijt me dat ik je hier heb geroepen.' Hij zuchtte en liet toen zijn armen zakken. En zijn kin. En elk ander lichaamsdeel dat tegen haar aan geperst had gezeten. Dit leverde hen allebei niets goeds op.

Ik denk daar anders over—

Hij drukte die gedachte de kop in op het moment dat hij iets voelde roeren in zijn broek. Dit was niet de tijd en ook niet de plaats. En ook niet de vrouw, om eerlijk te zijn. Gisteravond mag dan geweldig zijn geweest, maar het deed al die jaren daarvoor niet teniet. Dat kon simpelweg niet.

'Waarom?' Juliet keek hem met grote ogen aan.

Er stonden tranen in haar ogen.

God, hij had gedacht dat hij immuun was geworden voor haar tranen. Ze had er tenslotte al zoveel vergoten en ze hadden hem alleen maar meer hartzeer bezorgd. Maar nee. Juliet zien op het punt van huilen, reet verschillende littekens open waarvan hij dacht dat ze definitief dicht waren.

'Daarom.' Tanner deed uit zelfbescherming weer een stap achteruit. 'Omdat je daarbuiten bij haar zou moeten zijn om haar gelukkig te maken. Ik dacht dat ik hielp, maar blijkbaar niet.'

Hij dwong zichzelf te hopen dat ze zou weglopen. Dat ze zich om zou draaien en terug zou gaan naar haar grootmoeder zonder hem nog een blik waardig te gunnen.

Juliet deed, zoals gewoonlijk, geen van beide. In plaats daarvan legde ze een hand tegen zijn wang. 'Wij máken haar gelukkig. Alleen al door hier te zijn.'

'Maar dat is maar tijdelijk. En ze zal alleen maar meer gekwetst zijn als ik wel wegga. Ik weet niet of dit wel zo'n goed idee was.'

Ze legde haar andere hand ook tegen zijn gezicht. 'Als ik één ding heb geleerd, Tanner Wentworth, dan is het dat verwijten niets veranderen aan de situatie. We moeten gewoon vooruit blijven kijken en leren van onze fouten. Voor wat het waard is, ik denk niet dat dit een fout is.' Ze ging met haar duim over zijn lippen. 'En ik denk absoluut niet dat gisteravond er een was.'

Ze gaf hem geen kans om te antwoorden, deed een stap achteruit en beende het kantoor uit.

Tanner zakte weer tegen de rand van het bureau van haar vader aan.

Hij wist ook niet zeker of gisteravond een fout was geweest.

Hoofdstuk twintig

'Wil je serieus gebakken kip in plaats van het eten van Ermalinda?' Tanner sloeg de volgende avond rechtsaf naar het plaatselijke winkelcentrum, genietend van het vermogen van Juliets Mercedes. De bedrijfsauto's waren gereserveerd voor een zakelijk evenement, dus hij had Juliet naar haar werk gebracht, was daarna naar de sportschool gegaan en had wat klusjes in en om haar huis gedaan tot het tijd was om haar weer op te halen. Iets huiselijker dan hij had gepland, maar ze had die klusjes nodig en hij wilde het risico niet lopen om alleen met Nana te zijn. God mag weten wat *zij* zou zeggen.

Bij Juliet wist hij tenminste waar hij aan toe was. Ze wisten wat er aan de hand was en welke onderwerpen ze moesten vermijden.

Net als dat samen slapen. Ze hadden het er nog niet over gehad en het begon wortel te schieten en zich midden in haar woonkamer te nestelen.

'Nana krijgt een paar vriendinnen over de vloer en ik heb niet echt zin om ook nog al hun vragen te beantwoorden. Iedereen zal wel begrijpen dat we een avondje voor onszelf willen.' Juliet wees naar een plekje aan de stoeprand. 'Zet hem daar maar neer, dan ren ik wel even naar binnen.'

Tanner draaide in plaats daarvan een parkeervak in bij hun favoriete hangplek van de middelbare school. 'Ik wil mee naar binnen. Het is lang geleden dat ik bij Pappy's ben geweest.'

Maar blijkbaar niet voor Juliet, want er klonk een luid: 'Jules!' van achter de toonbank toen ze binnenstapten.

Connor Crayton. De jongen die Juliet al sinds de eerste klas wilde hebben.

Maar zelfs toen was ze al van hem geweest.

Tanner putte daar de nodige voldoening uit — tot hij besefte dat zodra Juliet de scheidingspapieren zou tekenen, het jachtseizoen geopend was. Crayton zou in een oogwenk achter haar aan zitten.

'Geweldig om je weer te zien, schatje.'

Misschien zat hij dat al.

Die gedachte zat Tanner ook niet lekker. Wat was dat met dat *schatje*? En dat *weer*? Had Crayton *zijn* afwezigheid gebruikt om dicht bij Juliet te komen? Bij zijn vrouw?

Gast? Je gaat van haar scheiden; je hebt hier niets over te zeggen.

Het kon hem niet schelen. Op dit moment was ze nog steeds zijn vrouw en als Crayton haar probeerde te versieren, zou Tanner daar heel snel een einde aan maken.

'Crayton.' Tanner legde alle testosteron in zijn lichaam in dat ene woord.

Crayton rechtte zijn rug. Oh ja, hij had de boodschap meteen begrepen. 'Wentworth. Ik had niet gehoord dat je terug was.'

'Je hebt de uitnodiging voor Delia zeker niet gekregen. We waren daar een paar dagen geleden.' Ja, hij legde een lichte klemtoon op die *we* — om alle twijfel weg te nemen.

'Tja, Delia en ik... Ik kan niet zeggen dat we de beste vrienden zijn.'

Dat kon je over Delia en wie dan ook wel zeggen, maar Crayton had het in het leven vast niet ver genoeg geschopt om in Delia's ogen als huwelijksmateriaal te worden beschouwd. En voor één keer zou Tanner een voorbeeld aan haar nemen. Crayton zou niet met Juliet trouwen als hij weg was. Hij wist nog niet hoe hij dat ging regelen, maar dat ging *niet* gebeuren.

'Nou, goed dat je terug bent, man. Blijf je dit keer?'

Die gozer kon die hoopvolle, zelfvoldane grijns wel van zijn gezicht halen.

Hij sloeg zijn arm om Juliets middel en negeerde de vraag. 'Liefje, bestel jij maar.' Man, zelfs zijn Texaanse accent kwam weer boven bij dit mannelijke vertoon van bezitsdrang.

De opgetrokken wenkbrauwen die Juliet zijn kant op stuurde, gaven aan dat het haar was opgevallen. 'Eh, tuurlijk.'

Tanner genoot er enorm van hoe Craytons blik heen en weer schoot tussen de kassa en hem terwijl Juliet haar bestelling opnoemde. Niet één keer keek de kerel naar haar.

Goed zo. Boodschap overgekomen.

'En wat wil jij, Tanner?' Ze richtte die grote blauwe ogen op hem en Tanners adem stokte in zijn keel.

Ze was nog mooier dan toen ze op de middelbare school zaten.

'Tan?' Ze gaf hem een zetje met haar schouder.

'O. Juist.' Hij verzette zijn voeten. Hij had op moeten letten in plaats van haar zo aan te staren alsof hij nog zestien was.

Toen ving hij een glimp op van Craytons gezicht: verslagen. Gebroken. Mooi zo. Hij zou hem in de waan laten dat de stilte kwam doordat hij volledig was overdonderd door zijn vrouw.

Eigenlijk, vriend, is *dat ook de reden waarom je even helemaal stilviel.*
Hou. Je. Bek.

Hij ratelde zijn favoriete gerechten op, zich afvragend of Crayton zoiets kinderachtigs zou doen als in zijn drinken spugen.

Hij dacht van niet, maar aan de andere kant had hij ook nooit gedacht dat hij zich zo als een holbewoner zou gedragen om een vrouw.

Gelukkig stond Crayton niet in de keuken, dus het enige wat hij hoefde te doen was het eten en de frietjes inpakken, terwijl een tienermeisje hun drinken inschonk. Toch hield Tanner hem nauwlettend in de gaten.

En hij haalde zijn arm niet weg van Juliets middel.

Juliet wist niet precies wat er aan de hand was, maar het feit dat Tanner haar *liefje* noemde en zijn arm om haar middel sloeg, deed haar vermoeden dat hij dacht dat Connor interesse in haar had. Daar had hij gelijk in — Connor had haar een paar keer mee uit gevraagd sinds Tanner was vertrokken, maar ze had hem altijd hetzelfde verteld: dat ze getrouwd was en dat haar man voor zaken buiten de stad was. Ze had niet gelogen en het was het perfecte excuus om hem op afstand te houden. Wat er zou gebeuren als ze die scheidingspapieren eenmaal had getekend, was een zorg voor later.

God, daar wilde ze niet aan denken. Waarom kon dit niet echt zijn? Waarom kon Tanners arm om haar heen niet betekenen dat hij hem daar wílde hebben, in plaats van een of andere stomme *machismo*-vertoning?

'Vergeet je het extra koekje niet,' zei ze toen Connor de tassen op de toonbank zette.

'Ik dacht dat je de beste kok van de staat voor je had werken? Waarom wil je dan zo'n fabrieksmatig koekje?'

'Connor, laat Ermalinda je dat niet horen zeggen; ze is de beste kok van het *land*, niet van de staat.'

'Daar heb je gelijk in. De laatste keer dat ik een van haar desserts at, wilde ik haar zo meenemen. Maar je vader betaalt haar te goed, of ze houdt te veel van je familie, want ze lachte me gewoon recht in mijn gezicht uit.'

'Het is de familie.' Tanner grist de tassen bijna van de toonbank. 'Ze is hondstrouw. Maar goed, de Chambers maken het je ook wel makkelijk.' Hij gaf haar een zetje met zijn schouder. 'Klaar om naar huis te gaan, liefje?'

Dat was ze wel als hij zo bleef praten. En het feit dat hij bijna jaloers klonk...

'Eh, tuurlijk.' Ze maakte van de gelegenheid gebruik om haar arm door de zijne te haken en zwaaide naar Connor. 'Bedankt, Con.' Voor meer dan hij wist. 'Tot ziens.'

'Dat hoop ik, Juliet.' Connor gaf haar een oprechte glimlach — veel echter dan de glimlach die hij droeg toen hij naar Tanner keek en zei: 'Goed je te zien, Wentworth.'

'Ja. Jazeker.' Tanner gaf hem zo'n typisch mannenknikje met zijn kin en duwde de deur open met zijn heup. 'Na jou, Jules.'

Ze struikelde letterlijk bijna over de drempel. Tanner had haar altijd goed behandeld, maar ze kon zich niet herinneren wanneer hij voor het laatst een deur voor haar had opengehouden. Zeker niet toen ze het gerechtsgebouw verlieten nadat ze getrouwd waren.

Hmmm, die jaloezie beviel haar wel. Hoe kon ze dat nu in haar voordeel gebruiken —

Nee. Ze ging hem niet manipuleren. Ze schaamde zich dat ze er zelfs maar aan dacht. Als Tanner bij haar terug zou komen, moest dat zijn omdat hij dat zelf wilde. Ze wilde niet de rest van haar leven doorbrengen met de vraag of hij weer weg zou gaan. Nee, hoe zwaar het ook zou zijn om hem uit haar leven te zien vertrekken, het was beter om een antwoord te hebben dan je altijd af te moeten vragen of hij zou gaan.

'Dus je ziet Crayton vaak?' Tanner zette de tassen op de vloer achter de passagiersstoel.

Goed; ze vond het prettig als hij reed. Net als op de middelbare school. Hij had toen een gammele oude pick-uptruck terwijl zij de Jetta had die ze van haar ouders voor haar zestiende verjaardag had gekregen. Tanner had het een meisjesauto genoemd en gezegd dat als ze met hem wilde zijn, ze in zijn truck gingen. Zij had het niet erg gevonden; de truck had een bankje voorin en veel meer ruimte.

Ze glimlachte bij de herinnering.

'Dat is nogal een reactie.' Tanner klonk niet blij.

Oh, hij dacht dat ze glimlachte om Connor.

Alleen omdat ze hem niet wilde manipuleren, betekende nog niet dat ze zijn verkeerde aannames moest corrigeren. 'Valt wel mee. Ik kom daar slechts af en toe.' Wat neerkwam op eens in de drie jaar.

Tanner antwoordde niet, maar hij smeet het achterportier hard genoeg dicht om haar te laten huiveren. Godzijdank voor Duitse degelijkheid; haar auto kon zijn jaloezie wel hebben.

Zij ook. Ze genoot ervan. Het betekende dat hij iets anders voor haar voelde dan alleen minachting.

Ze probeerde niet te glimlachen toen ze instapte. Ze wilde hem niet laten denken dat er te veel speelde met Connor, want dan zou hij zich afvragen wat die ene avond betekende.

Zij vroeg zich af wat die ene avond betekende. O, ze wist wel waarom ze het had laten gebeuren; ze wilde dolgraag weten waarom *hij* dat had gedaan.

Ze wilde ook dat het nog eens gebeurde. Helaas had hij gisteravond gekookt terwijl zij douchte na haar werk, daarna had hij zijn laptop gepakt terwijl zij langs de zenders zapte en met het kitten speelde tot hij het welletjes vond en naar bed ging. Alleen. Ze waren samen geweest, maar toch ook niet.

'Nana wil dat ik haar morgen naar de kapper breng,' zei ze toen ze stopten voor een stoplicht. 'Ze wil niet dat pap meegaat, ze zegt dat hij al genoeg bovenop haar zit. Maar ik maak me zorgen over het vervoer en ik vroeg me af...'

'Of ik met je meega.' Vroeger maakten ze elkaars zinnen af. 'Natuurlijk. Ik zorg dat ze bij de kapper geïnstalleerd is en dan ga ik wel even wat drinken met Rick of zo.'

'Heeft iemand nog lastige vragen gesteld toen je ze bij Delia zag?'

Hij wierp een blik in de zijspiegel en wisselde van rijstrook. 'Nee. Wat ergens ook wel logisch is als we echt samen zijn. Ze zien ons nog steeds als een stel.'

Omdat ze dat ook zouden moeten zijn.

'Ze willen donderdagavond afspreken. Een mannenavond. Ik heb gezegd dat ik het met jou zou overleggen. Om te zien wat de plannen waren.'

'Het is oké, Tanner. Je mag hier best een eigen leven hebben. Het is heel normaal dat getrouwde mensen verschillende interesses hebben en met hun eigen vrienden uitgaan. We hoeven niet aan elkaar geplakt te zitten.'

Er viel een stilte tussen hen. Ze hadden die andere avond aan heel wat meer dan alleen elkaars heup geplakt gezeten.

God, ze wilde het erover hebben. Het was de olifant in de kamer — of in dit geval de auto — en ze spraken het niet uit. Een deel van haar wilde het onderwerp aansnijden, een ander deel was er nog niet klaar voor. Ze wilde niet de 'dit kunnen we niet nog een keer doen'-toespraak horen. En trouwens, daden — of het gebrek daaraan — zeiden meer dan woorden.

Het was hoog tijd voor een ander onderwerp.

Ze pakte haar telefoon. 'Ik moet morgen wel eerst even langs kantoor.' Ze toetste een nummer in en wachtte tot Steve opnam. 'Hé Steve, met Juliet. Kunt u me een plezier doen?'

'Natuurlijk, mevrouw Wentworth. Wat kan ik voor u doen?'

Het ontzag in zijn stem was nog steeds lastig om aan te wennen. Jarenlang was ze bij haar vader op kantoor gekomen als alleen maar zijn dochter. De helft van het personeel kende haar nog van toen ze in de luiers zat en had haar in haar cheerleadersuniform gezien. Het was best intimiderend geweest om op haar eerste dag als de vervanger van haar vader in een pak binnen te stappen, maar iedereen was meer dan bereid geweest om haar een kans te geven. En naarmate ze successen boekte, hadden de vriendschappen die ze had opgebouwd als 'dochter van de baas' de overgang naar 'de baas zijn' vergemakkelijkt.

'Kunt u kijken of er al een bedrijfsauto beschikbaar is? Ik dacht dat het team vanavond terug zou zijn. Zo ja, kunt u er dan eentje bij mij thuis laten afleveren? Zet hem voor de verzekering maar op naam van mijn man.'

'Uw... man.' Er klonk geen vraagteken door in zijn stem, maar het had er best kunnen zijn.

'Ja. Tanner Wentworth.' Steve werkte pas vijf jaar bij het bedrijf. Ze nam aan dat hij wel over haar verleden had gehoord, maar ze kon het hem niet echt kwalijk nemen als hij die informatie niet had onthouden.

'Komt in orde, mevrouw Wentworth. Ik zal de planning vragen er eentje te sturen zodra hij is schoongemaakt, als er een beschikbaar is.'

'Bedankt. En laat u ze de sleutels in de bloembak links van mijn voordeur leggen.' Ze wilde niet dat er aangeklopt werd en dat dat de sfeer tussen haar en Tanner zou verstoren. *Als* er al een sfeer tussen hen was...

'Zeker weten. Een prettige avond nog, mevrouw Wentworth.'

'Dank u, Steve. U ook.'

Tanner keek haar aan toen ze ophing en dat maakte haar ongemakkelijk. 'Wat is er?'

'Jij. Je klonk zo... ik weet niet, zakelijk.'

'Ik ben ook een zakenvrouw.'

'Dat weet ik, maar het is gewoon...' Hij legde zijn hoofd schuin. 'Het is anders. Jij bent anders. dan ik me herinner.'

'Ik ben volwassen geworden, Tanner. Dat worden we allemaal.'

Hoofdstuk eenentwintig

Juliet had niet veel geslapen nadat ze de gefrituurde kip hadden gegeten in een, tja, als het al geen comfortabele stilte was, dan was het in elk geval niet stil geweest. Het weerzien met Connor had herinneringen aan de middelbare school naar boven gebracht en ze hadden zowaar een paar keer goed gelachen terwijl ze over Memory Lane wandelden, hoewel ze elke vermelding van Keegan angstvallig hadden vermeden.

Maar verrassend genoeg was het niet dat, of de olifant in de kamer die door haar dromen was geslopen, die verantwoordelijk was voor het gebrek aan slaap. Nee, dat kon ze volledig aan Houdini wijten.

Dat katje zou nog heel wat nachtjes in de bijkeuken gaan doorbrengen. De kleine, hyperactieve ontdekkingsreiziger had besloten dat de commode een schaatsbaan was, de stoel in de hoek een klimrek en de buik van Juliet een trampoline. Juliet kreeg in totaal misschien drie uur slaap voordat ze om halfzes haar bed uitkwam en de badkamer in glipte om te douchen en zich klaar te maken voor haar werk. Ze voerde het kitten, sloot haar op in de bijkeuken en was al onderweg naar kantoor voordat Tanner wakker werd.

Ze wilde er niet aan denken hoe hij wakker werd. Hoe hij eruitzag met slaperige ogen, zijn haar helemaal in de war en zijn borst... Tanner sliep al naakt zolang zij met hem sliep. Wat lang niet zo vaak was als ze had gewild.

Het hoofd van de boekhouding stak zijn hoofd om de deur van zijn kantoor. 'Juliet, heb je even?'

Niet echt. Ze wilde naar het directietoilet gaan en koud water over haar polsen laten lopen, want herinneringen aan Tanner gaven haar een hitte waar ze met dit weer niet op zat te wachten.

'Natuurlijk, Jim. Wat is er?'

Hij liep zijn kantoor uit en sloeg een dossier open. 'Er zijn wat kapitaaluitgaven die uw vader volgend kwartaal wilde doen, en ik weet niet zeker of we die contante uitgave nu wel willen doen... tja, we weten niet zeker of de focus van de transporttak wel zo agressief zal blijven als was voorspeld.'

Haar vader was altijd gericht geweest op de groei van het bedrijf, maar hij kende de zaak van onder tot boven. Juliet was het vak nog aan het leren, en hoewel ze de visie van haar vader wilde volgen, wilde ze dat niet blindelings doen. Het tempo wat verlagen was misschien het beste, zodat ze de toekomst van het bedrijf goed kon evalueren. Zelfs met het advies van haar vader was zij degene die de beslissingen nam, dus ze wilde elke nuance begrijpen voordat ze een knoop doorhakte.

'Kunt u voor vanmiddag een vergadering plannen – oh, verdorie. Dat was ik vergeten. Ik moet met mijn grootmoeder op pad.' Juliet kneep in de brug van haar neus. Werkdagen na slapeloze nachten waren sowieso al niet de beste; gooi er een afspraak en een plotselinge vergadering bovenop en haar dag liep nog meer in de soep dan hij al was begonnen.

Ze hield zichzelf voor de gek; dat was al gebeurd op de dag dat Tanner was gearriveerd.

'Overleg alsjeblieft met Maggie of ze mijn ochtendafspraken naar morgen kan verzetten en plan dan zo snel mogelijk een overleg in met Scott, Bill en Madison. Ik wil dat iedereen zijn licht over deze zaak laat schijnen.'

'Komt in orde.' Jim knikte en liep naar het bureau van Maggie, de assistente van Juliet.

De eerste rimpeling in haar dag.

Nou, het hield haar in elk geval af van haar gedachten aan Tanner.

Tanner kon niet ophouden aan Juliet te denken.

Hij klom uit bed en trok een gezicht naar de ochtenderectie die wel erg benieuwd was of Juliet nog in huis was.

Hij trok een korte broek aan. Eigenlijk had hij daarin moeten slapen gisteravond, maar een deel van hem had hem *niet* nodig willen hebben.

Behalve dat hij er niets mee had gedaan.

Dat kwam doordat, hoewel het de afgelopen avonden een marteling was geweest om in haar woonkamer te zitten terwijl zij daar zat – er zo verdomd schattig uitzag terwijl ze met het kitten speelde, en er vervolgens zo verdomd sexy uitzag als ze naar haar slaapkamer ging – zijn gezonde verstand hem in zijn stoel genageld hield met zijn blik op het laptopscherm. Eén keer was toegestaan; nieuwsgierigheid, omwille van vroeger, hoe hij het ook wilde noemen, die ene nacht was ze gegund. Maar om ermee door te gaan... Dat zou leiden tot iets waar hij niet klaar voor was.

Iets wat hij niet wilde.

Weet je dat zeker? Je niet-zo-kleine vriend van vanochtend zegt iets heel anders.

Hij wreef met zijn hand over zijn gezicht. Ja, natuurlijk wilde hij *haar*. Dat was nooit de vraag geweest. Het was al die rompslomp die erbij kwam kijken: een relatie, vertrouwen, familie... Ze hadden het niet één, maar twee keer geprobeerd, en tja, hun staat van dienst was behoorlijk beroerd.

Driemaal is scheepsrecht, jongen.

Of het kon de keer zijn die hem de das omdeed.

Nee, bedankt. Hij had zijn leven uitgestippeld en Juliet kwam daar niet in voor.

Gelukkig was ze niet in huis toen hij zijn kamer verliet. Hij keek in de garage. De Mercedes was weg, maar de Town Car stond aan de linkerkant van de oprit, waar Steve hem had achtergelaten. Of wie hem dan ook had afgeleverd.

Hij opende de voordeur en zocht in de plantenbak naar de sleutel, en belde toen Rick om af te spreken wanneer hij Juliet en haar grootmoeder later bij de salon zou afzetten.

Hij nam een snelle douche en was ontbijt voor zichzelf aan het maken toen hij het kitten hoorde miauwen in de bijkeuken. Arm ding was vast eenzaam.

Tanner opende de deur en ze schoot naar buiten, over haar eigen pootjes buitelend in haar haast naar de vrijheid. 'Hé, jij daar, kom eens hier.'

Vergeet het maar, ze rende door, rechtstreeks de kamer van Juliet in.

Natuurlijk.

Tanner zuchtte en ging achter haar aan. Werden katten vroeger niet als werktuigen van de duivel beschouwd? Hij begreep wel waarom.

Hij bleef even staan bij de slaapkamerdeur van Juliet. De laatste keer dat hij hier langer dan een paar seconden was geweest, was op uitnodiging van haar. Nu voelde het bijna verkeerd.

Tot hij het kitten aan de gordijnroede zag hangen. Ondersteboven.

'Kom hier, kleine heiden.' Hij reikte naar haar, maar ze klauterde boven op de roede, waarbij de gordijnen van Juliet een paar halen opliepen.

'Houdini, kom daar nu vanaf.' Hij reikte weer naar haar, maar ze rende over de dikke houten roede als een gymnast op een evenwichtsbalk – en voerde een, eh, interessante afsprong uit van het uiteinde op het bed van Juliet.

Hij had de naam Beëlzebub moeten voorstellen.

Ze zag eruit alsof de wind uit haar zeilen was genomen of alsof ze de schrik van haar leven had gekregen, maar ze zat tenminste even stil.

Totdat hij haar wilde oppakken. Toen stoof ze over het bed, sprong als een BMX-fietser tegen zijn dijen op – kattennagels inclusief – en kaatste via de hocker bij de schommelstoel naar de vloer, om vervolgens onder de commode te verdwijnen.

Natuurlijk.

Tanner zuchtte. Hij moest dat beest maar gewoon laten gaan. Als ze eenzaam werd, kwam ze hem wel opzoeken.

Of ze zou de gordijnen van Juliet aan flarden scheuren.

Hij liep naar de commode en wilde net door zijn knieën gaan toen iets bovenop zijn aandacht trok.

Het was een dubbele fotolijst. Links zat een foto van hem en Juliet op het eindexamenfeest en rechts—

Een diepe, brandende hap lucht vulde zijn longen.

Keegan.

Juliet had een van de foto's van haar grootmoeder gehouden.

Hij had de foto's niet gezien. Dat wilde hij niet. Hij had zijn herinneringen. Maar nu...

Nu kon hij zijn blik niet afwenden.

Hij pakte de lijst op. Zelfs nu, al die jaren later, schoot zijn keel dicht en zag hij alles wazig door de tranen in zijn ogen, maar hij dwong zichzelf om te kijken.

Keegan had zijn neus en zijn kin. Van de ogen kon hij het niet zeggen omdat ze gesloten waren, maar de ronding van de wang... die was van Juliet. Hij had nog geen haar en zijn vingernagels waren bijna transparant en, mijn God, zo klein. Zo ontzettend klein.

Hij zette de lijst terug. Het was niet eerlijk. Kijk naar hen tweeën, hij en Juliet. Zo gelukkig, de wereld aan hun voeten. Zelfs de zwangerschap was niet het einde van de wereld geweest – eerder het begin ervan. Maar toen was alles ingestort toen ze hun zoon verloren.

Tanner zette de lijst op de commode en liet zich op het bed van Juliet zakken, zijn voorhoofd in zijn handpalm steunend. Lieve God, het deed na al die tijd nog steeds zo ontzettend veel pijn.

En zij keek elke dag naar die foto.

Om zichzelf te straffen? Om zichzelf te laten herinneren?

Alsof hij het ooit zou kunnen vergeten.

Hij reikte weer naar de lijst, maar liet zijn hand toen op zijn dij vallen. Hij kon dit niet. Hij kon hier niet blijven en doen alsof ze vrienden konden zijn of verder konden gaan. Niet met die foto daar. Die hem aanstaarde. Die hem uitdaagde om te zeggen dat zijn leven weer *hetzelfde* kon zijn.

Er trok een knoop samen in zijn buik en Tanner had de neiging om gewoon op zijn zij te rollen, zich op te rollen en te huilen. Gewoon huilen om alles wat hij – nee, *zij* – verloren hadden. Als Keegan was blijven leven, hadden ze misschien een kans gehad.

Hij haalde trillend adem. Hoezeer het idee om de wereld buiten te sluiten en toe te geven aan zijn verdriet ook goed klonk, hij had dat eerder gedaan en kende de hoofdpijn en het misselijke gevoel dat zou volgen. Hij had dingen te doen vandaag, mensen om te zien. Juliet, haar grootmoeder, Rick. Het laatste wat hij wilde was daar verschijnen met dikke ogen en een knallende hoofdpijn.

Hij schraapte zijn keel en drukte zijn duim en wijsvinger tegen zijn ogen. Hij was dit pad eerder gegaan; hij hoefde het niet nog eens te doen. Hij hield van zijn zoon en dat zou hij altijd blijven doen. Maar het leven ging door, hoe vreselijk dat ook klonk, en hij moest in beweging komen.

Natuurlijk was dat het moment waarop het kitten besloot onder de commode vandaan te gluren, waarbij haar 'miauwtje' als een vraag klonk.

Tja, er werd gezegd dat dieren de stemming van een persoon konden aanvoelen, en de zijne was waarschijnlijk overduidelijk voor haar.

Hij stak zijn hand uit en verdomd als dat schattige ding niet recht in zijn handpalm klom en zijn pols likte, terwijl ze naar hem opkeek alsof ze het onschuldigste wezen ter wereld was, vol vertrouwen en liefde.

Hij zuchtte en schudde zijn hoofd terwijl hij opstond, en zette haar toen op zijn schouder. Ze likte zijn oorlel en krulde zich op tot een balletje in de holte van zijn nek, tevreden spinnend.

'Vooruit dan maar. Laten we gaan ontbijten.'

Zijn telefoon ging terwijl hij de keuken in liep. Hij rende naar zijn kamer, griste hem van zijn commode, waarbij de verwachting een deuk opliep toen hij zag dat de oproep van Gage kwam en niet van Juliet.

Over dat gevoel zou hij zich later wel zorgen maken. 'Hé, Gage.'

'Tan. Ik vertelde mijn makelaar waar je bent en over ons gesprek over de uitbreiding, en hij belde net over een loods die te huur staat op ongeveer een halfuur bij jou vandaan. Heb je toevallig zin om er even te gaan kijken?'

'Ja, tuurlijk. Wacht even terwijl ik een pen zoek.' Hij liep zijn kamer uit en ging richting de keuken.

Juliet had stapels afhaalmenu's, maar geen enkel ding om mee te schrijven.

Hij keek rond in haar woonkamer, maar had geen geluk. Geen haar op zijn hoofd die eraan dacht om weer haar slaapkamer in te gaan, dus bleef haar werkkamer over.

'Geef me nog een seconde.'

Hij was er niet bepaald happig op om haar privédomein te betreden, maar aan de andere kant kon hij zich niets persoonlijkers voorstellen dan de foto op haar commode, dus hij waagde het erop.

Ze had een koffiemok vol pennen op haar bureau staan, en een blokje post-its ernaast.

'Oké, wat is het adres?' Hij schreef het op, terwijl hij jongleerde met Houdini die van de ene kant van zijn nek naar de andere kroop. 'Zal er iemand zijn om me rond te leiden of rijd ik er gewoon langs?'

'Hij zei dat ik hem moest laten weten hoe laat het jou uitkomt. Hier is zijn nummer. Hij ontmoet je daar dan.'

'Oké, dat is een plan. Ik moet Juliet en haar grootmoeder ergens heen brengen, maar daarna moet ik wel even langs kunnen gaan.'

'Klinkt goed. Laat maar weten. En als je daar meer tijd nodig hebt—'

'Dat laat ik je dan ook weten.' Hij wilde dat niet met hem bespreken. 'Bedankt, Gage.'

'Geen probleem.'

Hij haatte het om zo persoonlijk te worden met Gage, maar Gage had een neefje met gezondheidsproblemen, dus de man was niet onbekend met dit soort situaties. Het was klote dat ze er allebei mee te maken hadden, maar het versterkte zijn wens om met hen samen te werken. Die mannen hadden hun prioriteiten op een rijtje.

Hij draaide zich om om weg te gaan en zag de diploma's van Juliet aan de muur naast de deur hangen. Hij had ze niet gezien toen hij naar binnen snelde om een pen te zoeken, maar nu hij ze zag, liep hij ernaartoe om ze te bekijken.

Juliet Chambers-Wentworth.

Het was alleen maar passend, veronderstelde hij, dat ze op haar getrouwde naam stonden, maar hij kon niet geloven dat ze zijn naam gebruikte. Hij had met zekerheid gedacht dat ze haar meisjesnaam had aangehouden. Na zeven jaar uit elkaar – en een huwelijksreis alleen – had hij niet gedacht dat ze ook maar enige herinnering aan hem zou willen, laat staan zijn naam aan de hare zou verbinden.

Hij liet zijn vingers over het glas gaan dat het perkament beschermde. Het voelde zowel vreemd als goed om het daar te zien staan. Iets wat hij zo lang gepland had, wat hij had gewild, en nu...

En nu wat?

Hij wist niet wat. Hij wist van veel dingen niet wat hij hier deed of wat hij hier voelde; het enige wat hij wist, was dat hij een taak te vervullen had voor zijn toekomst en dat wentelen in hun verleden niet productief zou zijn.

Hij reikte naar het kitten en drukte haar tegen zijn borst. 'Kom maar, kleine dame. Laten we wat gaan eten en dan moet ik er vandoor.'

Naar het andere kantoor van Juliet. Waar hij haar zou vinden. En haar grootmoeder. De twee vrouwen die verantwoordelijk waren voor dat beeld van Keegan. Dat beeld dat maar niet uit zijn hoofd wilde gaan.

Deze dag werd er alleen maar beter op.

Hoofdstuk tweeëntwintig

'Bedankt dat je me even ophaalt, Tanner.' Juliets oma legde haar hand op zijn arm toen hij haar in de passagiersstoel van de Towne Car hielp. Het huis lag op de route naar Juliets kantoor en het was logischer om het zo te doen in plaats van om te rijden, en omrijden was een gewoonte van Juliet die hij graag wilde doorbreken.

'Graag gedaan, Nana.'

'En het is mij een genoegen om te zien dat jij en Juliet jullie meningsverschillen hebben bijgelegd. Liefde is het waard. Het is niet altijd makkelijk, dat weet ik, maar ja, niets wat echt goed is, is dat. Als dat wel zo was, zouden we het niet waarderen. Uiteindelijk draait het allemaal om de liefde die je achterlaat, niet om spullen. Niet om zaken, maar om familie. Dat is wat telt.'

'Dat weet ik. Dat is waarom ik hier ben.' En dat was geen leugen.

'Juliet vertelde me dat je van plan bent om je zaak hier in de stad uit te breiden?'

Hij hoopte maar dat Juliet niet had verteld *wat* voor zaak precies. 'Het is een idee. Trouwens, zodra ik jou en Juliet bij de kapper heb afgezet, ga ik even naar een locatie kijken.'

'Geweldig. Zorg er wel voor dat er een grote parkeerplaats bij zit. Van wat ik over BeefCake, Inc. heb gehoord, zul je hier waarschijnlijk razend succesvol zijn.'

Tanner reed bijna de weg af. 'Je weet van de club?' Hij had nooit gedacht dat Juliet de stripclub tegen haar oma zou noemen, maar ja, wat wist hij eigenlijk van hun band in de afgelopen zeven jaar?

'Natuurlijk weet ik dat. Ik mag dan van een andere generatie zijn, ik weet heus wel hoe ik internet moet gebruiken. Je vrienden hebben een behoorlijk succesvol bedrijf opgebouwd.'

'Heb je ons opgezocht?'

'Ik moest toch wat doen terwijl ik aan het herstellen was. Mijn lichaam kan dan wel niet dansen, mijn geest is nog steeds actief. Ik ben best handig met een zoekmachine, hoor.'

Nana keek uiterst tevreden met zichzelf.

'Ik...'

'Misschien moet je de eigenaren eens suggereren om een soort pay-per-view-onlinestreaming aan te bieden. Het is geen pornografie als je niet naakt bent en kijk maar eens naar die filmtrailer van Channing Tatum. Zoiets zouden jullie kunnen doen om wat extra geld te verdienen.'

Hij kon niet geloven dat hij dit gesprek voerde met de oma van Juliet. 'Ik zal het, eh, ter sprake brengen en kijken wat ze zeggen.'

'Dat moet je doen. Er moet een manier zijn om jullie shows te gelde te maken voor meer dan alleen drankjes en fooien.'

Hij had zich nog nooit ongemakkelijk gevoeld over zijn beroep, maar dit gesprek kreeg het voor elkaar.

'Tanner Wentworth, zit je daar nu te blozen?'

'Nee, mevrouw.' Oké, hij had zojuist zijn eigen regel om niet tegen haar te liegen verbroken.

'Jawel, dat doe je wel. En ik moet zeggen, ik vind het ontwapenend. Maar dat heb ik je altijd al gevonden. Je keek vroeger altijd naar Juliet met kalverliefde in je ogen toen jullie nog op de basisschool zaten. Ik wist dat het slechts een kwestie van tijd zou zijn voordat jullie het samen zouden uitvogelen. Gemma en ik waren zo blij toen je Juliet die eerste keer mee uit vroeg.'

Hij had een vage herinnering aan de avond dat zijn moeder hem en Juliet naar de bioscoop had gebracht. Hij was ontzettend beschaamd geweest dat zijn moeder hen moest brengen, maar van de drie ouders en Nana was zij degene geweest van wie hij dacht dat ze hem het minst voor schut zou zetten.

En om nu te ontdekken dat zij en Nana het over hen hadden gehad...

'Je bloost *echt*.' Ze klopte op zijn hand.

'Ik kan het niet ontkennen.' Hij perste er een glimlach uit en hoopte vurig dat het niet al te geforceerd overkwam.

Ze grinnikte en legde haar hand weer in haar schoot. 'Liefde is vreemd, nietwaar? Het mooiste gevoel ter wereld, maar het maakt ons ook het meest kwetsbaar. Je volledige vertrouwen in iemand stellen en de essentie van wie je bent uit handen geven... Dat is een hele grote stap. Het kan eng zijn. Zeker als je al eens gekwetst bent.'

Twee keer, maar wie hield de tel bij?

'Ik heb er alle vertrouwen in dat jij en Juliet het dit keer zullen laten werken. Jullie twee zijn voor elkaar bestemd. Dat wisten we al vanaf de eerste keer dat je haar zag.'

'Nana...' Hij hield zijn hoofd schuin. Het was één ding om hier te verschijnen en te zeggen dat ze aan hun relatie werkten; het was iets heel anders om glashard te liegen en te beweren dat ze nog lang en gelukkig zouden leven. 'We waren nog maar baby's. Wat voor chemie je ook dacht te zien, dat was waarschijnlijk gewoon lucht.'

Het deed hem goed om haar te horen lachen. 'O, Tanner, je zult het nog wel zien. Ooit zul je begrijpen wat ik bedoel. Er hangt een... ik weet niet, een aura misschien om jullie heen als jullie samen zijn, die de meeste stellen, zelfs degenen die echt van elkaar houden, niet hebben. Het maakt me bijna jaloers. Maar ik had een prachtige relatie. Niet onvergelijkbaar met die van jullie, denk ik graag. Dus ik weet dat als jullie zover kunnen komen dat jullie ophouden jezelf de schuld te geven, het helemaal goed zal komen.'

Zichzelf de schuld geven? Waar had ze het over? Hij gaf zichzelf niet de schuld. Hij was de huwelijken met Juliet — het huwelijk dat niet doorging en het huwelijk dat wel doorging — aangegaan met een open vizier en een hart vol liefde voor haar. Zij was degene die de boel verpest had.

Ja, hij gaf haar de schuld. Want daar hoorde de schuld ook te liggen. Hij had niets verkeerds gedaan.

Maar net als bij haar vader was hij niet van plan de illusies van haar oma te verwoesten. Zijn tijd hier was bedoeld om haar hoop te geven voor de toekomst van Juliet, niet om hun verleden af te kraken.

'Dus hoe lang gaat die kapperbeurt ongeveer duren, denk je? Ik moet naar de andere kant van de stad, op zo'n twintig minuten van Juliets kantoor.'

'Ongeveer twee uur. Ik laat het kleuren.' Ze aaide over haar haar, waar een witte lok tussen de rest zat die net zo blond was als dat van Juliet. 'Ik vermoed dat het nogal idioot lijkt om dit te laten doen aangezien het er eigenlijk niet meer toe doet, maar een vrouw mag best wat ijdelheid hebben en bij mij is dat mijn haar. Wist je dat het vroeger net zo mooi was als dat van Juliet, toen William en ik verkering hadden?'

'Ik meen me te herinneren dat het ook al erg mooi was toen ik hier nog woonde.'

'Tjonge jonge, Tanner, jij bent een vlotte prater. Geen wonder dat je de populairste danser van die club bent.'

Zijn gezicht liep rood aan. Hoe had ze dat in hemelsnaam gehoord? 'Eh—'

Ze lachte opnieuw en klopte op zijn arm. 'Het is gewoon te leuk om je te plagen, Tanner. Alleen omdat ik een grootmoeder ben, betekent dat niet dat ik geen vrouw meer ben. Ik sta erom bekend dat ik af en toe van dat soort etablissementen bezoek. Misschien kom ik jou en je vrienden zelfs wel opzoeken zodra jullie hier de boel hebben opgezet.'

Hij wilde het liefst onder zijn stoel wegkruipen om de beelden te verdrijven die ze in zijn hoofd opriep. 'Eh, Nana?'

'Ja?'

'Zouden we misschien, eh, van onderwerp kunnen veranderen? Ik weet niet hoe gepast dit gesprek is, gezien het feit dat ik met je kleindochter getrouwd ben.'

'Dat klopt, dat ben je. En vergeet dat maar nooit.'

Met de grip die ze op zijn arm had, was Tanner niet van plan dat voorlopig te vergeten.

Ooit.

* * *

Hij was nog nooit van zijn leven zo blij geweest om een leegstaand pand te zien.

Tanner probeerde het gesprek met Nana nog steeds van zich af te schudden. Van het feit dat ze wist wat hij voor de kost deed, tot het feit dat ze ook echt *begreep* wat hij deed, tot die opmerking over het getrouwd zijn met haar kleindochter die er zomaar uit was geflapt... De vrouw mocht dan kwakkelen, ze kon nog steeds behoorlijk hard uithalen.

'Het ziet er niet uit als veel.'

Hij keek opzij naar Juliet op de passagiersstoel. Haar oma had erop gestaan dat Juliet met hem mee zou gaan; ze beweerde dat ze geen behoefte had aan een starende Juliet terwijl haar haar werd gedaan, dus kon Juliet net zo goed wat over Tanners zaken leren, want dat was immers wat getrouwde mensen deden.

Geen van beiden kon tegen die logica inbrengen zonder hun dekmantel in gevaar te brengen, dus was Juliet meegekomen.

Hij had de makelaar gebeld om de afspraak te maken, maar daarna was het een zwijgzame rit geweest — waar hij dankbaar voor was. De gebeurtenissen van de andere avond werden alleen maar groter naarmate ze er langer over zwegen, maar wat kon hij zeggen? *Bedankt voor het nummertje?*

Hij was niet van plan zijn eeuwige liefde te verklaren of voor te stellen om weer bij elkaar te komen, dus eigenlijk had het geen zin. Het was wat het was.

En het was behoorlijk spectaculair geweest.

Hij schudde zijn hoofd. Tijd om zijn gedachten van seks naar zaken te verzetten. 'Het is niet de buitenkant van het gebouw waar ik me zorgen om maak.' Nou ja, afgezien van de bereikbaarheid, die aan een hoofdweg lag, dus dat was goed, en de parkeergelegenheid, die er overvloedig was — hij glimlachte toen hij aan Nana's opmerking terugdacht — dus dat klopte ook. De locatie was ook niet slecht; de buurt was nog niet te veel in verval geraakt, en met de ontwikkeling van dit terrein zou het weer tot leven kunnen komen. 'Ik moet de binnenkant zien om te kijken of de ruimte geschikt is voor het podium, de bar en de zitgedeeltes.'

De makelaar stond hen al op te wachten toen ze aan kwamen rijden.

'Wentworth? James Pfeiffer.' De man stak zijn hand uit. 'Aangenaam.'

'Bedankt dat u ons — mij — op zo'n korte termijn kon ontmoeten.'

Pfeiffer schudde daarna Juliets hand en knikte naar het gebouw. 'Dit pand staat al te lang leeg. Het begint een doorn in het oog te worden. De stad betaalt me goed om een huurder te vinden, dus ik help u graag. Zullen we?' Hij maakte een gebaar naar de grote glazen deur.

De gevel had wat werk nodig en de luifel van golfplaat zou weg moeten, maar de buitenkant leek groot genoeg om de faciliteit te huisvesten die Tanner in gedachten had.

Pfeiffer gaf hen de rondleiding, liet de elektrische aansluitingen en waterleidingen zien, en leidde hen door de nutsruimte die tot een keuken verbouwd zou kunnen worden. Nu Bryan en Gage dansers van beide geslachten in de shows hadden opgenomen, werd de club echt een avondbestemming, en de vraag naar meer dan alleen barsnacks had hen doen besluiten een provisorische keuken toe te voegen aan hun hoofdlocatie. Toekomstige locaties zouden standaard van keukens worden voorzien.

Pfeiffer liet hem en Jules alleen om de ruimte zelf te verkennen; hij haalde zijn telefoon tevoorschijn en zei dat hij buiten zou staan bellen voor het geval ze vragen hadden.

Tanner pakte een laserafstandsmeter die hij onderweg hiernaartoe had gekocht en nam wat maten op. De enscenering zou werken als het podium eindigde waar hij nu stond.

Hij keek om zich heen. 'Jules, kun je me die emmer daar even aangeven?'

'Deze?' Ze pakte de lege emmer voor pleisterwerk op.

'Ja, zet hem daar maar neer.' Hij wees naar de plek waar de hoek van het podium zou komen. 'En die krat ook. Pak die even voor me, maar pas op voor splinters.'

Hij nam hem van haar over en zette hem bij zijn voeten neer.

'Wordt dit het podium?'

'Ja. Daar komen de tafeltjes.' Hij maakte een cirkelvormig gebaar voor het podium. 'Dat zou genoeg ruimte moeten laten voor kleedkamers achter de schermen.'

'Bedoel je niet *uit*kleedkamers?' mompelde Juliet binnensmonds.

Tanner onderdrukte een glimlach. Zijn beroep zat haar *wel* dwars. En als hij eerlijk tegen zichzelf was, moest hij toegeven dat hij het wel fijn vond dat het haar iets deed.

Maar dat was dan ook het enige wat hij wilde toegeven. Want het deed er niet toe. Hij zou weer naar huis gaan en doen wat hij van plan was geweest voordat hij hierheen kwam, de geweldige sekspartij ten spijt. 'De bar komt langs die muur. Waarschijnlijk twintig krukken, dus dat is een behoorlijk aantal.'

'Ik kan me niet voorstellen dat veel mensen naar de bar kijken als ze hier zijn.'

'Het zou je verbazen.' Hij sleepte een kapotte balk naar de plek waar de bar zou komen. 'BeefCake, Inc. is geen ordinaire stripclub, Jules; het is een avondje uit. Stellen komen hier, nemen hun vrienden mee. De menukaart breidt zich uit. Het wordt een hotspot, en niet alleen voor de show. Ik zou er ook graag een dansvloer in willen verwerken als dat lukt, zodat we er een nachtclub van kunnen maken zodra de show is afgelopen.'

Ze sloeg haar armen over elkaar en hield haar hoofd schuin. 'Je hebt hier echt goed over nagedacht.'

'Zoals ik al zei, dit lichaam heeft een houdbaarheidsdatum. Ik wil niet langer doorgaan met dansen dan de tijd dat ik die broeken met klittenband eigenlijk al lang had moeten opbergen.'

Haar blik gleed langs zijn torso omlaag.

Lager.

En zo was het opeens weer de andere avond en hij verlangde net zo vurig naar haar als toen. Het verschil was dat hij nu een verse herinnering had aan hoe fantastisch de seks met Jules was om het vuur aan te wakkeren.

En ja, hij stond in lichterlaaie.

Hij schraapte zijn keel, draaide zich om en liep bij haar weg. Hij zou wat foto's maken. Ze naar Gage en Bryan sturen. Zijn gedachten verzetten, weg van hoe sexy Jules eruitzag in die strakke rode rok die die heupen accentueerde die hij vastgehouden had, en haar prachtige benen die nog sexier leken in die beige hakken die perfect waren voor kantoor, maar waarvan de kleine strikjes op de hielen een man smeekten om ze los te knopen, en de getailleerde witte blouse die haar taille benadrukte en precies boven haar decolleté openstond en eigenlijk niet sexy zou moeten zijn, maar aangezien hij wist wat eronder zat... was het dat wel.

Hij nam een paar foto's van de provisorische omtrek op de vloer, puur om zijn gedachten weer bij de les te houden. Daarna nam hij er nog een paar van het plafond en het buizenstelsel, en eentje van de bar voordat hij zijn telefoon op de rest van de ruimte richtte.

Hij hield stil toen hij naar de voordeur gericht stond.

Jules leunde met haar rug tegen de deurpost, haar lichaam vormde een silhouet tegen het zonlicht.

Haar haar viel voorbij haar schouderbladen en krulde aan de uiteinden weg van de plek waar haar rug hol trok voordat deze haar achterwerk bereikte.

Juliet had een fantastische kont. Strak, stevig, rond... Klein genoeg om met zijn hand te omvatten, maar groot genoeg om die te vullen.

Zijn vingers tintelden bij de herinnering.

Iets anders deed dat ook.

Hij maakte de foto. De laatste foto die hij van Jules had—

Eigenlijk had hij helemaal geen foto's van haar. Zij had de fotoalbums bewaard toen ze nog bij elkaar waren en toen hij vertrok... Toen hij vertrok, was het laatste wat hij wilde een herinnering aan haar.

Hij nam er nog een. En nog een. Hij kon niet stoppen met klikken, hoewel ze niet eens bewoog.

Tanner bewoog wel. Hij deed een stap naar links. De hoek veranderde en hij legde de welving van haar wang vast.

Het deed hem aan die van Keegan denken.

De steek in zijn maag was minder pijnlijk dan normaal.

Ze streek met een hand door haar haar en hield haar hoofd schuin, waardoor de golvende lokken over haar rug naar beneden vielen.

Hij hield van Juliets haar. Hij hield van hoe het voelde, de textuur, de manier waarop het door zijn vingers gleed. De manier waarop het over zijn huid streek. De manier waarop het uitgespreid lag op zijn kussen.

Of op dat van haar.

Hij nam nog een paar foto's. Hij zou er graag eentje van voren willen hebben in het volle zonlicht, maar dat kon hij haar niet vragen. Dat zou de deur openen naar te veel vragen. Vragen waarop hij geen antwoorden had.

Op dat moment kwam ze in beweging en zwaaide ze naar de makelaar die vermoedelijk buiten stond.

Tanner keek op zijn telefoon hoe laat het was. Ze moesten maar eens gaan. Er was verder toch niet veel meer te zien in het pand, behalve een hoop achtergebleven bouwzooi en een paar metalen vaten waarvan hij hoopte dat ze leeg waren, maar waarvan de verwijdering onderdeel van de deal zou moeten zijn. Ze konden geen gedoe met milieu-inspecties gebruiken bovenop de bestemmingsplannen.

'Tanner?' Juliet draaide zich naar hem toe. 'Ik denk dat die makelaar klaar is met bellen.'

'Ja, ik ben ook wel klaar.' Hij schoof de telefoon in zijn achterzak.

'En? Ga je dit pand huren of kopen?'

Hij haalde zijn schouders op. 'Eerst de voorwaarden horen. Ik weet niet zeker of Gage en Bry het geld ervoor hebben, dus het kan sowieso pas gebeuren als ik instap.'

Juliet ademde diep uit. 'Juist.'

Ze sloeg haar armen om zich heen en zag er klein en kwetsbaar uit.

Verdomme, hij wilde geen medelijden met haar hebben. Hij wilde geen... geen spijt hebben van het feit dat hij weer weg zou gaan.

Hij wilde haar geen pijn doen.

'Kom eens hier, Jules.' Hij trok haar in zijn armen omdat hij dat gewoon *moest* doen, drukte haar tegen zich aan zoals hij altijd had gedaan en liet zijn kin op haar hoofd rusten.

Ze haalde haar eigen armen van haar lichaam en sloeg ze om hem heen.

Hij voelde een zucht diep in zijn ziel resoneren.

'Hé, zijn jullie... o. Jeetje. Sorry.' Pfeiffer had de deur opengedaan, maar deed hem binnen twee seconden weer dicht en stond weer buiten, maar het was genoeg om de sfeer te verpesten.

'Ik... het spijt me.' Jules deed een stapje terug en streek haar haar achter haar oren, haar armen weer om haar middel geslagen. De klassieke gekwetste houding — de ledematen intrekken om de kern te beschermen. 'Ik had niet—'

'Het geeft niet. Ik weet dat dit niet makkelijk is.' Hij zou bij haar weg moeten stappen. Dat wist hij. In plaats daarvan streek hij een paar lokken weg die ze gemist had.

Haar lippen bewogen — ze pitte ze op elkaar, beet erop en pitte ze weer op elkaar, maar uiteindelijk kreeg ze er wat woorden uit. 'Bedankt, Tanner. Daarvoor. Voor de knuffel. En... dat je dat zei.' Ze schraapte haar keel. 'Nou ja. Ik denk dat we maar eens moeten gaan. Meneer Pfeiffer uit zijn lijden verlossen. Die arme man moet zich doodschamen.'

Tanner keek haar wat langer aan. De Jules die hij zich herinnerde zou zich aan hem vastgeklampt hebben en hem gesmeekt hebben om te blijven. Hij was nog niet gewend aan deze nieuwe, onafhankelijke, volwassen Juliet.

Maar hij vond haar leuk.

En dat was een gevaarlijke gedachte, genoeg om hem in beweging te krijgen. Juliet leuk vinden bracht hem altijd in de problemen.

Hij deed twee stappen naar de voordeur en duwde deze open. 'Na jou.'

De rest van de middag bleef hij haar geur ruiken.

Hoofdstuk drieëntwintig

'Dus...' Sandy liep met een wiegende tred om de hoek van haar bank met een fles wijn en twee handbeschilderde wijnglazen. Op de ene stond *Therapie* en op de andere *Excuus*. 'Welke kies je?' Ze zwaaide ermee naar Juliet.

Juliet rolde met haar ogen en pakte het *Excuus*-glas. 'Deze maar. Die is het dichtstbij.'

'Uhu.' Sandy trok haar been onder zich en ging op haar bloemetjesbank zitten. 'Dan kun je nu ongestraft ondeugende dingen doen met die lekkerd met wie je nog steeds getrouwd bent, en de schuld aan de wijn geven.'

Jammer dat ze dit glas de vorige avond niet had gehad.

'O mijn God.' Sandy's ogen werden groot. 'Je hebt al ondeugende dingen met hem gedaan, hè?'

'Wat? Sandy, je ziet spoken.' Juliet nam haastig een slok wijn.

'En jij bent opgewonden. Of voldaan. Of opgewonden en smachtend naar voldoening.' Sandy wees met haar wijnglas naar Juliet. 'Je hebt met hem tussen de lakens gelegen, nietwaar?'

'Tussen de lakens? Serieus, hoe oud zijn we?'

'Niet ontwijken, Juliet. Je bent met je echtgenoot naar bed geweest.'

Juliet boog naar voren om haar wijnglas op het dienblad op de grote hocker voor hen neer te zetten — en om een paar seconden de tijd te hebben haar blos onder controle te krijgen. 'Luister eens naar die zin. Er is absoluut niets mis mee.'

'Tenzij je al zeven jaar gescheiden leeft van die echtgenoot en dolgraag voor altijd met hem getrouwd wilt blijven.'

Sandy wist helaas meer details dan Tamra.

Maar ze wist ze niet allemaal, en als Juliet de glimlach om de herinnering aan die nacht maar van haar gezicht kon houden, zou Sandy geen bevestiging krijgen.

Ze leunde achterover en beet op haar lip om haar glimlach te onderdrukken, ervan overtuigd dat ze niets verraadde.

Sandy hield haar hoofd schuin. 'Ik ken je, Juliet. Je houdt me niet voor de gek met dat lipbijten. Je hebt met Tanner geslapen en je hebt er geen spijt van.'

'Zou jij dat hebben?' Verdomme, ze had geen antwoord moeten geven.

'Aha! Ik wist het!' Sandy hief haar glas. ''t Wordt weleens tijd dat je je gezonde verstand gebruikt. Die brok hartstocht al die jaren negen staten verderop laten wonen... Je bent niet goed wijs, meid.'

'Je weet waarom—'

'Ik weet waarom je *zei* dat je niet naar hem toe zou gaan, maar elke idioot kan zien dat jullie bij elkaar horen. Ik ken je misschien pas sinds ik voor je vader werk, maar het is altijd overduidelijk geweest. Zodra iemand Tanner Wentworth noemt, begin jij te stralen als een kerstboom. En als wat ik zag in zijn club een graadmeter was, voelt die man net zoveel voor jou. Jullie moeten een soort vredespact sluiten en er gewoon voor gaan. Jemig, ik zit een meter van je vandaan op de bank en de man is niet eens in de kamer, maar ik voel de hitte gewoon van je afstralen. Ik heb geen idee waarom je hier bij mij zit terwijl *dat* thuis op je wacht. Als ik jou was, wist ik het wel.'

'Hij is vanavond de hort op.' Juliet schikte het kussen achter haar rug. 'Met zijn vrienden van de middelbare school.'

'Wil je me vertellen dat zijn beschonken maatjes aantrekkelijker zijn dan zijn prachtige vrouw? Dacht het niet.' Ze gaf Juliet een duwtje tegen haar knie. 'Als jullie allebei in dat knusse huisje zouden blijven, zouden jullie er misschien achter komen dat je nergens anders heen wilt.'

Juliet leunde met een zucht achterover. 'Het is ingewikkeld.'

'O, dat weet ik. Je hebt het me verteld. En het is vreselijk wat je hebt meegemaakt. Maar als jullie van elkaar houden — en vertel me niet dat dat niet zo is — dan komt het wel goed.' Sandy nipte van haar wijn.

'De afstand tussen ons is te groot.' Juliet ging met haar hand door haar haar. 'Misschien als hij na onze bruiloft was gebleven, of als ik achter hem aan was gegaan, maar... Hij heeft het recht om boos op me te zijn. Hij heeft het recht om me niet te vertrouwen of te vergeven.'

Sandy haalde haar wijnglas van haar lippen. 'Ik denk dat *jij* jezelf moet vergeven, Juliet. Je draagt dit al al die jaren met je mee. Ja, je hebt een paar twijfelachtige beslissingen genomen, maar je was jong. We nemen allemaal twijfelachtige beslissingen als we jong zijn. Vandaar het echtscheidingspercentage in dit land.'

'Ik heb twee twijfelachtige beslissingen genomen die zijn leven hebben beïnvloed.'

'Je hebt hem niet naar het altaar gesleurd.'

'Mijn vader wel.'

Sandy legde haar arm over de rugleuning van de bank en raakte Juliets schouder aan. 'Maar dat was jij niet.'

'Dat had net zo goed gekund.'

'En dan had hij nog steeds weg kunnen lopen. Maar dat deed hij niet. Waarom?'

'Vanwege die hypotheek.'

'Echt?' Sandy hield haar hoofd schuin. En haar wijnglas ook, waardoor er wat op haar T-shirt morste. 'O, shit. Rode wijn vlekt en dit is mijn favoriete T-shirt.' Sandy sprong op van de bank en liep naar de keuken. 'Wil je me vertellen dat Tanner de rest van zijn leven zou opofferen voor de gokschulden van zijn vader? Denk daar eens over na, Juliet. Je ouders zouden zijn ouders echt niet op straat hebben gezet. Ze zijn al jaren bevriend.' Ze opende de koelkast. 'Tanners vader had zijn deel van de zaak in plaats daarvan aan hem kunnen verkopen. Hij had keuzes. Misschien *wilde* Tanner wel een reden om met je te trouwen — om zijn schuldgevoel af te kopen omdat hij bij je was weggegaan nadat je Keegan verloor. Misschien voelde hij zich daar wel schuldig over, heb je daar ooit bij stilgestaan?'

'Tanner hoefde zich nergens schuldig over te voelen. Het lag allemaal aan mij. Als ik niet expres zwanger was geraakt, hadden we Keegan niet verloren.' Tot op de dag van vandaag geloofde ze nog steeds dat het een karmische afrekening was voor wat ze had gedaan, en niemand zou haar van het tegendeel overtuigen. Ze vond het alleen vreselijk dat Tanner en Keegan de prijs hadden moeten betalen. 'En als ik die avond niet in scène had gezet—'

Sandy stak haar hoofd om de hoek van de keuken. 'Onzin.'

Juliet schudde haar hoofd. 'Neem me niet kwalijk?'

'Ik zei: *onzin*. Je blijft maar met excuses komen, maar wat je niet ziet, is dat Tanner altijd is teruggekomen. Zelfs nu. Daar is een reden voor, Juliet, en niet omdat hij zo'n aardige vent is.' Ze dook weer de keuken in. 'Ik garandeer je dat hij dit niet zou doen als een van de strippers met wie hij bevriend is het hem had gevraagd. Die man ziet je zitten en jij moet zorgen dat hij dat beseft.'

Sandy had haar hoop aangewakkerd tot ze die laatste zin uitsprak. Juliet pakte haar wijn weer op. 'Geen sprake van. Alles wat ik tot nu toe heb gedaan, is hem manipuleren. Dat kan ik niet nog een keer doen. Hij verdient beter. Jemig, *ik* verdien beter. Tanner moet bij me willen zijn omdat hij van me houdt, niet omdat hij aan me vastzit of zich verplicht of schuldig voelt, of medelijden met me heeft. Als ik niet alles van Tanner kan krijgen, hoef ik helemaal niets van hem.'

'Kijk, dat is de eerste volwassen opmerking die je hebt gemaakt sinds we aan dit gesprek begonnen zijn. Weet je wat de volgende moet zijn?'

'Wat?'

'Dat je eropuit gaat om je man te veroveren.'

Juliet keek naar de deuropening van de keuken. 'Er speelt veel meer tussen Tanner en mij dan alleen hormonen.'

'Schatje, onderschat de kracht van hormonen niet. Er zijn wel ergere dingen gebeurd door hormonen.'

'Precies. En ik heb geen behoefte aan meer strijd in mijn leven. Nana helpen beter te worden is tegenwoordig al zwaar genoeg.'

Sandy kwam de woonkamer weer in en depte met een vel keukenrol op haar shirt. 'Ik weet het. Het is eng. En moeilijk. Maar ik ken je oma, en het laatste wat zij wil, is dat je Tanner laat glippen. Welnee, zodra zijn naam valt, krijgt ze een glimlach op haar gezicht die bijna net zo groot is als de jouwe. Ze wil achterkleinkinderen. En ze wil dat ze de naam Wentworth dragen. En dat wil jij ook. Jullie moeten je alleen even door het verleden heen worstelen om bij jullie toekomst te komen. En hem hier hebben is een kans die te mooi is om te laten liggen. Dus hup, met die schattige billen van je naar huis en bedenk een manier om hem daar bij je te krijgen.'

Juliet nam nog een slok van haar wijn. Maar een kleine, want als zij en Tanner zouden gaan praten — en Sandy had haar genoeg overtuigende redenen gegeven om die olifant in de kamer eens te benoemen — wilde ze een helder hoofd hebben als Tanner vanavond thuiskwam.

Helaas voor Juliet kwam hij die avond helemaal niet thuis.

Hoofdstuk vierentwintig

Tanner had een hoofdpijn die groter was dan de staat waarin hij zich bevond.

Jägermeister-shots. Wat had hij in hemelsnaam bezield?

Hij had gedacht dat het beter was om gisteravond niet naar huis te gaan. Hij had gedacht dat als hij dat wel deed, hetzelfde zou gebeuren als de avond daarvoor en hij wilde de zaken niet nog gecompliceerder maken dan ze al waren.

Maar jezus. Zijn kop barstte uit elkaar.

'Yo, Tan. Doin' okay, bro?' Ricks stem klonk alsof hij weergalmde tegen de muren van zijn mancave.

Tanner pelde één oog open. Een beslist damesachtige mancave. De gordijnen voor de ramen mochten dan wel Cowboys-blauw zijn, maar de strikken aan de bovenkant van de volant deden de mannelijkheid in één klap teniet. En de zilveren lovertjes op de barkrukken...

Rick had de pesterijen geïncasseerd met een goedmoedig schouderophalen. 'Soms, jongens, is het het vechten niet waard. En soms is de beloning het waard.'

Hij hoefde niet verder uit te weiden. Ze begrepen het allemaal.

En ze kregen het allemaal. Iedereen, behalve hij.

Je kreeg het de andere avond wel.

Ja, een dwaling die niet had mogen gebeuren.

Hij kromp in elkaar. Wat hij en Juliet hadden gedaan een dwaling noemen was... tja, een gruwel.

'Alsjeblieft.' Rick hield een dubbel borrelglas onder zijn neus. 'Een haartje van de hond die je beet.'

Eén snuif en Tanner deinsde achteruit. 'Nee, bedankt. Haal die rotzooi bij me weg.' Hij greep naar zijn hoofd. Hij had die zesde nooit moeten nemen. Maar hij had een reden gewild om niet terug te gaan naar Juliet.

Die had hij gekregen.

Verdomme, hij zou er waarschijnlijk nu ook niet heen moeten gaan.

Hij checkte zijn mobiel.

Geen berichtje. Geen oproep.

Hij wist niet zeker wat hij daarvan vond.

'Serieus, Tan, drink. Het helpt tegen de kater.'

'Ik verdien die kater. Verdomme, dat doen we allemaal. Denken we dat we nog tieners zijn?'

'Ja, want dertig is ook zo ontzettend oud.' Rick, de klootzak, stompte hem tegen zijn schouder. 'Ik dacht dat je uitkeek naar de grote drie-nul. Je wordt een rijk man, toch?'

Tanner wreef in zijn nek. Hij had de jongens jaren geleden over het trustfonds verteld en ze hadden hem er gisteravond mee gepest. Gelukkig wist niemand van zijn vaders gokverslaving, dus dachten ze allemaal dat hij grootse aankopen plande op de dag dat hij dertig werd.

Ze waren nogal teleurgesteld geweest toen ze hoorden dat hij het in een zakelijke onderneming investeerde. Hij had het op een *nachtclub* gehouden en het daarbij gelaten. Als ze wisten dat hij danste...

'Dus, heb je je ouders al gezien?' Rick zette het glas op de tafel en pakte er een paar lege bierflesjes vanaf, waarbij het gekletter door Tanners schedel sneed.

Of misschien was het Ricks vraag wel.

'Nog niet.'

'Ga je nog?'

Tanner opende één oog. 'Waarom?' Er klonk iets... vreemds in Ricks stem. En in zijn vraag. Tanner kon zich niet herinneren wanneer Rick voor het laatst zelfs maar over zijn ouders was begonnen, laat staan dat hij geïnteresseerd was wanneer Tanner met hen gesproken had.

'Geen reden. Alleen dat ik je oude heer wel eens in het stadje zie en hij... tja, hij ziet er niet best uit.'

'Is er iets mis met hem?'

Rick draaide zich om, waarbij de plastic vuilniszak tegen de salontafel sloeg in weer een zenuwslopende kletter van glas. 'Het feit dat je het aan míj vraagt, is al een probleem.'

'Het is... ingewikkeld.'

'Die man is je vader, Tan. Misschien moet je eens polshoogte gaan nemen.'

Nog iets waar hij niet mee geconfronteerd had willen worden door hierheen terug te komen.

Tanner pakte het borrelglas van de tafel waar Rick het had neergezet en sloeg de inhoud achterover. De vloeistof brandde in zijn keel, de hele weg naar beneden.

Nou, *dat* was in elk geval een wake-up call.

Hij schudde zijn hoofd, haalde zijn vingers door zijn haar en stond op. Hij had een douche nodig voordat hij Ricks vraag en de bijbehorende realiteit onder ogen kon komen. Om over Juliet nog maar te zwijgen. Haar wilde hij ook niet onder ogen komen.

Gelukkig was ze op dit uur waarschijnlijk al onderweg naar kantoor, dus teruggaan naar haar huis zou veilig moeten zijn.

* * *

Fout.

Hij wist het op het moment dat hij de voordeur opende. Hij rook haar. Die lupines...

'Tanner? Ben jij het?'

'Verwachtte je iemand anders?' Hij liep de keuken in. Ze had geen koffie, maar thee bevatte meer cafeïne. Dat had hij nodig. En wat sinaasappelsap.

Wat hij niet nodig had, was een Juliet die verscheen in een jurk die haar borst omsloot en langs de welving van haar heupen stroomde om net boven haar knieën te eindigen, waardoor er niets aan zijn verbeelding werd overgelaten. Want hij wist wat eronder zat.

'Waar was—O. Gaat het wel?'

'Zie ik er zo belabberd uit?'

'Het is... nou ja, je hebt er wel eens beter uitgezien.'

'Ik heb me ook wel eens beter gevoeld.' Hij schudde zijn hoofd en zelfs dat deed pijn. 'Ik weet niet wat we dachten.'

Ze pakte een glas uit de kast en overhandigde het hem. 'Net als op de middelbare school. Als jullie mannen bij elkaar komen, hebben jullie de gezamenlijke hersencellen van een amoebe.'

Hij pakte de jus d'orange uit de koelkast. 'Hebben amoeben überhaupt wel hersencellen?'

'Je begrijpt wat ik bedoel.'

'Auw, Jules. Je hoeft niet zo hard te zijn.' Hij nam het glas van haar over, waardoor hij de jurk voor de tweede keer goed kon bekijken. 'Is dat wat je naar kantoor draagt?' Verdomme, waarom vroeg hij haar dat? Het waren zijn zaken niet wat zij naar kantoor droeg. Hij schonk de sap ruw in het glas.

'Hoezo? Wat is er mis mee?'

Hij haalde zijn schouders op en zette het glas aan zijn mond. Beter sap erin, dan zijn voet in zijn mond.

'Serieus. Wat is er mis mee?' Juliet keek omlaag naar de voorkant en draaide toen haar schouder weg, waardoor de stof strak over haar borst spande.

'Niets.' Alles. Tanner sloeg het sap achterover.

Ze keek hem weer aan en streek de jurk glad over haar heupen. 'Ik heb dit al vaker gedragen.'

'Ik zei toch dat het prima is, Jules. Let maar niet op mij.' Hij pakte een mok uit haar kast en vulde die met water, en zette hem toen in de magnetron. Hij had cafeïne nodig. Nu.

Alhoewel, de aanblik van Juliet in die jurk bracht zijn bloed sneller op gang dan cafeïne ooit zou kunnen. 'Moet je niet allang weg zijn?'

'Ik heb mijn e-mail vanmorgen thuis al afgehandeld. Ik wilde... ik wilde met je praten.'

Er gingen alarmbellen af in zijn hoofd — wat niet hielp tegen de kater. Hij draaide zich niet om. 'Waarover?'

'Over...' Ze zuchtte diep. 'De andere avond.'

Er was maar één andere avond en daar wilde hij niet over praten. 'Ik denk dat het beter is om het te laten voor wat het is.'

'En wat ís het dan?'

Hij draaide zich abrupt om — verdomme. Zijn hersenen liepen een paar seconden achter op zijn lichaam, dus ze rammelden in zijn schedel. 'Wat bedoel je met, *wat is het*? Het is wat het is en we moeten het gewoon in het verleden laten rusten.'

'Waarom?'

'Waarom? Omdat het niets verandert, weet je nog? Dat hebben we afgesproken.' Het bloed bonsde door zijn hersenen en hij wilde het toeschrijven aan de stress van haar vraag en het volume waarmee hij haar geantwoord had... maar hij dacht dat het daar niet aan lag.

'Ik herinner het me, Tanner. Ik herinner me heel veel dingen. Zoals hoe het altijd was tussen ons.'

'Dat is waar dit allemaal om draait, nietwaar? Daarom kwam je naar mijn club om me te zoeken. Je wilt mij — ons — terug. Is je oma eigenlijk wel ziek of heb je dat verzonnen?'

Juliet hapte naar adem en greep het aanrecht vast. 'Hoe kun je dat nou vragen? Natuurlijk is ze ziek. Zoiets zou ik nooit verzinnen. Dat heb je zelf toch gezien?'

Shit. Hij voelde zich door die vraag nog slechter dan door de kater. Hij haalde een hand door zijn haar en steunde daarna met zijn handpalmen op het aanrecht achter hem. 'Je hebt gelijk. Het spijt me. Dat was ongepast. Natuurlijk is ze ziek. Ik weet dat je dat niet zou verzinnen.' Hij wreef over de stoppels van zijn vijf-uur-schaduw. 'Luister, Jules. Er kan niets meer zijn tussen ons. Er is te veel bagage. Te veel wantrouwen. We kunnen niet terug.'

'Ik wil ook niet terug.'

Hij dacht dat hij het niet goed verstaan had. Hij peuterde met een vinger in zijn oor. 'Hè?'

'Ik wil niet terug. Je hebt gelijk; er *is* te veel bagage. Te veel verdriet en foute beslissingen en leugens om doorheen te waden. Maar we kunnen wél vooruit, Tanner. Dat zou kunnen, als we dat wilden.'

Dat was het probleem; hij wilde het niet.

Echt niet? Dat was niet wat je de andere avond zei, en je kunt proberen het op hormonen of de afstand of wat dan ook te gooien, maar de realiteit is dat je Juliet toen wilde. En dat je daarna nogmaals terugging. Er is iets tussen jullie; dat is er altijd geweest. Je bent het aan jezelf verplicht om dat onder ogen te zien in plaats van ervoor weg te rennen. Je bent al aan het rennen sinds Keegan stierf. Tijd om te stoppen en de lupines te ruiken, vriend.

Juist. En ook zijn ouders bezoeken. Goh, dit reisje was echt één en al feest.

Tanner klemde zijn vingers om de rand van het aanrecht. 'Ik kan dit niet, Jules. Niet nu.'

Ze opende haar mond om iets te zeggen, maar sloot hem weer. Maar hij voelde hoe die leigrijze ogen van haar probeerden in zijn psyche te graven. In zijn ziel.

Ooit was hun dat gelukt. Omdat zij zijn ziel *waren*.

'Oké, Tanner. Je hebt gelijk. Nu is niet het juiste moment. Ik moet naar mijn werk en jij moet... wat je vandaag ook moet doen.'

'Ik ga naar mijn ouders.'

De woorden schokten hem net zoveel als haar.

'Weten ze het al?'

Hij trok een gezicht toen hij zijn hoofd schudde. 'Ik wist het tot net zelf nog niet eens, dus nee, ze weten het niet.'

'Ga je ze bellen?'

Hij haalde zijn schouders op, duwde zich van het aanrecht af en opende de magnetron. 'Ik weet het niet. Waarschijnlijk niet. Voor het geval ik me bedenk.'

'Weet je zeker dat dat verstandig is?'

'Nee. Maar dat was de andere avond ook niet en dat heb ik ook overleefd.'

Min of meer.

* * *

Hij had het *overleefd*.

Overleefd.

Tot zover Sandys geweldige inzicht in Tanner Wentworth.

Hij wilde echt niet proberen om de draad weer met haar op te pakken.

En waarom ben je verbaasd?

Omdat... zij dat wel wilde. Omdat ze dacht dat de andere avond iets betekende. Hij wilde haar nog steeds fysiek. Hij had haar vastgehouden nadat haar vader was weggegaan. Hij moest toch íéts voor haar voelen om dat te doen, toch?

Behalve dat hij er niet over wilde praten. Het niet opnieuw wilde beleven. Haar niet wilde aanhoren.

Juliet verplaatste de plaknotitie van de ene kant van haar bureau naar de andere — zoals ze de afgelopen vijf minuten al deed. Ze moest haar gedachten bij haar werk houden. Terug naar de dagelijkse beslommeringen. De toekomst was te zwaar om over na te denken.

'Juliet?' Maggie, haar assistente, riep haar via de intercom vanaf haar bureau.

Juliet verplaatste de plaknotitie terug naar haar agenda en drukte op de microfoonknop. 'Wat is er, Maggie?'

'Meneer Wentworth is hier voor u.'

'Tanner?' Juliet probeerde zijn naam er niet piepend uit te gooien, maar dat lukte niet erg.

'Uh, nee. Een meneer Palston Wentworth.'

Tanners vader? Wat kon hij in godsnaam van haar willen?

Juliet nam een paar seconden de tijd om haar gedachten te ordenen en drukte toen weer op de knop. 'Stuur hem maar door, Maggie.'

'Komt in orde.'

Juliets kantoor bevond zich op slechts anderhalve meter van Maggies bureau, dus ze had niet veel tijd om zich voor te bereiden op de komst van haar schoonvader.

Schoonvader. Grappig dat dat haar eerste gedachte bij die man was. Ze had Tanners ouders niet meer gezien sinds zijn moeder was langsgekomen om een foto van Keegan te vragen. Ze waren die avond in het ziekenhuis geweest toen Nana de foto's had gemaakt. Meneer Wentworth was sinds het ziekenhuis niet meer bij haar in de buurt gekomen en ze had hem sindsdien niet meer gezien. Hij was zelfs niet op de rechtbank verschenen voor hun bruiloft.

Natuurlijk, met die hele kwestie rond de hypotheek kon ze het hem niet echt kwalijk nemen. Maar Tanner wel.

De man leek in niets op de man die ze zich herinnerde. Uitgeteerd, zijn schouders gebogen en zijn haar, dat ooit dik en blond was geweest zoals dat van Tanner, nu grijs en dun... Meneer Wentworth was meer verouderd dan de jaren die verstreken waren.

'Meneer Wentworth.' Juliet liep om haar bureau heen en stak haar hand uit. Haar grootmoeder had ervoor gezorgd dat ze haar manieren kende. 'Wat kan ik voor u doen?'

Tanners vader keek naar haar uitgestoken hand alsof hij niet precies wist wat het was. Maar toen pakte hij hem vast met zijn knokige hand. 'Eerder wat ik voor u kan doen.'

Hij gaf haar nog een laatste stevige handdruk, reikte toen naar de rugleuning van de stoel voor haar bureau en liet zich er voorzichtig in zakken, terwijl hij een klein tasje op zijn schoot legde.

'Wat u voor míj kunt doen?' Ze liep terug naar de achterkant van haar bureau en liet de stoel naast hem voor wat hij was. Dit was geen sociaal bezoek en hij had haar nooit als zijn schoondochter erkend. Aan de andere kant, hij had haar eigenlijk nooit echt erkend als ze bij Tanner thuis was. Meestal nam hij Tanner apart om over football te praten. Juliet was opgelucht geweest de tijd met mevrouw Wentworth te kunnen doorbrengen, aangezien Tanners vader altijd stug en afstandelijk was geweest.

'Ik weet dat u op de hoogte bent van de kwestie tussen uw vader en mij.' Meneer Wentworth verzette zich in zijn stoel. 'Over de hypotheek.'

'Ja, dat weet ik.'

Hij trommelde met zijn vingers op het tasje en keek haar aan terwijl hij op de binnenkant van zijn wang beet.

Toen zette hij het tasje op een hoek van haar bureau en liet zijn handen weer in zijn schoot rusten. 'Ik ben hier om u terug te betalen.'

Juliet reageerde niet. Ze wist niet wat ze moest zeggen. Ze wist waarom haar vader de hypotheek van de bank had overgekocht; wist waarom meneer Wentworth die überhaupt aan hen verschuldigd was. Als ze hem zei dat ze hem de schuld kwijtschold en hij al dat geld hield, wist ze niet wat hij ermee zou doen. En als ze het Tanner vertelde... tja, dan zou er geen reden meer voor hem zijn om te blijven.

Ze had tijd nodig om na te denken. 'Goed. Dan moet ik onze advocaten op de hoogte stellen, zodat zij het papierwerk in orde kunnen maken. Wilt u dat, eh, tasje tot die tijd bij u houden?'

'Nee.' Hij krabde aan zijn kaak. 'Nee, houdt u het maar. Geef mij maar een kwitantie, ik vertrouw u.'

Hij was nooit een man van veel woorden geweest, maar ze kon de spanning horen in de woorden die hij uitsprak. Dit was niet makkelijk voor hem.

Om eerlijk te zijn was het voor haar ook niet makkelijk. Ze wilde dit niet voor Tanner verbergen, maar ze wilde het hem ook niet makkelijk maken om weg te lopen. Hij moest blijven. Omwille van Nana.

En omwille van haarzelf.

Hoofdstuk vijfentwintig

'Tanner?' De mond van zijn moeder viel open—wat een enorme lading schuldgevoel in Tanners hart teweegbracht. Hij had het contact met hen niet moeten laten verwateren. Wat ze ook hadden gedaan, het bleven zijn ouders.

'Hoi, mam.' Hij trok haar in een stevige knuffel.

Ze voelde nog steeds als zijn moeder. Ze sloeg haar armen nog op precies dezelfde manier om hem heen als toen hij klein was. Hij was vergeten hoe dat voelde. Hij was niet bepaald in een stemming voor knuffels geweest toen hij gedwongen werd naar de rechtbank te gaan, de laatste keer dat hij haar had gezien.

Hij had terug moeten komen. Al was het maar voor een bezoekje.

'Hemeltje, kijk jou nu eens. Het is zo lang geleden.'

'Ik weet het, mam. Het spijt me.'

Er stonden tranen in haar ogen. 'Nou ja, je bent er nu. Dat is wat telt.' Ze stapte opzij. 'Kom binnen. Het spijt me alleen dat je vader niet thuis is om je te zien. Je komt toch wel weer terug, hè?'

'Is pa er niet? Waar is hij?' Tanner wilde het eigenlijk niet vragen, maar iets dwong hem ertoe, hoewel hij half bang was voor het smoesje waar zijn moeder mee op de proppen zou komen. Zijn vader had een gokprobleem en zij had het gefaciliteerd.

Tanner had hen er allebei om gehaat toen hij hier voor het laatst was, maar nu... Nu had hij medelijden met hen.

Hij wilde de hypotheek voor hen terugkrijgen. Hen een kans geven om opnieuw te beginnen. Maar hij zou wel aandringen op therapie voor hen allebei. Pa mocht de ranch niet nog een keer verliezen, want Tanner zou hem niet voor een tweede keer uit de brand kunnen helpen. Hij had zijn eigen leven om zich zorgen over te maken.

'Hij zei dat hij wat boodschappen moest doen.'

'Wat voor boodschappen? Ik dacht dat hij op de ranch werkte.'

'O, dat doet hij ook. Maar er is net een lading vee vertrokken en hij kwam binnen met een grote glimlach op zijn gezicht, gaf me een kus op mijn wang en zei: "Gemma, ik ga de deur uit. Wacht niet op me."'

Shit. Shit. En nog eens shit. Dat klonk niet best.

'Maar je kunt toch wel even bij mij blijven? Je bent toch niet alleen voor je vader gekomen?'

Zijn schuldgevoel verdubbelde. Ach, het was niet alsof zijn vader de afgelopen zeven jaar niet al in de problemen had kunnen zitten. Eén middag kon niet veel meer schade aanrichten.

'Natuurlijk wel, mam.' Hij sloot de deur achter zich. 'Je hebt toevallig niet nog wat van je koekjes hier, hè?'

'Nou ja, Tanner Nathan Wentworth. Wat zou de Wentworth Ranch zijn zonder mijn zelfgebakken chocolate chip cookies? De knechten komen er in hun pauze nog steeds voor binnen, net als toen jij nog hooi aan het sjouwen was.' Ze joeg hem in de richting van de keuken. 'Kom mee, ik zal ze voor je pakken. Als ik had geweten dat je kwam, had ik een trommel vol voor je gebakken om mee terug te nemen.'

Weer een steek in zijn hart. In de veel te korte tijd dat hij vader was geweest, had hij geleerd wat het betekende om van een kind te houden, en dat had hij zijn moeder ontzegd.

'Ik ben hier, eh, voor een tijdje, mam.'

De glimlach op haar gezicht toen ze zich omdraaide verwarmde hem, maar vervulde hem ook met meer spijt omdat hij haar pijn had gedaan. 'O, lieverd, wat fijn om dat te horen. Waar logeer je?'

En nu kwam het moeilijke gedeelte...

Hij volgde haar de keuken in. 'Bij Juliet.'

Moeders pas stokte. 'Ju... Juliet? Chambers?'

'Wentworth, mam. We zijn nog steeds getrouwd.'

Zijn moeder werd *plotseling* erg druk met het zoeken naar de koekjes in de kast. 'Zijn jullie dat? Ik dacht dat je dat jaren geleden al geregeld zou hebben.'

'Nee, dat heb ik niet gedaan.' Hij wilde dit onderwerp eigenlijk niet aansnijden bij zijn moeder, maar het moest gezegd worden. Hij had te veel jaren zijn mond gehouden en hij wist hoe bezorgd zijn moeder was geweest toen Burt de hypotheek had overgenomen.

Hij liep naar de kast en nam de koekjestrommel van haar over. 'Laten we gaan zitten.'

Ze knipperde met haar ogen naar hem, maar zei niets. Dat hoefde ook niet. Hij zag diezelfde angst in haar ogen.

'Het is oké, mam. Alles komt goed.' Hij hield een stoel voor haar naar achteren.

Ze liet zich erop zakken. 'Wat bedoel je, Tanner?'

'Ik bedoel dat ik de hypotheek voor jullie regel.' De hoop die in haar ogen sprong was zijn beloning en bevestigde dat hij hier moest zijn, de leugen moest leven die Juliet had bedacht, voor meer dan alleen haar grootmoeder.

'Maar hoe—?' Ze sloeg haar hand voor haar mond. 'Je studiefonds.' Nu werd de blik van zijn moeder hard. Vastberaden. 'Nee, Tanner. Dat sta ik niet toe. Dat geld is van jou en het is niet bedoeld om je vader en mij uit de puree te helpen. Ik wil er niets over horen.'

'Mam—'

'Nee. Je doet het niet.' Ze stond op en friemelde aan de theedoek die uit de zak van haar schort hing. 'Je bent al zo veel misgelopen in je leven. Al de dingen die hadden moeten zijn—' Ze hoefde het lijstje niet op te noemen; ze kenden het uit hun hoofd. 'Ik wil niet dat je ook nog je toekomst verliest. Dat geld is voor jou. Om een huis te kopen, studieschulden af te betalen, een auto te kopen. Wat je ook wilt doen. Mijn vader heeft het juist daarom opzijgezet en ik sta niet toe dat je het aan ons overhandigt. We nemen het niet aan.'

'Mam, wacht even. Je begrijpt het verkeerd.'

'Nee, dat doe ik niet. Je kunt geen plannetje smeden om me wijs te maken dat je het niet echt doet, want dat is de enige manier waarop je het zou kunnen doen. Ik sta het niet toe, Tanner, hoor je me? Ik doe het niet. Ik woon nog liever in een armenhuis dan dat ik toezie hoe jij die financiële buffer opgeeft vanwege je vaders... nou ja, zijn problemen.'

'Mam, pa heeft een gokverslaving. Het is niet zomaar een probleem.'

'Hoe dan ook, Tanner, jij hoeft je er niet om te bekommeren. We krijgen de ranch wel terug. Je vader werkt harder dan hij ooit heeft gedaan en we beginnen eindelijk weer licht aan het einde van de tunnel te zien. Het komt wel goed. Dat beloof ik je.'

Hij greep haar handen vast. 'Nee, mam, wat je niet begrijpt is dat ik mijn studiefonds er niet voor ga gebruiken. Juliet geeft die aan mij. Zomaar.'

Nu viel haar mond open en voor één keer wist ze even niets te zeggen.

Maar hij zag de vraag in haar ogen. 'Omdat ik haar ergens mee help, en in ruil daarvoor is zij bereid de schuld kwijt te schelden.'

Er ontsnapten tranen uit haar ooghoeken. 'Waarom? Wat zou je in hemelsnaam kunnen doen?'

Hij slaakte een zucht, liet haar handen los en leunde naar achteren tegen de hardhouten rugleuning van de stoel. 'Ik doe alsof ik haar echtgenoot ben.'

'Maar ik dacht dat je dat was. Zei je net niet dat jullie niet gescheiden zijn?'

'Jawel, maar dat gaan we wel doen. We doen echter alsof dat niet zo is, voor haar grootmoeder.'

'Haar grootmoeder? '

'Nana heeft een beroerte gehad en herstelde niet goed. Juliet dacht dat als haar oma iets positiefs had om zich op te richten, ze weer beter zou willen worden. En het heeft gewerkt. Ze was goed genoeg hersteld om uit het ziekenhuis ontslagen te worden voordat ik kwam. En nu gaat het een stuk beter met haar. Nog wel moe en ze heeft wat coördinatieproblemen met één hand, maar ze is weer op de been. Ze is laatst zelfs naar de kapper geweest.'

'Allemaal omdat jij terug bent gekomen?'

'Nou ja, omdat ze ziet dat Juliet gelukkig is en dat maakt haar gelukkig.'

'Maar wat gaat er gebeuren als Juliet verdrietig is?'

'Wat bedoel je?'

'Kom op, Tanner. Je kent Juliet. Verdorie, iedereen weet hoe Juliet over je denkt. Denk je nu echt dat ze er gewoon naar kan kijken hoe jij weer uit haar leven wandelt en daar gelukkig onder blijft?'

'Dat moet ze wel. Dat is onze afspraak. Ze wil alleen maar dat haar grootmoeder beter wordt.'

Zijn moeder trommelde met haar vingers op de tafel. 'Nou ja, het is nu toch al gebeurd, dus we kunnen er niets meer aan doen behalve het volhouden, maar laat mij de eerste zijn om je te vertellen dat ik nooit wil dat je voor mij doet alsof je iets bent wat je niet bent. En ik kan je garanderen dat Penelope dat ook niet wil, dus jij en Juliet een besluit moeten nemen. Deze onzekere situatie waarin jullie allebei zweven is voor niemand goed.'

'Het is maar voor even. Tot mijn verjaardag op zijn laatst, ironisch genoeg, hoewel het met haar grootmoeder zo goed gaat dat het misschien eerder voorbij is, zodat we dit kunnen beëindigen.'

'De leugen of het huwelijk?'

'Dat is één en hetzelfde.'

Zijn moeder hield haar hoofd schuin. 'Is dat zo?'

'Wat bedoel je?'

Ze leunde naar voren en legde haar hand tegen zijn wang. 'Ik zie hoe je kijkt als je haar naam noemt. Op precies dezelfde manier als vroeger. Je geeft nog steeds om Juliet en jullie hebben een verleden samen.'

'Een niet-zo-best verleden, als je het je nog herinnert.'

'Dat herinner ik me. Maar ik herinner me ook hoe verliefd jullie twee waren. Zij was jong. Jij was jong. Ze was bang dat je haar zou verlaten.'

'Mam, ze was van plan om zwanger te worden.'

'Ik weet het, lieverd. Maar jij deed er ook niet bepaald alles aan om te zorgen dat het niet gebeurde.'

'Ik droeg een condoom.' Hij kon niet geloven dat hij dit gesprek met zijn moeder voerde. Zijn vader had hem destijds de mantel uitgeveegd—niet omdat er een baby in het spel was, maar omdat hij niet meer kon sporten.

Zijn moeder opende de koekjestrommel en haalde er drie uit. Ze legde er twee op een servetje voor hem neer op de tafel en gebruikte de andere als aanwijsstokje. 'Maar condooms zijn niet honderd procent betrouwbaar, Tanner. Dat weet iedereen. Dus het was altijd een mogelijkheid. Je nam elke keer een risico met Juliet.' Ze nam een hap van het koekje en veegde wat kruimels weg met haar handrug. 'Wie zegt dat ze niet sowieso zwanger was geraakt, ook als ze niet had gedaan wat ze deed? Wie had je dan de schuld gegeven? Dat is nu eenmaal hoe het werkt, Tanner. Als je met vuur speelt, kun je je branden. En hoe vaker je speelt, hoe groter het risico. Je hebt je gebrand. Maar het was toch niet alleen maar slecht? Ik herinner me hoe dolgelukkig je was met Keegan. Hoe jij en Juliet de babykamer inrichtten en hoe je steeds over haar buik wreef. Het was teder. Precies zoals liefde hoort te zijn.'

Tanner tikte met de rand van het koekje op zijn servetje. 'Dus wat wil je nu zeggen? Dat ik haar moet vergeven voor het ruïneren van het leven dat ik gepland had er zand over moet gooien en met haar getrouwd moet blijven alsof er niets is gebeurd?'

Zijn moeder nam uitgebreid de tijd voor nog een hap en kauwde grondig, wat hem ongemakkelijk deed schuifelen onder haar starende blik.

Eindelijk slikte ze door. 'In één woord: ja. Natuurlijk, ze heeft een paar beslissingen genomen die niet de beste waren, maar in de kern was het omdat ze van je hield. Ze was bang je kwijt te raken.'

'En toch is dat gebeurd.'

'Precies. Denk je dat dat meisje in al die jaren niet genoeg heeft geboet? Zelfverwijt is iets verschrikkelijks om mee te moeten leven.' Zijn moeder knipperde met haar ogen en keek weg. 'Ik kan het weten.'

Tanner nam een hap van het koekje. Of liever gezegd, een flinke hap. 'Toch ben je nog steeds met hém getrouwd, mam. Waarom?'

Ze hapte naar adem, knipperde, en schraapte toen haar keel. 'Omdat ik van hem hou. Omdat hij zijn goede kanten heeft. O, ik weet dat je dacht dat ik hem in de hand werkte, en misschien deed ik dat ook wel, maar ik geloof ook graag dat ik heb voorkomen dat het nog erger met hem werd. Dat hij zonder mij alles zou zijn kwijtgeraakt.'

'Maar je had de ranch bijna verloren, mam, als meneer Chambers niet was bijgesprongen.'

'Maar hij is wél bijgesprongen en we zijn hem niet kwijtgeraakt. En dat zal ook nu niet gebeuren, zelfs niet zonder jouw hulp. Want je vader heeft, met mijn liefde en steun, hulp gezocht.'

'Wat voor hulp?'

'Hij gaat naar een therapeut. Al een tijdje. Hij laat iemand anders de administratie doen. We hebben nu een accountant. Becky is zo secuur in het controleren of alles wel volgens de regels gaat, dat we eindelijk wat extra's overhouden. En je vader gokt het niet weg. Hij heeft me al een paar keer mee uit eten genomen naar goede restaurants. Gaf me geld om een nieuwe jurk te kopen. Hij heeft het zelfs over een vakantie volgend jaar. Stel je voor. Een vakantie. Ik weet niet eens meer wanneer onze laatste was.'

Tanner wist het nog wel. Het was naar de jaarmarkt, de zomer dat hij in het eerste team kwam. Daarna was het wedden op zijn wedstrijden begonnen. Of, als het daarvoor al was begonnen, was het toen zo geëscaleerd dat zijn vader het niet meer kon opbrengen.

'Dus het werkt, die therapie?'

'Iets werkt er in ieder geval. Ik heb hem in jaren niet zo gelukkig gezien.'

'Dat is niet wat mijn maat Rick zei. Hij zei dat pa er niet meer hetzelfde uitziet.'

'O, dat klopt. Hij is afgevallen. Ik zeg hem dat hij te hard werkt, maar hij haalt gewoon zijn schouders op en gaat weer aan de slag. Maar hij staat elke ochtend op en staat zij aan zij met al de knechten. En dan... dan gaat hij 's avonds naar de hengelsportzaak in het dorp. Hij draait daar nu wat uurtjes. Zegt dat hij er rustig van wordt. Het ontspant zijn geest. En het verdient niet slecht. Geeft ons net dat beetje extra.'

Zijn vader had een bijbaantje naast het runnen van de ranch? Hij had iemand ingehuurd voor de rekeningen? Tanner kon zich niet voorstellen dat ze het over dezelfde man hadden die vroeger zo bezitterig was over zijn zaken dat hij de boeken achter slot en grendel bewaarde in de kluis in zijn kantoor.

Er klopte iets niet.

'Maar met een beetje extra ga je de hypotheek niet afbetalen, mam. Laat mij dit doen. Verdomme, laat Juliet dit doen. Ze is het me verschuldigd. Ze is het ons allemaal verschuldigd.'

Mam schoof haar hand over de tafel om de zijne te pakken. 'Vergeef haar, Tanner. Het is niet goed om zo veel woede in je te hebben. Het vertroebelt je denken en je waarneming. Ze heeft een fout gemaakt. God weet dat niemand van ons perfect is.'

'Ze heeft er twee gemaakt.'

'Oké, ze heeft er twee gemaakt. Maar hoeveel andere goede beslissingen heeft ze genomen? Er was toch zeker wel iets goeds dat je in haar zag, anders was je in eerste instantie niet bij haar geweest. Focus op het goede, niet op het slechte. Het leven is te kort voor het slechte.'

Dus ze wilde dat hij wat zou doen? Juliet de kans geven zijn leven te blijven sturen? Nee, bedankt.

Dat was al eerder gebeurd en toen had hij nergens controle over gehad. Hij was machteloos geweest om te voorkomen dat hij alles verloor wat hij wilde in het leven, van de zwangerschap tot de miskraam tot zijn studiebeurs en zelfs zijn huwelijk met Juliet—het was allemaal voor hem beslist, de mogelijkheid om zijn eigen weg te kiezen was hem ontnomen. Daarom was hij vertrokken; hij had de controle over zijn eigen leven terug moeten krijgen.

En nu had hij die.

Enige controle. Je houdt je verborgen op honderden kilometers afstand van je vrienden, je familie, alles waarmee je bent opgegroeid. Is de wrok jegens Juliet dit allemaal waard? Heeft het je ergens anders gebracht dan in de keuken van je moeder aan de koekjes? Wat voor leven is dit? Limbo is het juiste woord. Jezus, kerel, leef eens een beetje.

Hij lééfde, verdomme. Of althans, dat deed hij voordat hij door Juliet gedwongen werd hierheen terug te keren.

Ze heeft je niet gedwongen; ze heeft het je gevraagd. Een groot verschil. Deze keer ben je met je ogen open hierheen teruggekomen. Je bent teruggekomen omdat jij dat besloot, om geen enkele andere reden. Denk eens na over waarom dat precies zo is.

Dat hoefde hij niet. Hij wist precies waarom hij deed wat hij deed, en waarom hij had gedaan wat hij had gedaan.

En het ging niet om de hypotheek, hè?

Verdomme die kleine stem van de rede.

Hij duwde zijn stoel naar achteren. 'Ik moet gaan, mam.'

'O, maar je vader—'

'Die zie ik een andere keer wel. Op dit moment moet ik gewoon even nadenken.'

'Je hebt zeven jaar de tijd gehad om na te denken, lieverd. Denk je niet dat het tijd wordt dat je eens begint te handelen?'

Haar woorden deden hem omdraaien. 'Handelen? Ik ben non-stop in beweging sinds ik hier weg ben gegaan.'

'Dat weet ik. Te druk om naar huis te komen. Je weg zoeken in de wereld. Daarom heb ik er niet op aangedrongen dat je terugkwam. Ik wist dat je tijd voor jezelf nodig had. Vergeet niet, Tanner, Keegan was onze kleinzoon. Wij hielden net zoveel van hem als jij. Net zoveel als wij van jou houden.'

Die woorden kwamen aan als een klap in zijn gezicht. Hij had er niet bij stilgestaan... Helemaal niet beseft...

Nu moest hij écht nadenken.

'Mam, ik moet... ik moet gaan.'

'Ga deze keer alleen niet te ver weg, Tanner. Voor je herinneringen kun je niet wegrennen.'

Hoofdstuk zesentwintig

Hij probeerde het. God, wat probeerde hij het. Maar terwijl hij een eindje ging hardlopen om zijn hoofd leeg te maken, leek het alsof hij juist *naar* hen toe rende.

Tanner minderde vaart toen Juliet haar oprit opreed op het moment dat hij een half blok van haar huis verwijderd was. Hij dook weg achter een overwoekerde struik die iemand nu echt eens van het trottoir moest wegknippen. Maar op dit moment genoot hij van de schuilplaats die het hem bood.

Een schuilplaats? Serieus? Voor zijn eigen vrouw? Een meisje dat hij zijn hele leven al kende?

Dat dacht hij tenminste.

Maar deze Juliet... Hij keek hoe ze uit haar auto stapte. Van het been dat ze liet zien kreeg hij een droge mond op een manier die zijn hardloopronde niet voor elkaar had gekregen. Hij kende deze Juliet niet. Die jurk zou alleen voor avondjes uit moeten zijn. Met hém. Niemand anders zou haar daarin mogen zien en hij werd plotseling erg boos dat die Steve-gast haar waarschijnlijk zo had gezien. Dat waarschijnlijk talloze mannen haar zo hadden gezien.

Hij keek hoe ze achter haar auto langs liep, de jurk strak om haar achterwerk. En die hakken die ze droeg... verdomme, ze hadden bandjes die om haar enkels gewikkeld zaten.

Hij zou eigenlijk gewoon door moeten lopen.

Maar zijn moeder had gelijk. Dat was het besef waar hij tijdens het hardlopen toe was gekomen. Hij en Juliet moesten praten. De lucht klaren. Dingen zeggen die gezegd moesten worden. Ze waren geen kinderen meer en als dit het einde was, het einde van hun relatie en hun huwelijk en alles wat er de afgelopen bijna dertig jaar tussen hen was gebeurd, dan moest er een afsluiting komen.

En als het niet het einde was...

Wat wilde hij eigenlijk?

Dat was de ultieme vraag: wat *wilde* hij? Een leven vol pijnlijke herinneringen aan een vrouw van wie hij ooit had gehouden? Of een leven met de vrouw van wie hij nog steeds hield?

Hij aarzelde. Hield hij nog steeds van haar? Hoe? Waarom? Alleen omdat ze, tja, wat? Volwassen was geworden? Naar de universiteit was gegaan? Het bedrijf van haar vader leidde? Haar trots en haar pijn genoeg opzij had gezet om hem te komen zoeken, niet voor zichzelf maar voor haar grootmoeder?

Ja. Daarom. Dat waren de redenen om naar de Juliet die hij van vroeger kende te kijken en te zien dat ze nu zoveel meer was.

Misschien was er *wel* een kans voor hen.

Met de woorden van zijn moeder nog in zijn oren, trimde Tanner naar de voordeur. Ze moesten praten.

Helaas hoorde hij haar, toen hij naar binnen liep, onder de douche staan. Dat was *niet* de plek om het gesprek te voeren dat hij wilde voeren.

En toen hoorde hij haar zingen.

Hij moest lachen. Juliet had een prachtige stem — het was haar talent geweest tijdens de missverkiezingen — maar de vrouw kon voor geen goud een countrynummer zingen. Aangezien hij niet van country hield, was dat geen probleem, maar Juliet wel. Dus ze zong. Ze probeerde die kenmerkende snik erin te leggen, maar het klonk alsof ze de woorden verhaspelde. Het had haar mateloos geërgerd, terwijl het bij hem een glimlach op de lippen bracht.

Net zoals nu.

Juliet liet hem glimlachen. Ze liet hem lachen. Ze liet hem dingen voelen.

Zich levendig voelen.

Dat was het, dit gevoel dat door hem heen stroomde. Het was niet de roes van het hardlopen — die viel erbij in het niet. Juliet liet de wereld helderder lijken, de dagen langer, de nachten beter, de hoogtepunten hoger, de dieptepunten dieper...

Hij keek rond in haar huis. Het zei zoveel over haar. Ze had gewerkt en gestudeerd om op eigen benen te kunnen staan. Haar eigen weg te gaan. Het huis was niet pompeus of overdreven, maar met precies genoeg kamers en comfortabel ingericht... Het perfecte huis voor haar.

En zij was een thuis voor hem.

Hij ademde uit. Dit kon allemaal van hem zijn als hij haar gewoon vergaf.

'Miauw.'

Het kitten draaide om zijn enkels heen en keek hem aan met haar groene ogen.

Hij tilde haar op. Ook zij herinnerde hem aan hoe een thuis hoorde te zijn. Buddy had zijn appartement tot leven gewekt. Had de leegte opgevuld van het alleen zijn. Sinds de kat overleden was, was hij er zo weinig mogelijk geweest omdat het gewoon niet hetzelfde was. Toch had hij geen andere kat genomen.

Hij wist waarom. Hij had zichzelf beschermd tegen affectie. Tegen het houden van iemand of iets, zodat hij niet opnieuw iemand hoefde te verliezen. Maar dat was niet echt leven.

Dit, een thuis hebben, iemand om naar huis te komen, de hoogte- en dieptepunten van het leven delen, de zorgen en de triomfen... Dat was leven. Dat was waar het leven om draaide. Zijn moeder had gelijk. Juliets grootmoeder had gelijk.

Hij hield nog steeds van haar en hij wilde dat leven samen waarmaken.

Hij zette het kitten op de bank, trok zijn shirt uit en gooide het in de gang richting de bijkeuken, terwijl hij onderweg naar de badkamer zijn hardloopschoenen en short uittrok.

Zijn vrouw was daarbinnen en het werd tijd dat hij weer begon te leven.

Juliet spoelde de shampoo uit haar ogen terwijl ze het nummer van Rascal Flatts afmaakte, wensend dat ze het beeld van dat envelopje net zo makkelijk uit haar hoofd kon wissen.

Waarom had Tanners vader niet kunnen wachten om het haar te geven? Waarom moest het nu? Waarom niet volgende maand, wanneer het er niet meer toe zou doen? Maar nu had zij de verantwoordelijkheid om het Tanner te vertellen, waarmee ze hem de perfecte reden gaf om te vertrekken. De blokkade op de hypotheek zou weg zijn, hij zou zijn trustfonds hebben, en Nana was absoluut aan de betere hand. Hij zou geen reden meer hebben om te blijven.

Tenzij zij hem er een gaf.

Ze veegde het water uit haar ogen. Welke andere reden kon ze hem geven? Ze hadden samen geslapen, maar dat had de zaken niet veranderd. Ze hadden tijd nodig om samen te zijn, zodat hij haar kon vergeven. En hopelijk weer verliefend op haar zou worden.

Dat was het punt; er was geen garantie dat hij dat zou doen. En dat was wat haar het meeste beangstigde. Het idee van haar leven zonder Tanner erin...

Nu veegde ze wat tranen uit haar ogen.

Ze wilde hem niet verliezen, maar als hij achter het geld van zijn vader kwam, zou dat gebeuren.

Ze vermande zich. Ze was geen tiener meer; ze was een volwassene. Iemand die de waarheid onder ogen moest zien en de consequenties moest aanvaarden. Ze moest open kaart spelen. Geen spelletjes meer.

Ze zou het hem vertellen zodra hij thuiskwam.

Ze pakte de zeep en wilde net aan haar favoriete nummer van Carrie Underwood beginnen toen de deur van de badkamer openging.

'Tanner?'

Hij schoof het douchegordijn over het bad opzij en daar stond hij, in al zijn naakte glorie.

En het *was* glorieus.

'Verwachtte je iemand anders?' Hij stapte in het bad.

'Ik verwachtte zelfs jou niet.'

Hij trok het gordijn dicht. 'Je zei dat je wilde praten.'

Niet bepaald de plek om een samenhangend gesprek te voeren, want haar brein verloor snel haar scherpte naarmate hij daar langer stond. 'Ik dacht niet echt dat we onder de douche zouden praten.'

'Mooi.'

En dat was het laatste woord dat hij voor een heel lange tijd zei.

Oh god. Het was zo lang geleden dat ze de liefde hadden bedreven onder de douche. Juliet wilde weten waarom nu, maar met zijn tong in haar mond was ze niet van plan het hem te vragen.

Ze was zeker niet van plan om over het geld te beginnen, want zijn handen voelden zo goed aan terwijl ze over haar lichaam gleden dat nog glad was van de zeep, waarbij hij haar tegen zich aan trok terwijl het water over hen heen kletterde. Ze moest haar ogen sluiten, maar dat was slechts een voorbode van het moment waarop de gevoelens te intens werden. In het verleden hadden ze weleens geprobeerd elkaar tot het einde aan te blijven kijken, maar er was altijd dat moment waarop Tanner haar volledig buiten zichzelf bracht en ze geen controle meer had over haar acties; ze reageerde alleen nog maar op wat hij met haar deed.

Dit was een van die momenten.

Zijn handen omsloten haar achterwerk en hij draaide zich opzij, haar benen om zijn middel slaand terwijl hij haar tegen de muur drukte.

'Ik wil je, Juliet,' gromde hij in haar nek.

'Oké,' was alles wat ze hijgend wist uit te brengen. Het water raakte haar voorhoofd, wat praten en ademen moeilijk maakte, maar ze ging hem niet vragen om te stoppen.

Ze draaide haar hoofd opzij en liet het tegen zijn voorhoofd rusten terwijl hij met zijn tong een weg omhoog zocht via haar nek naar haar lippen, terwijl zijn lid tegen haar aan pulseerde.

God, ze wilde hem in zich voelen.

En toen was hij er.

Het was net zo natuurlijk en goed als het altijd tussen hen was geweest. Alsof er geen zeven jaar voorbij waren gegaan. Alsof die andere avond niet de eerste was in zo'n lange tijd. Ze kenden elkaar nog steeds. Wisten nog steeds waar ze de ander moesten aanraken en waar ze moesten kussen en likken en zachtjes bijten. Hoe ze moesten ademen terwijl hun tongen de liefde bedreven, hoe en wanneer ze de ander moesten vastpakken en strakker aantrekken, wanneer ze moesten loslaten om de spanning alleen maar weer op te bouwen.

Zij en Tanner werkten in volmaakte harmonie. Dat hadden ze altijd in alles gedaan — nou ja, in alles behalve datgene wat zij verpest had.

Haar ademhaling stokte en ze miste een beweging in hun ritme.

'Juliet?' Tanner trok zich terug om haar aan te kijken, en de bezorgdheid in zijn ogen deed haar bijna huilen.

Godzijdank voor de douche; hij zou nooit weten dat er een paar tranen ontsnapten.

'Niet stoppen, Tanner.' Ze trok zijn lippen weer naar de hare, zonder de rest van die zin uit te spreken. *Stop niet met van me te houden.*

Hij tilde haar nog iets hoger op tegen de muur, zette zijn benen wijd onder zich en bewoog zich ritmisch in haar.

Juliet kreunde. God, hij voelde zo goed aan.

Hij liet zijn vingers in haar haar glijden en draaide haar hoofd in precies de juiste hoek. Juliet klemde haar dijen om hem heen en glimlachte toen hij sissend ademhaalde.

'Vind je dat lekker?' wist ze tussen hun kussen door te fluisteren.

Hij gromde en stootte dieper in haar.

Juliet kon de tranen toen niet meer tegenhouden. Dit was geen hormonale uitbarsting na een feestje. Dit was geen ik-heb-je-zo-lang-niet-gezien-seks. Dit was Tanner die haar deur had geopend, haar douche was binnengekomen met het uitdrukkelijke doel dit met haar te doen. Hij had die beslissing genomen en ze was zo hoopvol om erachter te komen waarom.

Maar eerst...

Ze wiebelde tegen hem aan. Hij moest blijven stoten. Ze had niet veel ruimte om meer te doen dan wat bewegen, gevangen tussen zijn heerlijke warme borstkas en de koude muurtegels met zeep die hun lichamen glad maakte.

'Meer, Tanner,' kreunde ze. 'Ik wil meer.'

Met een tintelende kus gaf hij haar meer.

Tanner omvatte haar billen terwijl hij in en uit haar bewoog, en hij bedreef de liefde met haar mond met zijn tong, haar hoofd vasthoudend zodat ze nergens heen kon — niet dat ze dat wilde. Alles wat ze wilde — alles wat ze *ooit* had gewild — was hier in deze douche bij haar.

Zijn stoten versnelden. Ze liet één hand naar zijn achterwerk glijden. Tanner had een geweldig achterwerk. Ze greep het vast en trok hem in haar in dit ritme.

'Ja, Juliet. Dat is het. Raak me aan, lieverd.'

Ze liet haar andere hand langs zijn zij en over zijn tepel glijden. Hij hapte naar adem toen ze dat deed... Dus deed ze het nog een keer.

Hij trok zich terug — niet te ver, maar genoeg voor haar om te weten dat ze niet wilde dat hij zelfs maar zó ver ging.

'Je speelt niet eerlijk,' zei hij schor.

'Wilde je eerlijk spel? Of wilde je geweldige seks?'

De vurige blik in zijn ogen beantwoordde die vraag. 'Jou, Juliet. Ik wil jou.'

Hij gaf haar niet de kans om te antwoorden terwijl hij opnieuw diep in haar stootte, haar meenemend naar de plek waar ze alleen nog maar kon voelen. Denken kwam later wel weer.

. . .

Juliet voelde aan als de hemel. Hoe ze om hem heen geslagen zat, hem inwendig omsloot... Het was onmogelijk te voelen waar zijn lichaam ophield en het hare begon.

Het was altijd zo geweest tussen hen. Er was nooit een keer geweest dat hij niet deze allesomvattende verbondenheid had gevoeld wanneer ze de liefde bedreven.

Hadden ze het maar allebei vastgehouden.

Haar hakken sloegen tegen zijn billen aan, zijn tempo volgend. Ook dit was altijd goed geweest tussen hen; ze namen elkaars ritme feilloos over.

Hij bewoog zijn heupen onder een bepaalde hoek, zich herinnerend hoe dat haar voorheen de stratosfeer in had gejaagd en dat was nu niet anders. Haar ogen vlogen open en ze keek hem aan — keek hem echt aan, daar op dat moment met hem, kijkend in zijn ziel en hem alles van de hare tonend.

Juliet was liefde. Voor hem, door hem, in hem... Hij had er zo naast gezeten door hen niet nog een kans te geven.

Hij zou die fout niet nog een keer maken.

Haar spieren trokken rondom hem samen, en dat was alles wat er nodig was. Hij volgde haar zo krachtig dat het was alsof er vuurwerk ontplofte in de lucht om hen heen.

Heregod, ze voelde zo goed aan.

Zo juist.

Rillingen liepen over hen heen, naweeën. Vroeger hadden ze daar altijd om gelachen, maar nu... kon hij niet lachen. Verdomme, hij kon nauwelijks een normale zin formuleren en het enige wat hij wilde was voor altijd zo blijven staan.

Maar dat kon natuurlijk niet. Het water werd koud, haar benen verloren hun grip en hij moest zich voorzichtig uit haar terugtrekken om haar neer te laten.

Hij reikte naar de kraan om deze uit te draaien. 'Koud?'

Ze beet op haar onderlip. 'Helemaal niet.'

God, hij hield van haar.

Hij nam haar gezicht in zijn handen. Gleed met zijn duim over die onderlip zodat ze hem losliet. Gleed vervolgens met zijn duim tussen haar lippen.

Ze likte eraan en zijn lid sprong weer tot leven, alsof hij niet net een van de meest verpletterende orgasmes had gehad die hij ooit had beleefd.

'Niet doen.' Hij schudde zijn hoofd, niet precies wetend wat hij haar vroeg niet te doen.

Ze beet in plaats daarvan zachtjes in zijn duim. Het had hetzelfde effect.

Tanner zuchtte en huiverde, twijfelend over wat hij moest zeggen. Hij was hier zo doelgericht en vol testosteron binnengestormd, met de behoefte haar als zijn vrouw op te eisen. En nu...

Nu moest hij haar vertellen wat hij wilde. Haar. Haar leven. Hun leven.

En misschien zelfs wel een kind.

Een kin—shit. Hij had geen condoom gebruikt.

'Wat is er?' Juliet greep zijn armen vast.

'We hebben geen condoom gebruikt.'

'Oh.' Ze beet weer op haar onderlip, maar deze keer was hij te bezorgd over wat ze net hadden gedaan om te bedenken dat het sexy was.

Nou ja, bijna te bezorgd.

'Wat gaan we doen, Juliet?'

'Er bestaat zoiets als de morning-afterpil. Ik haal die gewoon even op. Geen zorgen, Tanner. Ik probeer je niet te dwingen om te blijven.'

Hij verdiende die opmerking. Maar zij ook. Het was een logische reactie van haar kant als hij dat gedacht zou hebben.

Áls.

Maar dat had hij niet gedacht. Ze had niet verwacht dat hij in haar douche zou verschijnen en toen hij dat deed, had hij haar niet eens de kans gegeven om hem aan anticonceptie te herinneren. En aangezien *hij* daar niet aan had gedacht, was er geen wet die zei dat *zij* dat wel had moeten doen.

Er was een reden waarom een groot deel van de bevolking zichzelf 'oeps-baby's' kon noemen.

Hij zou een 'oeps-baby' niet erg vinden.

Hij haalde diep adem. 'Niet doen.'

'Wat niet doen?'

'Neem die pil niet.'

'Maar—'

'Laten we hiervoor gaan, Juliet.'

Ze hield haar hoofd schuin, haar prachtige ogen samengeknepen. 'Definieer *hiervoor*. Want we hebben net *dit* gedaan en nu hebben we een discussie over morning-afterpillen en condooms. Dingen die we vooraf hadden moeten bespreken.'

Hij pakte haar handen en bracht ze naar zijn lippen, haar knokkels kussend. 'Wij. Laten we weer voor "ons" gaan.'

Haar vingers spanden zich en ze hapte naar adem. 'Tanner, wat zeg je nu?'

Hij kuste haar handen opnieuw. 'Niet hier. Dit is niet de plek waar ik dit gesprek wil voeren. Kun je over ongeveer tien minuten aangekleed zijn? Ik wil graag naar een speciale plek gaan voor dit gesprek.'

'Ik kan het in vijf.'

Hij lachte haar toen uit. 'De Juliet die ik tien jaar geleden kende, had het niet eens in een half uur gekund, laat staan in vijf minuten.'

'Ik ben die Juliet niet meer.'

'Dat weet ik.'

Hij gaf haar een speelse tik op haar billen toen ze voor hem uit de kamer liep, lachend toen ze gilde en haar handen achter zich hield om zich te bedekken.

'Te laat. Ik heb elk deeltje van je al gezien, Jules. Ik weet hoe perfect je billen zijn.'

Ze keek over haar schouder achterom, terwijl een blos haar wangen kleurde. Zo was Juliet; ze kon een tijger zijn in de slaapkamer, maar ze bloosde ervan als hij haar daarbuiten plaagde.

Hij had het plagen gemist.

Hij rende naar zijn kamer en schoot een T-shirt en een short aan. Hij zou haar meenemen naar het veld. Dat ene veld vol bluebonnets. Ze zouden praten en de dingen uitpraten en dan... dan zou hij daar de liefde met haar bedrijven. Opnieuw. Een nieuw begin.

Hij keek naar het nachtkastje. Hij had de condooms daarin gelegd — en daar zouden ze blijven liggen.

Misschien kon vandaag wel een hele reeks nieuwe beginpunten zijn.

Juliet redde het net niet in vijf minuten. Het waren er eerder acht, maar Tanner was bereid haar alle tijd te geven die ze nodig had, zolang ze maar kwam opdagen.

En dat deed ze, in een sexy klein zomerjurkje en haar natte haar in een knotje naar achteren getrokken. 'Voldoet dit?'

'God, ja, Jules. Dat voldoet zeker.' Het enige wat hij kon bedenken was zijn handen onder dat jurkje te laten glijden en het over haar hoofd uit de trekken.

Misschien zouden ze later praten. Misschien kon hij haar nu meteen mee terug naar bed nemen en konden ze daar praten.

Nee. Hij wilde dit goed doen. Wilde dat het niet alleen om de liefde bedrijven zou gaan — althans niet totdat ze hun verleden hadden gladgestreken en over hun toekomst hadden gepraat.

Hij wilde heel graag een toekomst voor hen. Samen.

'Klaar om te gaan?'

'Ik kan niet wachten.'

Tanner opende de deur voor haar en—

Zijn vader stond daar, zijn hand opgeheven om te kloppen.

Rick had gelijk gehad; zijn vader zag er anders uit. Te mager, zijn haar grijs en uitdunnend, zijn kleren lubberend om zijn lijf. Vond mam dit beter? 'Pa.'

'Zoon.'

Tanner trok een gezicht. Hij was zelden 'Tanner' als zijn vader tegen hem sprak. 'Zoon' was een belangrijkere status, zo leek het, dan wie hij werkelijk was. 'Wat doe je hier?'

'Ik moet je spreken. Je moeder zei me dat ik je hier zou vinden.'

Juliet greep zijn arm vast. 'Um, Tanner? Ik denk—'

Tanner stak zijn hand op. Juliet hoefde zich geen zorgen te maken; zij was belangrijker dan zijn vader. Wat zij moesten bespreken was veel belangrijker. 'Het zal moeten wachten. Juliet en ik stonden net op het punt om weg te gaan.'

'Dat kan niet. Ik moet je spreken. Het is belangrijk.'

Hij was verscheurd. Hij wilde zijn vader aanhoren, maar hij wilde zijn leven samen met Jules beginnen.

Zijn vader stapte over de drempel. 'Ik heb maar een paar minuten nodig. Het zal niet lang duren.'

Tanner keek naar Juliet. Ze stond daar, haar vingers strak om zijn arm geklemd, weer op haar lip bijtend. Hij wist niet goed waarom.

'Lieverd? Gaat het? Ik hoef dit niet nu te doen.'

'Ik denk dat je dat wel moet, zoon.'

Hij keek zijn vader niet eens aan. De dag dat de man hem bij zijn naam zou noemen, zou de dag zijn dat hij het gevoel zou krijgen dat hij ertoe deed voor die kerel. Tot die tijd was Palston Wentworth voor Tanner alleen maar de man die verantwoordelijk was voor het bijna verliezen van zijn moeders huis.

'Ga maar, Tanner.' Juliet dwong een wankele glimlach op haar gezicht en sloeg haar armen om haar middel. 'Maar onthoud dat ik van je hou. Dat heb ik altijd gedaan. En dat zal ik altijd blijven doen.'

De woorden waren wat hij wilde horen, maar haar toon...

Zijn instincten werden gewekt. Er was iets aan de hand. Het was alsof... alsof ze wist wat zijn vader ging zeggen en wist dat hij het niet leuk zou vinden.

Nog meer geheimen?

De gloed van hun vrijpartij doofde en hij wist niet zeker of hij wilde horen wat een van beiden te zeggen had.

Maar hij zou het wel doen.

'Best.' Hij pakte de autosleutels van het haakje aan de muur. 'Ik kom zo terug, Jules. En dan praten we.' Hij liep langs zijn vader zonder hem aan te kijken. 'Laten we gaan.'

Juliet keek hoe ze wegreden. Keek hoe haar toekomst met hen meeging.

Het zou uitkomen. Het geld voor de hypotheek.

Ze had het hem meteen moeten vertellen. Had hem moeten bellen. Zoiets belangrijks had niet mogen wachten.

Wanneer zou ze eens leren dat de waarheid altijd boven water moest komen? Dat er niets te winnen viel met zwijgen en alles te verliezen?

Opnieuw zou ze Tanner verliezen.

Ze haalde moeizaam adem. Opnieuw zou ze de scherven moeten oprapen en doorgaan. Alleen. En deze keer, echt alleen. Haar vader had gelijk gehad. Hoezeer ze ook had gehoopt dat Sandy en Nana—

Nana.

Oh god, Nana.

Juliet moest het haar vertellen. Nu. Voordat ze het van iemand anders hoorde.

Ze moest open kaart spelen. Nana vertellen waarom dit was gebeurd. Haar verzekeren dat het goed met haar zou gaan. Dat het met hen allemaal goed zou komen.

Ze legde een hand op haar buik en probeerde haar ademhaling te kalmeren. Ze kon dit. Ze had genoeg ervaring. Het was niet het einde van de wereld. Haar wereld wel, ja, maar niet *de* wereld.

Ze pakte haar sleutels en haar tas. Nana verdiende de waarheid.

Dat verdienden ze allemaal.

Hoofdstuk zevenentwintig

'Rustig aan, zoon.' Zijn vader klemde zijn hand op het dashboard.

'Zeg me niet wat ik moet doen.' Tanner gaf bijna nog meer gas, maar dat zou nog kinderachtiger zijn dan die reactie. Een reactie waar hij zijn excuses niet voor ging aanbieden.

'Dat heb ik ook nooit gekund, hè?'

'Maak je een grapje?' Hij keek even opzij naar zijn vader. 'Je vertelde me altijd wat ik moest doen. Welke worpen ik moest doen, hoe ik mijn trainingen moest intensiveren, wat ik moest eten, hoeveel ik moest slapen, wanneer ik wel en niet uit mocht gaan—'

'Ik probeerde je klaar te stomen voor een carrière in het football. Jij was degene die het niet zo serieus nam als je had gemoeten.'

Tanner kneep in het stuur tot zijn knokkels wit wegtrokken. 'Ik was bloedserieus. Ik heb die studiebeurs toch gekregen?'

'Die je vervolgens bent kwijtgeraakt omdat je meer geïnteresseerd was in seks dan in het maken van een naam voor jezelf.'

Hij telde tot tien voordat hij antwoordde. 'Je bent gewoon pissig omdat je niet meer op mijn wedstrijden kon gokken.'

'Dat was een flauwe opmerking, Tanner.'

'Als de schoen past...' Blijkbaar waren flauwe opmerkingen het enige wat zijn vader met zijn naam associeerde. Geweldig. Dit beloofde een topgesprek te worden. Over hoogte- en dieptepunten gesproken... Het ene moment het bed delen met Juliet en het volgende moment door zijn vader gekleineerd worden. 'Wat doe je hier, Pa? Waar wilde je het over hebben?'

'Ga naar Missy's Diner. We moeten dit gesprek niet voeren terwijl je achter het stuur zit.'

'En het in het openbaar bespreken is zoveel beter?'

'Ik ben hier niet om ruzie met je te maken, Tanner. Ik ben hier om mijn excuses aan te bieden.'

'Waarvoor?'

Zijn vader wees met zijn hand naar het winkelcentrum aan de linkerkant. 'Ga naar Missy's. Ik kan wel een kop koffie gebruiken.'

Terwijl hij het stuur stevig vasthield, nam Tanner de afslag naar links iets te agressief. Hij haatte het als zijn vader hem de les las. Vooral op het moment dat *hij* degene was die zijn vader uit de brand zou gaan helpen.

Hij manoeuvreerde de auto in het parkeervak vlak bij de ingang, smeet hem in de parkeerstand en stapte uit, terwijl hij de deur al met zijn afstandsbediening op slot klikte nog voordat zijn vader de kans had gehad het portier dicht te slaan.

Hij beende naar de zitbank die het verst van de deur verwijderd was. Hoe minder mensen dit gesprek konden horen, des te beter. Gelukkig was het op dit tijdstip niet druk bij Missy's. Het zou fijn zijn als ze de achtergrondmuziek wat harder konden zetten om het gesprek te dempen, maar Tanner had niet alles in de hand.

Dat was precies wat hem zo mateloos irriteerde. Zijn vader bepaalde de regels. Net als altijd. Het was het enige wat hij totaal niet had gemist toen hij was verhuisd.

Juliet was *niet* een van de dingen die hij niet had gemist, hoeveel hij zichzelf ook had geprobeerd wijs te maken dat dat wel zo was.

Missy kwam naar hun tafeltje met in elke hand een koffiepot. 'Cafeïnevrij of gewone?'

Zijn vader zette zijn mok rechtop. 'Gewone.'

'Voor mij niets, bedankt.' Hij was al hyper genoeg.

Missy schonk in en gaf hun de menukaarten.

'Geen honger.' Tanner legde de kaart op de hoek van de tafel.

Zijn vader wachtte een paar seconden en gaf hem toen terug aan haar. 'Ik neem een tosti. Met cheddar, zonder augurk.'

'Komt in orde.' Missy glimlachte naar hem. 'Als je je bedenkt, Tanner, geef dan maar een seintje.'

Ze was in al die jaren niets veranderd. Dat zei ze ook altijd al tegen hem toen hij op de middelbare school zat en haar vader de zaak nog runde. Gelukkig was ze maar een jaar of vier ouder dan hij, dus het was niet ongepast geweest. Maar hij was nu net zo min in haar geïnteresseerd als toen. Hij zou nooit een andere vrouw willen dan Juliet.

En hij wilde zo snel mogelijk naar haar terug om haar dat te vertellen. 'Dus wat is er, Pa? Wat is er zo belangrijk dat ik mijn tijd met Juliet moest onderbreken?'

'Wat dat betreft...' Zijn vader bracht zijn vingertoppen tegen elkaar en nam de tijd voordat hij antwoord gaf. 'Het spijt me wat ik je heb aangedaan tijdens je jeugd. Met mijn gokken. Ik weet hoeveel stress het in ons gezin heeft veroorzaakt en ik weet dat je het me kwalijk neemt. En terecht.'

Tanner leunde achterover. Dit had hij niet verwacht. Hij had nooit gedacht dat hij de dag zou meemaken dat zijn vader zijn excuses zou aanbieden. Pa had altijd volgehouden dat hij geen probleem had. Was daar onvermurwbaar in geweest. Had gezegd dat het tij wel zou keren. *En* dat het Tanner niets aanging.

Technisch gezien had hij daar waarschijnlijk gelijk in — tot de dag dat Burt Chambers de middelen had om hem te dwingen met Juliet te trouwen.

'Mam zei dat je in therapie bent.'

Zijn vader knikte en nam een slok van zijn koffie. 'Ik had hulp nodig. Ik was zo neerslachtig over het feit dat Burt de hypotheek in handen had en jou dwong om met Juliet te trouwen dat—'

'Wist je daarvan?'

'Natuurlijk. Burt zorgde er wel voor dat ik dat wist.'

'Wat een klootzak—'

'Rustig maar, Tanner.' Zijn vader stak zijn hand op. 'Burt had alle recht om kwaad op me te zijn. Ik heb hem bijna de zaak gekost. Of in ieder geval zijn reputatie op het spel gezet. Hij vertelde me dat hij de hypotheek had opgekocht om de boel te redden, maar hij deed het niet uit de goedheid van zijn hart. Hij zei een paar rake dingen over mij die ik op dat moment niet wilde horen. En toen flapte hij eruit dat hij je had gechanteerd om met Juliet te trouwen. Maar aangezien ik wist hoe je over dat meisje dacht, zag ik het probleem niet zo.'

'Mooi zo. Dat ik niet over de koers van mijn eigen leven kon beslissen, is dus geen probleem. Fijn dat ik zo belangrijk voor je ben.' Tanner wenste dat hij ook koffie had besteld, zodat hij tenminste een mok had gehad om op tafel te smijten, want het slaan met zijn vlakke hand deed pijn aan zijn palm.

'Je bent wel belangrijk voor me.' Zijn vader keek weg en schraapte zijn keel voordat hij hem weer aankeek. 'Ik weet dat dit te laat is, maar ik wil dat je weet dat het me spijt. Dat ik zoveel druk op je heb gelegd en dat ik de boel heb verpest met het gokken. En dat ik Burt de middelen heb gegeven om je te chanteren. Je had het niet hoeven doen, Tanner. Ik had dat nooit van je verwacht. Eerlijk gezegd maakte het me zowel trots als beschaamd. Maar ik dacht dat je van Juliet hield, dus ik dacht dat het wel goed zat.'

Op dat moment kwam Missy aanlopen met zijn sandwich.

'Bedankt, meid.'

'Graag gedaan, meneer Wentworth. Tanner? Weet je zeker dat je niets wilt?'

Ze stond met haar heup naar rechts gedraaid en de blik in haar ogen sprak boekdelen...

'Bedankt, Missy, maar ik heb alles wat ik nodig heb.'

'Nou, je weet me te vinden.' Ze haalde haar schouders op met een half giffeltje voordat ze wegliep.

'Dat meisje wil je,' zei zijn vader. 'Dat is altijd al zo geweest.'

'Niet geïnteresseerd.'

'Dat was je nooit.'

'Kunnen we terugkeren naar waar het om gaat?'

Zijn vader nam een hap. 'Het komt op hetzelfde neer.'

'Ik begrijp niet wat je bedoelt.'

'Juliet. Jij. Jullie twee zouden sowieso wel bij elkaar eindigen, dus daarom vond ik het niet zo'n groot probleem dat Burt dat huwelijk afdwong. Maar toen je wegbleef en niet meer terugkwam, tja, toen kwam de realiteit hard binnen. Dat heeft mijn ogen geopend. Daarom ben ik in therapie gegaan. Jij zou niet de dupe moeten zijn van wat ik heb gedaan. Dus ik moest er iets aan doen.' Hij nam nog een hap.

'Wat. Heb. Je. Gedaan?' Tanner vreesde het antwoord.

'Niets illegaals.' Zijn vader legde de sandwich neer en veegde zijn vingers af aan zijn servet. 'Ik heb een paar Wagyu-runderen gekocht. Ik ben in een fokkerij-coöperatie gestapt en heb genoeg verkocht om de stapel te blijven vergroten. Twee dagen geleden nam een koper contact met me op voor de hele boel.'

Wagyu-runderen waren niet goedkoop omdat hun vlees, het Kobe beef waar mensen tegenwoordig zo lyrisch over waren, veel geld opbracht.

'Hoe kon je dat eerste paar betalen?'

Zijn vader trok een gezicht. 'Ik, eh, had een maat die me nog een plezier schuldig was.'

Natuurlijk. En Tanner wist precies over wat voor *plezier* hij het had. Een plezier waar kaarten, sport of paarden bij betrokken waren. 'Een behoorlijk duur plezier.'

'Ik ben uit dat wereldje, Tanner. Ik wist dat ik eruit zou stappen. Hij was me geld schuldig dat hij niet had, dus in plaats daarvan heb ik het vee aangenomen. Ik had een plan om uit de schulden te komen. Het heeft me wat tijd gekost — niet genoeg tijd om jou te helpen — maar vanaf vandaag is de hypotheek afbetaald.'

'Heb je Burt afbetaald?' Tanner leunde achterover terwijl de gevolgen tot hem doordrongen. Juliet kon hem de hypotheek niet teruggeven omdat het geen rol meer speelde. Dat beviel hem wel; het maakte de weg vrij tussen hen.

'Dat had ik heel graag gedaan, maar die klootzak weigerde me te zien. Hij zei dat ik het met Juliet moest regelen. Dus dat heb ik gedaan. Ik ben naar haar kantoor gegaan en heb haar het geld gegeven. Heeft ze je dat niet verteld?'

En zomaar, met een paar zinnen, stortte Tanners geluk in elkaar.

Ze had geld van zijn vader aangenomen en het hem niet verteld. Ze had hem laten geloven dat ze hem nog steeds in haar macht had. Ze had hem opnieuw gemanipuleerd om te krijgen wat ze wilde, en hij was zo bij haar onder de douche gestapt en had het haar gegeven, zonder vragen te stellen.

God, wat was hij een idioot. Ze was niet veranderd. Ze was nog steeds dezelfde sluwe, verwende leugenaar die ze elf jaar geleden was.

'Ik moet gaan.' Tanner zette zijn handpalmen op tafel en duwde zichzelf omhoog. 'Kun je een lift terug krijgen?'

'Natuurlijk. Ga je het vieren met je meisje?'

'Eh, ja. Zoiets.'

Vieren was niet het woord dat Tanner zou hebben gekozen. Tenminste, niet hiervoor. Hij zou echter wel zijn vrijheid vieren als hij weer thuis was. *Zijn* huis. Negen staten verwijderd van Juliet.

* * *

De scheidingspapieren arriveerden drie dagen later.

Juliet had geweten dat ze zouden komen. Tanner was na het gesprek met zijn vader niet eens meer teruggekomen om zijn spullen te halen.

Ze had een ellendig weekend achter de rug waarin ze hem probeerde te spreken te krijgen, maar natuurlijk gingen haar oproepen direct naar de voicemail. Ze had berichten ingesproken, maar gezien deze papieren had hij er duidelijk niet naar geluisterd.

Of hij had haar niet geloofd.

Ze spreidde de papieren uit over haar keukentafel en knipperde door haar tranen heen. *Ontbinding van het huwelijk...*

De gedachte was simpelweg te pijnlijk.

'Mauw.' Houdini schuifelde over de papieren en liet kleine pootafdrukken achter op de plek waar ze in een druppel koffie op de tafel was gestapt.

Juliet krabde haar achter haar oren. 'Hij is nog sneller verdwenen dan jij, Houdini.' Precies zoals ze had geweten.

Ze had hem moeten bellen voor ze het kantoor verliet. Ze had het hem moeten vertellen op het moment dat ze hem zag.

Had ik maar, had ik maar... Maar ze had het niet gedaan.

Opnieuw was ze zo bang geweest om hem te verliezen dat haar daden — of in dit geval haar *niet*-handelen — ertoe hadden geleid dat het ook echt gebeurde.

Maar Nana had het haar vergeven; waarom kon Tanner dat niet? Vooral omdat ze dit keer alleen maar schuldig was aan het feit dat ze niet onmiddellijk actie ondernam. Ze was echt van plan geweest het hem te vertellen.

Juliet nam nog een slok van haar koffie en staarde naar de pagina's, maar ze zag geen andere woorden dan *Ontbinding van het huwelijk.*

Ze had het bijna allemaal gehad. Ze was *zo* dichtbij geweest... Het enige wat nodig was geweest waren een paar zinnen en dit zou geen punt zijn geweest.

Als dat alles is, waarom is het dan zo'n probleem? Tanner moet de waarheid horen.

Dat was allemaal wel leuk en aardig, maar hij nam zijn telefoon niet op.

Nou en? Je bent één keer naar hem toe gegaan, toch? Waarom ga je niet nog een keer? Wat heb je te verliezen?

Ze leunde achterover. Ja, waarom niet? Wat had ze te verliezen? Haar hart was toch al gebroken.

Hoofdstuk achttwintig

De daaropvolgende zaterdagavond

'Schudden met die billen, Tanner!'

De vrouw naast Juliet hield haar handen voor haar mond en liet een oorverdovend gefluit horen.

Boven op het podium glimlachte Tanner en maakte nog wat sensuele heupbewegingen.

Juliet wilde het liefst de ogen van die vrouw eruit krabben.

Haar *echtgenoot*—geen rechter had hen nog officieel gescheiden verklaard —bewoog zijn heupen zoals hij ze in haar douche had gebruikt.

Dat waren *haar* heupen, *haar* sexy moves. Als ze het lef had, zou ze het podium op springen en hem hier wegsleuren.

Ze nam nog een flinke slok van haar frisdrank—*zonder* alcohol. Als ze ook maar een klein beetje aangeschoten was, zou ze dat misschien ook echt doen, maar ze wilde een helder hoofd hebben om met hem te praten als hij klaar was.

God, het was een kwelling om op het moment *daarna* te wachten. De afgelopen week had haar bijna de kop gekost, maar ze was niet weggekomen van kantoor; gisteravond was ze zelfs tot laat gebleven om enkele onderhandelingen af te ronden die Jim door haar wilde laten afhandelen.

Ze had vanochtend de eerste beschikbare vlucht genomen en was hier zo snel mogelijk naartoe gekomen.

De show ging door en de andere mannen namen om de beurt de plek in het midden van het podium in, maar Juliet kon haar ogen niet afhouden van Tanner die op de achtergrond ritmisch meebewoog.

Hij was er zo te zien snel weer in gerold.

Ze keek de bar rond. Hoeveel was hij aan het *rondrollen*? Dacht hij dat ze al gescheiden waren? Betekende het feit dat hij haar die papieren had laten bezorgen voor hem dat hij een vrij man was? Datete hij iemand? Sliep hij met iemand?

God, het deed pijn om eraan te denken.

Eindelijk was het voorbij. De mannen verlieten het podium en de lichten in de zaal gingen iets feller aan. Juliet dronk de rest van haar drankje in één keer leeg en baande zich een weg door de menigte naar de backstage.

Een knappe man met een cowboyhoed—dat had Tanners kostuum moeten zijn, maar dat was het niet—kwam net naar buiten. Zijn vest hing open over een stel brede schouders en een platte buik, wat Juliet totaal onberoerd liet.

Ze greep hem bij zijn arm. 'Ik zoek Tanner Wentworth.'

De man duwde zijn hoed naar achteren en staarde haar aan. 'We hebben een regel tegen verbroederen met het publiek.'

'Ik ben zijn vrouw.'

Ze kon niet opmaken of de verbazing van de man kwam doordat zij hier was, of doordat Tanner een vrouw bleek te hebben.

Eerlijk gezegd kon het haar niets schelen. Ze *was* nog steeds zijn vrouw en ze wilde hem zien. 'Mag ik naar achteren?'

De man krabde aan zijn wenkbrauw. 'Eh, ja. Denk het wel. Maar als de deur dicht is, moet je kloppen. Het is een gedeelde kleedkamer.'

'Oké. Bedankt.' Ze glipte langs hem heen—en voelde zijn ogen de hele weg in haar rug prikken tot ze de hoek om ging.

De deur was gesloten.

Juliet haalde diep adem en klopte aan.

Een andere enorme kerel deed open, dezelfde die ze de vorige keer had gezien.

'Wel, hallo daar, schoonheid. Leuk je weer te zien. Vertel me alsjeblieft dat je dit keer niet voor Wentworth komt.'

Ze probeerde om hem heen te kijken, maar zijn borstkas en schouders waren bijna net zo breed als die van Tanner. 'Ik kom *wel* voor hem.'

'Verdomme.' De man zuchtte en schudde zijn hoofd. 'Hé, Tan. Er is een lekker ding voor je.'

'Bezig.'

Haar hele lichaam trilde bij het geluid van Tanners stem.

'Ik denk niet dat je dat wilt blijven.'

De grote kerel hield zijn ogen op haar gericht terwijl hij de woorden over zijn schouder riep.

'Nog steeds bezig, Markus.'

Markus glimlachte en haalde zijn schouders op. 'Je hoort de man. Hij is bezig. Maar ik, ik ben vrij.'

Ze wilde hem zo graag opzij duwen, maar ze had het gevoel dat hij, ondanks zijn vriendelijkheid, de kant van Tanner zou kiezen.

Tot hij hoorde wie ze was.

'Ik ben zijn vrouw.'

Ja hoor, de blik op zijn gezicht zei genoeg; hij was met stomheid geslagen.

Hij stapte opzij.

Juliet aarzelde geen moment en liep hem voorbij. 'Hallo, Tanner.'

Tanners blik schoot omhoog. 'Verdomme, Markus, ik zei toch dat ik bezig was.' Hij stond op en draaide zich om, waardoor ze een perfect zicht had op hoe zijn spijkerbroek zijn achterwerk omsloot onder zijn blote borstkas terwijl hij vooroverboog om iets uit zijn kluisje te pakken. 'Ga weg, Juliet.'

'Nee.'

Hij richtte zich op, maar draaide zich niet om. 'Ik wil niet met je praten.'

'Jammer dan, want ik wil wel met jou praten. Je krijgt niet de kans om er weer vandoor te gaan.'

'Eh, Tan, ik zie je later wel.' Markus maakte dat hij wegkwam.

Tanner ademde diep uit en trok een T-shirt over zijn hoofd, waarna hij met zijn handen door zijn haar ging voordat hij zich omdraaide. 'Ik kan doen wat ik verdomme zelf wil, Juliet, nu je die hypotheek niet meer boven mijn hoofd kunt houden.'

'Dat weet ik.'

'Ja, ik weet dat jij het weet. Mijn vader heeft me er alles over verteld. In tegenstelling tot jou.'

De blik in zijn ogen...

Nee. Hij mocht dit keer geen vreselijke dingen over haar denken. Dit keer was ze er alleen schuldig aan dat ze niet onmiddellijk iets had gezegd. Maar ze was van plan geweest het hem te vertellen. Ze was gewoon... afgeleid geraakt. Waarvan ze kon bepleiten dat het zijn schuld was.

'Wanneer had ik dat moeten doen, Tanner? Het moment dat je de douche in stapte? Neem me niet kwalijk dat ik op dat moment niet aan je vader dacht.'

'Niet grappig.'

'Dat probeer ik ook niet te zijn. Serieus, Tanner, wanneer had ik het je moeten vertellen? Tussen de momenten door dat je je tong in mijn mond stak? Toen je me tegen de muur tilde? Tijdens je orgasme? Je gaf me geen schijn van kans.'

'Dat is makkelijk praten nu je door de mand bent gevallen. Net als al die andere keren. Was je ooit van plan geweest me de waarheid te vertellen over de verwekking van Keegan als alles soepel was verlopen? Of waarom je vader *toevallig net* op het juiste moment kwam opdagen om ons te betrappen, terwijl hij de hele avond weg zou zijn? Of was dat ook een leugen? Ik kan je niet vertrouwen, Juliet. Niet dit keer. Het was allemaal te toevallig dat het zo uitpakte. Ik had moeten vermoeden dat je zoiets zou flikken toen je tegen je eigen oma loog om me daar te krijgen. God, wat ben ik een idioot.'

'Houd op, Tanner!' Juliet sloeg haar handen tegen haar oren. 'Hou er gewoon mee op, oké? Ik trek het niet meer. Ja, ik heb tegen je gelogen en je gemanipuleerd toen we op de middelbare school zaten. Ja, ik heb het zo gepland dat mijn vader ons na de universiteit samen in bed zou betrappen. Ik wist beide keren precies wat ik deed en ik heb vaker mijn excuses aangeboden dan ik kan tellen. Ik was bang om je te verliezen. Ik was mijn moe—al één persoon verloren die zei dat ze van me hield; ik kon jou niet ook nog verliezen. Het is geen excuus, maar het was mijn reden. Maar geloof me, jou verliezen, ons huwelijk, Keegan... dat was genoeg. Ik heb mijn lesje wel geleerd. Ik heb zelfs alles eerlijk aan Nana opgebiecht over wat ik gedaan heb om je weer naar huis te krijgen. Ik ben niet meer diezelfde persoon van vroeger.'

De tranen kwamen en ze kon er niets tegen doen. 'Hoeveel meer moet ik nog boeten voor die stomme fouten? Ik heb het nooit gedaan om je pijn te doen; ik deed het omdat ik van je hield, en in mijn onvolwassenheid en onze-kerheid dacht ik dat het niet uit zou maken omdat we toch samen zouden zijn.

'Ik weet nu dat het dom en oneerlijk tegenover jou was, maar ik kan de tijd niet terugdraaien en het uitwissen.' Ze wreef met haar arm onder haar neus om het snotteren te stoppen. 'En weet je wat? Ik weet niet of ik dat wel zou willen. Ik weet dat het verkeerd was, maar er is iets zo moois uit voortgekomen. Keegan. Ondanks alles wat ik niet had mogen doen, heb ik Keegan gehad. Al was het maar voor die korte tijd, ik had een zoon. Onze zoon. Ons kind. Ik zie hem elke dag voor me en ik mis hem elke dag. Net zoals ik jou mis. Toen je dit keer terugkwam, zwoer ik dat ik niets zou doen om het op het spel te zetten. Ik wist op het moment dat je vader me dat geld gaf dat ik het je moest vertellen. Maar jij gaf me de kans niet.'

Ze veegde de tranen uit haar ogen met de muis van haar handen. 'Ik zou die informatie niet voor je achtergehouden hebben. Je verdient de waarheid. Net als toen. Het spijt me voor wat ik gedaan heb en hoe ik het gedaan heb, maar het universum of karma of hoe je het ook wilt noemen, heeft me dubbel en dwars terugbetaald, nietwaar? Ik ben jullie allebei verloren. Dus je hoeft me niet te blijven straffen, Tanner. Ik word elke dag wakker met dat besef. Maar ik zou je zoiets nooit meer aandoen. Jij—'

De tranen en emoties verstikten haar, waardoor ze haar zin niet kon afmaken. Maar ja, wat viel er nog meer te zeggen? Tanner zou haar vergeven of niet. Maar hij wist nu tenminste de waarheid.

Tanner dacht niet na, hij liep gewoon naar haar toe, sloeg zijn armen om haar heen en hield haar vast. Hij legde zijn kin op haar hoofd terwijl ze tegen hem aan snikte; het horen van haar pijn sneed door zijn ziel.

En toen liepen bij hem de tranen ook over de wangen.

En niet zomaar een paar tranen, nee. Grote, pijnlijke snikken scheurden door hem heen, en hij klemde zijn armen om haar heen, haar even hard nodig hebbend om hem vast te houden als zij hem.

Ze hadden destijds niet samen gehuild. Nee, hij was verdoofd geweest en zij ontroostbaar, en het enige wat hij had kunnen doen was haar vasthouden en proberen te ademen.

Hij kreeg nu nauwelijks lucht. De pijn... lieve God, de pijn.

Dit ging niet over het geld. Niet echt. Het ging over hen. Hun verleden. Hun pijn.

Hun verlies.

Ze waren zoveel kwijtgeraakt en hij had tijd nodig gehad om alles een plekje te geven.

Juliets armen gleden om zijn rug en ze balde zijn shirt in haar vuisten terwijl ze hem dichter tegen zich aan trok.

Hij moest gaan zitten. Zijn benen konden hem niet meer dragen, laat staan hen allebei.

Hij sloeg zijn armen steviger om haar middel en ging op de bank zitten, waarbij hij haar op zijn schoot trok en zijn gezicht in haar haar begroef.

Ze legde haar handpalm tegen zijn wang en streelde hem.

Tanner haalde een diepe, trillende ademteug in een poging zijn emoties onder controle te krijgen.

'Tan...' fluisterde ze zijn naam tegen zijn wang, haar huid zo zacht tegen de zijne.

God, wat had hij ooit veel van haar gehouden.

Hij hield nog steeds van haar.

'Tanner?'

Haar stem, zo zacht, gleed onder zijn pijn door en hij wilde haar bereiken. De troost aanvaarden die in dat ene woord besloten lag.

Hij trok zich iets terug en knipperde met zijn ogen; door de tranen was haar gezicht een waas. Niet dat het uitmaakte, hij had jaren geleden al elk kuiltje, elke ronding en elke trekking van haar lippen in zijn geheugen gegrift.

'Het spijt me zo, Tanner. Voor alles. Voor de leugens, voor het verliezen van Keegan—'

'Ssst.' Zonder erbij na te denken legde hij zijn vingers op haar lippen. De gedachte dat zij dacht dat ze had moeten boeten voor de dood van Keegan... Hij kon het niet verdragen dat ze die last met zich meedroeg. 'Je had niet kunnen weten wat er zou gebeuren, Jules. Het is niet jouw schuld.'

'Maar als ik niet zwanger was geraakt—'

'Die keer. Er is geen garantie dat het een andere keer niet was gebeurd. Condooms zijn niet honderd procent betrouwbaar. Het had ook zonder jouw hulp kunnen gebeuren.'

Ze knipperde met haar ogen, die eruitzagen als de oceaan bij schemering. 'Betekent dat... vergeef je me?'

Hij streek het haar uit haar gezicht en legde zijn hand in haar nek. Hij keek in die prachtige, door tranen gevulde ogen. Het trillen van haar lippen. De sporen van tranen op haar wangen. Ze had zoveel verdriet. En waarvoor? Het zou de zaken niet veranderen. Het zou Keegan niet terugbrengen en, eerlijk waar, het verlies van Keegan was niet haar schuld. Juliet had ervan genoten om zwanger te zijn, ze was zo voorzichtig geweest met wat ze at en dronk en ze had gezorgd dat ze voldoende bewoog. Ze had hun kind gewild, niet als een middel om hem bij zich te houden, maar omdat Keegan van *hen* was. Voortgekomen uit de liefde die ze voor elkaar voelden. Zij leed er net zo erg onder als hij.

Apart van elkaar waren ze niet genezen; misschien konden ze dat samen wel.

Met zijn duim veegde hij de tranen weg die langs haar mondhoek gleden. 'We kunnen niet achterom blijven kijken. We kunnen elkaar niet blijven beschuldigen. Als hij was blijven leven, was hij het mooiste geweest wat ons ooit was overkomen. En alleen omdat dat niet zo is, maakt dat het nog niet het ergste. We hebben ontdekt hoe het is om van een kind te houden. Die onbaatzuchtige, vurige strijd om hem veilig te houden. We hebben die strijd verloren, maar we zijn rijker geworden door hem te kennen. Ik zal hem altijd missen. Ik vraag me altijd af hoe hij zou zijn geworden, maar ik heb hem mogen vasthouden, Juliet. Ik heb mijn zoon vastgehouden. Voor een paar korte momenten was ik een vader met zijn zoon. Ik prijs mezelf gelukkig dat ik heb mogen ervaren wat voor soort liefde dat is.'

'Gelukkig? Je haatte me omdat ik zwanger van hem was, en toen ik...' Ze haalde diep en rillerig adem. 'Toen ik hem verloor, voelde het alsof ik weer iets van je afnam. Alweer.'

Hij trok haar in zijn armen. 'Jij bent hem niet verloren. Om wat voor reden dan ook was hij niet gezond genoeg om te overleven. Dat kun je jezelf niet kwalijk nemen, Juliet. Dat heb ik ook nooit gedaan.'

'Niet? Je gaf me de schuld van al het andere.'

'Misschien was ik bang om naar mezelf te kijken. Als ik meer van je had gehouden, of het beter had laten zien, was je misschien niet zo onzeker geweest. Ik besefte niet wat het verlies van je moeder voor je betekend moet hebben. Hoe wankel jij dacht dat liefde was.'

'Nee. Je mag jezelf de schuld niet geven.'

'Laten we dan allebei ophouden met elkaar—en onszelf—de schuld te geven.'

Haar ogen zochten de zijne en Tanner wilde alleen maar dat alle pijn verdween. Hij wilde alleen maar wat vanaf het allereerste begin al van hen had moeten zijn.

'Ik hou van je, Juliet. Daarom heb je de macht om me te kwetsen. Maar ik weet dat jij ook van mij houdt. En nu we dit inzicht hebben, nu we ouder zijn en de dingen in perspectief kunnen zien, kunnen we het laten slagen.'

'Laten slagen... Tanner? Meen je dat? Meen je dat echt? Wil je getrouwd blijven?'

'*Getrouwd* blijven?' Hij grinnikte. 'Natuurlijk heb je de papieren niet getekend. Ik had het eigenlijk kunnen weten.'

'Nou eigenlijk...' Ze likte haar lippen. 'Heb ik dat wel gedaan. Ik heb ze alleen niet opgestuurd.'

'Heb je ze getekend?'

Ze knikte. 'Ze liggen in het hotel. Ik wilde ze niet zomaar tekenen en terugsturen zonder met je te praten. Zonder dat je de waarheid wist. Als je daarna dan nog steeds niet aan ons wilde werken, zou ik ze aan je geven.'

'Ik wil nog steeds dat je dat doet.'

Ze verstijfde in zijn armen en hij besefte wat hij had gezegd.

'Zodat ik ze kan verbranden, Juliet. Ik wil geen scheiding meer. Ik wil een vrouw. Jou. En ik wil het leven dat we hadden moeten hebben. Het gezin. Het is nog niet te laat.'

'Betekent dat dat je me gelooft?'

'Dat doe ik. En ik vergeef je voor het verleden. Ik begrijp waarom je het deed. Maar ik moet ook een deel van de schuld op me nemen, omdat ik niet was zoals je wilde dat ik was. Zoals je me nodig had.'

'O, maar Tanner, dat was je wel. Dat ben je. Je bent alles wat ik ooit heb gewild.'

'Omdat ik *toen* niet genoeg was. Maar onthoud dit goed, Juliet Chambers-Wentworth. Je bent mijn vrouw en ik laat je nooit meer gaan.'

Epiloog

Zes weken later

Penelope nipte van haar wijn. Ze hield echt van deze druif. Niagara heette hij. Fruitig en zoet, precies goed voor een gelukkige trouwdag — of hernieuwing van de trouwgeloften, zoals Juliet en Tanner het noemden.

Hoe ze het ook noemden, ze was apetrots dat ze de brokken eindelijk hadden gelijmd.

Ze was ook apetrots dat Juliet werkelijk dacht dat ze haar te slim af was geweest. Het arme kind was zo verontschuldigend geweest toen ze uitlegde hoe ze Tanner zover had gekregen om naar huis te komen.

Het had Penelope bijna de waarheid doen opbiechten.

Bijna.

'Nana! Kom met ons dansen!' Juliet zwaaide haar toe.

Penelope hief haar glas. Wijn was net toegevoegd aan haar lijst van toegestane zaken, met dank aan Dr. Jackson. Zijn voorwaarde voor zijn zwijgen was dat ze zich hield aan zijn regels voor herstel. Hij had gezegd dat hij haar niet nog eens wilde zien voor een beroerte, dus ze zou goed voor zichzelf moeten gaan zorgen.

Nu had ze de motivatie.

Ze keek over de dansvloer en waaierde zichzelf koelte toe. De collega's van Tanner waren er ook en hoewel ze al hun kleren aan hadden, vielen die danspasjes niet te negeren. De vrijgezelle vrouwen hier vanavond boften maar.

De hele vriendengroep van de middelbare school van Juliet en Tanner was ook aanwezig, allemaal een beetje ouder, sommigen zwaarder, anderen kaler, maar het was hetzelfde clubje dat ze zich herinnerde van de zomers bij het zwembad. En ze hadden het allemaal enorm naar hun zin.

Nou ja, dat meisje Delia was op jacht, maar dat was niets nieuws.

Ze keek de kamer rond. Tanners ouders zaten aan hun tafel te kletsen en te glimlachen. Het deed Penelope goed om hen hier te zien. Tanner had een reden gehad om boos te zijn op zijn vader, maar wat hij niet had beseft, was dat hij Palston niet uit de brand had hoeven helpen. Dat was zijn eigen keuze geweest — en een verstandige ook.

Penelope nam nog een slokje van haar wijn. Het leven was goed.

Tenminste, dat van haar. Het leven van haar zoon kon daarentegen wel wat verbetering gebruiken. Hij stond alleen in een hoek de zaal te overzien, met een blik op zijn gezicht die in de verste verte niet op een glimlach leek. Penelope had hem de hele dag nog geen spier zien vertrekken.

Het waren niet de kosten waar hij mee zat — Tanner was onvermurwbaar geweest dat hij en Juliet voor de dag zouden betalen en geen cent van Burts geld zouden aannemen. Dat vond Penelope mooi aan Tanner; de jongen wilde op eigen benen staan. Daarom had hij een vrouw nodig die dat ook kon, en Juliet was die vrouw geworden.

Maar Burt... Hij verschool zich in zijn hol en sloot zich af voor de wereld. Hopelijk zou Juliet snel een baby krijgen, zodat Burt het bedrijf weer kon gaan leiden — en het kon haar niet schelen hoe ouderwets dat klonk. Juliet zou haar kind niet urenlang alleen willen laten; het bedrijf zou er nog wel zijn als ze weer klaar was om aan het werk te gaan. En Burt had echt iets nodig om zich op te richten nu zij 'beter' was.

Ze glimlachte en nam nog een slok van haar wijn.

'Bent u tevreden met uzelf?' Ermalinda nam de stoel naast haar en liet hun wijnglazen tegen elkaar *klinken*.

'Ik ben tevreden over hen.'

'Gaat u het hen vertellen?'

'Wat? Dat ik er niet zo slecht aan toe was als ik hen had laten geloven?

Welnee, waarom zou ik dat in vredesnaam doen? Dat soort gedoe is precies wat hen in de eerste plaats in deze situatie heeft gebracht.'

Ermalinda leunde achterover en trok haar wenkbrauwen op. 'De appel valt niet ver van de boom.'

'Ik haat het als u nieuwe spreekwoorden leert.'

'U haat het als ik gelijk heb.'

Penelope nipte van haar wijn en nam de tijd voordat ze antwoordde, haar blik gericht op haar zoon. 'Waar. Maar het heeft gewerkt.'

'Het doel heiligt de middelen?'

Penelope zette haar wijnglas neer en nu was het haar beurt om haar wenkbrauwen op te trekken. 'Tjongejonge. Wat bent u weer belezen.'

'Dat ben ik.' Ermalinda hief haar wijnglas in de richting van Burt. 'Kijkt u eens.'

Terwijl Penelope toekeek, liep er een vrouw naar haar zoon.

Nancy Hillson.

En deze keer praatte Burt daadwerkelijk met haar.

'Goed gedaan, Ermalinda. Heel goed gedaan.'

'Ik heb het van de beste geleerd, *señora.*'

* * *

Juliet trok Tanner mee op het bed in de bruidssuite. Hij had erop gestaan dat ze deze keer een echte kerkdienst en receptie zouden hebben, en ze was meer dan verheugd geweest dat hij zo'n openbare verklaring wilde afleggen. Hij had zelfs zijn vrienden van Beefcake, Inc laten overvliegen voor de gelegenheid. Nou ja, van de noordelijke vestiging van Beefcake, Inc., want degenen van de vestiging in Texas konden gewoon met de auto komen voor de hernieuwing van de geloften van hun baas.

'Tjonge, Jules. Hebben we een beetje haast?'

'Kun je het me kwalijk nemen?'

'Nauwelijks.' En hij kuste haar om het te bewijzen.

Nou ja, meer dan alleen kussen.

Het duurde even voordat Juliet weer helder kon denken, maar ze had iets op haar hart dat hij moest weten.

Ze liet haar hand over zijn borst glijden. Ze had altijd al van Tanners borstkas gehouden.

Er was niet veel aan hem waar ze niet van hield.

'Weet je, Tanner, na al je mooie praatjes over eerlijkheid, heb je tegen me gelogen.'

Hij tilde zijn hoofd op om haar aan te kijken. 'Ik heb nooit tegen je gelogen, Juliet.'

'Jawel, dat heb je wel gedaan. Die eerste keer dat we de liefde bedreven nadat je terug was. Je zei dat het geen 'ze leefden nog lang en gelukkig' was. Dat je de liefde met me zou bedrijven en dan weer weg zou gaan. Dat het niet voor altijd was.' Ze nestelde zich tegen hem aan en klopte op de plek waar zijn hart zat. 'Zie je wel? Je hebt gelogen.'

Hij glimlachte en het was een mooie glimlach. 'Nou, misschien heb ik de waarheid een heel klein beetje mooier gemaakt.'

'Mooier gemaakt? Is dat niet zoiets als zeggen dat je een klein beetje zwanger bent?' Ze deed haar best om niet te gaan stralen.

Tanner rolde met zijn ogen. 'Juliet, je kunt niet een klein beetje zwanger zijn. Je bent het of je bent het...' Zijn glimlach verstrakte. 'Juliet?'

Ze kon hem niet langer laten wachten. Ze verstrengelde haar vingers niet meer met de zijne, pakte zijn pols en legde zijn hand op haar buik, met de hare er bovenop.

'Eh, Tan? Ik moet je iets vertellen...'

Het einde en bedankt voor het lezen

Het einde. Bedankt voor het lezen! Help andere lezers mijn boeken te vinden door een recensie achter te laten op de plek waar u het heeft gekocht. En als u graag meer van mijn verhalen wilt zien, sla dan de pagina om!

JUDI FENNELL

Hoofdstuk één

'Hij is weer bezig.'

Gina Taormina was niet eens van plan om ernaar te kijken, naar *het*, de zoveelste reusachtige mand gevuld met spullen die *hij* had uitgekozen. 'Stuur hem maar terug,' zei ze tegen Candy, haar beste vriendin en de receptioniste van haar wellness-salon, The Gilded Lily.

'Gina, kom op. De man wil alleen maar dat je hem opmerkt.'

Gina greep in plaats daarvan de stapel rekeningen. En dat wilde wat zeggen. 'Stuur hem terug.'

'Maar Gien, het is echt een geweldig—'

Gina sloeg met de zijkant van de rekeningen op de granieten balie. 'Het kan me niet schelen wat het is, Candy.'

'Weet je dat wel zeker?'

Verdomme, ze wist het heel zeker. 'Stuur hem terug.'

'Ach, toe nou, Gina. Geef die man een kans.'

Gina rolde met haar ogen en schudde haar hoofd terwijl ze haar werkjasje dichttrok. Ze liep om de balie heen naar de kant van Candy, waar het kloppend hart van de spa zich bevond: het afsprakenboek, de pinautomaat, de computer, de printer en de bonnetjes van gisteren. 'Ik doe niet aan strippers.'

'Nou, dat is verdomd zonde. Ik zou best een stripper doen. Zonder pardon.'

En het volgende moment zou hij weer gevlogen zijn. Gina had dat op de harde manier geleerd. Uitzonderingen waren zeldzaam, en aangezien ze bevriend was met de ene uitzondering en familie was van de andere, was haar kans om een derde te vinden vrijwel nihil. Ze had het geprobeerd en, *wow*, wat was dat in haar gezicht ontploft.

Goddank dat ze nooit werk had gemaakt van haar verliefdheid op Gage, de zakenpartner van haar neef Bryan. Vooral nu Gage samen was met Lara. Niemand was er ooit achter gekomen en het was nooit ongemakkelijk geworden met Bryan — wat makkelijk had gekund. Tja, afgezien van die twee uitzonderingen was ze definitief klaar met strippers. Nee, zeg maar gerust dat ze klaar was met *mannen*. In haar ervaring hadden ze altijd een dubbele agenda. Nou, dat had zij nu ook. En daar kwam niets met een penis in voor.

Ze rukte een lade open om een pen te pakken. 'Stuur. Hem. Terug. Candy. Nu.'

Candy zette de mand — het waren altijd erg mooie manden — op het afsprakenboek. Waarschijnlijk zodat Gina hem niet over het hoofd kon zien. 'Mag ik hem houden?'

'Nee, want dan denkt hij dat *ik* dat heb gedaan en dat is het laatste beetje egostreling dat Froggy nodig heeft.'

Ze smeet de lade dicht met haar dij en kwam achter het bureau vandaan alsof de mand van kryptoniet was gemaakt.

Voor haar was hij dat ook.

'Best, maar hoe zit het met al die andere strelingen die hij nodig heeft? En waarom noem je die lekkerding in hemelsnaam bij zijn bijnaam van de middelbare school?'

Ze had Froggy, alias Darien Foster, destijds zo leren kennen, en de jaren waarin ze door hem was vernederd, hadden haar geen reden gegeven om hem minder als een pad te zien. Zelfs niet nu hij eruitzag als een fotomodel op de cover van een roman. Ze had nooit naar die reünie moeten gaan. Dan was hij gewoon een nare herinnering gebleven.

Gina streek haar krullen uit haar gezicht en keek naar buiten. Er was vannacht weer vijf centimeter sneeuw gevallen. Ze moest de rest van de kerstversiering tevoorschijn halen en beginnen met decoreren. 'Zorg dat het weggaat, wat het ook is. Misschien begrijpt hij dan eindelijk de boodschap dat ik niet geïnteresseerd ben.'

Candy tikte met een vuurrood gelakte nagel tegen de chique rode kanten kerststrik op de mand. 'Misschien wil je hier even naar kijken voordat je weer 'niet geïnteresseerd' doet. Het is lief.'

Dat was nou juist het probleem; de kleine "cadeautjes" van Froggy, eh, Darien, werden steeds liever. Het was begonnen toen hij terugkwam naar de stad voor de reünie van hun middelbare school. Bloemen, toen chocola, daarna een enkele roos bij de chocola, maar toen was hij slim geworden en was hij begonnen met het sturen van producten die ze in haar salon kon weggeven.

Dat was een tweesnijdend zwaard; ze kon het zich op dit moment niet veroorloven om gratis producten weg te geven, omdat ze haar geld in de zaak moest steken om *het hoofd boven water te houden*. Ze zat op het omslagpunt waar haar werknemers meer uren nodig hadden, maar als de klanten er niet waren, kon ze hen niet betalen. Helaas liep het winkelcentrum leeg, waardoor er veel minder aanloop was dan twee jaar geleden toen ze de zaak begon, en ze had te veel geld in de inrichting gestoken om een verhuizing naar een andere locatie te kunnen betalen. Zolang ze de huur kon betalen, kon de huisbaas haar er niet uitzetten. Maar zonder een stroom nieuwe klanten wist ze niet hoe ze dat moest blijven doen. Gratis producten waren niet de oplossing.

Maar Darien was begonnen met het afleveren van manden vol met die spullen. Assortimenten, alsof hij ze aan *haar* gaf, maar één vrouw kan maar een beperkte hoeveelheid lotion gebruiken, en drie manden met verschillende geurende lotions en oliën zouden die vrouw meer levens kosten dan Gina had.

Ze haatte het dat hij haar via haar zaak probeerde te bereiken.

Ze haatte het dat hij haar überhaupt probeerde te bereiken. 'Stuur het gewoon terug, Candy.' Uit het oog, uit het hart en hoe eerder, hoe beter. Ze hoefde niet meer aan Darien Foster te denken. Het was al erg genoeg dat hij voor haar neef, Bryan, werkte, maar dichterbij dan dat zou hij niet komen. 'En laten we de afspraken voor volgende week eens bekijken. Ik denk dat we qua personeel wel uitkomen met wat we nu hebben.'

'Ehm...' Candy draaide een lange blonde krul om haar vingers met de typische 'dom blondje'-blik die het meisje tot in de puntjes had geperfectioneerd als ze haar zin wilde krijgen. Of als ze slecht nieuws had.

Jammer voor Candy dat Gina wist dat achter de stereotype blonde buitenkant die Candy voor haar eigen doeleinden aannam, de hersens van een Mensa-lid schuilgingen. Dat was ook de reden dat Candy hier was; ze had dat brein aan het werk gezet en een fortuin verdiend op de beurs. Ze werkte voor Gina omdat ze overdag iets leuks wilde doen, niet omdat ze het geld nodig had.

Dat was de enige reden waarom Gina zich een fulltime receptioniste kon veroorloven.

'Ehm, wat?'

'We hebben een bruidsfeest geboekt voor de zeventiende. Voor een volledige wellness-behandeling.'

Normaal gesproken zou een bruidsfeest goed nieuws zijn. Zo kon ze de spa op zondag gebruiken, de dag dat ze alleen openging voor speciale evenementen, en een evenement van deze omvang zou haar maandhuur garanderen. Maar aangezien de weken tussen Thanksgiving en Kerst niet bepaald uitpuilden van de massage-aanvragen, had Gina al haar massagetherapeuten toestemming gegeven om vakantie te nemen. Ze begreep de rust niet; het koude weer leek de perfecte tijd om je helemaal in te laten oliën en masseren — om nog maar te zwijgen van de ontspanning voor de kerststress — maar de boekingen waren schaars. Hielden vrouwen dan geen rekening met de ontberingen van het kerstshoppen?

'Over hoeveel mensen hebben we het?'

'Twaalf.'

'*Twaalf*? Wie heeft er nou zo'n groot bruidsfeest?'

'De zus van Sophie Cavanaugh.'

'*De* Sophie Cavanaugh?'

'Er is maar één Sophie Cavanaugh.'

Dat was waar. Sophie Cavanaugh was een nieuwslezeres bij de lokale omroep die nationale bekendheid had gekregen tijdens de verslaglegging van een lokale storm, toen ze — terwijl de camera's draaiden — een kind had gered dat dreigde te worden meegesleurd op een overstroomde weg. Het hielp ook dat de vrouw prachtig was, een stel hersens had in haar lichaam waar Barbie jaloers op zou zijn, en niemand had tot nu toe ook maar één lijk in haar kast gevonden sinds het verhaal bekend werd. En nu kwam ze naar de spa van Gina voor het feestje van haar zus. Als Sophie het naar haar zin had...

Alleen al de mond-tot-mondreclame zou meer waard kunnen zijn dan Gina ooit aan advertenties zou *hopen* uit te geven. En het zou wel eens de financiële opsteker kunnen zijn die The Gilded Lily nodig had.

'Oké, begin maar met bellen. We kunnen de gasten laten rouleren tussen alle stations, dus ik heb hier minstens twee extra massagetherapeuten nodig.'

'Heb ik gedaan.'

Natuurlijk had ze dat. Want Candy was niet zo hersenloos als ze mensen graag liet denken. 'Wie heb je op het oog?'

'Nou...'

'Wat, Candy?'

'Niemand.'

'Wat bedoel je met *niemand*? Wij tweeën kunnen geen twaalf vrouwen in ons eentje aan.'

'Dat weet ik.' Candy greep een pluk haar vast. 'Dat blond komt uit een flesje, weet je nog?'

'Ik zeg niet dat je dom bent.'

'Zo klonk het wel.'

'Kunnen we ons even op het probleem concentreren? Je weet dat ik van je hou en je waardeer.'

'En als mijn tegoed aan gratis behandelingen op is, ga je me betalen wat ik waard ben, ja, ja, ik snap het.' Candy slaakte een lijdzame zucht en liet haar haar los. 'De voorraad lokale massagetherapeuten is uitgeput. Iedereen is volgeboekt.'

'Maar onze afspraken zitten niet eens vol, dus hoe kan het dat er niemand beschikbaar is?'

'Kijk je wel eens om je heen? We hebben de rest van de agenda's zaterdag volgepland. Die advertentie van je van vorige maand is blijkbaar viraal gegaan of zo. Dat wilde ik je net vertellen toen je vanmorgen binnenkwam, voordat we werden afgeleid door meneer Casanova.'

Geweldig. Froggy, eh, Darien bracht nu ook haar bedrijfsvoering in de war. Was het nog niet erg genoeg dat hij dat op school met haar sociale leven had gedaan?

'Weet je wat, Candy? Stuur zijn cadeau niet terug naar de winkel waar hij het gekocht heeft. Stuur het naar hem terug. Met een briefje waarin staat dat ik niet geïnteresseerd ben.' Gina trommelde met haar vingertoppen op de balie. 'O, en misschien kun je een berichtje sturen naar de ledenbeheerder van de Kamer van Koophandel? Om te zien of er onlangs freelance massagetherapeuten lid zijn geworden. Is er pas niet een hele groep afgestudeerd aan de lokale vakschool?'

Candy haalde een potlood achter haar oor vandaan, een bewijs van de dikte van haar haar, want Gina had het potlood niet eens zien zitten. En die bungelende zuurstok-oorbellen ook niet. 'Check. Eén briefje, dat je niet geïnteresseerd bent, en een ander dat je dat wel bent.'

'Haal ze alleen niet door elkaar.'

'Nou, vrouwelijke baas, zou ik dat doen?' Daar ging Candy weer met haar haar-gedraai en de wezenloze blik die ze had geperfectioneerd.

Gina tikte haar op haar neus. 'Niet als je weet wat goed voor je is.'

Candy gaf een tikje tegen Gina's vinger. 'O, geloof me maar. Ik weet wat goed is voor iedereen.'

En dat was *precies* de reden waarom Candy de briefjes verwisselde.

* * *

Dare staarde naar de mand op zijn veranda.

Verdomme, hoe moest hij Gina zover krijgen dat ze zelfs maar met hem *praatte* als ze zijn vredesoffers bleef terugsturen? Goed, hij begreep best waarom ze misschien wat wrok koesterde, maar de middelbare school was twintig jaar geleden. Ze kon toch niet al die tijd een wrok koesteren? Ze waren kinderen geweest. De puberteit met al zijn onzekerheid, plus het proberen erbij te horen. En dan was er nog die rotnaam waar hij mee was opgezadeld. Froggy. Alsof het zijn schuld was dat hij de baard in de keel kreeg. Maar kinderen op de middelbare school gaven niemand respijt, en toen die bijnaam eenmaal op hem geplakt was, bleef hij hangen.

En Gina wilde sindsdien niets meer met hem te maken hebben.

Oké, oké, dat kon iets te maken hebben met die opmerking die hij maakte over haar, tja, pluspunten, in zijn zeer kenmerkende gekwaak tijdens de aardrijkskundeles, vlak nadat meneer Nester hun een dia van de Grand Tetons had laten zien.

De hele klas was in lachen uitgebarsten, meneer Nester was rood aangelopen en had hen allebei naar het kantoor van directeur Dilworth gestuurd. Wat de vernedering alleen maar groter had gemaakt, was dat Gina gedwongen was om met hem — haar kwelgeest — helemaal naar de andere vleugel te lopen. Hij had natuurlijk geprobeerd te doen alsof het niets voorstelde, maar daar had Gina geen boodschap aan. Vanuit een perspectief van twintig jaar later en met enig begrip van tienermeisjes (dankzij de verhalen van zijn studiegenoot en zakenpartner Bill over zijn dertienjarige tweeling), begreep hij dat Gina's borsten het laatste waren waar ze de aandacht op gevestigd wilde zien, maar ja, hij was een tienerjongen geweest. Hij had daar uit de eerste hand ervaring mee.

En ja, zijn hand had heel wat te zeggen gehad over Gina's borsten toen hij een tiener was.

Hij verzette zich ongemakkelijk. Blijkbaar had iets anders er nog steeds wat over te zeggen.

Het was werkelijk verbazingwekkend — één blik op haar tijdens de reünie, die prachtige zwarte krullen en haar diepdonkere ogen waarin hij zich op school al had willen verliezen, en het was alsof hij er weer was, achter haar gezeten terwijl hij haar parfum, shampoo of wat het ook was dat hem nachtenlang had wakkergehouden, rook. En dan bedoelde hij ook *wakker*.

Er was niets veranderd.

En ze wilde hem *nog steeds* niet erkennen.

Hij pakte de mand op en er viel een envelop uit. Met zijn naam op de voorkant.

Of misschien toch wel...

Hij draaide de envelop om en schoof zijn vinger onder de flap. Dit was de eerste keer dat Gina rechtstreeks op hem reageerde. De zes andere manden waren teruggebracht naar de cadeauwinkel waar hij ze gekocht had, zonder briefje erbij.

Misschien drong hij eindelijk tot haar door.

'De spa is overboekt. Ken jij nog massagetherapeuten die kunnen invallen?'

Wat briefjes betreft, was dit ongeveer even persoonlijk als Tweety, de zwerfkat die hem zes minuten na zijn verhuizing naar zijn huurwoning had geadopteerd en affectie toonde door een dood konijn voor hem op de veranda achter te laten. Hoewel hij had gedacht dat het misschien was omdat hij de kat met de naam van een vogel had opgezadeld — neem het hem niet kwalijk dat hij een verwrongen gevoel voor humor had — had de dierenarts gezegd dat dit eigenlijk een veelbetekenend gebaar was, dus Dare had het tandenknarsend geaccepteerd. Voordat hij het zogenaamde 'cadeau' in de vuilnisbak smeet, welteverstaan.

Was dit Gina's dode konijn?

Oké, dat klonk op zoveel manieren verkeerd: *Fatal Attraction* schoot hem te binnen, evenals het feit dat de dood van een konijn in het Engels een eufemisme was voor zwangerschap — beide zaken die aan de rand van zijn interesse in Gina lagen, maar op manieren waarvan hij graag dacht dat ze mentaal gezond waren en een normaal tijdspad zouden volgen.

Hij schudde zijn hoofd. Zijn brein maakte kortsluiting — net als sinds hij haar zes maanden geleden op de reünie had gezien.

Het hare moest ook wel kortsluiting maken als ze hem om massagetherapeuten vroeg.

Aan de andere kant, wie was hij om een gegeven paard in de bek te kijken?

Hij kon wel massagetherapie geven. Hij stond er immers om bekend dat hij in zijn studententijd een goede massage kon geven. En 's nachts ook.

Iets waar hij Gina graag achter wilde laten komen.

Uit de eerste hand.

Royally Sunk

Tot over haar oren

Reel is een meerman zonder staart en Erica is als de dood voor de oceaan. Slechts één ding kon haar het water in krijgen: een vuurwapen. En slechts één ding kon haar daar houden: de sexy meerman die haar leven redt, om vervolgens dat van hemzelf op het spel te zetten.

Wild en diepblauw

Valerie is een zeemeermin-prinses die is gestrand in het midden van het land. Rod is de prins die op pad gaat om haar te redden. Maar kunnen ze het complot van een troonbezetter ontduiken en op tijd terugkeren naar de oceaan voordat zijn staart — en zijn aanspraak op de troon — voorgoed verdwijnen?

De vangst van haar leven

Logan is *weggelopen* van het circus; het enige wat hij wil is een normaal leven. De naakte vrouw die op zijn boot verschijnt is allesbehalve normaal.

Vooral wanneer Angel een zeemeermin blijkt te zijn — met een woedend zeemonster achter zich aan.

Liefde op de klippen

Prinses Mariana is geen aanstelster; ze *is* echt een kunstenares, wat ze gaat bewijzen met het beeldhouwwerk dat ze op een verlaten eiland maakt. Het probleem is dat Jace zich daar schuilhoudt. Hetgeen dat Mariana zal bevrijden uit haar koninklijke gevangenis, is precies datgene wat Jace fataal zal worden. Romantiek is al lastig genoeg, maar wanneer er een tsunami op komst is, hangt de liefde aan een zijden draadje.

Golven maken

Lees over Het Incident waardoor Erica doodsbang werd voor de oceaan, de reden waarom Valerie, de verloren prinses, werd gevonden, en hoe Logans jonge zoon Michael een zeemeermin vond. De verhalen *vóór* de verhalen.

Bottled Magic

Ik droom van djinns

Matts geluk keert eindelijk wanneer de geest Eden uit haar fles ontsnapt en in zijn schoot belandt. Letterlijk. En ze zweert er nooit meer in terug te gaan. Helaas voor hen beiden wil de man die haar erin heeft opgesloten haar terug, en hij zal voor niets terugdeinzen om haar te krijgen.

Djinn weet raad

Samantha erft het landgoed van haar vader, compleet met een geest die nog één meester moet dienen voordat zijn dienstbaarheid erop zit. Sam is meer dan bereid om Kal vrij te laten — totdat haar hebzuchtige ex besluit dat als hij Sam niet kan krijgen, niemand haar krijgt.

Mijn lieve djinn

Zane heeft het voorouderlijk herenhuis geërfd waar hij maar wat graag vanaf wil om de geruchten over de krankzinnige geschiedenis van zijn familie de kop in te drukken. Jammer genoeg is de geest die de oorzaak van die geruchten was vrijgelaten om opnieuw chaos te veroorzaken. Alleen speelt ze dit keer met zijn hart.

Jouw wens is zijn bevel

Ontdek hoe Kal in zijn lantaarn gevangen kwam te zitten en waarom hij 1.001 meesters moet dienen. Het is het verhaal vóór het verhaal.

Once-Upon-A-Time Romance

Belle en de Beste

Jolie is overdag privékok en 's nachts schrijfster van liefdesromans. Dus wanneer ze een klus krijgt bij de knappe, teruggetrokken kunstenaar Todd, heeft ze de perfecte held voor haar boek gevonden. Totdat Todd erachter komt en haar uit zijn keuken, zijn huis *en* zijn hart schopt.

Als de schoen past

Er was eens, heel lang geleden, in een land hier ver vandaan, een meisje genaamd Assepoester. Dit is niet haar verhaal. *Dit* is het verhaal van Lucinda Isabella Casteleoni, die net als haar naamgenote een gemene stiefmoeder heeft, twee ordinairstiefzussen en talloze uren hard werk waar ze (niet) naar uitkijkt. Maar in tegenstelling tot die sprookjesprinses is Bella's droomprins nergens te bekennen. Totdat een oud mannetje met fonkelende groene ogen een schoen-winkel opent in de straat. Dan begint de magie...

Achter het glas in lood

Door een onbedoelde reis naar het middeleeuwse Engeland moet reclame-vrouw Kate halsoverkop op zoek naar een manier om weer thuis te komen... Maar kan ze de woest aantrekkelijke ridder op het witte paard op wie ze verliefd is geworden met zich mee terugnemen?

BeefCake, Inc.

Ook Spierenbonken Houden van Zoet

Lara wil dat haar cupcakes een succes worden. Exotisch danser Gage zou ze best eens willen proeven, maar door zijn werkschema om de ziekenhuisrekeningen van zijn neefje te betalen heeft hij daar geen tijd voor. Totdat er een feestje is waar spierbundels en cupcakes elkaar ontmoeten en, *oh*, wat is dat heerlijk!

Ook Spierenbonken Maken Fouten

Wanneer Bryan Jenna aanziet voor een prostituee en zij beseft dat hij de vader van haar geadopteerde zoon is, stapelen de fouten en misverstanden zich op. Maar er groeit ook iets anders tussen hen. Soms kan een verkeerde afslag precies de juiste zijn...

Ook Spierenbonken Verdienen een Tweede

Tanner wil zijn ex-vrouw voorgoed uit zijn leven hebben, maar wanneer haar grootmoeder een beroerte krijgt en hij moet doen alsof hij nog steeds verliefd is op Juliet, durft hij het dan aan om die ene vrouw die nooit is opgehouden met van hem te houden een tweede kans te geven?

Ook Spierenbonken Laten Harten Smelten

Gina is al een eeuwigheid verliefd op Darien — tot de dag dat hij haar op school vernederde. Vijftien jaar later laat hij haar koud. Exotisch danser Darien is teruggekomen naar de stad om een paar dingen recht te zetten. Een daarvan is de puinhoop die hij jaren geleden voor Gina heeft veroorzaakt... en *misschien* het vuur weer aanwakkeren dat er ooit was. Maar de enige manier om de sneeuw rond Gina's hart te doen smelten, is door het vuur flink op te stoken, zowel tijdens het werk... als daarna.

Manley Maids

Wat gebeurt er als drie onweerstaanbaar sexy broers een pokerweddenschap verliezen van hun ondernemende zus? Ze worden verhuurd voor haar schoonmaakbedrijf. Nu staan de Manley Maids tot uw dienst. Tevredenheid gegarandeerd.

Wat een vrouw wil

Resorteigenaar Sean is van plan een historisch landgoed te kopen, hiermee naam te maken en miljoenen te verdienen, dus trekt hij erin onder het voorwendsel het pand schoon te maken om een bepaalde voorwaarde van de erfenis te omzeilen. Maar erfgename Olivia en haar beestenboel kruipen onder zijn huid, en hij ontdekt dat de pokerweddenschap die hem in deze nesten heeft gewerkt niet de enige factor is die alles verandert.

Wat een vrouw nodig heeft

Filmster Bryan wil roem en fortuin, niet een herhaling van zijn armoedige 'normale' jeugd. Na de publiciteit rond de dood van haar man heeft Beth behoefte aan een normaal leven voor haarzelf en haar kinderen, en de filmster die een weddenschap heeft verloren om haar huis schoon te maken — met de paparazzi in zijn kielzog — past daar niet bij. Maar als geflirt overgaat in verleiding, moet Bryan Beth ervan overtuigen dat hij meer man is dan een hulpje in de huishouding. Of een acteur. Want hij speelt de hoofdrol in een omgekeerd Assepoesterverhaal, en het zou zomaar eens de rol van zijn leven kunnen zijn.

Wat een vrouw verdient

Liam heeft geen geduld voor vrouwen die het geld van een man uitgeven zonder ook maar een moment aan echt werk te denken. Maar om zijn weddenschap na te komen, moet Liam socialite Cassidy niet alleen tolereren, hij moet ook haar rotzooi opruimen wanneer haar vader de geldkraan dichtdraait. Zonder geld en zonder huis dat Liam kan schoonmaken, heeft Cassidy geen andere keuze dan een baan te accepteren — als Liams nieuwe hulp. Maar wanneer de vonken tussen hen overvliegen, zal het dan echte liefde zijn of gewoon de volgende rommelige affaire?

. . .

Wat een vrouw

MaryAlice Catherine staat klaar om het huis van een vriendin van haar grootmoeder schoon te maken, maar ontdekt tot haar grote schaamte dat de verwaande kleinzoon op wie ze vroeger verliefd was — en die dat al die tijd wist — daar woont. Jared herinnert zich het anders; Mac was altijd een bazig ding, maar hij is niet van plan haar nu de lakens te laten uitdelen. Maar nu ze met zijn tweeën in één huis wonen, is het nog maar de vraag wie er uiteindelijk aan het langste eind trekt.

Wat een kerel wil

Beckett is klaar om zijn verloren pokerweddenschap in te lossen. Hij had alleen niet beseft dat hij dat met zijn hart zou moeten doen. Jennifer is de vrouw die hem is ontglipt en nu staat ze weer vlak voor zijn neus. In haar huis. Dat hij moet schoonmaken. Jennifer kan niet geloven dat de 'bad boy' van de middelbare school op wie ze smoorverliefd was in haar huis is, maar als haar ex-man haar één ding heeft geleerd, is het dat ze niet op de bad boy kan rekenen. Totdat Beckett al zijn kaarten op tafel legt en hij iemand blijkt te zijn op wie Jennifer toch durft te wedden.

Hier is Judi!

De bekroonde bestsellerauteur Judi Fennell houdt van lachen en van de liefde, dus het is geen verrassing dat er van beide een beetje in elk boek zit dat ze schrijft. Bekijk haar sprookjes met een knipoog voor een voorproefje van haar luchtige, ironische paranormale en romantische komedies. Van meermannen voor de kust van Jersey Shore tot djinn met vliegende tapijten, en van mannelijke strippers à la Magic Mike tot stoere huishouders wiens motto *Tevredenheid Gegarandeerd* is; er valt altijd wel wat te lachen en er is altijd liefde te vinden.

En in haar overvloedige (?) hoeveelheid vrije tijd helpt ze auteurs bij alle aspecten van het schrijven en uitgeven in eigen beheer met haar bedrijf voor opmaak, omslag- en promotieontwerp, redactie, advies en audioboeken, www.formatting4U.com.

Judi woont in een voorstad van Philadelphia met een menagerie aan viervoeters, en op de dag dat die wezens beginnen met A) zingen, B) kleding naaien of C) het huis schoonmaken, zal ze stoppen met schrijven...!

www.ingramcontent.com/pod-product-compliance
Lightning Source LLC
Chambersburg PA
CBHW071232210726
48293CB00002B/673